SANGUE CRUEL

NAMINA FORNA

SANGUE CRUEL

Imortais Vol. 2

Tradução
Karine Ribeiro

1ª edição

Galera
RIO DE JANEIRO
2022

REVISÃO
Cristina Freixinho

DIAGRAMAÇÃO
Abreu's System

CAPA
Tarajosu

TÍTULO ORIGINAL
The Merciless Ones

CIP-BRASIL. CATALOGAÇÃO NA PUBLICAÇÃO
SINDICATO NACIONAL DOS EDITORES DE LIVROS, RJ

F824s

Forna, Namina
Sangue cruel / Namina Forna; tradução Karine Ribeiro. – 1. ed. – Rio de Janeiro: Galera Record, 2022.
(Imortais; 2)

Tradução de: The merciless ones
Sequência de: Sangue dourado
ISBN 978-65-5981-185-4

1. Ficção americana. I. Ribeiro, Karine. II. Título. III. Série.

22-78539

CDD: 813
CDU: 82-3(73)

Meri Gleice Rodrigues de Souza – Bibliotecária – CRB-7/6439

Texto revisado segundo o novo Acordo Ortográfico da Língua Portuguesa.

Direitos exclusivos de publicação em língua portuguesa somente para o Brasil
adquiridos pela
EDITORA GALERA RECORD LTDA.
Rua Argentina, 120 – Rio de Janeiro, RJ – 20921-380 – Tel.: (21) 2585-2000,
que se reserva a propriedade literária desta tradução.

Impresso no Brasil

ISBN 978-65-5981-185-4

Para todas as crianças que se sentem
deslocadas ou indesejadas.
Este livro é para vocês.

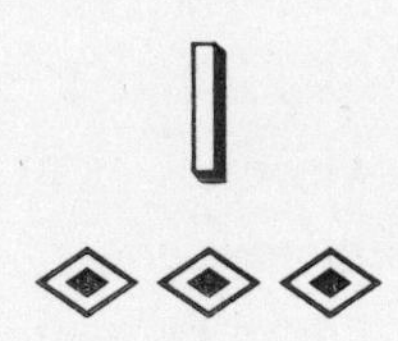

São quatro.

Corpos. Cada um feminino e jovem, mais ou menos da minha idade, talvez menos.

Estão cravados em estacas na entrada da selva, as sombras noturnas espalhando tentáculos escuros na pele cinzenta e em suas barrigas salientes e distendidas. Elas quase se parecem com bonecas... mas bonecas não têm máscaras pretas que escondem seus rostos como capuzes funerais, e elas certamente não têm cheiro pútrido, como carcaças de animais deixadas ao sol por tempo demais. O odor da putrefação é soprado pela brisa, e meu estômago revira. Não gosto do cheiro de carne nem sob circunstâncias normais, mas isto, o fedor dos corpos expostos entre as raízes e samambaias entrelaçadas... O suor faz minhas palmas ficarem pegajosas, e um sutil tremor começa nos meus músculos. Foco no colar escondido sob minha armadura, minha referência em momentos assim. As mães me deram há alguns meses para substituir o que herdei da minha mãe biológica, Umu.

Quando toco nele mentalmente, uma vibração em resposta viaja por mim, um reconhecimento das mães: elas estão aqui comigo. Não importa o quanto as coisas fiquem complicadas, as deusas sempre estarão aqui, me apoiando em silêncio.

— Acha que devemos arriscar tirá-las dali, Deka? — A voz de Britta soa estranhamente controlada enquanto irrompe meus pensamentos febris.

Se fosse no ano passado, ela estaria chorando. Ela era a típica garota interiorana nortista naquela época: loira, de bochechas coradas e voluptuosa. Agora, os músculos dela são tão formidáveis quanto suas curvas, a pele está queimada por conta do sol do deserto, e o coração dela está preparado para tais visões. A postura inteira dela emite raiva, mas ela permanece quieta enquanto encara os corpos.

Faço o mesmo enquanto ignoro firmemente as estranhas batidas de coração no arbusto a poucos metros de mim. A pessoa a quem pertencem tem que estar ali há certo tempo agora, mas é tão alto, e está fazendo tanto barulho, que é óbvio que não é um dos jatu (os antigos guardas do imperador, e nossos inimigos jurados) nem qualquer outra ameaça.

Talvez seja parente de um dos cadáveres. Não seria a primeira vez que encontro um familiar de luto em um lugar assim. Há muitas exibições assim por toda Otera agora, um aviso para as mulheres: um pé fora da linha e isso é o que vai acontecer com você. Cada uma é um lembrete amargo de que quanto mais tempo levamos para eliminar os sacerdotes e os jatu, mais as mulheres de Otera sofrem e mais nossos amigos em Hemaira...

Me livro do pensamento ao observar os abdomens distorcidos dos corpos.

— Não — respondo por fim. — É tarde demais.

Geralmente, tiramos das estacas qualquer corpo feminino que encontramos, mas a barriga dessas garotas está inchada pelo calor, o que significa que é provável que explodam se as tocarmos.

Me viro para minhas outras companheiras: Belcalis, Asha, Adwapa e Katya. Elas estão quase indistinguíveis entre os enormes troncos das árvores por conta de suas armaduras de couro preto, que usamos durante ataques, assim como os grifos, gatos de deserto rajados e alados que usamos como montaria. A visão é tão familiar que meio que espero que Keita e os outros uruni, nossos parceiros e irmãos de armas, saiam da floresta e se juntem ao grupo. Mas eles estão em Hemaira, ajudando o cerco nos portões da capital, que ainda não caíram depois de seis meses de ataque incessante.

— Continuaremos a pé — digo. — Agora haverá armadilhas.

Transforme-se, Ixa, adiciono em mente, falando com meu companheiro metamorfo.

Deka, ele assente abaixo de mim, já se encolhendo. Normalmente, Ixa se parece com um gigantesco gato de escamas azuis com chifres que se projetam de sua cabeça como uma coroa, mas para missões como esta, ele prefere tomar a forma de um passarinho azul, um viajante noturno.

Ele já está criando asas quando desço dele.

Enquanto ele voa para os galhos prateados de uma árvore amarul de folhas largas, um grito ecoa pela clareira:

— Assassinos!

Nossa observadora misteriosa sai das sombras, o rosto coberto por uma simples máscara branca, a cor do luto. Para a minha surpresa, ela é nortista, pele rosada pálida e cabelo tão branco que quase brilha na escuridão do entardecer. Cada passo que ela dá, apoiada por uma bengala de madeira talhada de forma grosseira, é pesado, custoso. Ela nitidamente tem idade avançada, talvez esteja em seus sessenta anos, mais ou menos. Acrescente a isso sua forma roliça e compacta e ela poderia ser qualquer mulher de Irfut, a aldeia onde nasci.

— Você fez isto! — ela diz, balançando sua bengala com raiva em minha direção. — É sua culpa, Nuru!

— Você sabe quem sou?

Estou tão abismada por ela me reconhecer como a Nuru, a única filha com sangue apenas das mães, criada para libertar os uivantes mortais e as alaki da tirania dos jatu, que esqueço minhas outras preocupações.

Ninguém nunca adivinhou minha identidade quando eu estava em forma de batalha, que é como chamo a transformação pela qual meu corpo passa quando estou pronta para o combate. Antes, apenas meu rosto mudava: minha pele cromatizada, minhas bochechas pronunciadas e meus olhos totalmente pretos. Agora, todo o meu corpo se torna esquelético e minhas unhas ficam afiadas como garras. Eu quase posso ser confundida com uma uivante mortal, exceto que uivantes mortais são gigantes, seus corpos secos, à semelhança dos humanos, são três vezes maiores que um homem normal, e isso sem incluir as garras, cutelos de açougueiro despontando de cada dedo.

— Todo mundo sabe! — ruge a mulher. — Deka de Irfut. Aquela que se parece como uma uivante mortal quando entra na batalha, mas é de tamanho humano. A filha amaldiçoada das deusas amaldiçoadas.

Ranjo os dentes.

— Não fale das minhas mães.

Ela pode dizer o que quiser de mim, mas as Douradas já aguentaram calúnia suficiente para uma vida inteira.

Em Irfut, os sacerdotes nos disseram que as deusas na verdade eram antigos demônios que devastaram Otera, massacrando cidades inteiras e devorando crianças. Nós, alaki, éramos impuras por sermos suas filhas: carregávamos seu sangue dourado, sua força, velocidade e parte de sua longevidade. Eles disseram que a única maneira de ganhar pureza (humanidade) era ajudar o império a lutar contra os uivantes mortais, criaturas monstruosas atraídas pelo nosso sangue.

Eles nunca mencionaram, óbvio, que os uivantes mortais são na verdade alaki, ressuscitadas pelas Douradas após a morte em formas aterrorizantes, para que pudéssemos lutar contra as forças humanas lideradas pelos jatu que queriam a extinção da linhagem das deusas.

— Então quem mais deve ser culpado por isso, por minha filha... — A mulher aponta para o corpo mais à esquerda, e a náusea revira meu estômago.

O cadáver é notavelmente mais curvilíneo que os outros, seu cabelo de textura mais aberta. Tem uma pequena marquinha no queixo. Em outra vida, poderia ter sido eu. Não faz muito tempo, meus cachos estavam mais soltos e meus olhos mais claros, e eu também tinha uma marquinha no queixo. Então me mudei para as províncias do sul e me livrei das características que herdei do homem que um dia chamei de pai: os olhos cinzentos, o cabelo levemente cacheado, o queixo. Agora, meus olhos estão escuros, meu cabelo está bem crespo e meu queixo é normal. Tudo o que resta da garota que foi Deka de Irfut é a minha baixa estatura e o sotaque nortista, embora agora esteja salpicado com um toque distintamente sulista.

Isso é o que significa ser a Nuru, a única filha com sangue apenas das deusas: posso ser quem eu quiser.

A mulher estremece de dor, lágrimas transbordam de seus olhos.

— Minha pobre filha. Ela nunca fez nada, nem uma vez desobedeceu às Sabedorias. Mas então o seu tipo chegou, com suas mentiras de liberdade e outra vida para as mulheres. Tudo o que ela fez foi pronunciar seu nome, falar um pouco das Douradas, e os sacerdotes vieram atrás dela. Eles a levaram. Ela nem sequer era uma alaki; a pureza dela foi provada pelo Ritual. Mas disseram que ela era geniosa. Que levaria os outros à corrupção. Então a levaram, tentaram me levar...

Ela aponta outra vez para o corpo inchado estalando com a brisa noturna.

— É esta a liberdade que você nos prometeu? Onde estão as deusas que você disse que defenderiam as mulheres de Otera? Onde estão?

A dor dela é tão forte que sinto justificativas emergindo dos meus lábios.

— Elas estão dormindo, reunindo suas forças, mas quando despertarem...

— Que importa que despertem? — A mulher se aproxima, a dor tendo removido todo o medo anterior. — Antes, havia regras. Sabíamos como viver. Como sobreviver. Agora, não há nada. Não tenho nada por culpa sua. Eu *sou* nada por sua culpa.

Ela cai no chão aos pés da filha, chorando descontroladamente.

— Minha menina, ah, minha amada menina.

Ao meu lado, Nimita, uma uivante mortal alta e branca que foi designada para o nosso grupo, suspira, irritada. Cinco uivantes mortais nos acompanharam hoje; Katya, minha ex-irmã de sangue, entre elas, é evidente, sua forma, com espinhos vermelhos, distinta das outras, que eu também não conheço, não que eu esteja fazendo o esforço. Tantas pessoas morreram nos últimos meses que às vezes parece inútil tentar forjar conexões mais profundas.

— Não temos tempo para isso, honrada Nuru — diz Nimita, a voz um ronco profundo.

Como todas as uivantes mortais, ela fala em rugidos e sibilos, mas entendo tão perfeitamente quanto entenderia alguém falando oterano. Outro benefício de ser a Nuru: posso entender todas as descendentes das Douradas e até forçá-las a obedecer a meus comandos se eu quiser.

Inclino minha cabeça em sua direção.

— O que você sugere que façamos, que a incapacitemos e a deixemos aqui com todas as feras?

— Isso sempre é uma opção.

Como com a maioria das Primogênitas, aquelas alaki que nasceram durante o tempo das deusas, Nimita é uma criatura de conveniência. Morrer e ressuscitar como uivante mortal não mudou essa parte dela.

— Não vou deixá-la. — Quando libertei as Douradas de sua prisão nas montanhas, prometi que lutaria pelas mulheres de Otera; todas as mulheres, não apenas as alaki. Volto minha atenção para a velha senhora. — Você não pode ir para casa, e é perigoso aqui. Se desejar, posso ordenar que você seja levada para Abeya, a cidade das deusas. Você ficará mais segura lá.

— Segura — a mulher sibila a palavra. — Não há segurança em lugar nenhum; não mais. Entre o seu tipo e o ancião Kadiri — ela cospe enquanto fala o nome do sumo sacerdote nortista que agora está reunindo exércitos jatu de toda a Otera —, não há lugar para qualquer mulher se esconder.

— E a liberdade? — As palavras parecem surpreender a mulher, então prossigo logo, usando um eco de fala que minha antiga mestra, Mãos Brancas, me deu há quase um ano e meio. — Em Abeya, você pode fazer o que quiser, ser quem quiser ser. Você só precisa chegar até lá.

Dou a ela um momento para tomar sua decisão.

— Agora, você irá? Ou permanecerá aqui para a fera te devorar?

A mulher tranca a mandíbula, mas então assente de leve. Ela irá.

— Muito bem. — Eu me viro para Chae-Yeong, uma pequena e elegante uivante mortal preta com uma protuberância onde a mão direita deveria estar. Ela foi ferida antes de seu sangue virar ouro, e essa lesão a seguiu pela morte até esta forma. — Volte com ela para Abeya. Nós prosseguiremos.

— Mas, honrada Nuru... — começa ela, olhando para Nimita em busca de orientação.

Quando a uivante mortal mais velha balança a cabeça, é necessária toda a minha força de vontade para não cerrar os punhos. Eu posso ser a Nuru, posso ser aquela que libertou as mães e conduziu o Reino Único para uma nova era, mas para as Primogênitas, eu sempre terei apenas dezessete anos; um piscar de olhos para sua espécie, que viu incontáveis milênios. Adicione a isso as uivantes mortais que matei antes de saber quem eu era, e elas e muitas outras de sua espécie nunca me perdoarão. Nunca confiarão em mim de verdade.

Então sempre tenho que me provar. Minha autoridade.

Dou um passo à frente.

— Agora — insisto, sem sequer olhar para Nimita.

— Sim, Nuru — diz Chae-Yeong, fazendo a reverência breve e rápida que estou acostumada a receber, antes de se aproximar da mulher. — Venha, humana — ruge ela, embora saiba que a mulher não consegue entender. Uivantes mortais tendem a ter pouca paciência com humanos, mas eu não as culpo: é difícil ter paciência com pessoas que te querem morta.

— Siga-a — digo à mulher. — Você não enfrentará qualquer perigo. Prometo.

— Não. — A mulher rapidamente se afasta. Quando suspiro, a irritação aumentando, ela adiciona, quase tímida: — Não até que elas sejam enterradas. Eu... não tenho força para tirá-las dali sozinha.

Eu paro, a vergonha cresce dentro de mim. Como eu poderia esquecer uma necessidade humana tão simples? Fiquei muito dura nos últimos meses se não consigo nem reconhecer a necessidade de uma mãe enterrar adequadamente a sua filha.

Volto a me virar para Chae-Yeong.

— Enterre-as primeiro — digo baixinho. — E então leve-a para Abeya.

— Sim, Nuru. — Chae-Yeong faz outra reverência.

A mulher assente em agradecimento para mim, mas já estou seguindo em frente, minha atenção focada nas outras. O tempo é curto e não posso me dar ao luxo de passar mais um segundo aqui.

— Em frente — ordeno, apontando para os pináculos do templo vermelho-sangue erguendo-se acima das brumas da selva. — Para Oyomosin.

Levamos três horas para subir o penhasco que leva a Oyomosin, o templo nomeado em homenagem a Oyomo, o falso deus que um dia eu cultuei. É uma jornada desconfortável, já que o penhasco está por cima de um vulcão adormecido, o calor sobe pelas pedras e faz o cabelo grudar na pele e a armadura no corpo. Ignoro meu desconforto físico ao revisitar todas as coisas que a senhora me disse a respeito de como está a vida para as mulheres em Otera agora. Cada palavra dela é um lembrete doloroso de todas as maneiras que falhei desde que libertei as mães: eu posso ter derrotado aquele primeiro exército jatu que atacava a montanha delas, mas há dezenas mais que já estão emergindo. Nos seis meses que se passaram desde que acordei as mães, os jatu reuniram cada homem fisicamente apto de Otera e os colocaram em serviço. Até garotos cujas barbas ainda nem cresceram estão na linha.

Não seria tão preocupante se já tivéssemos conquistado Hemaira, o centro do poder jatu, mas eles ainda controlam a capital, os portões se mantêm firmemente trancados contra nós.

E agora, eles jogam uma nova irmã de sangue dos muros toda semana.

Nunca imaginei tal horror, os gritos das jovens inocentes enquanto mergulham para a morte. Os jatu as escolhem aleatoriamente dos campos de treinamento por toda Hemaira. A cada dia, tenho mais certeza de que será alguém que eu conheço, mas não há nada que eu possa fazer para impedir; pelo menos não por enquanto. Os muros de

Hemaira são mesmo impenetráveis, mas não pelos motivos que sempre nos disseram. Algo vive dentro deles, uma força que repele quaisquer invasores com o calor de mil chamas. É chamado de n'goma, e é um objeto arcano, um artefato da época em que as mães governavam Otera, que contém o que sobrou do poder vasto delas. Há vários objetos assim espalhados por Otera, mas n'goma é o mais poderoso de todos. Ele solta ondas de calor que arrancam a carne dos ossos no momento em que a pessoa se aventura perto dos muros. Nos dias seguintes à libertação das deusas, tentei várias vezes, mas o n'goma era forte demais.

Tudo o que eu podia fazer era ficar ali indefesa, observando os corpos daquelas garotas serem descarnados de novo e outra vez enquanto os jatu olhavam para baixo, indiferentes aos gritos. Pior ainda, as Douradas, que construíram os muros de Hemaira, não podem fazer nada: milênios de aprisionamento as privou da adoração que um dia alimentou o poder delas. Elas não podem derrubar as paredes ou sequer atacar os jatu, como fizeram em seu auge. Agora, elas passam o tempo dormindo, absorvendo orações.

A única maneira de avançar é negociar com os jatu ou encontrar uma forma de ajudar as deusas a recuperar seu poder mais rápido para que possamos resgatar nossas irmãs. Que, é óbvio, é o motivo de eu estar aqui, escalando este penhasco impossível.

O Oyomosin se projeta acima de mim, um templo austero esculpido no penhasco, o luar delineia suas bordas ásperas e proibitivas. Normalmente, há apenas uma maneira de entrar, a ponte levadiça de madeira que range a apenas uma pequena queda abaixo de nós, mas os sacerdotes sempre a erguem à noite para evitar que os assaltantes entrem.

Enquanto Belcalis e eu nos puxamos sobre a saliência e nos dirigimos para o trecho esparso de grama que marca a borda do terreno do Oyomosin, a voz irritada de Britta aumenta junto com o vento.

— Sabe — bufa ela, se erguendo atrás de nós —, é grosseiro deixar seus companheiros para trás durante a batalha.

— Ou — responde Belcalis, sua forma ágil e de pele acobreada já deslizando pelo parco bosque de árvores que cercam o templo — a camarada poderia andar mais rápido como o restante de nós.

Ela indica Asha e Adwapa com o queixo, elas estão entrando rapidamente no terreno do templo ao lado das uivantes mortais, sombras silenciosas na escuridão.

Asha e Adwapa são gêmeas, ambas negras, de pele escura como a meia-noite, e graciosamente musculosas. A única coisa que diferencia as duas é o cabelo, ou a falta dele: Adwapa é perfeitamente careca, sua cabeça brilha sob o luar, mas o cabelo preto de sua irmã reluz em um verde misterioso. Os olheiros que traçaram nosso caminho para esta missão trançaram o mapa de Oyomosin no cabelo de Asha com samambaias lunares brilhantes para que pudéssemos vê-lo facilmente enquanto subíamos no escuro. Eles teriam trançado no meu, mas acabei de cortá-lo outra vez, aproveitando a liberdade que o estilo curto proporciona.

Britta se vira para Belcalis e funga.

— Estou menstruada, e você sabe.

— As gêmeas também, mas elas não estão reclamando — responde Belcalis.

De fato, Asha e Adwapa estão agora caminhando até a grande janela que é nossa entrada no templo.

Apressem-se, Adwapa sinaliza para nós na linguagem da batalha, um lembrete. De agora em diante, nos movemos em silêncio.

Assinto enquanto me aproximo rapidamente da janela. Lá dentro está uma escuridão sinistra, nem uma única vela para iluminar o caminho, e é a mesma coisa com todas as janelas, embora eu saiba que o Oyomosin está totalmente ocupado. O tempo todo, ouve-se o baixo murmúrio das orações que aos poucos tem se elevado, e agora é acompanhado de um som mais preocupante: gritos. Eles ecoam das profundezas do templo, carregados pelas ondas de fumaça misturado com odor distinto de carne queimando.

Um tremor começa nos meus músculos. *O porão... dourado serpenteando o chão como rios. O sacerdote me arrastando para um campo remoto. A pira, a madeira já posicionada nela. Carne se partindo, queimando. Dor... tanta dor!*

Uma mão morna pressiona meu ombro.

— Devo ir primeiro, Deka? Mapear a área?

Vejo Britta me encarando, seus olhos azuis cheios de preocupação.

— Sim — sussurro, a vergonha pura tomando conta de mim.

Faz mais de um ano e meio desde que estive naquele porão. Um ano e meio durante o qual descobri minha natureza como a Nuru, me tornei guerreira, derrotei inúmeros jatu... diferente das minhas irmãs alaki, sou uma verdadeira imortal. Não tenho uma morte final e posso me recuperar de qualquer ferimento, não importa a severidade.

Então por que ainda sou afetada por essa fraqueza humana?

Tanta coisa depende de mim. Minhas irmãs de sangue em Hemaira, minhas irmãs em sangue e batalha, todas esperando para serem resgatadas. Por toda Ortera, mulheres estão sendo punidas por minhas ações... Não posso me entregar aos meus sentimentos; preciso ser forte. Preciso provar que sou digna da tarefa que me é proposta, que sou digna de ser a única filha que as mães escolheram para carregar a plenitude de sua herança divina.

Endireito meus ombros, tentando incorporar esse valor, mas quando deslizo para dentro de Oyomosin, sinto uma sensação repentina e enervante: o formigamento do meu sangue correndo sob minha pele, uma reação à presença do sangue divino. Estou sendo vigiada.

Viro, tentando encontrar o observador, mas o corredor está completamente vazio, exceto por minhas companheiras. Não há mais ninguém lá. E, no entanto, o formigamento agora está sendo acompanhado por outra sensação mais preocupante: um peso esmagador, como se a força dos olhos do observador tivesse caído em meus ombros, que se contorcem. Quem quer que seja esse observador, não é amigável, disso eu tenho certeza.

Tem que ser um jatu. Eles são as únicas outras pessoas com sangue divino em Otera, além das alaki e das uivantes mortais. Qualquer nova uivante mortal ou alaki já teria se mostrado, compelida, como sempre, pelo poder sutil pulsando do meu corpo.

Olho para trás pela janela, tentando encontrar qualquer indício da reveladora armadura vermelha que os jatu sempre usam. *Estão vendo alguém?*, pergunto às outras, usando a linguagem de batalha.

Minhas amigas imediatamente se espalham pelo corredor, olhares afiados. Mas nada se move.

Não, sinaliza Adwapa. Não há nada aqui.

Franzo o cenho, olhando ao redor mais uma vez. Talvez seja apenas coisa da minha cabeça. Não seria a primeira vez que meus sentidos me pregam peças. Minha mente está sempre se abrindo para algo inconsequente para se distrair de memórias dolorosas. Mesmo assim, permaneço alerta enquanto sigo pelo corredor. Há sempre uma pequena chance de eu estar errada.

Quanto mais prossigo, mais escuro e mais opressivo o templo se torna. Tochas bruxuleantes criam sombras misteriosas nas pedras, passagens ocultas se curvam para o desconhecido e esculturas geométricas nas paredes produzem formas vertiginosas que se fundem. Oyomo pode ser reverenciado principalmente em Otera como o deus do sol, mas ele também é o deus da matemática, o que significa que todos os seus templos são construídos usando geometria sagrada. O Oyomosin não é exceção. Cada pedra e cada viga ao nosso redor é uma oração, como aquelas que os sacerdotes estão clamando agora.

Eles estão vindo, Katya sinaliza quando passos se aproximam.

De imediato, me pressiono outra vez na parede, permanecendo tão parada que até as batidas do meu coração ficam mais lentas. É a única precaução que tomo, a única necessária, já que os sacerdotes de Oyomosin são cegos. Eles arrancam os olhos e os oferecem em reverência a

Oyomo quando começam no sacerdócio. É por isso que o templo está na escuridão, porque os sacerdotes usam máscaras de ouro esculpidas de forma rústica, os buracos para os olhos fechados, sobre o rosto.

Por sorte, eles não parecem nos notar enquanto seguem pelo corredor, entoando um hino pela glória de Oyomo e por sua luz sobre o mundo.

Quando eles partem, gesticulo para as outras. *Rápido agora*, dizem minhas mãos.

Todas me seguem, e continuamos rapidamente através das inúmeras passagens escuras de Oyomosin, o mapa de Asha nos conduzindo. Enfim paramos diante de uma enorme porta bem ao centro do templo. Os gritos estão vindo lá de dentro, explodindo contra as paredes, uma sinfonia de dor e raiva. Me viro para as outras e elas assentem, sem sequer precisar que eu diga.

Ali, logo além da porta. É onde ela está sendo mantida.

Melanis. A Luz das Alaki.

Mesmo enquanto está sendo queimada viva, Melanis ainda é luminosa.

Eu a espio através da rachadura na pesada porta de madeira, o cabelo preto reluzente mesmo entre as chamas, o corpo flexível e gracioso mesmo sendo contorcido de dor. Um dia, Melanis foi conhecida como a alaki mais bonita de toda Otera. Ela era uma das quatro rainhas de guerra, a primeira das Primogênitas das Douradas e a mais poderosa general. Asas brancas com pontas douradas como as de Mãe Beda ajudavam Melanis a voar pelos céus, e a luz divina parecia cintilar de dentro da pele dela. As pessoas entoavam cantos em seu nome e jogavam flores aos seus pés.

Isso foi antes.

Agora, os olhos de Melanis, um dia descritos como piscinas translúcidas, são buracos queimados de escuridão. Os lábios, que um dia foram conhecidos por seu resplendor rosado, se desintegraram em barras de carvão, e sua pele retinta está ressecada e descascando. Nem sinal de suas asas ou do brilho celestial: se foram como todos os dons divinos que as mães um dia deram a seus filhos, de volta ao nada. Tudo o que sobrou da alaki, que um dia foi Melanis a Luz, é uma massa de carne flamejante e gritante caída no altar esculpido em pedra construído logo acima de um caldeirão de magma, correntes de ouro celestial esticando-a sobre as chamas como nos últimos mil anos, enquanto o luar brilha sobre ela da cúpula de vidro no teto da câmara.

Os sacerdotes de máscara dourada na câmara interior entoam orações enquanto caminham em círculos vagarosos e implacáveis ao redor de Melanis. Eles nem parecem perceber o calor abafado da câmara enquanto jogam óleo sagrado no buraco, fazendo as chamas ficarem ainda mais altas. O odor de queimado se intensifica, e meus músculos se enrijecem de novo. Fecho meus olhos, foco mais uma vez no colar que as mães me deram. Ele se estende do queixo ao peito como um protetor de pescoço, delicados fios de ouro celestial se interligando para formar centenas de florezinhas em forma de estrela que dobram como uma cota de malha muito leve e quase sem peso sob minha armadura.

As Douradas usaram o próprio sangue para criá-lo, um símbolo eterno de seu amor. Como elas, sua beleza não pode ser danificada ou quebrada pelas espadas dos homens. Como elas, ele vibra com poder divino, uma presença firme e confortadora, embora eu tenha dificuldade em sentir esse conforto agora. O odor da carne queimada é pesado e desgastante demais. Ele se enrola em plumas sinistras pela fresta da porta. Meu peito aperta; minha respiração pesa. Tento focar no colar, lutando contra a escuridão crescente, até que...

Lábios na minha orelha, palavras gentis.

— Estamos aqui, Deka.

Belcalis.

Embora ela não goste de tocar nas pessoas, seus braços estão ao meu redor, me mantendo perto. Me emprestando sua força. Ela é a única outra pessoa do grupo que passou pelos mesmos horrores que eu, então sabe como é ser tomada pelas lembranças, ser prisioneira de sua própria mente. Os braços me apertam, e minha respiração desacelera. Estou segura. Estou sempre segura quando minhas irmãs de sangue estão ao meu lado.

Quando minha respiração volta ao normal, saio de seus braços e então olho para as outras. *Prontas?*, gesticulo na linguagem de batalha.

Todo mundo assente. *Prontas*, a expressão delas diz.

Abro a porta com um chute.

O sacerdote principal, um homem alto e negro carregando um cajado com o kuru, o símbolo do sol de Oyomo, se vira na nossa direção, a cabeça inclinada para ouvir os passos. Quando ouve, rosna uma palavra:

— Alaki.

Os sacerdotes começam a bater seus cajados no chão. Quando o som vibra por mim, sibilo. Sei o que estão fazendo. É a mesma coisa que os macacos arborícolas fazem quando procuram insetos em troncos de árvores.

— Estão nos buscando por som! — grito. — Desfazer formação!

As outras obedecem bem a tempo. Os sacerdotes atacam em massa, cajados girando em padrões ameaçadores quando não estão tocando o chão para buscar nosso som. Todos parecem cruéis, fortes e são bem mais altos e maiores que eu, talvez uma escolha deliberada para todos os sacerdotes guardando Melanis. Mesmo assim não estou assustada, não como eu costumava ficar.

Apenas um ano atrás, a visão de homens brandindo armas teria me aterrorizado. Na época, eu tremia com a mera sugestão de violência vinda de um deles. Agora, tudo o que vejo é a falta de organização dos sacerdotes; a maneira desajeitada como seguram os cajados, como se nunca os tivessem usado em batalha. Eles não são guerreiros endurecidos, com anos de treinamento. São homens comuns, que desistiram das vidas a serviço de Oyomo, para manter e impor a ordem estabelecida.

Mas não cometo o erro bobo de subestimá-los. Foram homens comuns que me torturaram no porão da minha vila, homens comuns que me assassinaram de novo e outra vez até que Mãos Brancas viesse me resgatar de suas garras. Não há nada pior que homens comuns.

Ergo minhas atikas enquanto avanço para ficar cara a cara com eles. *Abram caminho*, sinalizo para Britta e as outras. *Vou até Melanis.*

Entendido é a resposta silenciosa de Britta enquanto avança para a primeira onda, as outras a seguindo.

Mantenho o foco em Melanis enquanto minhas espadas longas e retas fatiam e cortam, espirrando sangue no ar. Ela está pouco mais do que um palmo na minha frente agora, seu corpo ainda queimando nas chamas. Toda vez que a vejo lá, lutando contra suas restrições, minha raiva aumenta... assim como as memórias do meu próprio tempo na pira. Toda aquela agonia, aquela dor sem fim...

O fogo foi uma das muitas maneiras pelas quais o ancião Durkas e os outros anciões da aldeia tentaram me matar depois que descobriram que eu era alaki e me aprisionaram no porão do templo. Eles tentaram nove vezes antes de aceitar a derrota: vários envenenamentos, decapitações, afogamentos, desmembramentos. E o tempo todo, meu pai humano, o homem que eu achava que era carne da minha carne e sangue do meu sangue, não fez nada. Isso, óbvio, quando ele também não estava me decapitando.

O rosto dele aparece na minha frente, cinzento e vazio, e meu corpo fica frio. Me forço à frente, rangendo os dentes enquanto os sons das espadas borram quaisquer outros sons.

Mais fintas e defesas, golpes de espada. Mais sacerdotes caindo ao meu redor. Devagar mas com certeza, a alegria da batalha (aquele intenso estado de concentração em que minutos se transformam em segundos e horas desaparecem em um piscar de olhos) surge dentro de mim. Só o que vejo agora são minhas espadas, os corpos caindo sob elas. A euforia cresce dentro de mim quando meu corpo se torna a lâmina, assim como Karmoko Huon, minha primeira instrutora de batalha, me ensinou. Os minutos se fundem, o tempo se torna um turbilhão de suor, sangue e cadáveres.

Então eu estou aqui, diante dela.

— Melanis...

Ela está imóvel, o corpo pendurado flácido sobre o poço aberto. Agora que os sacerdotes não estão alimentando as chamas da caldeira abaixo, o fogo diminuiu o suficiente para que não a esteja assando completamente como antes. Está tão baixo que noto o que não tinha percebido: o corpo inteiro de Melanis está brilhando, um branco fraco e cintilante que é diferente das chamas. Fico de boca aberta. Nunca vi nada parecido, nem mesmo quando entro no profundo modo de combate e vejo as essências brancas e cintilantes de todas as coisas.

Ainda mais estranho, ela não está caindo no sono dourado; não há nenhum sinal do brilho dourado que cobre as alaki quando elas passam pela morte que não é a final. Mas, de novo, Melanis é uma Primogênita. É necessário muito mais para matá-la do que seria para matar uma alaki mais nova.

Não é de espantar que os sacerdotes a tenham queimado pelos últimos mil anos.

Pensar nisso envia outra onda de raiva através de mim.

Assinto, e Katya e Britta avançam rápido e com cuidado erguem Melanis das chamas, as correntes tilintam enquanto se movem com ela, que grita no momento em que é tirada do altar, o corpo inteiro espasmando de dor, mas não reluta, não parece sequer nos notar. Ela está perdida em seu próprio mundo, como provavelmente tem estado desde o primeiro dia em que foi acorrentada neste pesadelo de templo.

Tortura faz isso.

Com cuidado, Katya enrola uma capa ao redor da Primogênita, apagando o que restou das chamas. Enquanto apagam, o cheiro de queimado se intensifica, e meu corpo se retesa em resposta. Rapidamente, começo a contar, outro conforto meu em tempos assim. *Um, dois, três, um, dois, três. Estou no controle, não meu corpo.*

Estou no controle... fecho as mãos em punho, apertando com tanta força que a carne quase rasga. É o suficiente para me ancorar outra vez.

Quando não estou mais tremendo, me ajoelho diante de Melanis, com cuidado para me mexer devagar enquanto faço um corte superficial na minha palma. Uma linha fina de ouro se acumula, e eu a espalho pelas correntes. No momento em que entram em contato, os elos das correntes sibilam e faíscam, imediatamente derretendo. O ouro celestial é feito de icor, sangue divino, e meu sangue é a única coisa que pode destruí-lo. É um dos motivos pelos quais fui criada: para quebrar o cárcere de icor que aprisionou as Douradas por mil anos no templo que elas agora chamam de lar.

Meu sangue é o antídoto do icor: derrete sangue divino onde quer que os jatu o coloquem, como geralmente fazem para prender nossa espécie.

Melanis, no entanto, não percebe que está sendo libertada, não parece consciente de nada enquanto se encolhe mais na capa. Algo dentro de mim fica tenso. Lembro de como era me sentir assim, tão fixada no meu próprio sofrimento que mal podia perceber o que acontecia ao redor.

Me aproximo mais.

— Honrada Rainha de Guerra Melanis — digo, tentando atrair a atenção dela. — Sou Deka, deusa nascida Nuru e sua irmã mais nova. Fui enviada aqui por nossas mães, as Douradas. Vim levá-la para casa.

São necessários alguns segundos para que minhas palavras perfurem o atordoamento. Melanis pisca devagar, se vira para mim, sacos de fluido aquoso branco onde seus olhos costumavam estar.

— Você é uma aparição? — ela murmura através de uma língua empolada e inchada.

Balanço a cabeça.

— Estou aqui. — Me aproximo, colocando a mão diante de sua bochecha escaldante para não incomodar a pele ainda descascando.

Uma pele nova já está começando a crescer por baixo. Pele curada. Chega de sangramentos; chega de ferimentos. Esse é o poder da Primogênita. O poder que alaki mais novas, com o sangue divino diluído por anos de miscigenação, podem apenas sonhar em ter.

— Sou de verdade — sussurro, me aproximando mais para que ela possa sentir minha presença.

Pobre Melanis. Como sofreu todos esses anos. Meu coração dói por ela. Quem teria imaginado que este seria o seu destino?

A segunda dentre as Primogênitas, nascida quase imediatamente após Mãos Brancas, Melanis é uma das alaki mais queridas que já existiram. Ela é a única alaki para a qual as mães doaram asas, um reconhecimento de seu espírito benevolente e natureza inspiradora. Durante séculos, seu brilho dourado foi o farol que guiou outras alaki para o campo de batalha, a luz que anunciava a glória das mães. Apenas um vislumbre dela foi suficiente para convencer exércitos inteiros a largar suas armas e se juntar às Douradas.

Agora que as deusas estão enfraquecidas, Melanis é ainda mais importante. Ela é o símbolo vivo das alaki, a simples visão dela atrairá outros para a nossa causa, assim como fez há tantos séculos. E mais adoradores significam mais orações para as mães, mais alimento para nutri-las para que possam retornar ao seu pleno poder.

Melanis, é evidente, não sabe de nada disso enquanto aproxima o rosto da minha mão, lágrimas se misturam ao sangue enquanto escorrem pelo rosto.

— Você está aqui. A Nuru. Você veio mesmo, bem como as mães disseram que você faria — diz ela, chorando tanto que as lágrimas fluem por suas bochechas.

Uma delas cai, uma gota tão pequena que só percebo porque uma minúscula gotícula dourada de seu sangue está suspensa dentro dela. Então a lágrima, como uma gota de orvalho brilhante, toca minha pele. Um relâmpago passa por mim, e meu corpo estremece, minhas veias faiscando e convulsionando.

Simples assim, estou em outro lugar.

Estou numa câmara de branco infinito, diferente de tudo o que já vi.

O chão de cristal se estende tanto que se torna um horizonte distante, a superfície tão escorregadia que eu podia patinar tão facilmente quanto fazia no lago em Irfut durante o inverno. Ao redor, colunas altas e arqueadas sustentam um teto que desafia a imaginação. Em vez do azulejo ou pintura comuns, um deslumbrante pôr do sol brilha em seu centro, as cores vermelhas e roxas crescentes seguidas por nuvens suaves e onduladas. Poder divino ou habilidade humana, não tenho certeza, mas parece estranhamente familiar… assim como o homem ajoelhado a uma pequena distância de mim, com dor nos olhos.

Esses olhos… são estranhos: preto no preto, com apenas um leve toque de branco. O resto dele é comum. Baixo, magro, com pele marrom e longos cabelos pretos caindo pelas costas. Um rosto gentil, suave, delicado, quase feminino, pó dourado brilha em suas pálpebras e bochechas. Mas suas roupas… estão erradas. Nenhum homem oterano usaria uma túnica tão curta. Túnicas, como robes, devem mostrar dignidade, não joelhos; é o que o ancião Durkas costumava dizer aos garotos em Irfut. Quem quer que seja esse homem, ele certamente nunca ouviu o ditado, porque sua túnica preta e dourada para na altura da coxa. Quem é ele? Por que parece tão familiar? E este lugar... onde exatamente estou?

Quem sou eu exatamente?

A pergunta passa por minha mente, e de repente é só o que consigo pensar. *Quem sou eu? Quem sou eu? Quem sou eu?* Por algum motivo, não faço ideia. Meu corpo não está como de costume. Há algo estranho nas minhas costas. Algo pesado, roçando com penas.

São asas?

— Deka? — Uma voz soa distante.

É Britta, me dou conta aos poucos.

— Deka — a voz de Britta chama de novo quando não há resposta —, eles estão vindo! Saia daí!

A pressão das mãos em meus ombros é suficiente para me trazer de volta à realidade. Simples assim, regresso à câmara interna de Oyomosin, onde os outros estão mais uma vez abaixando seus corpos na posição de batalha. O que acabou de acontecer? Aonde eu fui? Eu me viro, confusa, então encaro Britta, que ainda está me sacudindo.

— Você viu aquilo? Eu estava em uma sala branca. O teto era o céu.

— O teto? — repete Britta, perplexa, dando um passo para trás. — Deka, do que você... não importa. Eles estão quase aqui.

— Quem está quase... — A pergunta morre em meus lábios quando sinto aquele formigar se espalhando pelos meus braços e pernas.

Alguém está vindo. Um grupo inteiro, na verdade. E são todos jatu. Bem, verdadeiros jatu, os poucos homens descendentes das Douradas. Nossos irmãos. A tensão toma conta de mim enquanto observo a porta, aguardando a aproximação deles. Os verdadeiros jatu são mais rápidos e mais fortes que as alaki, embora morram tão facilmente quanto os humanos. Pior, eles têm uma aliança profana com os sacerdotes e todos os tipos de objetos misteriosos estranhos e insidiosos à sua disposição. Nos últimos meses, lidamos com pelo menos uma dúzia de grupos de jatu verdadeiros usando diferentes objetos arcanos, cada um diabólico e perverso à sua maneira.

A presença deles poderia ser a razão do que acabei de experimentar; aquele estranho sonho lúcido? Os jatu estão tentando me capturar desde que libertei as mães. Eles poderiam ter recorrido ao uso de objetos arcanos para atacar a minha mente como outra de suas táticas de batalha?

Ao meu lado, Melanis inclina a cabeça, ouvindo os sons de mudança na câmara. É chocante, ela já está de pé sozinha, seu corpo se curvando e se contorcendo enquanto o branco de seus olhos se arredondam e de seu couro cabeludo brotam cabelos pretos longos e lisos. Todos as outras alaki que resgatamos demoraram para se curar — semanas, meses, até —, mas a pele de Melanis já se renovou e seu cabelo já está cascateando pelas costas. Mas eu não deveria estar surpresa. Como a segunda entre as Primogênitas, Melanis é uma das mais próximas das mães em termos de poder. Óbvio que ela se curaria assim.

Deka, Ixa rosna baixinho, suas escamas eriçadas. Ele está de volta à sua verdadeira forma massiva e não gosta do que está acontecendo com Melanis.

Mas também ele não gosta de muita coisa. Desde nossa batalha com o ex-imperador na câmara das deusas, Ixa tem estado desconfiado, suspeitando de qualquer coisa que possa machucar a mim ou a ele.

Eu não tenho tempo para pensar nisso agora, então desvio meu olhar dele para a porta do santuário, onde o tilintar das armaduras dos jatu parou logo fora da vista. Semicerro os olhos.

— Mostrem-se — ordeno, permitindo que uma onda de poder se entrelace à minha voz.

A porta imediatamente se abre, o poder divino irradiando como calor do grupo de homens atrás dela. Como eu suspeitava, são todos verdadeiros jatu, cada um deles.

Levei tempo para entender que os verdadeiros jatu constituem apenas uma pequena porcentagem dos guardas do imperador, que todos serem conhecidos como jatu é uma confusão deliberada encorajada por nossos irmãos ao longo dos séculos para que os cidadãos de Otera aos poucos esquecessem da existência e das habilidades deles. Agora, quando os verdadeiros jatu e alaki entram em combate, os humanos pensam que os verdadeiros jatu são apenas homens comuns que foram abençoados com força e velocidade extraordinárias. Aos olhos dos oteranos comuns, os verdadeiros jatu são campeões escolhidos especialmente por Oyomo para proteger o Reino Único.

Ninguém jamais suspeita que eles e as alaki vêm todos da mesma origem, e por uma boa razão: os verdadeiros jatu esconderam com muito cuidado nossa história compartilhada. Na verdade, eu sequer sabia que eles existiam até que o ex-imperador, Gezo, lutou comigo com força sobre-humana. Agora, estou sempre alerta com eles.

Será que foram eles quem senti me observando enquanto eu deslizava pela janela de Oyomosin mais cedo? Eu os examino conforme entram na câmara.

Cada homem que se aproxima está usando um traje escuro de couro que nunca vi antes, embora os jatu sejam tipicamente conhecidos por sua armadura vermelha. Essa nem é a parte estranha; o antigo símbolo oterano dourado do peitoral, sim. É uma série de linhas curvas e interconectadas, com linhas menores dentro de cada uma; minha cabeça lateja só de olhar. É quase como se houvesse algo lá, uma escuridão irradiando debaixo dos círculos. Vibra toda vez que tento olhar diretamente; o movimento é tão nauseante que fecho os olhos até que a calma tome conta de mim, silenciosa e feliz. Inspiro, tentando me acalmar.

Então meu cérebro se divide em dois.

De repente, é como se adagas incandescentes estivessem perfurando meu crânio, queimando tudo ao passar. Meu corpo está em chamas, cada nervo em chamas com dor. Respiro desesperadamente, aperto os punhos das minhas atikas para ancorar meu corpo no presente.

Respire, respire... mas nada funciona.

A dor continua se espalhando, meu cérebro lateja com mais violência. Ranjo os dentes. É algum tipo de ataque jatu, mas não vou deixar que me vença. Eu sou a Nuru, meu corpo vai se recuperar. A dor, seja lá o que for, não é permanente.

— Deka? Você está bem?

O sussurro preocupado de Britta vem na hora certa, um lembrete: não posso mostrar sinais de fraqueza, não importa quão mal eu me sinta.

Não aqui, com todos esses jatu me cercando.

Forço meus olhos a abrir, cambaleando um pouco quando meu estômago revira pelo esforço. Como esperado, a dor já está cedendo, meu corpo curando. Então dou um passo excruciante à frente após o outro até que enfim esteja diante das minhas companheiras, que aguardam meu comando.

— Nuru — diz Nimita, preocupada. Ela deve ter visto meu esforço.

— Estou bem — informo rápido. — Foquem em proteger Melanis.

Afinal de contas, ela é o verdadeiro alvo dos jatu. Minha presença aqui é só um acidente feliz para eles, uma inesperada mas feliz adição.

Assentindo, Nimita e as outras imediatamente formam um círculo de proteção ao redor da Primogênita, me deixando na frente. Não estou preocupada comigo, seja lá com o que os jatu vão atacar, não sou mais a garota fraca e digna de pena que era em Irfut. Agora, cada centímetro do meu corpo é uma arma, e estou disposta a usar.

Olho para o líder dos jatu, um homem gigante, barbudo e blindado carregando uma lança de várias pontas, uma ponta letal no meio, quatro outras ao redor; pétalas de metal coroando uma flor mortal. As armas dos outros jatu são as mesmas, embora não tão grandes ou impressionantes, o que só posso supor que seja uma declaração do líder: "Veja como sou mais forte que os outros, mais temível." Quase me divirto com a visão. Depois de estar entre uivantes mortais por tanto tempo, eu o acho quase lamentável em comparação.

Ainda assim, concentro meus olhos na lança para evitar olhar para aquele símbolo.

— Saudações noturnas. Sou Deka, Nuru das deusas — digo formalmente, entrelaçando o poder na voz. — Anunciem-se.

Para o meu choque, nenhum dos jatu me responde.

A incompreensão toma conta de mim. Verdadeiros jatu não podem resistir quando falo com eles, nem as alaki ou uivantes mortais, nenhum descendente das Douradas pode. Todos obedecem às sutis ondas de compulsão da minha voz, que sempre estão lá, mesmo quando eu não quero. É por isso que alaki e uivantes mortais me evitam se puderem e por que minhas amigas usam sempre armaduras ou joias misturadas ao meu sangue, só a minha voz é suficiente para dar ordens se elas não estiverem usando proteções. Verdadeiros jatu não as têm. De jeito nenhum eles podem ser imunes a mim.

Invoco mais poder.

— Eu disse, anunciem-se.

O ar treme com a força do meu comando.

Como antes, eles não respondem.

Quando o líder se vira para os outros e começa a falar com eles em uma língua estranha, fico boquiaberta. É como se minha voz tivesse passado por ele. Ou melhor, passado pelos símbolos... agora posso vê-los de esguelha, vibrando de cada peitoral jatu. Cada vez que falo, eles vibram, quase como se me bloqueassem. Bloqueassem meus poderes...

O que exatamente são essas coisas?

Os olhos de Britta estão arregalados quando ela me olha.

— Eles desobedeceram a um comando direto, Deka.

— É o símbolo que estão usando — digo, rapidamente compreendendo. — Está bloqueando minhas ordens.

Na verdade, agora que penso no assunto, quando os jatu entraram na câmara, o fizeram porque quiseram, não porque eu ordenei. Ainda assim, me recuso a deixar que esses jatu, sejam quem forem, tenham a vantagem.

Enquanto penso nisso, vejo o jatu líder erguendo a lança.

— Ataquem! — grito, imediatamente entrando em modo de batalha.

O mundo ao meu redor aos poucos escurece, meus instintos se afiando, meus sentidos ficando mais fortes. Quando a lança passa, todos ao meu redor se tornaram sombras brancas cintilantes; suas presenças mais puras. Minha voz pode assustar a maioria das pessoas, mas isto, este poder de reduzir cada coisa viva ao meu redor à sua forma mais pura; reconhecer cada vulnerabilidade e força do jeito que os outros reconhecem as cores, é minha habilidade mais aterrorizante.

Olho ao redor, estudando os meus oponentes como Mãos Brancas me ensinou: Ali, um joelho defeituoso. Um coração sobrecarregado. Um braço de lança prejudicado por uma doença infantil. Todas as fraquezas que posso explorar.

Sorrindo brutalmente, corro para a frente, cortando braços e membros com precisão sombria. Ao meu lado, Ixa faz o mesmo, mandíbulas poderosas rasgando a carne e a armadura dos jatu. Mas não é o bastante para fazer a diferença. Percebo isso momentos depois de atacar. Ao contrário dos sacerdotes, estes jatu são organizados, treinados. E eles são muito mais fortes do que nós.

Quando Asha sai voando, arremessada por um dos soldados mais próximos, estendo minha mão, tento usar meus comandos uma última vez.

— Parem! — grito. Mas os jatu continuam vindo, os símbolos continuam vibrando. Ergo minha mão outra vez. — Parem!

— Não está funcionando, Deka! — grita Britta, usando seu martelo de guerra na cabeça de um jatu. — Apenas leve Melanis para um lugar seguro!

Grunhindo de frustração, abandono minhas tentativas e corro para Melanis, mas enquanto me aproximo da Primogênita, tenho uma visão horrível: Melanis caiu no chão, um som horrível de rachadura ecoando de seu corpo.

— Melanis! — grito, correndo.

Há uma estranha ressonância no ar, um tamborilar sinistro que reverbera ao meu redor. Não sei o que é exatamente, mas de alguma forma sei que vem dela, que é algum tipo de poder divino. Nunca senti nada assim antes, toda essa energia crua se construindo e crescendo.

Me apresso para mais perto, preocupada.

— Melanis, o que está acontecen...

Uma explosão de puro branco me esmaga contra a parede.

Fico caída ali, atordoada, vidro chovendo do teto que rui. O que em nome do Infinito acabou de acontecer? A queda de Melanis, a explosão... meu crânio vibra, meus ouvidos tinindo alto. Grunhidos preenchem o ar, todos ao meu redor estão tentando se recuperar, ficar de pé. Eu também, mas minhas pernas logo cedem. Estão moles como geleia agora. Não que eu vá deixar isso me impedir. Tenho um exemplo a dar. Afinal de contas, sou a Nuru.

Cerrando os dentes, me forço a levantar e olho ao redor.

É quando vejo Melanis.

A Primogênita está flutuando acima de nós, a cabeça decepada do líder jatu balançando casualmente em sua mão. Mal tenho tempo de compreender essa visão antes de notar outra coisa: asas. Asas de um branco ofuscante, ouro na ponta de cada pena. Elas são a fonte daquele barulho de estalo que ouvi de Melanis mais cedo. A percepção desliza para dentro de mim como instinto, assim como outra: eu já vi essas asas antes, já as senti antes. Foram o peso que senti nas costas quando estive na câmara branca.

Poderia meu tempo lá ter sido uma memória?

Quase descartei minha experiência na câmara branca como uma espécie de sonho lúcido; talvez fosse até minha memória brincando comigo de novo, mas agora que estou olhando para Melanis, voando bem acima de nós, tenho quase certeza de que foi real. As asas dela voltaram, um presente divino escondido sob sua pele. Por que esse sonho não pode ter sido outro presente divino, uma nova bênção das mães?

Estou tão maravilhada que é necessário um grito de Adwapa para me tirar do torpor.

— Deka, saia da frente! — grita ela.

Dou um pulo para trás quando Melanis mergulha de uma vez do teto.

Quando chega ao chão, ela flexiona suas penas em linha reta no último momento, e uma cabeça de jatu voa, o sangue vermelho arqueando no ar. Fico de boca aberta. As asas de Melanis são como uma espada branca felpuda, cortando todos ao redor dela.

Antes mesmo que eu possa compreender isso, Melanis está se lançando pela câmara novamente, decapitando cada vez mais jatu com grandes rajadas de vento. Os jatu gritam, pedem retirada, mas não são páreo para a velocidade de Melanis. Seu corpo inteiro é uma lâmina, rasgando os jatu antes que eles possam se mover. Assisto boquiaberta, mal notando enquanto Britta e as outras se reúnem ao meu lado.

Britta está chocada também.

— Olha só isso…

— Nunca vi algo tão bonito.

Olho de uma vez para Adwapa, perturbada, quando ela limpa lágrimas falsas de aprovação enquanto Melanis orquestra um massacre diante dos nossos olhos. Me sinto incomodada. Adwapa sempre teve um senso de humor sombrio, mas isso é um pouco demais.

Não sou a única que está desconfortável.

— Isso é pesado, Adwapa, até para você — diz Belcalis.

Adwapa arfa.

— Você acha que eles não ficariam felizes se nós fôssemos massacradas assim? — pergunta ela.

É uma observação válida, exceto que sei que as palavras dela não têm nada a ver com os jatu à nossa frente. Ela provavelmente está pensando em Mehrut. Adwapa e a alaki do sul eram amantes em nosso campo de treinamento, o Warthu Bera; amantes casuais, pensávamos. Mas Mehrut ficou para trás em Warthu Bera quando saímos em campanha e deve ter ficado presa lá quando os jatu tomaram a cidade. Desde que os jatu começaram a jogar garotas dos muros de Hemaira, Adwapa tem tido pesadelos barulhentos e assustadores durante os quais ela chama o nome de Mehrut.

Temos que abrir os muros de Hemaira, temos que resgatar nossas irmãs em Warthu Bera — principalmente Mehrut —, e a única maneira de fazermos isso será se as mães recuperarem mais de seus poderes. O que significa que temos que acabar com os jatu e tirar Melanis daqui.

Com isso em mente, corro até eles, mas poucos restaram. Eles disparam para os corredores do templo o mais rápido que suas pernas conseguem. O ataque de Melanis os assustou, parece.

— Covardes! — grita Adwapa, divertida.

— Voltem e nos enfrentem, seus lixos! — complementa a irmã dela.

Suspirando, assinto para Nimita e as outras uivantes mortais seguirem; então, volto para Melanis, que agora está caminhando na minha direção, o sangue desaparecendo em suas penas, absorvido como água.

A visão é tão enervante que quase dou um passo para trás. Nunca vi nada assim. A alada Primogênita parece não notar quando se aproxima de mim, com um sorriso beatífico no rosto.

— Bem, então, honrada Nuru — diz ela, parecendo em perfeita calma —, podemos ir agora? Desejo olhar nos rostos de nossas mães divinas mais uma vez.

— Sim — repito, rapidamente me movendo em direção a Ixa. Mal posso esperar para sair desta câmara opressiva e deixar para trás todos os horrores que vi aqui.

Mas, enquanto paro para pegar o peitoral com o símbolo para examinar melhor, um estranho som de arranhado chama minha atenção. É muito suave, quase um sussurro, mas algo a respeito me faz arrepiar até a alma. Sigo o som em direção à pilha de corpos jatu espalhada pelo chão, então solto a respiração quando nada parece estranho. Me volto para Ixa, aliviada... até que vejo um brilho dourado de soslaio. É uma grande mão masculina, decepada no pulso e vagarosamente saindo das pilhas de sangue e vísceras.

Tudo dentro de mim paralisa.

Observo, um tipo de horror tomando conta de mim, enquanto a mão se aproxima de uma massa de outras partes de corpos masculinos dourados, que agora estão devagar mas certamente se reconectando, músculo e carne se esticando e balançando como uma corda de minhocas douradas.

Uma expressão horrorizada toma conta do rosto de Asha enquanto ela arfa.

— Aquilo é…

Não respondo. Não há necessidade, não quando um par de pernas douradas estão agora se reconectando a um torso masculino enorme e muito familiar. Um gorgolejo longo e arrastado soa, e então o corpo arfa e acorda, o sono dourado deixando seu corpo quase tão imediatamente quanto chegou.

O líder jatu se vira para nós e rosna, uma expressão maliciosa e perversa que para sempre assombrará meus pesadelos.

— É como disseram — proclama ele, os olhos iluminados com fanatismo profano. — Idugu nos escolheu para nos erguermos, para livrar Otera da abominação que se tornou. Exterminar sua sujeira da face do Reino Único. Sinto pena de vocês, falsas crentes de falsas deusas. Vocês sabem o que acontecerá? Fazem ideia? Os verdadeiros deuses estão acordando. Idugu enviou Suas bênçãos a Seus filhos, e agora nós também somos imor…

O vislumbre de garras é o único aviso que recebo antes que a cabeça dele seja separada do corpo. O sangue jorra no ar. Sangue dourado. Como o das alaki.

A forma gigantesca de Katya treme quando ela olha para o sangue pingando de sua garra, e então para mim.

— Como é possível, Deka? — arfa ela, encarando o homem que acabou de matar. — Como isso é possível?

É exatamente o que quero saber.

Desde que sou a Nuru, conheço duas verdades: *primeiro*, posso comandar qualquer filho das Douradas que eu queira, e *segundo*, os verdadeiros jatu, depois de mortos, não ressuscitam. Hoje, ambas as verdades caíram por terra. O pensamento traça círculos na minha mente enquanto voamos para longe de Oyomosin, agora uma casca fumegante no topo do penhasco vermelho. Costumamos requerer qualquer lugar que conquistamos em nome das Douradas, mas desta vez incendiamos Oyomosin. Não tivemos escolha, com os jatu revivendo daquele jeito. Também decapitamos os corpos jatu que encontramos, outra precaução. A maioria das alaki morre de uma das três maneiras: queimadas, decapitadas ou envenenadas, mas com sorte, duas das três serão suficientes para aqueles jatu, sejam o que forem.

— O que aconteceu lá atrás, Deka? — pergunta Britta, o mesmo que todas estamos nos perguntando pela última hora. Ela está logo atrás de mim em Ixa, Melanis conduzindo o grifo de Britta, Praxis, pelo resto da jornada.

Toda aquela matança exauriu a Primogênita, embora ela não pareça cansada. Ela está incentivando o gato branco a velocidades vertiginosas, ansiosa para retornar às Montanhas N'Oyo pela primeira vez no milênio.

— Não sei — respondo. — Você estava lá. Viu o mesmo que eu.

— Vi os jatu morrerem e reviverem mais rápido que um piscar de olhos. — Este comentário vem de Belcalis, que voa no grifo ao no nosso lado. — Nem a gente consegue fazer isso. Como é possível?

É a exata pergunta que eu tenho. Verdadeiros jatu podem ser mais fortes e mais rápidos que nós, suas irmãs alaki, mas eles têm apenas uma morte. Eles não passam pelo sono dourado. Eles não retornam como uivantes mortais. *E eles certamente não desobedecem a meus comandos.*

— Ele disse que era Idugu. — diz Katya, em outro grifo, ainda parecendo perturbada. — Ele disse que foram as bênçãos Dele que permitiram.

Meus músculos ficam ainda mais tensos. Idugu é o aspecto atual de Oyomo, uma encarnação em forma de guerreiro, nascido para destruir as Douradas e todas as suas filhas. Estamos ouvindo rumores a respeito dele desde nossa primeira vitória contra os jatu. Diferente de todos os outros aspectos de Oyomo (Oyo, o deus sol que nutre colheitas e alimenta adoradores; Omo, o deus sábio que ensina fractais, as equações escondidas por trás de todas as coisas), Idugu é pura brutalidade, uma divindade da guerra e da morte tão temida que a maioria de seus seguidores só diz seu nome verdadeiro no último suspiro.

Agora, a cada dia, mais e mais de seus seguidores atacam nossa montanha, esperando se sacrificarem em nome dele. Morrer dessa forma é a mais alta honra que eles podem esperar alcançar.

— Idugu é um mito, uma história mágica que os jatu contam para se confortarem no meio da noite — zomba Adwapa.

— Ou ele é real. — Me viro para as outras, a memória de ter sido observada em Oyomosin de repente retornando. Pensei que fossem os jatu, mas e se não fossem? E se fosse outra coisa? Se tem uma coisa que aprendi no último ano, é nunca descartar uma possibilidade. — E se ele existir? — digo, enfim vocalizando a pergunta que tem me assombrado desde que o líder jatu ressucitou diante dos meus olhos.

— O quê... outro deus em Otera? — Há um tom de aviso na voz de Nimita. O que estou sugerindo é blasfêmia. *Não há outros deuses além das mães.*

— Uma criatura mascarada de deus — eu explico rapidamente.

Quanto mais penso no assunto, mais sentido faz. Aquele símbolo no peitoral dos jatu era algum tipo de objeto arcano, exatamente como o n'goma, a barreira impenetrável de Hemaira.

E se houver mais objetos arcanos com poder suficiente para imitar um deus?

Me viro para as outras, assustada e animada ao mesmo tempo.

— As mães estiveram adormecidas por milhares de anos. Muito do poder delas se perdeu durante esse tempo. Mas e se não foi perdido, mas sim roubado? Os imperadores hemairanos sempre souberam onde as mães dormiam, e na época eles tinham todo o tipo de objetos arcanos.

— Como aquele símbolo — observa Britta, assentindo para o peitoral cuidadosamente embalado que estamos levando para examinar.

Olho para ela, surpresa. Aparentemente, não fui a única a notar os efeitos.

— Como aquele símbolo — confirmo. — Quem é que sabe se não há um que pode roubar poder divino?

Explicaria tantas coisas. Da última vez em que Oyomo supostamente estava em seu aspecto Idugu, os verdadeiros jatu prenderam as mães em uma prisão feita do sangue delas, e então criaram o Mandato de Morte, para caçar e assassinar as alaki. Mas como fizeram isso? Como adquiriram poder suficiente para subjugar as mães o suficiente para aprisioná-las?

É algo que sempre me perguntei e, agora, temo saber a resposta.

E pensar que tudo com que tínhamos que nos preocupar um ano atrás era matar uivantes mortais e tentar recuperar nossa pureza. Agora, há objetos arcanos e jatu que voltam dos mortos. Não consigo decidir se choro ou grito. Dadas as circunstâncias, ambas as coisas parecem apropriadas.

Me viro para as outras.

— Bem, se tem uma coisa que sei é que é melhor conseguir respostas direto da fonte que gastar nosso tempo com suposições inúteis. As mães saberão. Vamos perguntar a elas.

O que me lembra... me viro para Melanis, que ainda está na frente do grupo, tão focada em chegar a Abeya que não ouviu nada da nossa conversa.

— Melanis? — eu a chamo. — Tenho uma pergunta para você.

— Sim, honrada Nuru? — A Primogênita faz Praxis dar meia volta para me encontrar.

Quando ela chega perto, me inclino.

— Você já conseguiu permitir que outros vejam as suas memórias?

— Permitir que outros vejam as minhas memórias? — Melanis inclina a cabeça, confusa. — Usando um dom divino? Não existe isso, honrada Nuru. Somente as deusas podem ver a mente dos outros. — Ela se aproxima mais, a testa inteiramente franzida. — Por que você pergunta?

— Quando estávamos no templo, eu... — Me interrompo, a culpa tomando conta de mim. Não posso jogar minhas preocupações em Melanis. Ela acabou de ser libertada.

Mesmo agora, posso ver os círculos escuros sob sua pele negra reluzente. Ela pode estar fisicamente bem, mas passou por poucas e boas. Mil anos queimando naquele templo. A mente dela está danificada; fraturada como a minha. Não posso adicionar mais peso. Não agora, quando há tanta alegria no horizonte dela.

— Nada — termino. — Só um pensamento.

Vejo que ela ainda está confusa, mas apenas sorrio e gesticulo para que ela prossiga. Esperarei para falar com Mãos Brancas ou com as mães, pessoas que realmente entendem o que está acontecendo. Aquele sonho lúcido pode ser apenas outro exemplo do estado fragilizado de minha mente, mas também pode ser mais. De qualquer forma, preciso saber.

— Você devia ir — prossigo, assentindo em direção ao longe, onde uma fileira de montanhas aparece no horizonte. As N'Oyos. Nosso lar. — Estamos quase chegando.

— Finalmente! — Melanis incita Praxis à frente, anos parecendo deixar seus ombros.

Só que, agora, estão pesando nos meus. Tanta coisa para fazer, tantas perguntas a serem respondidas.

Olho para Ixa, que está voando todo esse tempo. *Mais rápido*, digo. *Preciso falar com as mães.*

Deka, diz Ixa, batendo as asas mais rápido.

Na distância, o mais fraco raio de sol passa pelos cumes.

Seis meses atrás, o Templo das Douradas era uma ruína, uma construção proibida no topo de uma montanha gelada cercada por um lago de sal tão branco que era doloroso olhar à luz do dia. Para alcançá-la, partindo de Hemaira, era necessário atravessar desertos por semanas a fio, a pele queimando sob o sol escaldante, a garganta seca enquanto os ventos agitavam as areias em enormes tempestades. Então despertei as Douradas, e elas começaram a recuperar seu poder. Com esse poder, toda a cordilheira de N'Oyo e a área ao seu redor ganharam vida: árvores enormes com galhos grandes o suficiente para rivalizar com as das selvas das províncias mais ao sul, um lago cintilante cheio de todos os tipos de peixes e outras espécies aquáticas. O Florescer, foi como chamamos essa nova profusão de vida, evidência visível do poder de retorno das mães. Até a temperatura mudou, desde o frio interminável dos altos cumes das montanhas até o calor ameno de que me lembro dos meus dias em Warthu Bera. Onde antes havia apenas desolação e sal, agora há vida, e isso aumenta um pouco minha tensão quando nos aproximamos daqueles picos familiares, os penhascos delineados por globos de luz de brilho suave que balançam e dançam como vaga-lumes gigantes.

— Luzes da mãe Beda — diz Melanis, um sorriso envolvendo o seu rosto. O primeiro sorriso verdadeiro que vi desde que ela foi libertada.

De repente, estou grata por minha decisão de não sobrecarregá-la com as minhas preocupações. Ela merece muito essa pequena porção de alegria depois de tantos anos de sofrimento.

Ela corre para um aglomerado de luzes, seus longos dedos roçando as bordas.

As luzes emergiram do seio de uma das mães — Beda — poucos dias depois de seu despertar e não pararam de aparecer desde então. Aonde quer que uma alaki ou uivante mortal passe nesta montanha, sempre há um globo de luz para mostrar o caminho. Dá até para vê-los no sopé, onde um contingente de alaki está patrulhando a base da montanha. O Florescer é tão fechado lá que é difícil distinguir as garotas, mas as luzes denunciam. Semicerro os olhos quando noto mais alguns globos de luz perto de um grupo na colina, que parece estar puxando algo da base da montanha. Seja o que for, é grande, mas estou muito longe para ver.

Deve ser uma das maravilhas das mães. Novas criaturas estão sempre surgindo nas montanhas. A visão me tranquiliza: estamos quase em casa.

O sol começa a nascer quando avistamos o cume central da montanha, onde o Templo das Douradas se ergue do meio do lago. Construções com veios dourados a cercam, os jardins tomados de cachoeiras e estátuas de pedra vermelha brilhando com a luz do amanhecer. Abeya, a cidade das deusas. Meu coração aquece com a visão... e ao som de tambores alegres, uma saudação audível que alerta as uivantes mortais esplendidamente armadas e as alaki esperando na beira do lago do templo que chegamos.

Como esperado, Mãos Brancas está na frente da comitiva de boas-vindas. Ao lado dela estão os gêmeos equus Braima e Masaima, as jubas formalmente trançadas, garras com pontas de ferro batendo impacientemente no chão. Melanis é uma lenda não só entre as alaki, mas também entre os equus, que têm sido nossos aliados desde a história escrita.

Mais e mais deles se reúnem, seus enormes perfis equinos brilhando contra o luar. Equus são algumas das criaturas mais magníficas de Otera — uma atraente mistura de humanos, cavalos e pássaros predadores. Se parecem com humanos da cabeça ao tronco, e depois com cavalos — exceto por suas garras poderosas, como as das aves de rapina, que ficam no lugar dos cascos. Essas características equinas e seu vínculo com os animais são o motivo de eles também serem conhecidos como senhores dos cavalos. As crianças os seguem, principalmente órfãos ou fugitivos que não desejam mais seguir o caminho de Oyomo. Há também as meninas que temos resgatado das aldeias vizinhas, jovens alaki cujo sangue ainda não mudou do vermelho da humanidade para o ouro do divino.

É por causa delas que as uivantes mortais atacavam as aldeias oteranas: elas podem sentir o cheiro da verdadeira natureza de uma alaki antes mesmo que ela comece a menstruar, então tentavam resgatar todas as jovens antes que fossem pegas pelo Ritual da Pureza... não que o Ritual signifique muito a essa altura. Agora que quase todos em Otera sabem o que são alaki, as mulheres são sangradas nas ruas se houver qualquer indício de que possam ter sangue divino.

Antes mesmo de Melanis pousar, a multidão está se acumulando ao redor dela, lágrimas de felicidade fluindo enquanto se reúnem. As outras Primogênitas não a veem desde que os jatu se rebelaram séculos atrás e levaram ela e inúmeras outras Primogênitas como prisioneiras, mas histórias foram contadas, inúmeras histórias chegaram nas jovens alaki e uivantes mortais aqui, assim todos em Abeya conhecem sua lenda. "Melanis! Melanis!": o alegre refrão soa, e a alaki alada desaparece rapidamente sob o peso de mil abraços e beijos, tão amada agora quanto antes.

Mas para minha surpresa, Mãos Brancas não está lá. Ela fica parada e tensa, observando enquanto Melanis aproveita suas extravagantes boas-vindas.

Tiro minha atenção dela quando algumas irmãs de sangue me dão boas-vindas também.

— Saudações, honrada Nuru — murmuram, mas essa saudação é mais cautelosa, mais reservada.

A maioria das irmãs de sangue mais novas na montanha não gosta de passar muito tempo comigo se puderem evitar; minhas habilidades as assustam. Uma coisa é eu derrotar o imperador hemairano e seus homens, outra completamente diferente é eu ter a habilidade de controlar as mentes das minhas irmãs de sangue se eu quiser. Além disso, há a maneira como vejo as fraquezas das pessoas usando o estado de combate profundo. É um truque meu relativamente novo, Mãos Brancas me ensinou nos meses após nos instalarmos em Abeya. Mesmo assim, ninguém, principalmente as uivantes mortais, quer estar perto de alguém que não apenas pode ver as vulnerabilidades de seu corpo, mas também pode obrigá-las a fazer coisas que não querem, já que essa pessoa usou essas exatas habilidades para matar inúmeros de sua espécie.

A lembrança preenche minha mente com a culpa. Matei tantas uivantes mortais enquanto estava em Warthu Bera. Tantas. Na época, eu não sabia o que elas eram; apenas acreditei no que os sacerdotes me disseram: que eu era um demônio e uivantes mortais eram monstros que eu tinha que aniquilar para ser pura. Naquela época, eu teria feito qualquer coisa para ser pura, teria destruído qualquer monstro se isso significasse que eu também poderia destruir as partes demoníacas em mim. Eu não sabia que todas as coisas que eles chamavam de demoníacas eram na verdade marcas de divindade.

Olho para todas as pessoas reunidas e, de repente, me sinto muito sozinha. Todo mundo aqui tem seu grupo: humano, alaki, uivante mortal, equus. Até minhas amigas Britta, as gêmeas, Belcalis e Katya têm umas às outras. Mas eu não sou como elas. Não sou alaki, não de verdade, e certamente não sou uma uivante mortal. Sou apenas a Nuru, um ser criado para libertar as mães e impor a vontade delas.

E é exatamente isso que farei, lembro a mim mesma, me livrando dos pensamentos melancólicos. Não posso mudar o passado, nem mesmo as mães podem, tudo o que posso fazer agora é seguir em frente: fazer perguntas em vez de ter medo, ter atitudes que acho justas em vez de seguir sem pensar o que os outros me dizem. Ser uma pessoa melhor; minha própria pessoa.

Com isso em mente, capturo o olhar de Mãos Brancas em meio a multidão e sinalizo com linguagem de batalha: *Precisamos nos encontrar. É urgente. Diga a todas as generais.*

Ela assente, gesticula sutilmente em direção ao Templo das Douradas enquanto conduz a delegação adiante. Eu logo a sigo, minhas perguntas preocupantes sobre o símbolo, os jatu e aquela câmara circulam em minha mente até que uma figura branca e familiar se aproxima de mim: Masaima, com Braima ao lado. Masaima se inclina para a frente e mordisca meu cabelo, como é seu hábito. Sente o gosto e recua, um franzir de desgosto em seu focinho elegante.

— Você fede a fumaça, honrada Nuru — afirma ele.

— Eu estava em um local esfumaçado — respondo solenemente.

— Então deve se banhar — Braima informa com um jogar altivo de sua juba com listra preta. Essa listra é a única diferença entre ele e o irmão. Do contrário, são idênticos. — Se banhar é muito bom para alaki.

— Eu não tinha pensado nisso. — Tento esconder o sorriso se formando nos meus lábios.

Não importa quão ruins as coisas estejam, Braima e Masaima sempre conseguem deixar as coisas mais leves.

Quando a dupla sai trotando, meu sorriso se transforma em uma careta enquanto me lembro: não tenho tempo para isso. Preciso informar Mãos Brancas e as outras generais de tudo que passei e então buscar o conselho das mães. Se Idugu (ou seja lá o que está fingindo ser ele) realmente existe, precisamos descobrir o que é o mais rápido possível, isso para não mencionar o que aconteceu naquele sonho lúcido que tive.

Me apresso para a parte rasa do lago, aliviada em ver a água subindo, e então endurecendo e se solidificando até que se torne uma ponte nítida para atravessar. As placas oscilam um pouco quando eu piso nelas, mas seguram firme, os peixes e outras criaturas presas dentro me observam com irritação cuidadosa. Anok, a mais habilidosa das deusas, fez a ponte se formar apenas para aquelas que são leais a ela e às suas irmãs. É um teste, como quase tudo que cerca a montanha agora: o rio de vidro que explode da areia quando os inimigos se aproximam; as selvas cheias de predadores que devoram qualquer um que as mães considerem uma ameaça. Mais e mais adultos humanos têm se juntado a nós nos últimos meses; não apenas mulheres fugindo de casamentos forçados ou da servidão nos templos e bordéis, mas homens também, cansados de viver suas vidas de acordo com as constrições das Sabedorias Infinitas, cansados da mentira que é Oyomo.

Antes, os jatu massacravam qualquer um que tentasse subir aqui, mas agora eles tentam se disfarçar entre eles em uma tentativa de infiltrar a cidade. Mas a tática nunca funciona. A ponte de água sabe. A ponte de água *sempre* sabe. E qualquer um que ela libera da segurança de seus limites é rapidamente abocanhado pelas criaturas que nadam logo abaixo. Olho para as formas enormes e escuras serpenteando embaixo de mim e estremeço.

Britta e as outras me acompanham enquanto entro no templo e, juntas, rapidamente chegamos à sala de guerra, o local mais remoto e ameaçador do complexo. Enquanto o resto do templo foi reformado à sua antiga glória: corredores de pedra brilhante, paredes enredadas com ouro e apoiadas por colunas que sobem até o céu, jardins suntuosos transbordando de todos os tipos de plantas e criaturas estranhas e maravilhosas, a sala de guerra permanece tão formidável quanto antes, uma caixa preta séria em forma de câmara que pode ser alcançada apenas cruzando a ponte de pedra que dá vista para a parte mais turbulenta e profunda do lago. Raios disparam sobre a água, trovões ribombando com uma regularidade de arrepiar. Essa é outra invenção da Mãe Anok, uma garantia de que nenhum ouvido inoportuno, por mais afiado, ouvirá uma conversa dessa sala.

— Como ela chegou aqui primeiro? — resmunga Britta, quando vê Mãos Brancas esperando ao lado de um dos tronos de pedra que ladeiam as paredes da câmara, seu olhar preto tão inescrutável quanto sempre. Da última vez que a vimos, ela ainda estava perto de Melanis e as outras. Deve ter usado uma passagem secreta para chegar mais rápido aqui. Há centenas delas pelo templo; uma precaução caso os jatu um dia invadam.

— Ela tem seus métodos — respondo, passando pelo chão de vidro grosso.

Estremeço quando uma sombria figura se move por baixo dele. Há uma cela sob a sala de guerra, uma câmara fechada completamente rodeada por pedra e água, da qual não há entrada ou saída. Fico nervosa só de estar sobre ela, mas Mãos Brancas, é óbvio, nem sequer a olha enquanto vem me encontrar no meio. Ela nunca se preocupa com coisas inferiores, principalmente com o único ocupante da cela abaixo de nós. É uma das muitas coisas que acho fascinantes sobre ela.

Quando conheci Mãos Brancas, pensei que ela era uma das mulheres mais lindas que eu já tinha visto, o corpo bem modelado, e de baixa estatura, a pele negra tão retinta quanto uma noite de verão. Até o cabelo curto e crespo servia apenas para destacar suas feições de tirar o fôlego. E então vi os olhos dela, aquelas pupilas pretas tão grandes que escondiam a maior parte do branco. Os olhos de Mãos Brancas são a sua parte mais assustadora; olhe para eles por tempo suficiente e você poderá ver o peso de todos os seus séculos de vida refletidos no olhar.

— E então, honrada Nuru? — diz ela quando as uivantes mortais fecham a pesada porta de pedra. — O que você viu de tão urgente para precisarmos reunir as generais?

Olho ao redor da sala, garantindo que faço contato visual tanto com as alaki quanto com as generais uivantes mortais. Esta notícia diz respeito a todas nós.

— Vi jatu entrarem no sono dourado e então ressuscitarem.

A sala explode em um rugido.

— Impossível! — sibila Nalini, uma uivante mortal com espinhos afiados descendo as costas. Ela gesticula em linguagem de batalha enquanto fala, para que as generais alaki a compreendam. Diferente de mim, nenhuma delas pode entender totalmente uma uivante mortal falando. — Os olhos da Nuru se enganam; você sabe que ela não sente as coisas tão bem quanto deveria. Que ela não entende as coisas da forma que deveria.

Abaixo o olhar, a vergonha tomando conta de mim, como sempre, diante desse lembrete direto do que fiz, de todas as uivantes mortais que matei. Mas isso não tem nada a ver com o que está acontecendo agora, logo me lembro, erguendo a cabeça. Se eu devo me desculpar o tempo todo pelos erros que cometi contra outras da minha espécie, farei isso protegendo-as, mesmo contra ameaças em que elas não acreditam.

— Meus olhos não se enganaram — insisto, dando um passo à frente. — Testemunhei a ressurreição de um verdadeiro jatu.

— Eu também — diz Belcalis.

— E eu — adiciona Britta.

Uma a uma, minhas amigas se movem para ficar ao meu lado, adicionado suas vozes à minha.

— Arranquei a cabeça dele com minhas própria garras — diz Katya baixinho. — O sangue dele era dourado. Divino como o nosso.

— E ele e os outros ignoraram as ordens da Deka — informa Britta. — Passavam por eles como água. Como isso é possível?

A sala evolui para um caos maior, as generais falando, gritando, uma sobre as outras.

— CHEGA! — A voz de Mãos Brancas é tão estrondosa quanto uma trombeta, afogando o burburinho. Quando a sala torna a ficar em silêncio, ela fala com as generais reunidas: — Podemos aceitar que um jatu ressuscitou, nossas irmãs de sangue viram com os próprios olhos, portanto devemos acreditar que é verdade, assim como o fato de que elas viram vários jatu ignorarem o comando de Deka. A não ser que possamos encontrar outra explicação prática para o que nossas irmãs de sangue passaram, devemos aceitar isso como verdade. Agora. — Ela se vira para mim. — Você faz alguma ideia do porquê essas coisas aconteceram?

— O jatu falou antes de morrer — respondo, assentindo. — Ele disse que foi ressuscitado por Idugu.

— Idugu é um mito. — A general Nalini parece ofendida pelo conceito, assim como as generais uivantes mortais. — Um conto reconfortante para os jatu por traírem as únicas verdadeiras deusas.

No entanto, Mãos Brancas apenas me observa. Sua expressão calma me dá forças.

— Acho que Idugu é real — afirmo.

— Você acredita que existem outros deuses em Otera? — Beima, uma general Primogênita gorda, pergunta, o deboche retesando suas feições. — Blasfêmia!

— Eu jamais sugeriria isso — respondo, me recusando a deixá-la me intimidar. Sei que minha teoria pode ser repugnante para as outras, mas deve ser considerada. Tudo deve ser considerado, para que não sejamos vítimas das consequências de tais negações rápidas. É de se imaginar que as generais entenderiam isso depois de todos os seus séculos de vida. — Mas acho que há objetos arcanos suficientes em Otera para imitar a divindade para aqueles que não sabem a verdade.

— Então você acha que temos um charlatão — pondera Mãos Brancas.

— E isso não descreve todos os nossos irmãos? — zomba Beima.

Uma gargalhada explode na sala.

Eu ignoro.

— Acho que temos alguém, ou algo, que pode ressuscitar os jatu, mesmo que por pouco tempo, assim como usar os objetos arcanos para bloquear minhas habilidades. Objetos como este. — Jogo o peitoral para Mãos Brancas, que o desembrulha rapidamente. Não fico surpresa quando ela apenas espia o símbolo, o mais leve indício de um franzir de testa em sua expressão.

Como suspeitei, esse símbolo afeta somente a mim. As outras podem sentir indícios do poder, mas não as incapacita do jeito que faz comigo. Eu continuo, desviando o olhar para não ter um vislumbre do símbolo por engano.

— Essa pessoa, quem quer que seja, deve estar escondida em algum lugar. E precisamos encontrá-la. Começaremos com o ancião Kandiri. Ele é o porta-voz de Idugu.

E já recebemos a tarefa de eliminá-lo.

Não preciso dizer essa parte em voz alta, todas as generais estavam lá quando as mães deram a ordem a mim e às minhas amigas. Ouvimos descrições sobre a força e a ferocidade do sumo sacerdote em batalha, a maneira miraculosa como ele desviou de flechas alaki. Só há uma explicação para um homem humano conseguir tais façanhas: ele não é nem um pouco humano, e está usando suas habilidades de verdadeiro jatu e sua posição como líder espiritual para convencer os homens de Otera de que eles também podem ser tão poderosos caso se juntem aos jatu.

Estamos planejando o assassinato dele há quase um mês, as olheiras rastreando seus movimentos por Otera. No momento, ele está em Zhúshān, uma cidade das províncias orientais, e se agirmos rápido o suficiente, poderemos capturá-lo e interrogá-lo lá.

Um sorriso se espalha pelos lábios de Mãos Brancas, a expressão tão satisfeita que sinto uma pontada de desânimo. Ela já sabe exatamente o que estou sugerindo, o que significa que pensou nisso.

Sou tomada pelo horror. Quando comecei a fazer planos e traçar esquemas como Mãos Brancas?

Me livro da pergunta enquanto olho as generais reunidas.

— Sugiro que nossa caçada se concentre nele e em seus homens pelos próximos dias, e em vez de apenas assassiná-lo, também o interroguemos. Ele sabe todos os segredos jatu. Seja lá quem for Idugu, se ele realmente existir, vamos encontrá-lo e descobrir como ele ou os jatu estão fazendo isso.

— Enquanto isso — adiciona Belcalis —, Deka vai se reunir com as mães, descobrir de que maneira um objeto arcano pode imitar uma ressurreição, e que fraqueza tem, se tem.

Ela me olha, e eu assinto agradecida.

— Um plano esplêndido — diz Mãos Brancas, a expressão de aprovação. — Eu mesma não teria feito melhor. — Ela se vira para as outras generais. — Alerte as olheiras para prepararem os planos imediatamente. Não podemos permitir que a notícia da ressurreição se espalhe por Otera e dê falsas esperanças aos jatu.

Enquanto as generais se levantam, prontas para fazer o que Mãos Brancas ordenou, ela se vira para mim.

— Vá agora, fale com as mães. Descubra o que puder sobre os objetos arcanos. Incluindo este. — Ela me devolve o peitoral, e fico grata ao ver que está tão cuidadosamente embrulhado quanto quando o entreguei a ela.

Uma coisa sobre Mãos Brancas: nada nunca passa despercebido por ela; nem um detalhe pequeno como um peitoral embrulhado. Posso senti-la percebendo minha tensão quando guardo o peitoral, com cuidado para não tocá-lo e sentir a dor excruciante de antes. Quando termino, me curvo, com o ajoelhar curto e rápido com o qual me acostumei.

— Sim, Karmoko — digo, respeitosamente usando a palavra hemairana para "professora". — Irei. Mas tenho uma pergunta antes.

Chego mais perto dela, dando as costas para o restante da sala, para que as outras não leiam meus lábios. Por sorte, elas falam tão alto agora, com as generais falando uma por cima da outra, que até a enxerida mais determinada terá dificuldade em ouvir.

— Você já ouviu falar de uma alaki conseguindo ver a memória de outras? — sussurro.

Mãos Brancas me encara.

— Está falando de si mesma?

Ela sempre vai direto ao assunto. Suspiro.

— Sim, estou falando de mim.

— Nunca ouvi falar disso, mas não significa que não possa acontecer. Você é a Nuru. Talvez seja seu dom divino.

Pisco.

— Meu dom divino?

— As mães já te abençoaram com tantos; o que é mais um adicionado à coleção?

— Mas por que eu desenvolveria um dom divino logo agora?

— Melanis recebeu o dela enquanto se regenerava na noite passada. Nem um dia inteiro de liberdade e as asas dela já voltaram. — Mãos Brancas tamborila nos lábios. — Talvez seja um sinal; as mães estão ganhando mais poder, o que, é óbvio, significa que você também. Mas você não acredita nisso, não é?

Ela franze a testa para mim e eu desvio o olhar, envergonhada.

— Nunca sei dizer se algo é real ou se é apenas a minha mente — sussurro, a vergonha fazendo minhas bochechas queimarem enquanto forço as palavras. — Meus pensamentos sempre se viram contra mim. Sempre me levam de volta para lá...

— Para o porão... o desmembramento? — termina Mãos Brancas.

Assinto.

— Também há o campo onde me queimaram. Me enforcaram lá também... e me afogaram.

Fecho os olhos contra as memórias dolorosas, e então inspiro para me centrar.

Quando volto a abri-los, Mãos Brancas está me encarando.

— Mas o que você viu na noite anterior; a memória que experimentou, era uma dessas? — Mãos Brancas parece genuinamente curiosa.

— Não, mas...

— Aí está então. — Ela coloca uma mão no meu ombro. A frieza de suas manoplas brancas com garras afiadas acalma meus músculos tensos. — Não foi um truque cruel da sua mente, você experimentou mesmo aquilo. — Ela dá um passo para a frente. — Você precisa começar a acreditar em si mesma, Deka, em sua própria mente. Em sua força mental. Senão, outros tirarão vantagem de você, transformarão sua insegurança em arma. Aprenda a confiar em si mesma. Essa é uma das marcas primárias de uma ótima líder. De uma general.

Mãos Brancas diz isso com tanta propriedade que pisco.

— Você acha que eu poderia ser general? — Embora seja um sonho que nunca ousei sonhar.

Sim, sou a Nuru; sim, liderei exércitos à vitória; mas todas as generais das Douradas são Primogênitas, mulheres com eras a mais de conhecimento e experiência. Por mais que eu não duvide das minhas habilidades de combate, não sou arrogante o suficiente para pensar que eu sequer resistiria a uma delas em batalha sem usar a minha voz e outros dons divinos como vantagem.

Em uma luta justa, qualquer Primogênita me aniquilaria em segundos.

No entanto, Mãos Brancas não parece estar considerando nada disso.

— Olhe ao redor — diz ela, gesticulando para as outras. — Você já está aqui, na sala de guerra. E você já teve vitórias. O manto está esperando. Tudo o que você precisa fazer é acreditar em si mesma o suficiente para vesti-lo. — Ela aperta meu ombro. — Confie em si mesma, Deka. Você não é a garota inocente que foi um dia.

Me ajoelho outra vez.

— Obrigada, Karmoko. Muito obrigada.

Mas Mãos Brancas já está se afastando.

— Ah, general Beima — diz ela, acenando para a Primogênita mais gorda. — Uma palavrinha, por favor.

Sorrio para o rápido retirar dela; Mãos Brancas nunca tolerou sentimentalismo. E eu também não, pelo menos não mais.

Eu me viro para sair da sala junto às outras, apenas para parar de súbito quando há outro movimento na cela de vidro sob meus pés. A figura de antes se moveu para o centro da sala. É um homem, seu corpo escuro e encolhido, feridas abertas nos ombros visíveis através do vidro grosso e ondulado. Eu o encaro, uma emoção peculiar tomando conta de mim: não exatamente desgosto ou culpa, mas uma mistura de ambos. Ah, como os poderosos caíram. Um dia, a barba que cobre o rosto dele esteve imaculadamente aparada e trançada com fios de ouro e essas vestes esfarrapadas eram feitas dos tecidos mais obscenamente caros. Tudo se foi agora, junto com os vários anéis dos dedos das mãos e as joias dos dedos dos pés. Tudo o que resta de Gezo, o poderoso imperador de Otera, é essa casca vaga e vacilante de um homem cujo olhar vazio agora encara o meu.

Uma fina vinha verde desliza no ombro dele, suas flores de pétalas pretas úmidas e pulsantes ansiosamente agarram sua pele. Eu estremeço. Essa videira é carnívora, uma planta que se originou do Florescer. Emaranhados de heras se contorcem nas paredes que revestem a cela de Gezo, embora eu não saiba como entraram ali. As águas do lago cercam a celinha escura; deveria ser impenetrável. E, no entanto, lá estão as devoradoras de sangue... Me esforço para não vomitar quando a planta em seu ombro afunda aquelas pétalas em sua carne, os tentáculos estalando avidamente enquanto se empanturra de sangue.

— E pensar — Asha reflete sombriamente, vindo ficar ao meu lado — que este é o mesmo homem que quase destruiu nossa espécie.

— Ele não é nada agora, apenas uma sombra — eu digo.

— Um moribundo — acrescenta Adwapa, apontando para as veias pretas no corpo do ex-imperador, as feridas em seus ombros onde as devoradoras de sangue morderam. — É envenenamento do sangue. Ele não tem muito tempo.

Uma vaga tristeza passa por mim com o pensamento, embora eu não saiba por quê. Gezo era o pior tipo de inimigo, do tipo que finge ser seu amigo. Mas, quando saio pela porta, não posso deixar de dar uma última olhada nele, nesse espectro assombroso de um homem que uma vez teve meu destino, assim como o de todas as outras, na palma da mão, tentou nos esmagar e falhou.

Quando viro no corredor onde fica a Câmara das Deusas, Melanis está saindo, suas asas farfalhando de felicidade ao se juntar ao grupo de Primogênitas que a espera do lado de fora. Ela parece muito mais relaxada do que estava há apenas uma hora, mas é de se esperar. O tempo passa de forma diferente dentro da câmara, segundos se estendendo por semanas a fio, horas se comprimindo em um piscar de olhos. Na primeira reunião de verdade que tive com as mães, passei um verão inteiro na presença delas, apenas para voltar para o corredor e descobrir que meros segundos haviam se passado. Esse é o poder do divino, o poder que apenas as Douradas podem exercer.

Assim que me aproximo das portas, Ixa desce do meu ombro, onde estava empoleirado desde que saí da sala de guerra. Ele odeia a Câmara das Deusas. Faz seis meses que o ex-imperador o prendeu na parede com flechas feitas de ouro celestial, e é óbvio que a memória não desapareceu, embora as feridas tenham cicatrizado há muito tempo. Tentei abordar o assunto várias vezes nos últimos meses, mas ele sempre fica de mau humor, então parei de tentar. Isto é, por enquanto.

Saio logo, prometo, informo, mas ele apenas me lança um olhar de reprovação enquanto desaparece na esquina.

Traidora, sua expressão parece dizer.

Com um suspiro, me aproximo da fila de uivantes mortais e alaki de armadura que guardam as portas da câmara, assentindo em resposta ao dobrar de joelhos formalmente enquanto as portas se abrem. A maioria das pessoas tem que esperar até que as guardas anunciem sua presença, mas as portas das mães sempre se abrem no momento em que me aproximo, outro indício do privilégio.

Dou um suspiro aliviado quando uma onda de energia calma invade meu corpo. Simples assim, estou no oceano escuro, aquele que costumava visitar em meus sonhos. Mas não há água aqui, apenas um fluxo interminável de estrelas, todas elas rodopiando, brilhando, ao redor do meu corpo. Esta é a verdadeira natureza da Câmara das Deusas: mil universos girando juntos, rios inteiros de estrelas fluindo pelo cosmos.

Antes, quando sonhava com o oceano escuro, tudo o que eu conseguia ver era água e, às vezes, aquele portal dourado brilhante no centro. Eu era tão ignorante na época. Não conseguia entender, não conseguia nem mesmo começar a compreender o que eu estava olhando. Agora que posso, toco uma nebulosa distante com um dedo, sorrindo quando ela volta girando para o cosmos. Eu gostaria tanto de poder compartilhar isso com Britta e as outras, poder abri-las para os mundos além de seus olhos, mas não é possível. Todas as outras alaki têm um pouco de sangue mortal. Até Mãos Brancas, a mais velha de todas as alaki, teve um pai mortal. Tudo o que ela e as outras veem quando entram nesta câmara é a mesma visão que vi nas memórias de Melanis: uma sala incrivelmente branca com quatro tronos dourados e um teto que imita o céu. Sem estrelas, sem universos.

A cada dia, a distância entre minhas amigas e eu cresce.

Pior ainda, elas não conseguem entender a verdadeira forma das Douradas. Para elas, as deusas são sombras douradas cintilantes, luz solar e poeira estelar, tudo misturado. Mas eu vejo a verdade: as Douradas são vastos corpos etéreos feitos de energia e luz das estrelas, cada uma tão grande que poderia conter um universo inteiro e, no entanto, tão pequena que cabe em um trono dourado. Elas são ilimitadas, contraditórias. E são minhas mães.

O pensamento me acalma um pouco conforme caminho até os pés dos tronos onde Anok, como sempre, é a primeira das deusas a acordar. Mesmo antes de eu alcançá-la, os olhos pretos insondáveis da deusa estão piscando até se abrirem, tentáculos de escuridão mudando e flutuando ao redor de sua forma iluminada pelas estrelas. A maioria das pessoas vê Anok como uma sombra avassaladora, uma ausência total de luz, mas para mim ela é tanto escuridão quanto luz, mil sóis girando sob a fachada de obsidiana. Nuvens de tempestade se reúnem em torno de sua testa; uma expressão de fúria, profunda e pura. Melanis deve tê-la informado do que vimos em Oyomosin.

Em sinal de respeito, me ajoelho diante dela.

— Mãe Divina Anok, Melanis informou-a sobre o que testemunhamos?

A deusa assente, uma coroa de estrelas brilhando nos cachos de seu cabelo preto como piche, um reconhecimento de sua posição como a mais velha e mais sábia das Douradas. As mães podem ter nascido juntas na explosão de energia cósmica que deu início aos universos, mas foi Anok quem primeiro colocou seus pensamentos em palavras e se tornou uma consciência individual.

— Sim — diz ela com a voz tomada pelo rugido de mil planetas distantes —, ela nos contou que o jatu ignorou seus comandos e ressuscitou.

Enquanto ela fala, um tremor sutil percorre o rio de estrelas: as outras mães despertam do sono divino. Seus movimentos exalam um perfume sutil e floral no ar, o mesmo que sempre sinto quando elas acordam, embora eu nunca consiga identificá-lo. Como sempre, desaparece pouco antes de as deusas começarem a falar.

— É como temíamos — dizem juntas como uma, hábito peculiar delas. Às vezes, são indivíduos, e às vezes parece que são quatro facetas do mesmo ser. Um corpo dividido em quatro aspectos. — O angoro acordou.

— O angoro? — Franzo a testa.

— O trono dourado, o mais poderoso dos artefatos, ou objetos arcanos, como você chama.

Videiras se entrelaçam ao corpo fértil marrom brilhante de Etzil enquanto ela fala, uma expressão de agitação que, combinada com as sempre ferozes tempestades passando pela tez de Anok, me preocupa.

Deusas não demonstram emoções como mortais. Por mais que pareçam vagamente humanas, os rostos frios e a perfeição cristalina de seus olhares as marcam por quem são: seres divinos. As poucas emoções que demonstram parecem coisas insondáveis: ondas de cores, flashes de fenômenos naturais.

— Ele suga nosso poder e o usa para fazer milagres — prossegue Etzli, a angústia gerando uma coroa de nuvens de tempestade semelhante à de Anok ao redor de sua cabeça.

— Não entendo.

Hui Li se inclina à frente com impaciência, a luz brilhante sobre as fracas escamas vermelhas que cobrem seu corpo. De todas as mães, ela é a que mais se parece humana, dada a impaciência, a irritabilidade e outras emoções mortais similares.

— Três mil anos atrás, estávamos no auge de nosso poder — explica ela —, criamos dois objetos para proteger Otera e evitar que caísse em guerras das quais a livramos: o n'goma, que garantiria que os muros de Hemaira nunca cairiam, e o angoro, o trono dourado, que garantiria que a linhagem hemairana sempre governasse Otera.

Franzo o cenho.

— Mas por que vocês queriam que os hemairanos sempre governassem? —Depois de tudo que os imperadores hemairanos orquestraram (a rebelião jatu, entre outras traições), pensei que eles eram os inimigos mortais das Douradas. — E por que a ênfase em Hemaira?

— Sentimento e praticidade — explica Anok, seu olhar preto impassível. — Hemaira é o centro de nosso poder, um lugar onde cultivamos os nossos primeiros e mais devotados adoradores. E os imperadores hemairanos foram nossos primeiros sacerdotes, nascidos das primeiras Primogênitas, nossas filhas mais leais.

Mãos Brancas, adiciono em silêncio.

— Presumimos que eles também permaneceriam leais — explica Etzli.

— Erroneamente, no fim das contas — resmunga Hui Li.

Assinto.

— Entendo.

As Douradas sempre favoreceram as primeiras filhas e as colocavam em posições de poder, apenas para que se rebelassem. É uma história tão velha quanto o tempo, e as deusas, infelizmente, não estão imunes a tais tragédias.

— E o angoro? O que é exatamente?

— O mais temível de todos os objetos arcanos — explica Anok. — Não apenas tem vastas reservas do nosso poder, mas também a habilidade de tirar diretamente de nós; de usar nosso poder para realizar proezas que parecem milagres.

— A ressureição jatu — arfo, compreendendo de imediato. Então foi assim que fizeram!

— De fato.

A gentil Mãe Beda, a mais quieta das deusas, inclina a testa pálida como gelo, suas asas espalhando rajadas de neve ao seu redor. As asas são quase idênticas às de Melanis; assim como todas as outras feições dela, só agora estou reparando. Na verdade, ela e a Primogênita seriam quase idênticas, exceto que ela é tão voluptuosa que dobras de gordura cobrem sedutoramente sua figura ampla; ao contrário de Melanis, que é ágil e magra. Depois, há a questão da pele de Melanis, que é do mesmo tom da mãe Etzli.

Na maioria das Primogênitas se sobressai uma deusa às demais (Mãos Brancas é nitidamente filha de Anok, por exemplo), mas há algumas que se assemelham a duas ou mais das Douradas. Melanis se enquadra nesse grupo. Eu, por outro lado, me pareço muito com Anok, a minha mãe original. Umu, a alaki que serviu como receptáculo para me dar à luz, é descendente direta dela.

— Por que agora? — pergunto, tirando meus olhos de Mãe Beda. — Por que nunca ouvi falar do angoro antes? Se tem tanto poder, por que está emergindo apenas neste momento?

E por que as mães só estão se preocupando com ele agora?

Não faço a última pergunta em voz alta, pois seria quase um desrespeito. Além disso, eu nunca iria querer que as deusas pensassem que duvido delas.

— Tínhamos esperança de que o poder ficasse mais fraco com o passar dos séculos, que se tornasse nulo — diz Etzli. — Mas então você derrotou o imperador e o prendeu aqui. O angoro deve ter despertado, como resultado.

Me viro na direção dela, horrorizada.

— Eu causei isso?

— Não. — Anok se inclina à frente, balançando a cabeça. — A culpa não é sua. O angoro está apenas funcionando como deveria. É uma proteção que emerge quando a linhagem hemairana está ausente de Hemaira a um certo tempo. Geralmente, algumas semanas. Mas meses se passaram e nada havia acontecido…

Franzo a testa, ainda tentando entender.

— Então o que você está dizendo é que quando eu trouxe o imperador aqui…

— Mantendo-o longe do trono de Otera…

— O angoro começou a extrair seu poder?

As deusas assentem como uma.

— Está nos drenando — entonam elas. — E não vai parar até que não existamos mais.

— Não existam mais… — As palavras saem de mim em um arfar. — Quer dizer, mortas?

Sequer consigo pensar nessa possibilidade.

Anok balança a cabeça.

— Deusas não podem morrer, mas podemos cair no esquecimento — explica ela. — Nos tornar energia irracional espalhada em vez de seres sencientes. Levaria centenas de anos, mas o resultado seria o mesmo.

— E nossa descida ao nada já começou — diz Hui Li. — Olhe como estamos fracas. Não podemos nem libertar nossas filhas.

Caio de joelhos, dormente agora. Todo esse tempo, pensei que o estado enfraquecido das mães era resultado de estarem presas aqui por tantos séculos. Mas eu causei isto. Eu estava tão determinada a derrotar o imperador, arrancar seu poder de Hemaira, que não pensei nas consequências. Sou responsável pela fraqueza contínua das mães, pela inabilidade delas de derrubarem as paredes de Hemaira e libertarem nossas irmãs.

Um soluço me sufoca. Sou responsável por todas aquelas garotas sofrendo em Warthu Bera. Todas aquelas mulheres sofrendo por toda Otera.

— Você deve encontrar o angoro e trazê-lo para nós — diz Beda, continuando de onde Hui Li parou. — É da maior importância. Não apenas evita que recuperemos nosso poder total, como irá nos drenar se medidas desesperadas não forem tomadas. Quando acontecer, os jatu não terão apenas rumores de um deus falso; eles criarão um usando nosso poder.

Agora o ar está tão grosso, seu peso pressionando meus ombros. Assinto, minha garganta está áspera quando sussurro:

— O que faço, Mães Divinas? Como paro isso?

Quatro cabeças se viram para mim como uma.

— Capturem o ancião Kadiri, mas não o assassine imediatamente. Você precisará questioná-lo primeiro. Como sumo sacerdote hemairano, ele é o guardião de todos os segredos dos jatu. Ele saberá a localidade do detentor do angoro, seja lá quem for. Quando o encontrar, mate-o e traga o angoro para nós. Você saberá o que é no instante em que o vir. Seu sangue a guiará.

— E o que acontecerá se eu não puder matar o detentor? — É uma pergunta desagradável, mas necessária. — Se o angoro está realmente colhendo o poder de vocês, talvez eu não seja capaz de derrotar quem está usando.

— Você será. Você já tem a nossa ajuda. — Anok se levanta, pressionando um dedo da mais absoluta escuridão da meia-noite no meu colar ansetha. — Este colar é feito do nosso sangue, do nosso amor; ele a liga a nós, é uma amarra. Se você enfrentar o detentor do angoro, apenas pense em nós enquanto o segura, e nós a imbuiremos de nossa força e poder.

Essa oferta está além do que eu esperava. Me curvo, o corpo reto no chão.

— Não sou digna de tal amor, Mães Divinas.

— E mesmo assim, é seu. — Uma mão branca, suave e fresca ergue minha cabeça. Beda. — Uma palavra de aviso, nossa amada filha. O angoro mente, e seu usuário te mostrará coisas, memórias que podem parecer verdade.

A memória que vi na mente de Melanis se mostra, e arfo. Então era isso. E aqui estava eu prestes a perguntar às mães a respeito. Então tenho outro pensamento.

— E as minhas ordens? Os jatu que enfrentamos não cederam. Foi influência do angoro também? Ou era isto?

Fechando meus olhos, desenrolo o peitoral jatu mais uma vez e o coloco aos pés de Anok, me virando quando ela gesticula e o objeto flutua em sua direção.

Não quero que me influencie mais.

Alguns momentos passam, e então ouço um estranho farfalhar. Olho para cima e vejo que o pano aos meus pés está se enrolando ao redor do peitoral. Quando está totalmente coberto, Beda pega o peitoral do ar e me entrega.

— É como você suspeitou: é outro objeto arcano, um com bem menos poder que o angoro. É feito para bloquear sua conexão conosco, com o divino. Você terá que aprender como superá-lo.

Franzo a testa.

— Mas como vou…

— Você é a Nuru — As deusas de repente entonam juntas. — Carne da nossa carne, sangue do nosso sangue. Você vai superar.

E bem assim, o ouro está se espalhando no corpo delas outra vez. E então estão adormecidas, sonhando com uma Otera melhor.

Olho para o colar ansetha, todas aquelas estrelas brilhando no meu peito.

— Superar. — Suspiro. — E como faço isso?

— Então, o que elas disseram?

Britta está esperando impaciente quando entro em nosso aposento compartilhado, um quarto grande e arejado com o triplo do tamanho do quarto em que dormíamos em Warthu Bera. Ao contrário de nossas camas naquele lugar sombrio, a daqui é grande o suficiente para que uma única árvore lunar de brilho fraco se enfie no meio, dividindo-a em duas. Os galhos servem como cobertura, envolvendo meu lado e o dela em cortinas de folhas verdes com veios dourados. Como se isso não bastasse, as imponentes portas de vidro na extremidade mais distante do quarto se abrem para uma varanda que dá para Abeya, os prédios de pedra branca da cidade das deusas brilhando na montanha abaixo de nós. É como se estivéssemos no topo do mundo, capazes de chegar onde desejamos.

Ela acena para que eu me aproxime do lado dela da cama.

— Vamos, Deka, fale! — ela me apressa, empurrando os galhos para que eu possa entrar.

— Preciso de um momento — grunho quando passo pelas folhas para afundar no colchão abençoadamente macio. Depois da minha conversa com as mães, cada músculo do meu corpo está tomado de tensão.

Britta afunda ao meu lado.

— Foi tão ruim assim? — pergunta, atirando uma pedra no ar como se fosse uma moeda. Por um momento, sinto o mais fraco indício de um arrepio.

Desaparece quando franzo a testa.

— Pior. Elas querem que a gente mate o ancião Kadiri.

— Pensei que você também queria isso. — Britta parece perplexa.

— Eu queria, mas não é por isso que estou tensa. — Me sento, e então rapidamente explico a situação para ela. Os olhos de Britta se arregalam cada vez mais a me ouvir.

— Então elas estão morrendo? — arfa ela. — As Douradas, as deusas de Otera... estão morrendo?

— Shh, pare de repetir essa palavra. — Pressiono meus dedos contra os lábios dela para interromper o horrível refrão. Então deixo escapar um soluço. — É tudo culpa minha — digo, caindo em lágrimas enquanto toda aquela culpa, toda aquela vergonha retorna.

Britta rapidamente me abraça, seus braços macios e reconfortantes, e gentilmente acaricia meu cabelo.

— Shh... Deka, shh — ela diz de maneira reconfortante, até que meus músculos enfim relaxem. Então se afasta, me olhando. — Como o que está acontecendo é culpa sua?

As palavras saem de mim apressadamente.

— Se eu não tivesse prendido o imperador aqui, o angoro não teria despertado, as mães não estariam morrendo, e nossas irmãs não estariam presas em Warthu Bera, Adwapa não estaria com tanta raiva o tempo todo, e as mulheres em Otera iriam...

— Espere, você acha mesmo que todas essas coisas são culpa sua? — Britta interrompe meu pânico, os olhos azuis iluminados de preocupação.

Ela está atirando a pedrinha de novo, e o movimento envia arrepios pela minha espinha, embora eu não saiba o motivo.

— Tudo bem, vamos ver. Digamos que você não tivesse derrotado o imperador. O que teria acontecido?

Abaixo o olhar. Penso.

— Ainda estaríamos em Warthu Bera. Metade de nós estaria morta.

— E todas as mulheres em Otera? — incentiva ela.

— Ainda estariam onde estão — digo por fim. — Mas os jatu não estariam matando elas como estão fazendo agora.

Britta me encara.

— Não? E quantas mulheres foram espancadas até a morte por seus maridos ou familiares, ou desapareceram do nada quando você estava na vila delas?

Penso, me lembrando agora de todos os rumores, os sussurros sobre o destino que caiu sobre as mulheres em Irfurt. Me lembro da minha ex-amiga Elfriede, cujo pai quase espancou a mãe dela até a morte por fazer uma filha com uma marca de nascença vermelha no rosto. Ou até a irmã mais nova do meu pai, aquela de quem ninguém falava, porque desapareceu depois de se casar com um homem que a família desaprovava, mesmo pecado cometido pelo meu pai, só que ele era homem, e homens são dispensados de tais punições.

Ou será que são?

Quanto mais penso, mais memórias emergem. Os garotos que eram espancados por serem "femininos" demais, todas as crianças deixadas na colina por terem membros curtos, colunas tortas e coisas assim. Os yandau (pessoas que não eram nem mulheres nem homens) eram espantados ou forçados e frequentar os templos. Todos eles seres humanos vivos que eram punidos, banidos, assassinados porque não se encaixavam nesta ou naquela expectativa.

Olho para Britta.

— Entendo o que você está dizendo.

Ela assente, pegando minha mão.

— Culpa demais existe, Deka.

Assinto, enterrando minha cabeça no travesseiro. Eu queria tanto que Keita estivesse aqui. Ele colocaria os braços ao meu redor, me diria que tudo ficaria bem.

— Sinto falta dos nossos uruni — sussurro, acariciando o travesseiro.

— Você quer dizer que sente falta do Keita — grunhe Britta. Ela me empurra do cobertor. — Nada disso! Você não vai sentir falta do seu amorzinho na minha cama, e com certeza não vai dormir aqui com essas vestes sujas e enfumaçadas. Vá se lavar, pés sujos. Vá agora.

Suspiro, me levantando.

— Já vou, já vou.

O que eu faria sem Britta?

— Saudações matinais, honrada Nuru. — As palavras seguem Britta e eu cedo na manhã seguinte enquanto seguimos para o Salão da Reverência, a câmara onde o banquete de boas-vindas de Melanis acontecerá.

O salão está lotado quando entramos: alaki, uivantes mortais e humanos esperam inquietos por Melanis e as Douradas. Desde a nossa vitória inicial contra os jatu, tivemos pouco que comemorar. Sempre há outra batalha para lutar, outra aldeia para libertar, outro líder para matar. Mesmo agora, estamos nos preparando para nosso ataque ao ancião Kadiri daqui a uma semana, durante o Festival da Meia Luz. Mãos Brancas escolheu esse momento porque os guardas jatu do ancião certamente estarão tão bêbados no Festival que serão praticamente inúteis. Mas mesmo que o festival não aconteça, há ainda o cerco contínuo de Hemaira, cujos soldados temos que revezar constantemente. Hoje em dia, tem sempre alguma coisa acontecendo. Não é de admirar que os últimos meses tenham se misturado, um borrão de sangue, ouro e violência.

Mas agora, Melanis está aqui, e agora, há esperança, maravilha — adoração.

O desconforto percorre minhas costas quando o zumbido baixo das orações sobe no ar. Esta é a minha parte menos favorita de encontros como este: a dedicação. Lá, ajoelhadas atrás da tela de treliça no fundo da sala, estão filas de pessoas orando fervorosamente. Novos convertidos, dedicando-se às deusas por meio da oração e da adoração. É o requisito mais importante para todas as pessoas que desejam viver em Abeya. Até eu tive que me dedicar quando as deusas ergueram pela primeira vez a cidade da desolação que um dia foi a montanha.

Semicerro os olhos para ver se consigo identificar a velha da selva do lado de fora do Oyomosin, mas a multidão de convertidos vestidos de branco se mistura como uma massa indistinguível, então olho ao redor do resto do salão. Há tanto para ver aqui hoje: mariposas cintilantes e iridescentes voando pelo ar, seu brilho valorizando o ambiente criado pelas luzes de Mãe Beda; fileiras de flores amarelas gigantescas e aveludadas, que funcionam como assentos, já que dá para afundar completamente nelas; cachoeiras geladas fluindo com sucos e vinho de palma. Todo o salão é uma visão.

E, óbvio, há os convidados, todos circulando em suas roupas mais requintadas, ouro e joias brilhando, máscaras ornamentadas adornando mais que alguns rostos.

Encaro, de olhos arregalados, quando um homem humano passa por mim usando uma máscara de madeira com listras prateadas nas quatro estrelas da ansetha. Enquanto as mulheres em Otera são obrigadas a usar máscaras depois de se provarem puras pelo Ritual da Pureza, o ex-imperador e seus cortesãos foram os únicos homens que vi fazerem o mesmo. Existem regras para máscaras em Otera; punições também. Na verdade, quando meu sangue verteu dourado, me negaram o privilégio de usar a máscara. Assim, todos poderiam olhar para o meu rosto e ver minha vergonha. Por muito tempo, odiei as máscaras e as vi como um meio de controlar as mulheres. O que, na maioria dos casos, são. Mas as máscaras também podem ser uma expressão de alegria, fé, celebração. Elas podem ser qualquer coisa que a pessoa quiser. No final das contas, são apenas objetos. É o usuário que determina o significado. Levei muito tempo para entender isso.

Britta toca meu ombro.

— Quer ir comer, Deka?

Ela acena com a cabeça para o final do corredor, onde travessas de comida estão empilhadas em mesas decoradas com florezinhas brancas translúcidas. Belcalis, Katya e as gêmeas já estão lá, Nimita, Chae-Yeong e algumas das outras uivantes mortais também. Parecem relaxadas — felizes, até — por fazerem parte da ocasião, outro sinal de o quanto as uivantes mortais como um todo mudaram: elas se tornaram cada vez menos agressivas desde que as mães acordaram, o que faz todo sentido. As uivantes mortais foram criadas para garantir que a nossa raça não morresse antes que as Douradas revivessem, e agora que as mães retornaram, a maioria das piores características das uivantes — a raiva desmedida, o ódio avassalador — desapareceu.

Um dia, elas vão desaparecer completamente. As mães juraram que, quando recuperarem o poder total, uma das primeiras coisas que farão é transformar as uivantes mortais de volta em alaki. Elas serão nossas irmãs de sangue outra vez.

Sei que Katya mal pode esperar por esse dia. Eu com certeza mal posso.

Olho para minhas amigas uma última vez antes de balançar a cabeça.

— Não posso — suspiro tristemente para Britta. — Tenho que esperar as mães na plataforma. — É o que sempre faço em eventos raros como este, e não vou mudar o hábito agora.

Não posso arriscar me fazer de boba e ir me divertir com as outras. Tenho que me comportar de uma maneira que reflita bem nas mães. Afinal de contas, sou a Nuru.

Britta aperta meu ombro, compreensiva.

— Eu sei. — Ela deixa escapar um suspiro triste. — Só queria que você pudesse passar tempo com a gente, como nos velhos tempos.

Gentilmente, pressiono minha testa na dela.

— Eu também — respondo. — Queria poder ficar com todo mundo de novo.

— Nossos uruni? — provoca Britta, sem dúvida pensando nas minhas palavras de ontem.

— Nossos uruni. — Assinto, já que sabemos que estou falando de Keita. — E você também, óbvio — adiciono, como se fosse um pensamento tardio.

— Óbvio.

Me afasto para poder olhá-la nos olhos.

— Eu te amo — digo com sinceridade, um apelo silencioso por paciência.

Eu sei que não tenho sido a melhor amiga que posso nesses últimos meses.

Embora Britta e eu dividamos o mesmo quarto e façamos incursões juntas, há sempre outra crise aqui que requeremos minha atenção; outra batalha, outra incursão, outro líder para assassinar. Em Warthu Bera, havia, pelo menos, um dia ou dois a cada mês em que as neófitas podiam simplesmente se juntar e relaxar umas com as outras. Aqui, nunca posso ser apenas Deka, fazendo jogos bobos com as amigas. Nunca há tempo.

Britta cruza os braços, fingindo seriedade.

— Mais que a lua e as estrelas?

— Mais que peixe kruta refogado em molho de pimenta.

— Isso é muito amor. — Britta ri. Ela sabe que o peixe marítimo gigantesco é minha comida favorita. Ela descruza os braços. — Eu te perdoo por enquanto, mas quando formos na incursão atrás de você-sabe-quem, seremos você e eu.

— Você e eu — afirmo, apertando a mão dela. — Irmãs de sangue para sempre.

— Para sempre e sempre — diz ela, me dando um cumprimento rápido. Então ziguezagueia até as outras, que acenam e sorriem antes de me mostrarem a língua, em sinal de desaprovação.

Reprimo o sorriso que ameaça minhas bochechas enquanto me aproximo da plataforma. Sinceramente, minhas amigas são tão infantis às vezes.

Mil olhos seguem meu progresso enquanto subo as escadas até a plataforma. Várias reverências, joelhos dobrados e até algumas prostrações. As pessoas estão sempre me observando em Abeya. Aonde quer que eu vá na cidade, as pessoas observam e se curvam, como se pudessem receber a bênção das mães simplesmente por sua proximidade comigo. Ainda assim, a atenção delas é um lembrete: nunca devo desonrar as mães, nunca devo mostrar a elas que não sou digna de sua preferência. Enquanto endireito minha postura, tentando ficar o mais formidável que posso, Mãos Brancas entra no salão. Seus olhos imediatamente procuram os meus, e ela acena com a cabeça em direção às portas do outro lado do cômodo, onde um adolescente baixo usando uma meia máscara de madeira, com bênçãos em hemairano antigo nas bordas, entra.

Franzo as sobrancelhas.

O andar esguio, o cabelo castanho... arfo. É Acalan, parceiro de Belcalis. Ele ganhou músculos nos últimos meses, mas com certeza é ele.

E se ele está aqui...

Meu coração falha uma batida quando outro garoto usando uma meia máscara entra atrás dele; este é alto e magro e lidera um contingente de ex-jatu que seguram assegai, a lança cerimonial que os jatu sempre usam. Um choque atravessa meu corpo enquanto olhos dourados tão familiares encontram os meus. Eles poderiam cair de cansaço, mas apenas a visão deles deixa minhas pernas fracas de alegria. É Keita, ele está aqui! Ele está mesmo aqui!

Quando Keita percebe que eu o vi, um sorriso se espalha por seu rosto. Meu estômago se agita em resposta, meu próprio sorriso estica tanto minha boca que dói. Keita... Senti tanto a falta dele nos últimos meses. Falta de falar com ele, de beijá-lo...

Ele me dá uma piscadela assim que os tambores soam, anunciando o início da procissão. Meus olhos o absorvem enquanto ele e seu contingente caminham cerimoniosamente pelo meio do salão, então se dividem em dois e se voltam para a multidão. Mãos Brancas, que subiu as escadas para ficar ao meu lado, gesticula, e eles batem suas lanças como uma.

A multidão se aquieta, todos se levantam quando uma eletricidade sutil acende no ar.

Elas estão chegando...

A reverência me faz estremecer, meu sangue formiga enquanto quatro sombras douradas cintilantes, cada uma dez vezes maior que um humano normal, se materializam nos tronos atrás de mim, sorrisos benevolentes em seus rostos quando olham para a multidão reunida. Elas são pouco mais que raios de sol, relâmpagos feitos de carne, mas são visíveis o suficiente para que todos na multidão possam vislumbrá-las: as Douradas, cada uma tão perfeita quanto no dia em que as despertei.

— Nossos amados filhos — as deusas dizem em uma só voz, tão poderosa que parece que uma onda gigantesca passa pelo público. — Como estamos felizes de vê-los reunidos aqui esta noite. E como estamos felizes de dar as boas-vindas aos nossos novos filhos.

Elas gesticulam, e a tela nos fundos do cômodo abre, revelando novos convertidos, que caminham com cerimônia até o centro do salão, e então se prostram.

A deusa sorri para eles.

— De toda Otera, vocês vieram buscar a luz das nossas bênçãos. E para alguns de vocês, a luz do perdão.

Agora, alguns dos convertidos, principalmente os mais velhos, se levantam. Todos usam faixas pretas, a cor do esquecimento, e seus corpos estão rígidos de tensão. A mulher da selva está entre eles. Ela me lança um olhar cheio de ódio antes de voltar sua atenção para as mães, apenas um pouquinho de medo em seus olhos. Apesar de toda a bravura, ela está tão impressionada quanto todos os outros por estar na presença do divino.

Agora, as Douradas se levantam e acenam para o grupo.

— Aproximem-se, nossos amados filhos. Com esta purificação, vocês se tornarão novos, sem mácula e inocentes aos nossos olhos.

Com os olhos fixos no chão, os convertidos dão um passo à frente, depois se prostram diante das mães, que erguem as mãos sobre eles em bênção.

— Que suas mentes sejam purificadas, curadas de todas as preocupações, liberadas de todos os pecados — entoam as deusas como uma.

Me arrepio quando uma névoa tênue de brilho é espalhada sobre o grupo, mudando as faixas de preto para um branco puro e cristalino. A transição acontece em questão de segundos, mas quando termina, há uma mudança marcante no grupo. Antes tensos, cada um deles agora parece relaxado e feliz, uma fascinação distinta e jovem em seus olhos. É quase como se tivessem renascido, como se tivessem voltado a um estado mais inocente.

Todos eles olham para as Douradas com admiração, e a mulher da selva é a primeira a falar.

— Quem são vocês? — ela pergunta às mães, com os olhos arregalados.

— Somos as Douradas — as deusas respondem em uníssono —, divindades de Otera, e mães de vocês.

A mulher assente, aceitando essa declaração com a facilidade de uma criança.

— E quem sou eu?

— Você é nossa filha, e pode ser o que quiser.

Como sempre, as palavras me enchem de alegria e fascínio. *O que quiser ser...* isso é tudo o que sempre quis para mim, para as mulheres de Otera: a possibilidade de determinar nosso próprio caminho da maneira como a maioria dos homens pode.

— O que eu quiser... — Lágrimas de alegria brilham nos olhos da mulher, e ela as seca, como se surpresa. Ela se vira para os outros, sorrindo. — Posso ser o que eu quiser!

— Isso vale para todos vocês — dizem as mães. — Vocês receberam um dom, uma chance de modelar a vida como quiserem.

Aplausos irrompem pelo salão. Os convertidos recém-renascidos sorriem e se abraçam, mas então começam a olhar em volta, curiosos. Uma sensação desagradável toma conta da boca do meu estômago. Esta é a parte da cerimônia que eu odeio, a parte em que a curiosidade, depois a perplexidade, se instala.

Todas essas pessoas escolheram ter suas mentes purificadas; abraçar uma vida completamente nova, livre de todas as lembranças dolorosas do passado. Na verdade, este é um dos maiores presentes que as mães podem oferecer aos seus adoradores. Mas há um custo. Os novos convertidos podem se lembrar da linguagem, alguns até se lembram das habilidades que já tiveram, mas todo o resto desaparece. Todas as memórias, tudo o que já foram; as pessoas que amavam, os lugares que conheciam, até as comidas que apreciavam. Tudo isso foi apagado.

Sei que esse é o objetivo da purificação, dos restos do velho emerge o novo, mas não posso evitar me sentir triste pela perda.

— Você está bem, Deka?

Ergo o olhar para ver Mãos Brancas me observando, uma expressão insondável em seus olhos. Não me dou ao trabalho de tentar decodificá-la. Mãos Brancas coleciona segredos da mesma forma que outras pessoas colecionam bugigangas.

— Você faria isso? Deixaria que as mães limpassem suas memórias? — pergunto.

Ela balança a cabeça.

— Não há nada na minha vida que seja doloroso ao ponto de eu destruir tudo o que sou para apagar.

Isso vem de uma mulher que passou vários séculos como uma coleção de partes do corpo desmembradas acorrentadas ao chão da masmorra do imperador.

— Mas — ela dá de ombros —, se eu tivesse quaisquer memórias apagadas, eu não saberia, não é?

As palavras deslizam pela minha mente, uma oferta desconfortável. *Eu não saberia...*

— E você? — pergunta ela, se virando para mim. — Cederia suas memórias?

Há algo engraçado nessa frase em particular, "cederia suas memórias", mas ignoro enquanto balanço a cabeça.

— Não, eu não cederia.

Pensei nisso depois da primeira cerimônia de dedicação; remover minhas memórias de Irfut e dos tormentos que aguentei naquele porão. Mas logo dispensei a ideia. A dor pode continuar, pode até atormentar cada segundo que passo acordada, mas ainda é o que me transformou na pessoa que sou hoje.

— Não cederei qualquer parte de mim mesma — digo. — Entendo por que os outros o fariam, mas para mim... só de pensar...

— Exatamente — completa Mãos Brancas, e voltamos nossa atenção para a cena diante de nós, onde os novos convertidos estão se dispersando na multidão, aqueles cujas memórias foram purificadas sendo conduzidos por assistentes que os ajudarão a se ajustar a suas novas vidas em Abeya.

Quando eles partem, as mães se erguem outra vez.

— Agora que demos as boas-vindas aos nossos novos filhos, é hora de dar as boas-vindas a uma de nossas mais velhas: Melanis, a Luz das Alaki. Enfim, após séculos de separação, ela retornou para nós, nossa amada filha e segunda de nossas rainhas de guerra.

Elas olham para o teto, onde o vidro se abre com tanta facilidade quanto uma flor, revelando uma figura solitária e alada, o corpo brilhante acentuado pela luz do sol do início da noite: Melanis. O assombro toma conta de mim quando a vejo descer batendo asas, graciosa como uma gota de orvalho na brisa. Esta é a forma mais verdadeira de Melanis, a razão pela qual arriscamos tanto para resgatá-la. Ao contrário das outras três rainhas da guerra e, de fato, de todas as alaki em geral, Melanis é um farol de luz no sentido mais literal da palavra, alguém que nos dará esperança enquanto continuamos nossa ofensiva contra os jatu e os sacerdotes.

O salão inteiro cai em silêncio, todos olham para Melanis com a mesma admiração que está correndo em minhas veias. Isto é, todos, exceto Mãos Brancas. Olho para minha antiga karmoko de soslaio, confusa ao ver que ela está mais uma vez tensa, o sorriso estampado em seu rosto mais de educação que de alegria. O que em Melanis a deixa tão nervosa?

Tento não pensar muito nisso enquanto as deusas sorriem para a rainha de guerra que desce.

— Por muito tempo — prosseguem elas —, nossas filhas definharam nas sombras: abusadas, espancadas, executadas. O retorno de nossa rainha de guerra Melanis sinaliza o alvorecer de uma nova era. Com ela e nossa amada filha Nuru ao nosso lado — quatro pares de olhos divinos se voltam para mim, e eu me ajoelho, a reverência tomando conta do meu corpo —, vamos recuperar Otera e fazê-la nossa novamente. Vamos governar esta terra mais uma vez.

Aplausos ecoam, expressões em êxtase de alegria, vitória. Tanta felicidade me preenche agora que me sinto como um copo à beira de transbordar. E há apenas uma pessoa com quem quero compartilhá-la: Keita. Ele pode estar de costas para mim, mas sei que sente meu olhar, sabe que estou observando. Apenas mais algumas horas e estarei em seus braços novamente.

Esperar vai me custar toda a minha força de vontade.

O resto da cerimônia passa em um borrão. Mal ouço as mães falarem, mal observo Melanis enquanto ela se dirige à multidão. Mesmo quando as mães vão embora e minhas amigas conduzem Keita e eu para as mesas de jantar, presto pouca atenção. Tudo o que posso ver é Keita sentado ao meu lado, seus olhos dourados olhando nos meus. Sinto o calor de sua perna ao lado da minha, os calos em seus dedos enquanto acariciam meu pulso.

— A nystria mais tarde? — ele sussurra na minha orelha.

O calor invade meu corpo conforme assinto.

— Assim que acabarmos.

Keita sorri para mim, o mais leve indício de uma covinha na bochecha.

— Mal posso esperar.

— Eu também — digo.

— Ah, olhe os pombinhos juntos de novo — Adwapa cantarola, o tom sarcástico tão leve em sua voz que os outros não percebem enquanto riem e balançam suas sobrancelhas para nós.

Eu os ignoro. Estive esperando por este dia há meses; não vou deixar que estraguem tudo. Keita está aqui, e é só o que importa.

Keita e eu nos encontramos, como fizemos algumas vezes quando conseguimos ficar a sós antes, na nossa nova árvore favorita. É uma nystria, assim como aquela sob a qual costumávamos nos encontrar em Warthu Bera, só que esta está situada em um dos penhascos mais remotos da cordilheira de N'Oyo; uma formidável gigante de muitos galhos, suas raízes espalhadas por todo o pico. Uma floresta em miniatura brotou sob seus galhos de flores azuis perfumadas: arvorezinhas nascendo entre suas raízes, pequenos animais se escondendo nas sombras. Ixa os persegue, um brilho animado nos olhos. Não há nada que ele ame mais que aterrorizar criaturas menores. Apesar de sua aparência fofa, quase como a de um gatinho, ele certamente é um predador; e predadores gostam de carne. Em segundos, ele desaparece, perseguindo um macaco-pássaro para dentro do Florescer. Faço uma pequena oração para as mães, pedindo pela alma da criatura. Ixa com fome é um Ixa determinado; ele nunca deixa sua presa escapar.

Enquanto Keita e eu nos aconchegamos no cobertor que estendemos, duas luzes verdes suaves emergem dos galhos acima de nós.

Eu o sacudo, animada.

— Olha, um indolo — sussurro.

— Onde?

Os movimentos dele estão pesados de exaustão, mas Keita segue meu olhar, animado enquanto indico um galho mais alto, onde duas criaturinhas felinas estão saltitando à luz da lua, corpos lisos cobertos por videiras verdes, chifres dourados brilhando conforme nos espiam.

A suave luz verde brilha sobre os dois, uma amarra visível os unindo. Anok me disse uma vez que indolos são a criação mais querida dela e das irmãs, cada uma é um único espírito da floresta dividido em dois corpos idênticos. O que acontecer com um acontece com o outro. Um lembrete visível de que todos nós estamos conectados, sempre.

Sorrio para Keita.

— Um espírito...

— Dois corpos. Como eu e você — diz ele, me abraçando com força.

Apesar do cansaço, o aperto dele é tão firme quanto sempre.

Ele cheira meu cabelo, e eu me arrepio, saboreando a sensação. O toque de Keita sempre me faz sentir aquecida por dentro. Embora nós nunca tenhamos feito mais que beijar, o mais leve carinho é suficiente para arrepiar minha pele.

Ergo a cabeça para olhá-lo.

— Então... como está Hemaira?

Keita suspira.

— Eu prefiro que a gente não fale disso.

Sinto minha garganta fechar. Só existe um motivo para Keita não querer falar de Hemaira: mais garotas foram atiradas dos muros. Muitas mais.

— Eu conhecia alguma delas?

Quando ele balança a cabeça, o alívio toma conta de mim com tanta força que quase estremeço.

— Não.

Ainda não... termino a frase dele em silêncio.

Os jatu já atiraram algumas garotas de Warthu Bera, mas nenhuma que eu conhecesse bem. Nenhuma como Binta, que costumava supervisionar nosso grupo, ou até Mehrut, a antiga paixão de Adwapa. Mas, independentemente de eu conhecer ou não essas garotas, cada morte é outra ferida, cravando mais fundo no meu coração. Todas essas garotas tinham família, entes queridos; sonhos para o futuro. Então eu cheguei... Cada uma das mortes está nas minhas mãos.

Faço a próxima pergunta rápido para me distrair.

— Alguma notícia das karmokos?

Não ouvimos falar delas desde que os portões de Hemaira fecharam. Na verdade, tudo o que sabemos a respeito do que está acontecendo em Warthu Bera e em Hemaira como um todo foi dos jatu que às vezes capturamos e "questionamos", o eufemismo favorito de Mãos Brancas para tortura. E pelo que ouvimos durante os últimos questionamentos, a situação lá não mudou. Os jatu ainda têm todas as alaki presas nos campos de treinamento, e ainda as estão fazendo sangrar pelo ouro.

Afinal de contas, a guerra é muito cara, e as alaki têm dinheiro correndo nas veias.

Keita meneia a cabeça.

— Nada.

Então faço uma última pergunta.

— E Gazal?

Da última vez que ouvi falar da alaki séria e cheia de cicatrizes que um dia me aterrorizou em Warthu Bera, ela tinha sido promovida a comandante em um dos regimentos do cerco de Hemaira e estava constantemente tentando escalar os muros, com ou sem n'goma.

Gazal é estranhamente acostumada com a dor, se comparada com as outras alaki. Mas também, dado o seu histórico...

— Ainda buscando um jeito de entrar na cidade — responde Keita. — Ela está tentando encontrar qualquer indício do objeto arcano.

Aquele que ele está buscando todo esse tempo.

Nos seis meses em que estamos fazendo o cerco a Hemaira, os jatu de alguma forma estão reabastecendo seus suprimentos e se encontrando com outros comandantes jatu por toda Otera. A princípio, pensamos que devia haver uma rede de passagens secretas dentro e fora da cidade, mas tentamos por meses encontrar uma, sem sucesso. Mãos Brancas e as outras comandantes enfim determinaram que isso se deve à ação de outro objeto arcano, um que de alguma forma permite que os jatu saiam de Hemaira quando quiserem, o motivo de ela ter mandado Keita e os outros uruni em busca dele.

Os objetos arcanos são assim: se não estão te matando de maneiras horrorosas ou causando danos indescritíveis à sua mente, eles são ferramentas úteis que podem conquistar feitos que desafiam a imaginação. É irônico. Seis meses atrás, eu sequer tinha ouvido falar de objetos arcanos. Agora, tenho que pensar neles em cada plano de batalha.

— Ainda não vimos qualquer sinal dele — diz Keita rapidamente quando vê minha expressão questionadora —, mas não é só por isso que nos apressamos em voltar. Mãos Brancas quer que te acompanhemos na semana que vem para encontrar o ancião Kadiri e o angoro. Ela já nos informou dos detalhes.

— Isso é bom — digo, a tensão deixando meus ombros. Não quero passar nosso precioso tempo juntos discutindo planos de batalhas. — Vamos parar de falar de coisas ruins, Keita — digo, esfregando meu nariz no peito dele e sentindo seu cheiro. — Me diga como você está. Senti sua falta.

Meses se passaram sem que eu o visse todo dia, sem nossos momentos valiosos juntos.

Apenas um ano atrás, eu não podia entender como uma pessoa poderia me amar, poderia querer ficar ao meu lado. Agora, não consigo imaginar um mundo sem o Keita, um mundo em que eu não seja sua amada sempre.

O calor se espalha pelo meu pescoço. Beijinhos, umas mordidinhas.

— Senti sua falta também — diz ele, seu hálito quente na minha orelha. — Sonhei com você. Toda noite, sonhei.

Me viro para ele, aceito o roçar de seus lábios nos meus. É disso que senti falta. É o que esteve nos meus sonhos por noites. Fecho os olhos e permito que a sensação tome conta de mim.

Mais beijos vêm, se espalhando pelo meu pescoço, meu ombro. Por fim, Keita suspira e encosta a testa na minha. Nós dois estamos determinados a não nos apressar como tantos outros fazem. Quando tudo o que você conhece é uma guerra constante, é fácil perder a esperança e apenas aproveitar as coisas que surgem. Mas Keita e eu decidimos continuar em nosso curso lento e constante. Temos que acreditar que veremos o outro lado desses tempos, que estaremos juntos para sempre. Na verdade, já falei com as deusas sobre prolongar a vida de Keita, talvez até dar a ele a imortalidade, mas vou falar disso quando não estivermos em circunstâncias tão tensas. Ele tem que fazer a escolha por si próprio. Por mais que eu o ame, não posso forçar a decisão. Eu sei, mais do que ninguém, como a imortalidade pode ser verdadeiramente dolorosa.

Permanecemos como estamos por um tempo, inalando a respiração um do outro. Uma reafirmação. *Eu sou sua, e você é meu.*

Ele apoia a cabeça no meu ombro e desliza os dedos pelo meu cabelo, pegando e então soltando cada cacho para ver com atenção quando a mecha volta para a posição.

— Como estão as pessoas aqui?

— Bem. Exceto por Adwapa, talvez.

— Ela ainda sente falta de Mehrut?

— A cada dia mais.

Ela teve pesadelos outra vez cedo esta manhã. Eu a ouvi chorando do outro lado do corredor. As paredes podem ser grossas, mas minha audição é afiada.

— Vamos trazer a Mehrut de volta — diz Keita, determinado. — Vamos trazer todos eles de volta.

Ele não precisa dizer mais para que eu saiba que está pensando em seus próprios amigos em Warthu Bera, aqueles que deixamos durante a campanha. A maioria deles ficou com os jatu por vontade própria, mas havia alguns que apoiavam suas irmãs alaki. Que se rebelaram contra o imperador quando descobriram a terrível verdade do que estavam nos obrigando a fazer.

Eles também estão presos em Warthu Bera, acorrentados ao lado das alaki e sofrendo ainda mais brutalidade. Uma coisa é as garotas se rebelarem, mas os garotos, os escolhidos de Otera, indo contra a sociedade? Os garotos em Warthu Bera são transformados em exemplos, um aviso para todos os homens: "Vocês também não estão seguros. Nunca estiveram."

Assinto.

— Vamos sim — digo com firmeza, tentando banir as imagens do sofrimento dos uruni da minha mente. Mudo de assunto: — Algum progresso com as uivantes mortais no seu regimento?

Mesmo depois de todos esses meses, as uivantes mortais e as Primogênitas ainda não estão acostumadas com Keita. Ele e alguns outros uruni têm a reputação de serem assassinos de uivantes mortais, então não são tão facilmente aceitos quanto os outros.

Keita dá um sorriso amargo.

— É um processo lento. Tudo o que posso fazer é provar que sou camarada delas, que nunca vou traí-las.

— É um começo. Não é fácil…

Paro de falar quando vejo que os olhos dele estão se fechando. Agora, vejo os círculos escuros abaixo deles, a opacidade em suas pupilas.

— Você está exausto — comento.

— Estou bem. — Keita desvia o olhar, culpado, e a preocupação surge.

Ele não costuma ficar cansado assim. Mesmo no meio da incursão, ele pode dormir em minutos. Mas é óbvio que não está conseguindo dormir.

Está escondendo alguma coisa.

— Me conte — exijo, meu olhar no dele.

Keita suspira.

— Tenho tido esses sonhos… bem, pesadelos, na verdade…

— Que pesadelos? — pergunto, semicerrando os olhos.

Keita tem vivido com a realidade da batalha por grande parte de seus dezoito anos. Pesadelos são consequência do que fazemos, de todas as vidas que tiramos. Um mero pesadelo não o torturaria tanto.

Ele ergue os olhos para mim, uma dor crua em seu olhar.

— Estou queimando vivo, Deka… exceto que o fogo… não me consome. É parte de mim, vem de dentro. Queima tudo ao meu redor. — Keita balança a cabeça. — Talvez seja culpa. Traí tudo em que acreditava. Talvez haja uma parte de mim que se arrependa disso. Mas a verdade é que, toda vez que tenho esse sonho, me sinto… poderoso. — Os olhos dele escapam dos meus. — E é isso o que realmente me assusta. Porque sei que aquele fogo é como raiva e vai queimar tudo se tiver chance.

— Ah, Keita — sussurro, apertando meus braços ao redor dele.

E pensar que ele esteve tão torturado por todo esse tempo… Como é que eu não sabia? Como eu poderia não entender como desertar dos jatu o afetou tão profundamente? Há cartazes de procurado por toda Otera agora, não apenas por mim e Mãos Brancas e todas as minhas amigas, mas por Keita e pelo resto dos uruni também. Eles deram as costas ao jatu, ajudaram a acabar com o império. A maioria dos amigos e familiares deles os odeiam. As aldeias onde nasceram queimam efígies.

Não é possível rejeitar tudo o que se conhece, todo relacionamento que já teve, e sair sem consequências. Principalmente para os garotos.

Nós, alaki, nunca tivemos chance, mas os garotos, eles são os amados filhos de Otera. Por opinião popular, eles deviam ser gratos por sua existência, embora ser homem significasse ter cada emoção, cada suavidade atacada e arrancada de você. Gentileza, conforto, sentimentos são coisas negadas aos homens de Otera, e pior, os homens são forçados a serem gratos por isso, gratos por serem homens.

Mas quando os uruni rejeitaram sua posição, quando escolheram seguir com suas irmãs alaki, eles enviaram a mensagem: “Há uma maneira diferente.” E isso é o que provoca medo no coração dos jatu. Porque quando garotos se rebelam, oteranos comuns começam a se fazer perguntas, e então começam a encontrar respostas que nunca consideraram.

É por isso que os jatu temem e odeiam os uruni mais que nos odeiam. Keita sabe disso, sente todo esse ódio de maneira visceral. Mas eu tenho estado tão ocupada sendo a Nuru nesses últimos meses que nem sequer percebi.

Olho nos olhos dele, tentando transmitir todo o meu amor, a minha preocupação. Tentando esconder a minha culpa por não ter estado aqui por ele do jeito que ele tem estado por mim.

— Você fez o certo; sabe disso, Keita. Se tivesse ficado com os jatu, ainda estaria nos matando, apesar de saber a verdade sobre quem somos. Você estaria lá com eles. — Aponto para a base da montanha, além do rio de vidro escondido, onde distantes acampamentos jatu iluminam a noite. — Nosso inimigo jurado.

Ele assente.

— Eu sei. Eu só queria que minha mente entendesse isso.

— Dê tempo ao tempo — sussurro. — O tempo sempre ajuda. E fale. Estou aqui para ouvir.

Pisco para ele, e Keita dá um sorriso triste.

— Acho que você está certa. Nós deveríamos conversar mais. Mas depois que eu dormir um pouco.

— Sim.

Keita se apoia em mim, e coloco sua cabeça em meu ombro, traçando círculos vagarosos e confortadores em suas costas. Há apenas um ano, eu não poderia imaginar estar em circunstâncias assim com ele. Keita era um garoto que eu detestava, aquele que parecia me desprezar. Agora, ele é meu amor e aliado, um dos meus melhores amigos.

Logo, sua respiração estabiliza e um ronco suave soa no ar. Prendo o cobertor ao redor dele e também me acomodo. Este é um lugar tão bom quanto qualquer outro para dormir. E as deusas sabem que nós dois precisamos.

O dia da missão para capturar o ancião Kadiri amanhece com muita agitação: costureiras apressadas aperfeiçoando os disfarces do meu grupo, artesãos ajustando nossas máscaras de viagem alegremente coloridas, carreteiros fazendo ajustes de última hora nas carroças de madeira em que viajaremos. Apesar de estarmos viajando como uma caravana, estamos todas em vagões individuais com nossos uruni: Keita e eu em um, Belcalis e Acalan em outro, Asha e Lamin, Adwapa e Kweku, e Britta e Li nos seus próprios. Nosso disfarce é de um grupo de recém-casados felizes de uma movimentada cidade comercial que se uniram por segurança, com todas as covardes uivantes mortais e alaki à espreita, à espreita para acabar com nossas vidas e roubar nossas almas. Como a única de nós que é mesmo das províncias orientais, Li servirá como nosso líder e guia.

A pobre Katya esteve nervosa a manhã toda. Ela, Nimita, Chae-Yeong e três outras uivantes mortais viajarão conosco como suporte, mas vão se separar na floresta assim que chegarmos a Zhúshān, a cidade onde o ancião Kadiri está descansando agora. Esta noite marca o início do Festival da Meia Luz, o período sagrado que celebra a descida de Oyomo pelos céus e o surgimento do frio do inverno. Na infância, era meu feriado favorito. Durante os cinco dias de festival, ninguém pode viajar, para não atrapalhar a jornada de Oyomo. Todos em Otera devem permanecer no lugar, reunidos em volta de fogueiras, comendo e bebendo. É o momento perfeito para capturar o ancião Kadiri, por isso Mãos Brancas o escolheu.

Enquanto estou no campo de treinamento, encarando o peitoral jatu uma última vez e inspirando em busca de força quando o símbolo vibra como sempre, um tremor rasga o ar, fazendo os pelinhos dos meus braços arrepiarem. Me ajoelho imediatamente, grata por conseguir fazer o movimento sem que nenhum dos meus membros estremeça. Tenho construído minha resistência ao símbolo jatu nessas duas últimas semanas.

— Mãe Anok — digo, me virando e abaixando a cabeça respeitosamente.

De repente, ela está atrás de mim, uma escuridão imóvel reunindo todas as sombras dentro de si. Desta vez, ela está do tamanho humano, embora seja pouco mais que um contorno fraco sob a luz matutina.

Ninguém parece notá-la, a não ser Ixa, que se retrai, irritado. Ele sempre fica irritado quando as mães estão por perto, uma consequência do que aconteceu com ele na Câmara das Deusas com as flechas. Ele grunhe e se esconde no arbusto atrás de mim, a cauda em riste como uma bandeira ofendida. Ao nosso redor, as outras continuam a conferir as armas como se nada tivesse acontecido. Elas sequer parecem me notar. Na verdade, de repente é como se eu sequer existisse.

Olho para Anok.

— Aconteceu algo, Divina Mãe? — pergunto, preocupada.

As Douradas raramente deixam a câmara, e certamente nunca sem as outras. Por que Anok está aqui, sozinha?

— Não exatamente. — A deusa se aproxima. — Vim para te ver partir, filha. Para falar com você uma última vez antes que vá.

As palavras dela me alarmam. Já fui a centenas de missões a essa altura (nenhuma tão importante quanto esta, decerto), mas Anok nunca veio até mim pessoalmente para se despedir. Por que ela está agindo como se talvez nunca mais fosse me ver?

Franzo a testa.

— Divina Mãe, eu...

— Shhh, Deka. — Anok envolve meu rosto nas mãos, erguendo meus olhos à altura dos dela. Todos os meus pensamentos somem.

Olhar nos olhos de uma deusa é como encarar o centro de uma estrela. Primeiro, as pupilas brancas, brilhantes e frias. Quanto mais você encara, mais o branco se parte, até que você está em um caleidoscópio de cor, os pensamentos nem aqui nem lá.

— Conversaremos em outro lugar. — A voz de Anok soa distante, como se a quilômetros de mim, e então estou no meio do lago do lado de fora do templo. O terreno está fervilhando de atividade, embora ninguém pareça nos ver de pé na água.

Ela ondula sob meus pés, tão nítida que quase posso ver até as profundezas, todos os diferentes tipos de peixes e outras criaturas nadando lá. Observo, por um momento pega pela visão de todas as criaturas, cuja maioria nunca vi antes. Algumas são transparentes como a água, outras lisas e como anfíbios. Algumas até têm chifres e pelagem e se lançam pelas correntes. As mães as trouxeram de outro lugar, ou elas as criaram do jeito que fizeram com as videiras devoradoras de sangue? Então algo maciço e escuro desliza sob meus pés. E me lembro de onde estou e com quem estou.

Anok sorri.

— Não tenha medo, nossa filha — diz calma, ajoelhando-se. Ela bate na superfície do lago em uma série rápida de padrões, enviando uma onda em espiral às profundezas abaixo. — O Ababa está apenas curioso sobre você.

Enquanto ela fala, o Ababa surge, agitando-se na água até ficar logo abaixo da superfície, uma fera reptiliana colossal com pelo menos vinte vezes o tamanho real de Ixa, todo dentes do tamanho de pedregulhos e escamas cinza-ferro. Ele olha relaxado para Anok, olhos amarelos brilhando através da água azul-clara até que a deusa estende a mão e acaricia uma partezinha de uma narina gigantesca. O Ababa fareja, satisfeito, depois desliza até mim, a água balançando tão violentamente com seu movimento simples que tenho que firmar os dois pés para recuperar o equilíbrio.

Assim que o faço, acaricio timidamente a narina de Ababa, aliviada quando ele fareja, satisfeito, outra vez.

— Alguma relação com Ixa? — pergunto enquanto rapidamente retiro a mão da água. Se eu semicerrar os olhos por tempo suficiente, quase posso identificar uma semelhança familiar. Algo nas escamas, aquele focinho vagamente felino. Também há o fato de ser uma criatura aquática.

Um dia, Ixa também foi completamente aquático. Então o tirei do lago. Ele se ajustou bem à terra. Tirando o que aconteceu na Câmara das Deusas.

Anok se levanta, limpando a mão.

— Por sangue, não — responde, balançando a cabeça. — Ixa é uma criatura totalmente divina, como você. Mas os dois foram criados do mesmo padrão, isso é verdade.

— Então de um drakos do mar — digo, pensando nos dragões colossais do alto-mar que vêm às vezes e destroem navios humanos.

Ela assente.

— Sim, um drakos do mar... embora eu tenha adaptado o Ababa para o lago, o tornei menor para caber. — Há algo no tom dela, uma pontinha de tristeza tão pequena que é quase indiscernível.

Anok é assim: ela esconde, mas é a única das mães que sempre parece triste. As outras podem sentir alegria, raiva, indignação, mas tristeza, nunca.

— Você adaptou muita coisa — digo, de repente pensando em todas as mudanças que as deusas fizeram na montanha. Olho para ela. — É o que vai acontecer com o resto de Otera?

Ela dá de ombros.

— Talvez. Uma nova era requer novas maravilhas.

Assinto avidamente.

— Mal posso esperar.

Quando as deusas recuperarem a força por inteiro, poderemos enfim parar de lutar, de nos defender contra os jatu e os sacerdotes. Todos terão a chance de serem iguais. E poderei enfim descansar, talvez até ir para uma ilha de prazer distante com Keita e minhas amigas.

— Em breve. — Volto minha atenção para Anok enquanto ela repete: — Em breve, a hora chegará.

— Mas até lá, precisamos lutar.

Anok inclina a cabeça, concordando, o peso de seus séculos infinitos desacelerando o movimento.

Ela sabe, como eu sei, que não temos outra escolha. Precisamos limitar o dano que os jatu causam, o número de vidas que tomam. As deusas serão capazes de fazer muita coisa quando ascenderem de novo; isto é, óbvio, se ascenderem mais uma vez, dada a situação com o angoro. Mesmo quando acontecer, isso se eu for bem-sucedida, há uma coisa que sempre permanecerá fora do alcance delas: ressuscitar as vidas que foram perdidas. Elas abriram mão desse poder depois de criar as uivantes mortais, junto com outros que ainda não discutem comigo. Então precisamos manter vivas quantas pessoas pudermos, mesmo enquanto os jatu continuam a tentar varrer nossa espécie da existência.

— Não fique desencorajada, Deka — diz Anok quando minha introspecção vai longe. — Tudo ficará bem com o tempo. Por enquanto, me despeço de você.

Aí está a palavra. *Despeço*. Olho para ela, me encolhendo.

— O que você não está me contando?

Anok pestaneja. A expressão é tão breve que mal a vejo, mas a visão aperta o nó já firme no meu estômago. Em todos os meses em que estive com as mães, nunca vi nem uma delas pestanejar. Nunca.

Anok leva mais tempo para responder.

— Venha comigo — diz simplesmente, e então pisa na água, deslizando abaixo da superfície de maneira tão casual que quase parece uma avó oterana dando um passeio, se essa avó fosse uma deusa que usa a escuridão como capa.

Rapidamente, faço o mesmo, e então estou dentro da água, as correntes passando por mim como brisa, os peixes me olhando com curiosidade. Não fico surpresa ao descobrir que é fácil respirar. Anok comanda os elementos com tanta facilidade quanto faz com as sombras. Ela nunca me guiaria para o perigo.

A deusa está me esperando no topo de uma colina submersa quando enfim a alcanço. Um grupo de peixes opalescentes se reuniu ao redor dela, mordiscando suas vestes. Me sento nos corais redondos e baixos diante de si e então espero, tentando não me inquietar. Há um motivo para ela ter me trazido até aqui, longe de olhos curiosos. Um motivo para ela ter pestanejado quando a questionei. Só tenho que esperar que ela explique.

Anok se aproxima, encarando o colar ansetha, que estou usando sobre minhas vestes agora, já que não o usei em uma viagem formal ainda. Bruscamente, ela o levanta e então continua a encarar, a expressão cheia de concentração. Quando enfim ergue o olhar, vários segundos se passaram. E os olhos dela estão cheios de determinação. Fico mais inquieta ainda.

— Quero que você se lembre de algumas coisas, Deka. Este colar é prova de que você é a Nuru. Divina, assim como nós. Ele contém o sangue de cada uma de nós, um lembrete de que nós, deusas, somos uma. Quando tiver dúvidas, lembre-se disso: lembre-se de que a resposta está no sangue.

Agora, os olhos dela perfuram os meus, aquele branco obliterante estreitando meu foco para ela apenas. Já não noto a água, os peixes, Ababa cochilando ali perto. Tudo o que vejo é Anok.

— O que você é?

— A Nuru?

— E?

— Sou totalmente divina.

— Assim como?

— Você.

— Lembre-se sempre disso, e agora vá se deitar. — Anok acaricia minha testa, seus olhos tristes. E então a escuridão consome tudo.

Quando acordo, estou de volta ao campo de treinamento, tocando o colar ansetha, me perguntando por que estou me sentindo como se tivesse experimentado algo extremamente importante, embora eu não tenha muita certeza do quê.

◈

Meu corpo está tomado pela tensão enquanto eu e minhas amigas nos aproximamos do pátio do templo mais tarde naquela manhã, nosso ponto de partida habitual. É uma visão maravilhosa, jardins tropicais exuberantes cercados por cachoeiras que brotam do ar, mas tudo em que consigo pensar é em nossa missão iminente. Assim que sairmos daqui, seguiremos direto para Zhúshān, bem no centro das províncias orientais, onde devemos capturar o ancião Kadiri e levá-lo a interrogatório. Qualquer erro de nossa parte e os jatu os esconderão tão bem que nunca mais poderemos encontrá-lo. As consequências seriam inimagináveis: *Garotas sendo torturadas — mortas — por toda Otera. A morte das mães...*

Pensar nisso faz minha ansiedade disparar, então tento controlar minha respiração olhando para as quatro estátuas de pedra com veios dourados no centro do pátio. Mãos Brancas está de pé ao lado delas, olhando para o minúsculo orbe dourado flutuando acima de suas palmas abertas; uma representação da única lágrima divina que as mães choraram quando os jatu as aprisionaram há tantos séculos.

Ela se aproxima de mim.

— Toda vez que olho para isto, me lembro de sua mãe, que as deusas a guardem — ela diz baixinho. — Umu era realmente um espírito maravilhoso.

Um calor de alegria flui por mim ao ouvi-la falar com tanto carinho de minha mãe. Minha mãe era protegida dela. Mãos Brancas a escolheu especificamente, presenteou-a com a lágrima dourada que se transformaria em mim, enquanto elas serviam de espiãs em Warthu Bera. Às vezes, quando estou perto de Mãos Brancas, é como se estivesse perto de minha mãe, embora ela tenha morrido dois anos atrás, tentando esconder minha existência dos jatu.

— Ainda sinto saudades dela — sussurro. — Principalmente agora, com tudo o que está acontecendo.

Com os jatu ressuscitando, objetos arcanos acordando depois de séculos... não preciso dizer em voz alta. Mãos Brancas já sabe.

Ela assente, compassiva.

— Há um ditado, Deka: quando as deusas dançam, a humanidade treme. E muita dança está acontecendo agora. Por sorte, como a Nuru, você pode opinar sobre a direção da dança.

Agora, ela se aproxima com um olhar determinado.

— Quero que você se lembre de algo enquanto prossegue nessa jornada, Deka: sempre saiba por quem você está lutando. Suas irmãs de sangue são sua família, seu lar.

Franzo as sobrancelhas. Algo nas palavras dela provocam uma memória, embora eu não saiba qual. De qualquer forma, por que ela está agindo como se dissesse adeus? Estive em incontáveis missões como esta antes. Talvez não desta exata magnitude, mas mesmo assim, é só uma missão como qualquer outra. É por isso que hoje de manhã com Anok…

O pensamento logo some, então sigo o olhar de Mãos Brancas. Ela está encarando minhas amigas, com aquele olhar. Aquela seriedade.

— Sua responsabilidade, ainda mais do que você deve às mães, é com elas — disse, as palavras mais uma vez me relembrando de algo que não consigo distinguir.

Assinto.

— Eu nunca me esqueceria.

— Você ficaria surpresa com como as circunstâncias podem testar tais convicções. — Um sorriso amargo se espalha nos lábios dela, mas Mãos Brancas logo o esconde e me afasta. Seja lá qual for a causa do sorriso, sei que é outro segredo, um que não revelará para mim, então assinto enquanto ela diz: — Vá então até as províncias orientais. E lembre-se: não morra muita vezes. É impróprio para uma guerreira.

— Sim, Karmoko.

— E, Deka…

— Sim?

Quando me viro para ela, uma estranha expressão aparece em seus olhos — quase um vazio. Me lembra muito da purificação das memórias dos adoradores das mães durante a dedicação, me faz arrepiar.

— Nada. — Ela balança a cabeça. — Vá, suas amigas estão se preparando para a partida.

Irritada, me ajoelho em respeito, então me aproximo das minhas amigas, que agora estão inspecionando os vagões em preparação para a partida. Braima e Masaima, os equus de Mãos Brancas, também estão aqui, esperando para se despedir, já que não irão conosco nesta jornada.

Quando chego, Masaima franze a testa para minhas frívolas túnicas azuis e a elegante meia máscara amarela cobrindo meu rosto da testa ao nariz.

— Silenciosa, o que você está vestindo? — ele pergunta, horrorizado, usando o apelido familiar dos equus para mim.

— Um disfarce — respondo, divertida apesar das circunstâncias. Ele e os irmãos nunca me viram usar nada além da armadura de combate e máscara de guerra, ou roupas esfarrapadas. A memória de como eles me viram pela primeira vez, desgrenhada e violada, surge, e meu sorriso desaparece rápido.

— Não combina com você — funga Braima, jogando sua crina com a mecha preta para trás.

Assinto, secando o suor do meu rosto. Máscaras assim são feitas para ornamentar, não para serem confortáveis, e estou muito acostumada com o conforto agora, pelo menos quando se trata de roupas.

— Concordo plenamente — digo. — Eu preferiria usar armadura e máscara de guerra.

Pelo menos são confortáveis.

— Gosto do seu cabelo — elogia Masaima, se aproximando.

O que, é óbvio, significa que ele quer um pedacinho. Eu o trancei para a ocasião, usando juncos pretos semelhantes a cabelo para aumentar o comprimento até as costas, assim me pareço com uma mulher oterana padrão.

Por sorte, o bater de asas o distrai de fazer do meu novo penteado seu aperitivo da tarde. Melanis chegou, a habitual multidão de apoiadores atrás dela. Ela virá conosco, uma espada adicional caso seja necessário. Apesar de todos os nossos talentos inegáveis, nenhuma de nós tem asas para nos permitir uma fuga rápida, se preciso.

Quando ela nos alcança, a multidão encheu o pátio inteiro, todos ansiosos para vê-la partir, embora não saibam para onde ou com que propósito. Esse ataque é estritamente confidencial, apenas os participantes e as generais conhecem os detalhes.

Um zumbido irritado soa ao meu lado enquanto Melanis voa pelo pátio, sorrindo de maneira benevolente para seus apoiadores.

— Bem, se tem uma coisa que posso dizer sobre a mulher — funga Britta — é que ela sabe de fato como estimular a admiração.

— Com inveja, hein? — Li, o uruni de Britta, dá um sorrisinho. Ele é um garoto oriental bonito, alto e magro, com a alegria fácil de uma pessoa que foi atraente a vida toda.

Ele e Britta se provocavam o tempo todo em Warthu Bera, e agora que ele voltou, estão fazendo de novo.

— Não estou com inveja — diz ela. — Só estou dizendo que ela é exagerada, só isso. Por que ela sai voando assim por aí?

Ao lado dela, Belcalis dá de ombros.

— Faça crescer asas douradas e pele brilhante e talvez você descubra — diz ela, sem tirar os olhos de Melanis.

Observo Belcalis por um momento, curiosa. Ela está olhando para Melanis tão intensamente quanto Adwapa costumava olhar para Mehrut, só que não acho que ela sinta esse tipo de paixão pela Primogênita alada. Homem, mulher, yandau — nunca vi Belcalis reagir romanticamente a ninguém. Não sei se ela sempre foi assim ou se é por causa de seu passado, mas sei que é melhor não perguntar e, além disso, também não é da minha conta. Ainda assim, se guardar segredos fosse uma arte mortal, Belcalis seria a acólita de Mãos Brancas: nenhuma quantidade de intromissão ou mesmo tortura a faria divulgar informações que ela não está pronta para compartilhar.

Britta resmunga outra vez, então olha para a pedrinha que está atirando; seu novo hábito. Um formigamento rápido percorre minha pele, e franzo a testa. Tenho sentido esse formigamento cada vez mais hoje em dia, geralmente vindo dela, Belcalis ou Adwapa.

— Não sei sobre asas e pele brilhante e tal, mas talvez eu tenha algo tão legal quanto isso. — Ela sorri convencida.

— E o que é? — questiono.

— Você vai ver.

Enquanto franzo ainda mais a testa, Keita acena para mim da frente de nossa carroça. É uma cópia quase idêntica daquela que Mãos Brancas usou para me trazer para o Sul há pouco mais de um ano, exceto que agora almofadas bordadas em cores vivas adornam os bancos dianteiros, enquanto cortinas igualmente ornamentadas protegem as janelas da frente e das laterais. Como estamos fingindo ser recém-casados, é necessário um pouco de festividade. Estamos todos usando vestes combinando para completar o disfarce. Keita e eu usamos as mesmas vestes azuis, e o capuz amarelo escondendo seu rosto combina com minha meia máscara amarela.

— A carroça está pronta — diz ele, dando tapinhas no assento ao seu lado.

Ele já pôs as rédeas em Ixa. Como esperado, meu companheiro azul brilhante agora é um cavalo incrivelmente bonito, idêntico ao real em todos os aspectos, exceto pela cor da pele. Isso ele nunca pode mudar, não que faça diferença. Um dos dons de Ixa é a capacidade de enganar as pessoas para que vejam o que elas querem ver. Quando eu o trouxe de volta ao Warthu Bera, todos, exceto meus amigos mais próximos, o viam como um gatinho fofo quando ele estava em sua forma de gato. Somente quando Mãos Brancas me fez revelar sua forma de batalha, os outros enfim o viram como ele realmente era.

Hoje, eu o vejo como um belo cavalo azul, mas para os outros, ele provavelmente é cinza. Seria assustador se ele pudesse se transformar na forma humana, mas esse, felizmente, é o único disfarce que ele não consegue ter.

Acho.

Subo na carroça, grunhindo quando minhas saias ficam presas no meu sapato. Me acostumei demais com minhas vestes simples e esvoaçantes para me preocupar com maneirismos delicados. Enquanto me arrasto desajeitadamente ao lado de Keita, eu o noto rindo baixinho.

— Acha isso engraçado, não é?

Ele sequer se dá ao trabalho de negar enquanto explode em uma gargalhada.

— V-você parece um tipo de galinha agitada tentando voltar pro galinheiro!

— Não pareço — retruco, mas Keita só ri ainda mais, lágrimas descendo pelas bochechas.

— Sabe, você poderia ter me ajudado — resmungo, embora no íntimo eu também esteja me divertindo. Keita nunca ri abertamente assim. Disfarço o sorriso cobrindo meus lábios com um fungar indignado. — Você devia estar fingindo ser meu marido. Parte disso é cuidar de mim. Garantir meu bem-estar e tal.

Pelo menos, foi assim que fomos ensinados. Em Otera, os maridos devem cuidar de suas esposas, fornecer comida e abrigo, proteção; esse tipo de coisa. É assim que mandam as Sabedorias Infinitas. Antes, eu via isso como romantismo, a expressão máxima do amor. Agora, vejo pelo que é: outro método de controle. As mulheres em Otera não podem trabalhar fora de casa, ganhar dinheiro ou herdar propriedades. As Sabedorias Infinitas proíbem isso expressamente, o que significa que a maioria das mulheres oteranas são sempre dependentes de seus maridos e pais. Elas são crianças perpétuas, confiando nos homens para todos os aspectos de suas vidas; exatamente o que os escritores dos Sabedorias pretendiam. Uma mulher que não pode se sustentar é uma mulher sem escolhas ou recursos.

E ainda assim... Estou mesmo ansiosa para fingir ser esposa de Keita. Talvez seja a pressão desta missão, depende muito de nós capturarmos e questionarmos o ancião Kadiri, encontrarmos o portador do angoro... Talvez seja por isso que eu precise da distração de Keita segurando minha mão e me levando a lugares e todas as outras coisas que maridos oteranos deveriam fazer. Se eu puder me concentrar em sua mão na minha, seu cheiro me envolvendo, posso ignorar o medo, a pressão esmagadora no meu peito…

Keita coloca o braço em volta de mim, me puxa para perto.

— Não se preocupe, esposa — diz ele importunamente, um plano óbvio para me tirar da minha introspecção. — Quando chegarmos às províncias ocidentais, tomarei conta de você do jeito que quiser. Vou te alimentar, te carregar por aí… posso até te colocar na cama, se você for boazinha. — Ele balança as sobrancelhas e minhas bochechas coram.

Então passos na grama atraem minha atenção.

Melanis está parada diante de nós, seu corpo agora coberto com as vestes marrons de uma avó que as costureiras fizeram para ela esta manhã, só que há uma nova adição: a bengala de madeira retorcida em sua mão. É o acompanhamento perfeito para a corcunda recém-crescida em suas costas, suas asas, levemente erguidas para completar a imagem de velha curvada e trêmula.

— Melanis, há algo errado? — pergunto, confusa porque ela devia estar indo para a carroça de Britta agora.

— Sim — diz ela, indo até os fundos da nossa carroça e abrindo a porta de madeira. Ela espia lá dentro, assentindo satisfeita. — A carroça da sua amiga não é confortável. Vou nesta.

— Mas eu pensei…

— Fatu me colocou na carruagem da Britta? — pergunta ela, usando o nome de Mãos Brancas do tempo das deusas. — Óbvio que sim. Ela sempre soube as coisas que odeio. Ela é assim.

As palavras dela me atingem e eu franzo a testa.

— Melanis, por que você e Mãos Brancas…

Mas Melanis ergue o olhar, toda a atenção capturada pela eletricidade estalando no ar.

— As mães estão vindo — arfa ela, uma expressão de reverência se espalhando no rosto.

Em um momento, o pátio está vazio, e no seguinte elas estão lá, as Douradas, tão brilhantes quanto raios de sol ao flutuarem em nuvens brancas no céu acima de nós.

— Hoje é um dia muito importante — dizem em uníssono. — Nossas amadas filhas Deka, a Nuru, e Melanis, a segunda de nossas rainhas de guerra, viajarão com algumas das nossas melhores guerreiras em uma jornada que nos levará um pouco mais próximas da vitória.

Aplausos soam, mas não os ouço. Meus olhos de repente são atraídos a Anok. Embora ela, como as outras deusas, esteja olhando para a frente, de súbito tenho a impressão de que está olhando diretamente para mim. Franzo a testa. Por que sinto que estou esquecendo algo importante? Penso nesta manhã, quando ela…

O pensamento passa tão rapidamente que pestanejo, confusa. No que eu estava pensando?

Devem ser os nervos, toda a minha ansiedade com essa jornada.

As mães dizem mais algumas palavras, mas eu mal as ouço, ocupada demais repetindo o refrão mental dos últimos dias: *Capture o ancião Kadiri. Use-o para descobrir quem porta o angoro. Não falhe.* Quando torno a olhar para cima, as deusas terminaram de falar e Melanis está entrando pela porta dos fundos da carroça. Consigo vê-la através da janelinha atrás de mim, se aconchegando no quarto lá dentro. Suspiro, tentando relaxar a tensão que aperta minha mandíbula. Keita percebe e segura minha mão.

— Está tudo bem, Deka — assegura ele. — Estamos nisso juntos. Quando for demais para suportar, estarei aqui. Você não está sozinha.

Assinto, ainda assustada por ele me compreender tão bem. O que eu fiz para merecer alguém como ele?

Keita não está mais me observando. Seus olhos estão nas mães, que agora flutuam mais perto.

— Acho que elas estão prontas — ele sussurra. — Hora de ir.

Sigo seu olhar no momento em que as deusas erguem as mãos. A atmosfera imediatamente estala, aumentando a força e diminuindo até que o ar na frente da carroça se divide de uma vez, cortando o meio como uma faca através do papel manteiga. Conforme as bordas se abrem, uma clareira na floresta aparece, a luz do sol manchada se derramando no chão verde-musgo. Um suspiro de admiração escapa do meu peito. Eu só vi as mães fazerem isso algumas vezes antes, e apenas por grande necessidade. Elas têm estado tão fracas ultimamente, com o angoro e todo o resto, que só podem criar isto esporadicamente: uma porta que nos permite atravessar continentes com menos de um pensamento.

Terem feito isso agora significa que conservaram suas energias para esse propósito. Conservaram todas as orações com as quais seus novos adoradores as alimentaram durante a cerimônia de dedicação apenas para tornar essa jornada mais fácil e segura para nós. A magnitude do sacrifício delas pesa sobre mim, mas sei que não devo deixar que me domine.

As mães nunca iriam querer isso.

— Vão com a nossa bênção — elas entoam, sorrindo para nós.

Para mim.

Então me viro para meus amigos, suas carroças alinhadas atrás da nossa, as uivantes mortais ao lado deles.

— Vamos? — digo.

As rédeas sacodem, e então os cavalos dão seus primeiros trotares à frente. Aperto a mão de Keita enquanto passamos direto pela porta das mães para a floresta à nossa frente, e quaisquer perigos que estejam além dela.

No verão, as províncias orientais me lembram muito o Norte. São tão parecidas que me surpreendo com as semelhanças: clareiras salpicadas de sol sob árvores altas. Sebes de copas espinhosas e ratos de árvore verdes se lançando pelos galhos finos. Um vento quente e preguiçoso farfalhando pela grama, trazendo o cheiro familiar de folhas secas e umidade. A única diferença que percebo é que a estação está toda errada. Em Irfut, agora estaríamos entrando no início do inverno. As árvores teriam há muito tempo adquirido sua folhagem vermelha e laranja intensa e a primeira nevasca estaria a poucos dias de distância. Aqui, porém, as árvores ainda têm seu manto de folhas verdes intensas. Ainda mais estranho, muitas das que me cercam são longas e esguias, como juncos, e crescem em moitas altas tão densas que parecem enormes muros verdes. Eu nunca tinha visto nada parecido com elas, e pensei ter visto quase todos os tipos de árvores no Florescer ao redor de Abeya. Mas tirando isso, eu poderia estar de volta à floresta nos arredores de Irfut, colhendo cogumelos enquanto o homem que uma vez considerei meu pai se aprofundava na floresta para caçar o cervo peludo cuja pele cobria nossas camas no inverno.

A carroça em que Keita e eu estamos é a primeira a parar, e então as outras rapidamente param ao nosso lado, todos acenando adeus enquanto Katya, Nimita, Chae-Yeong e o resto das uivantes mortais rapidamente se camuflam na folhagem, onde esperarão até enviarmos o sinal de que a missão está começando. Embora fosse início de tarde em Abeya, é quase noite aqui; a hora do dia é diferente porque cruzamos continentes em um piscar de olhos. Apenas o pensamento faz arrepios de admiração tomarem conta da minha pele.

Britta pula, gira em um grande círculo e, sorrindo, diz:

— Olha, Deka! É quase como se estivéssemos em casa de novo.

Casa. A palavra me atinge com a força de mil pedras.

De repente, não consigo respirar.

Casa, onde me forçaram a entrar naquele porão, me torturaram por meses. Casa, onde me mataram várias vezes, me fazendo sangrar pelo ouro, espalharam pedaços do meu corpo pelo chão, então assistiram, enojados, enquanto eu me recompunha. *É onde estou, em casa?* Cada músculo do meu corpo está tenso, minha visão escurecendo. Há tanta pressão apertando meu crânio. Apenas apertando e apertando...

— Deka! Deka! — Os braços de Keita me envolvem, mas estou longe demais para responder. Eu mal o ouço enquanto ele chama Britta: — Britta, ela está tendo um dos devaneios!

Tudo se move em flashes, luz, movimento. Estou de volta, de volta ao lugar onde tudo deu tão terrivelmente errado. Como voltei para cá? Como eu...

Braços, suaves e quentes, traçando longos e reconfortantes círculos nas minhas costas.

— Está tudo bem, Deka — diz Britta baixinho. — Aqui não é Irfut; apenas parece. Olhe, olhe para as árvores. As fininhas.

Devagar, sigo o dedo de Britta para aquelas árvores que percebi antes. Aquelas que se parecem com juncos.

— Árvores assim não crescem no Norte — ela me relembra, as mãos ainda calmamente acariciando minhas costas. — Você tá segura, querida, segura.

Segura...

A palavra atravessa a escuridão, assim como a visão daquelas árvores. O tremor do meu corpo desaparece aos poucos até que enfim consigo controlar meus músculos. Quando olho para cima, vejo Britta e os outros ao meu redor, expressões semelhantes de preocupação em seus rostos. Um ataque poderoso assim é raro, mas sei a causa exata: é porque estou aqui, neste lugar que é tão parecido com aquele onde meus pesadelos começaram. O terror aparece outra vez, um frio na espinha, então olho para aquelas árvores de junco e inspiro fundo. Uma vez, duas. *Aqui não é Irfut. Aqui não é Irfut.*

Eu estou no controle, não minha mente.

Aos poucos, o pânico desaparece. E o constrangimento aumenta.

— Estou bem — eu digo, rapidamente me tirando dos braços de Keita e Britta.

Por que ainda sou tão fraca? Eu já deveria ter superado isso.

A vontade de chorar aperta minha garganta, e seguro a capa em volta do meu rosto, a vergonha aumenta quando os braços de Keita me envolvem novamente. Quanto mais eu tento me afastar, mais seus braços me pressionam. Por fim, me entrego e me afundo em seu calor, deixando o cheiro limpo e sutil dele tomar conta de mim.

— Muito bem, gente — ouço Britta dizer aos outros. — De volta às carroças.

Relutantes, eles se afastam. Exceto por um.

— Eu acho que ela gostaria de um tempo sozinha — diz Keita, sério.

— Então por que você ainda está aqui, filho de mortais? — A voz de Melanis responde.

Olho para cima e a vejo diante da carroça, me encarando com a sobrancelha franzida. Ainda está usando seu disfarce de avó, mas a máscara vermelha da sorte está presa em seu cabelo, de forma que posso ver seu rosto nu e a decepção nele.

Fico tensa.

— É fadiga de batalha — digo, na defensiva. — Fui torturada em uma cela por meses. Decapitada, desmembrada, queimada…

— E depois, você enlouqueceu? — Melanis se aproxima, parecendo despreocupada enquanto Ixa grunhe em sua direção. Ele ainda está na forma de cavalo, mas os dentes estão afiados.

Deka!, ele rosna para ela.

Melanis mal o olha.

— Fui queimada por séculos. Sabe como é isso, honrada Nuru? — Mesmo em minha confusão, sinto a chacota na voz dela. — Você cai na insanidade, encontra a saída e então enlouquece de novo. Décadas gastas na descida e então tentando sair. A dor, a humilhação, a raiva... — O olhar dela me penetra. — Me escute, Nuru de nossas mães. Tudo o que você passou, toda a dor que acha que suportou, não foi nada. Apenas o mero toque de uma pena. Multiplique isso por milhares, milhões de vezes, e então saberá o que a dor é de verdade. Queimei por tanto tempo, minha pele descascando, a gordura borbulhando. Toda vez que meus olhos curavam, as chamas se erguiam e os explodiam outra vez. Às vezes, para serem cruéis, eles me deixavam me curar por um dia. Dois. Só para poderem recitar orações para mim. E então me queimavam de novo. — Ela me encara. — Queime por mil anos, Deka. Se acostume com o odor da sua carne ao ponto de se tornar um perfume constante. Conheça intimamente como cada parte do seu corpo desmorona, e então se restabelece. Depois disso você pode me falar de coisas tolas como fadiga de batalha e tortura.

Melanis sai pisando duro para dentro da floresta, as asas farfalhando atrás de si.

E minha ansiedade cresce.

Assim como a vergonha.

Todos ao meu redor perderam companheiros, família; foram torturados das mais horríveis formas. Belcalis passou anos sendo agredida e morta em um bordel, e nunca perdeu o controle como eu. Sim, ela tem pesadelos, visões que a atormentam tanto que ela passa muitas noites acordada, mas de manhã ela está bem e segue a vida, assim como os outros.

Por que sou a única que remói as memórias? Por que sou a única fraca?

Olho para minhas mãos, essas mãos fortes o suficiente para matar jatu, uivantes mortais, humanos, derrubar um império. E nem elas podem me proteger da escuridão dos meus pensamentos.

— Você sabe que ela está errada. — Ergo a cabeça e vejo Keita, os braços ainda ao meu redor, encarando Melanis, uma expressão pensativa em seus olhos dourados. — O que você suportou em Irfut não foi uma mera insignificância. Nem a morte da minha família, a morte dos outros…

Keita não é o único uruni que perdeu sua família. Li e Acalan, os antigos uruni religiosamente justos de Belcalis, também perderam, mas eles nunca falam a respeito disso. Mas também não sou tão próxima deles quanto sou de Keita.

— Tudo o que passamos importa — diz ele. — Uma coisa não anula a outra. Às vezes, você não consegue respirar em certos lugares. E eu… — ele inspira fundo, tentando invocar as palavras — … não consigo pisar na casa onde minha família foi assassinada.

Olho para ele.

— Keita — sussurro, meu coração partindo. Sei o quanto custa a ele dizer isso, apenas pronunciar essas palavras.

A família de Keita foi morta por uivantes mortais quando ele tinha apenas oito anos. Mãe, pai, irmãos... todos se foram em um piscar de olhos. E foram mortos porque construíram uma casa de verão perto do templo das deusas. Uma casa de verão que o ex-imperador poderia facilmente ter avisado que seria um perigo para suas vidas. Naquela época, as uivantes mortais se tornavam quase selvagens ao ver os humanos, ao sentir o cheiro de seu medo: um instinto com o qual as deusas as presentearam para garantir sua sobrevivência. O imperador sabia disso. Sabia tudo sobre as alaki, as uivantes mortais, as deusas. E simplesmente deixou os pais de Keita morrerem. Planejou suas mortes, na verdade.

Eu pensei ter visto maldade nas mãos dos homens da minha aldeia, mas eles nunca chegaram perto do escopo dos crimes do ex-imperador.

A respiração de Keita agita meu cabelo enquanto ele me aperta com mais força.

— Está bem ali, pouco depois do templo. Eu poderia chegar lá com Ixa em menos de uma hora, se quisesse. Mas toda vez que me aproximo, tenho essa sensação de asfixia, como um peso no peito, e então dou meia-volta — ele sussurra asperamente. — Eu sempre dou meia--volta…

Há tanta dor na voz dele.

— Ah, Keita, por que você não me contou? — pergunto com tristeza, olhando em seus olhos. Eu nunca soube disso. Há tanta coisa sobre Keita que eu não sei. Toda vez que acho que descasquei camadas suficientes, surge outra.

— Porque você teve que lidar com tantas coisas nos últimos meses. Ser a Nuru, ser tudo o que todos querem que você seja; as comandantes, as mães… Eu não queria aumentar o seu fardo e também, para ser sincero… eu não queria que você soubesse.

As palavras me perfuram tanto quanto uma adaga faria.

— Por quê? Fiz alguma coisa? — questiono, magoada.

— Não. — Keita balança a cabeça. — Nada disso. É só que… — Ele desvia o olhar, suspira. — Você é tão forte, Deka. Não apenas fisicamente, mas emocionalmente. Você, Belcalis, os outros. Todos vocês suportaram tanto e, no entanto, quando a dor vem, apenas respiram e continuam. Você sempre continua. Eu também queria ser assim.

— Mas eu não sou forte — afirmo, balançando a cabeça. — Eu desmorono a cada oportunidade, choro por tudo.

— E depois você se levanta e segue em frente, mais forte que antes. — Os olhos de Keita analisam os meus. — Quando eu era recruta, nos diziam que os jatu não sentem dor. Que éramos autômatos, carne transformada em ferro. Sem sentimentos, sem pensamentos, sem emoções. Era isso que nos fazia forte, eles disseram. Eu acreditei por anos. Tranquei cada sentimento dentro de mim. Cada pensamento rebelde. Então conheci você e Britta e as outras, e percebi que poderia ser diferente. — Eu sei que você quer compartilhar da minha dor, Deka, mas por enquanto, me deixe tê-la. Me deixe senti-la, pelo menos uma vez, em vez de fingir que não existe.

Abro a boca para protestar, mas Keita balança a cabeça.

— Por favor, não insista, não nesse assunto. Eu tenho que aprender, Deka. Passei tantos anos sem sentir... Me deixe aprender a não ser um autômato. Me deixe aprender a ser um homem.

Eu assinto, suspirando.

— Tudo bem. — Coloco minhas mãos nas dele. — Sou grata por sua sinceridade. Eu sei o quanto custou a você dizer essas palavras.

— Eu não queria que você se sentisse sozinha, como se fosse a única com dificuldades. Todos nós aqui estamos fazendo o mesmo, até ela. — Ele aponta o queixo para o caminho que Melanis tomou.

Franzo a testa.

— Como assim?

— As mãos dela estavam tremendo, não percebeu? — diz ele. — Apesar de suas palavras corajosas, só de dizer essas coisas para você, ela estremeceu. Deve ser por isso que saiu correndo. Ela pode fingir o quanto quiser, mas é provável que esteja com mais dificuldades que o restante de nós. A dor dela está bem ali. Não é preciso olhar muito para ver.

Penso no jeito que Belcalis estava olhando para Melanis mais cedo. Era isso que ela estava percebendo? Ela é sempre rápida em identificar as inconsistências nas pessoas. Tenho que aprender com ela, ser mais perspicaz, prestar mais atenção. Se vou ser uma líder melhor, preciso saber o que está acontecendo ao meu redor.

— Vou observá-la com cuidado — digo.

— Mas não muito — Keita me lembra. — Temos coisas mais importantes para nos preocupar. — Ele acena com a cabeça para longe, onde a luz está atravessando as árvores.

O castelo de Zhúshān. Nosso destino.

Enquanto ele balança a cabeça, eu me inclino, beijo sua bochecha.

— Obrigada.

— Pelo quê?

— Por estar aqui. Por me ouvir.

Keita move as sobrancelhas, voltando a ser descontraído.

— Isso é o que os maridos fazem, e eu prometi ser um marido por completo durante toda a jornada.

Um rubor me aquece quando entendo o duplo sentido de suas palavras. Desvio o olhar, pigarreando.

— Tudo bem — eu digo. — Vamos reunir os outros. Hora de ir.

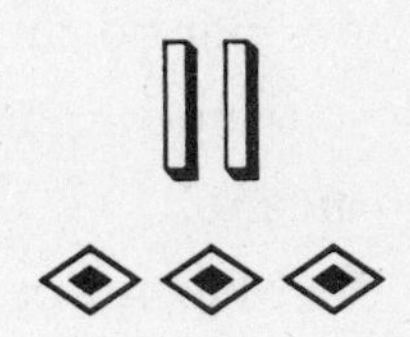

— Caramba, olha só aquilo — diz Britta com um assobio enquanto vamos em direção ao acampamento do ancião Kadiri.

Ele se espalha por uma série de colinas suavemente onduladas, fileiras e mais fileiras de tendas ao redor de um enorme castelo vermelho, as extremidades de seus vários telhados verdes se curvando para cima como pétalas de uma flor de videira de trombeta. Só de ver isso fico ansiosa, então mentalmente toco o vínculo que me conecta com as mães. Quando sinto um puxão reconfortante de volta, volto minha atenção para a cena diante de mim.

Uma multidão está em torno do castelo, a maioria das pessoas reunida perto de fogueiras ou lanternas de papel ornamentadas, outras aglomerando as barracas de comida que foram montadas ao redor da floresta. Algumas pessoas até se reuniram em volta da grande plataforma de madeira em frente aos portões do castelo, embora ainda não haja nada acontecendo nele. Estão todas vestindo mantos no estilo oriental, mas os padrões neles são todos distintamente sulistas. Ainda mais estranho, seus cabelos são crespos, mas a maioria das pessoas das províncias orientais nasce com cabelos lisos. Ao observá-las, fica óbvio: Zhúshān pode estar bem no centro das províncias orientais, mas a influência de Hemaira se mantém firme aqui.

Por sorte, não há sinal daquele símbolo jatu — aquele contra o qual passei as últimas semanas me fortalecendo. Ainda sei pouco a respeito, além do fato de que bloqueia minhas habilidades. Tentei descobrir mais sobre suas origens, mas nenhuma das Primogênitas o reconheceu, e as mães estiveram tão ocupadas nas últimas semanas se tornando mais fortes e fazendo planos para o futuro de Otera que eu não queria desperdiçar seu precioso tempo fazendo mais perguntas do que o necessário sobre um objeto arcano.

— Tem gente demais — diz Melanis, os olhos arregalados observando a cena enquanto Keita para a carroça em um monte gramado na beira da floresta.

Por mais que haja janelas no interior da carroça, uma em cada lado e uma acima do assento da frente, a visão é melhor fora do que dentro, motivo pelo qual Melanis está agora apertada entre Keita e eu, tal qual a avó bisbilhoteira que está fingindo ser. Não consigo imaginar como deve ser para ela estar entre humanos depois de tantos milênios.

— Não havia tantas pessoas no seu tempo? — pergunto curiosa.

Ela rapidamente balança a cabeça.

— Quando nasci, os clãs de humanos eram tão poucos, essa massa espalhada diante de nós seria considerada uma cidade.

A ideia me confunde. Há muitas pessoas aqui, mas certamente não é a mesma quantidade de uma cidade ou mesmo um vilarejo.

— Percebeu outras diferenças? — pergunto.

— Sim. — Melanis se vira para mim, seus olhos castanhos insondáveis perfurando os meus por detrás da máscara. — Na minha época, as mulheres não se permitiam ser oprimidas por homens. Nós éramos as governantes, não eles.

— Pensei que vocês eram iguais. — O comentário vem de Keita, que esteve ouvindo em silêncio.

— Não, filho de um homem — diz Melanis, com arrogância. — Como pode haver equidade quando apenas um do par pode criar vida?

Fico parada, de repente muito desconfortável. Não é a primeira vez que ouço uma Primogênita expressar tais sentimentos. Na verdade, algumas outras generais disseram o mesmo nesses meses. Mesmo assim, nenhuma disse tão diretamente. Afinal de contas, como podemos criar uma sociedade com igualdade se metade da população achar que a outra é inferior?

Sei que as outras generais estão confrontando seus preconceitos e ódios, mas Melanis, ao que parece, não tem essa intenção. Vejo em seus olhos que ela defende cada uma das palavras que proferiu.

Keita também vê, e é esse o motivo de sorrir brevemente enquanto responde:

— E eu pensando que eram necessários pelo menos dois para criar vida.

— Diga isso a Nuru, que foi criada apenas por mulheres. — Quando Melanis gesticula para mim, fico ainda mais tensa, paralisada como um cervo capturado pelo olhar do predador.

A tensão está tão forte que quase fico grata quando uma comoção começa a distância.

— O que você acha que é aquilo? — pergunto rapidamente, focando o olhar no grupo de jatu que agora se move em direção a algo que se parece com uma massa de ouro sem forma na plataforma diante do castelo.

— Sei lá — Britta diz alto enquanto desmonta da carroça ao meu lado, seguindo cuidadosamente a alguns passos atrás de Li, como é esperado de recém-casados. Agora que estamos nas províncias do Leste, temos que fingir ser mulheres oteranas devotas outra vez. Nenhuma de nós pode ir a qualquer lugar sem um homem como guardião, e certamente não podemos andar lado a lado com eles a não ser que estejamos em uma multidão.

Ela tamborila nos lábios de maneira contemplativa enquanto para ao meu lado.

— Anúncio de um baile de máscaras? — teoriza ela, indicando o grupo de mascarados andando em pernas de pau que se enfiam na multidão em frente à plataforma, suas saias de grama multicoloridas e máscaras exageradas causando tantos arfares de prazer quanto as lanternas de papel em forma de sol que estão flutuando no ar.

Continuo observando de olhos semicerrados, ainda não convencida. Anúncios de bailes de máscara geralmente consistem de uma pessoa dançando em uma rua principal, tentando persuadir a audiência. Mas algo nesse ouro está...

A multidão se move de repente, revelando totalmente a plataforma, e o horror faz meu sangue esfriar. O ouro está brilhando do que parece um grupo de três estátuas. Estátuas femininas de tamanho humano.

— Aquilo não pode ser o que acho que é... — sussurro, dando um passo inconsciente à frente.

Por sorte, o braço de Keita me interrompe pouco antes de eu deixar a sombra das carroças.

— Lembre-se de onde está, Deka — sussurra ele, indicando com o queixo um grupo de homens a algumas colinas abaixo de nós, a maioria usando a armadura vermelha distinta dos jatu enquanto sobem para a plataforma.

Fico imediatamente quieta. Pode ser que minha pele não se arrepie com a presença deles como costuma acontecer com os verdadeiros jatu, mas o fato permanece: estamos cercados de inimigos, muitos deles habilidosos. Por sorte, todos estão fora de alcance e não podem nos ver com as carroças no caminho.

Assinto para Keita.

— Eu sei. É só que... aquelas estátuas, elas...

— São alaki em sono dourado — Belcalis diz sombriamente, a raiva em seus olhos desmentindo suas palavras tranquilas. Ela está atrás de Acalan, e há um breve tremor de raiva em seu corpo enquanto diz: — Estão exibindo nossos corpos.

— Para quê?

— Você já sabe, Deka. — Essa resposta baixinha vem de Adwapa. Ela também está aqui, seu uruni, Kweku, um garoto sulista alto e levemente roliço com uma pele marrom quente, ao lado dela, assim como o uruni de Asha, Lamin, o maior porém mais gentil dos uruni. Todos observam a plataforma, corpos tensos, enquanto ela diz: — Aquelas garotas... são avisos para todos verem: é essa a aparência da impureza, este é o perigo dela. Aposto vinte otas que eles as executam toda vez que elas despertam.

As palavras dela fazem uma onda vermelha tomar conta da minha visão. Raiva, pura e absoluta.

— Pegaremos o ancião Kadiri está noite — digo entre dentes.

— Deka... — começa Keita, mas eu logo o interrompo.

— Os olheiros já mapearam a área e o movimento de todos para nós, então qualquer reconhecimento a mais que fizermos será perda de tempo.

— Você sabe que as coisas sempre mudam de um dia ao outro...

— Mas não podemos permitir que isso continue acontecendo. — Só a ideia de essas garotas... O sofrimento que estão passando. As mesmas inúmeras garotas sofrendo, inúmeras *pessoas* em toda Otera que sem dúvida estão sofrendo. — Nós o pegaremos esta noite. E queimaremos tudo aqui.

Já posso imaginar incendiar este lugar infernal. Ouvir os gritos de todos esses terríveis jatu passando pela mesma dor que infligiram a tantas pessoas. A ideia acalma um pouco a fúria correndo por minhas veias.

Keita olha para Melanis, que está mancando em seu disfarce de velha.

— Melanis — diz ele, perplexo —, converse com ela.

Mas Melanis apenas assente para mim.

— Concordo com você, Nuru — diz ela, ignorando-o como se ele não tivesse dito nada —, não podemos deixar que tal atrocidade continue impune.

Assinto.

— Faremos os preparativos agora — digo. Então me volto para Keita, que de repente está tenso de raiva. Se comigo ou com Melanis, não tenho certeza. — Pegue os outros uruni e vasculhem a área. Garantam que está como nos foi informado. Acalan, você permanecerá conosco.

— Deka — recomeça Keita, mas já estou longe agora, a indignação queimando em minhas veias.

— E se fossem seus amigos lá naquela plataforma? E se fosse sua família?

— Isso não é justo — responde Keita. — Você não pode fazer disto um jogo de suposições.

— Não posso?

Eu o encaro com rebeldia até que enfim ele suspira, olhando para Belcalis por ajuda. Quando se trata de assuntos como esse, os dois são sempre aliados.

Mensagens silenciosas passam entre seus olhos até que, por fim, Belcalis assente e Keita se vira para mim.

— Não concordo com você, Deka, mas não adianta discutir neste momento.

— Por quê? Por que Belcalis fará isso por você? — retruco com raiva. Sei como eles funcionam, Belcalis se dirige a mim quando Keita não pode e vice-versa.

Keita não morde a isca.

— Vou vasculhar — diz ele —, mas não se engane: este não é o fim da nossa conversa. Discutiremos mais sobre isso. — Ele se vira para os outros rapazes. — Vamos.

— Vou com vocês — anuncia Melanis, seguindo-os. Quando Keita a encara, ela adiciona: — Quero dar uma olhada melhor em nossas irmãs.

— Acho que isso me deixa como o guardião — diz Acalan, observando-a fingir mancar seguindo os uruni. — Vamos então.

Ele gesticula e nós o seguimos até a parte de trás da minha carroça, onde ele abre a porta para nós. Rapidamente tomo meu lugar na extremidade mais distante de um dos dois assentos bordados que revestem os baús de cada lado, meu corpo tremendo de fúria. Eu pensei que tinha me acostumado a ver cadáveres, mas aquilo, a pura depravação que está acontecendo na plataforma, atinge o meu âmago, fazendo surgir uma memória do tempo que passei no porão do templo de Irfut.

O ancião Durkas me olha com desgosto, uma espada na mão.

— Por que você não morre? — ele rosna enquanto a ergue.

Então sinto a ferroada da lâmina de ferro em meu pescoço. E tudo desaparece na escuridão.

— Pelo menos elas ainda estão vivas. — A voz de Britta atravessa minha memória, e quando olho para cima, ela está olhando para nós de sua cama elevada que ocupa a extremidade mais distante da carroça, com uma expressão esperançosa. — Essas garotas, elas vão acordar do sono dourado, mas nós as teremos resgatado até lá, certo, Deka?

Assinto, grata que pelo menos uma pessoa concorde comigo, mas Belcalis balança a cabeça.

— Isso não fazia parte do plano — ela diz calmamente.

E aqui está, a discussão que eu estava esperando.

— Nem vê-los nos exibindo assim — retruco, essa memória ainda enrolada no fundo da minha mente, uma cobra esperando para atacar.

Belcalis nem pisca.

— Não podemos permitir que nossas emoções nos atordoem. Você, de todas as pessoas, deveria saber disso.

Ela calmamente pega em sua mochila e tira um frasquinho cheio de um fluido verde viscoso que parece um daqueles bolores que se arrastam pelo chão da floresta e cheiram ainda pior, então começa a misturá-lo.

Só de ver isso, fico furiosa.

— E se fosse você exibida daquele jeito? — rosno, a fúria respingando. — E se fosse você sendo assassinada o tempo inteiro? Não ia querer que fôssemos te resgatar?

— Mas era eu — diz Belcalis baixinho. Um silêncio confuso toma conta da carroça antes que ela fale outra vez. — Por anos, era eu.

Ela continua misturando, os olhos focados nos movimentos das mãos, que agora tremem um pouco. Bem assim, uma pequena parte da minha raiva se dissipa.

Belcalis um dia foi treinada por um boticário, e parte de seu trabalho era misturar cremes e compostos químicos. Toda vez que ela fica tensa, como agora, mistura algo para recuperar o controle de suas emoções. É o mesmo que faço, com a diferença de que seguro o colar ansetha ou conto mentalmente até três diversas vezes.

Depois de alguns momentos, ela enfim ergue a cabeça.

— A proprietária da casa dos prazeres exibia meu corpo na sala de estar, uma propaganda para seus… clientes mais distintos. Toda vez que eu morria, ela fazia isso, então os clientes podiam ver o que estavam comprando: a chance de me matar, de observar a luz sumir dos meus olhos e o ouro ser roubado do meu corpo.

Os olhos dela pousam nos meus.

— Então sim, Deka, eu sei como é. Soube durante anos, e é por isso que estou te dizendo, se eu estivesse sob aquelas circunstâncias, eu preferiria justiça a um resgate apressado. É óbvio que você é a nossa líder, então você decide o plano de ação e nós o seguimos, mas preciso dizer: se você prosseguir com o ataque, se tornará como todos aqueles homens que viram meu corpo, a minha morte, como fonte de entretenimento. Porque você priorizará sua raiva, suas emoções momentâneas, acima do bem-estar de milhares.

A essa altura, minha fúria desapareceu completamente, substituída por outra emoção: vergonha. Belcalis está certa. Estou priorizando meus sentimentos acima da vida dos outros. Se eu fizer o que pretendo, colocarei em risco não só a vida dos meus amigos, mas a vida de inúmeras pessoas. Meu desejo de atacar o ancião Kadiri esta noite não vem da razão, mas da emoção. Algo totalmente egoísta, no contexto mais amplo.

Belcalis parece notar minha introspecção, então acena para a janela atrás de mim, onde um grupo de homens está visível enquanto bebem do outro lado da colina.

— Olhe ali. Percebeu alguma coisa?

Sigo seu olhar, então fico tensa quando imediatamente vejo o que ela está apontando.

Todos os homens largaram suas canecas e estão se aprontando; exceto que soldados normais nunca fariam isso. A infantaria oterana, ao contrário dos rígidos e exigentes jatu, está acostumada a um sistema de manutenção mais relaxado. Na verdade, os poucos soldados que desertam para o nosso lado têm que passar por um rigoroso sistema de retreinamento por nossos capitães. E, no entanto, todos os homens que cercam nossas carroças estão perfeitos. Precisos, até. É óbvio que não são soldados comuns. E há mais deles espalhados entre as multidões. Muito mais. O mais suave formigamento de advertência rasteja pela minha pele.

— São todos jatu, não há um único soldado comum entre eles — diz Belcalis. — Isso estava nos relatórios que nos enviaram? Não... o que significa que o ancião Kadiri está fazendo se locomoverem por todo o campo para não atrair atenção.

Soa um apito baixo e Adwapa se recosta na parede da carroça.

— Bem, droga — diz ela, chocada. — Não percebi isso.

— Nem eu — admito.

— E é por isso que sempre fazemos mais uma ronda — diz Belcalis. — Para registrar possíveis complicações como esta.

Assinto, me desculpando.

— Entendo o que você está dizendo. — Me viro para os outros. — Vamos seguir o plano original, e ir até o ancião Kadiri amanhã. Esta noite, vamos nos familiarizar com os arredores. — E com a posição dos guardas que, se a liçãozinha de Belcalis me ensinou alguma coisa, serão todos jatu. — Vamos repassar os detalhes.

— Ou — Asha espia ao redor da carroça — poderíamos relaxar por um momento. Nos acalmar. Verdade seja dita, os últimos minutos aqui foram bem tensos. — Ela olha para mim e Belcalis. — Além disso, deveríamos parecer recém-casados. Devemos agir mais como se fôssemos, na minha opinião. Passear com os garotos, fingir que somos mulheres oteranas comuns…

Adwapa e Belcalis resmungam, irritadas, mas as bochechas de Britta ficam tão vermelhas que ela parece um morango. Semicerro os olhos. Ela não está nos contando alguma coisa.

Vou até a cama dela, esperando até que Britta se aconchegue para que eu toque seu cabelo loiro da altura dos ombros, que ela trançou em múltiplos corações. É uma mudança e tanto desde os coques de guerreira ou do emaranhado curto que ela tinha em Warthu Bera, e não posso dizer que não gosto. Além disso, é uma boa distração dos meus pensamentos acelerados.

Olho para ela.

— Quer me contar alguma coisa? Você tem estado estranha.

Britta se ergue de uma vez, a vermelhidão das bochechas voltando com tudo, e semicerro os olhos de novo. Definitivamente tem algo acontecendo.

— O que é? — pergunto.

Por um momento, Britta se esforça para pensar, suas emoções se mostrando uma após a outra. Ela nunca foi boa em esconder sentimentos. Posso até ver quando ela decide mentir para me distrair, porque seu rosto se ilumina.

— Ah, eu estava querendo te mostrar. — Ela vasculha a mochila e tira aquela pedrinha. — Começou há algumas semanas, mas nunca encontrei um bom momento para falar a respeito, já que você está sempre tão ocupada.

Ela joga a pedra uma vez na palma da mão, e franzo a testa quando aquele formigamento familiar toma conta de mim. Achei que o que ela estava prestes a dizer era um disfarce para a verdadeira resposta à minha pergunta, mas algo mais está em jogo. Eu posso sentir o poder subindo de suas mãos em ondas, tudo se concentrando naquela pedrinha.

O que está acontecendo?

Britta sorri timidamente.

— Lembre-se de que esta é a versão menor e mais impraticável, já que estamos dentro de uma carroça.

Ela inspira e meu sangue formiga. Outra vez sinto o poder emergindo dela em pequenas e determinadas ondas. Em instantes, a pedrinha vibra, primeiro devagar, mas depois cada vez mais rápido, até que Britta não esteja mais segurando uma pedra cinzenta, mas uma lasca de pedra espelhada tão fina que cobre toda a palma de sua mão.

Fico boquiaberta.

— Britta, você tem um dom divino!

Belcalis bufa.

— Todas nós temos um — diz ela, pegando uma faca e cortando a palma da mão. O sangue brota, exatamente como eu esperava, mas depois continua se espalhando, deslizando sinuosamente sobre seus dedos e subindo por sua mão até que enfim para sobre seu pulso. Pisco, chocada. Sua mão agora está como ficou depois que foi dourada em Jor Hall, douração que as deusas removeram imediatamente quando nos unimos à causa.

O rosto de Belcalis está pálido e suado, mas ela sorri vitoriosamente enquanto toca o ouro que cobre seu braço e responde com um som oco.

— Sou minha própria armadura divina agora — declara ela.

— Ah, Belcalis — exclamo, minha mão cobrindo a boca. — Isso é incrível!

— Não mais incrível que a minha, te prometo — diz Britta.

Asha resmunga.

— Você fez uma pedra se tornar espelho. Ou eu perdi alguma coisa?

— Eu disse que esta era a versão menor — cospe Britta. — Posso fazer mais, muito mais!

— Tudo bem, ninguém precisa se provar. — Adwapa ergue as mãos em rendição.

Eu só as observo, minha cabeça girando. Dons divinos. Quando isso aconteceu? Certamente é um sinal, as mães devem estar crescendo em poder. Talvez o angoro não tenha roubado tanto quanto temi.

Olho para as gêmeas com expectativa, mas elas apenas dão de ombros.

— Não olhe para a gente — diz Adwapa. — Não temos nada...

— Ainda — termina Asha misteriosamente.

Elas trocam um olhar.

— Já está crescendo dentro de vocês, não está? — adivinho.

Elas dão de ombros.

— Talvez — diz Asha.

Penso nos formigamentos que senti recentemente diante da presença dela e de Adwapa e assinto. Eu já sei a resposta.

— E você? — pergunta Asha, voltando a pergunta para mim. — Já começou a desenvolver dons?

Franzo a testa. Sou a Nuru, já tenho minha voz e o estado de combate. Preciso mesmo de mais habilidades além das que já tenho?

Britta parece pensar a mesma coisa, porque pergunta:

— Por que Deka precisaria de mais dons? Ela não é divina em si?

— Sim — concorda Asha —, mas ela não é uma deusa.

— Divina, mas não uma deusa — responde Belcalis cuidadosamente. — Parece uma discussão boba para mim.

Arfo, divertida com a ideia.

— Eu, uma deusa... se eu fosse uma deusa, onde você acha que eu estaria? Eu provavelmente estaria em algum plano etéreo agora, contemplando os mistérios do universo e tomando sucos exóticos direto da videira.

— Que emocionante — diz Adwapa, seca. — Sua imaginação me impressiona.

— Bem, só estou dizendo o que eu faria — resmungo. — Esta é a minha fantasia. Você não me vê julgando as suas fantasias.

— Ah, sim, porque elas são bem melhores.

— Podemos voltar para a nossa tarefa?

— Só depois que Britta disser a verdade — diz Adwapa, se voltando para a nossa amiga. — Você ainda não nos contou por que corou quando Deka perguntou sobre seus segredos e então tentou disfarçar com a coisa dos dons divinos, sabendo muito bem a mentira deslavada que estava contando.

Britta empina o nariz.

— Deixe de ser enxerida, Adwapa — diz ela. — Não tenho segredos.

Mas o pescoço dela está vermelho abaixo da máscara, um sinal óbvio de que está mentindo.

Parece que temos outro mistério a resolver. Mas depois que terminarmos nossa missão, óbvio.

12

◈◈◈

A descida do sol no horizonte pinta tudo com pinceladas douradas e quentes. Os campos, a grama, o castelo; tudo está coberto por aquele brilho do início da noite de que me lembro com tanto carinho da infância. Mas não estamos em Irfut, e as pessoas ao nosso redor representam ainda mais perigo que os aldeões com quem cresci. Eu as espio com cuidado pela janela na frente da carroça. A maioria está circulando em torno das fogueiras e lanternas, os homens bebendo e conversando com seus companheiros e com os soldados que passam — muitos deles os jatu que vimos antes —, as esposas decorando as barracas da família enquanto esperam a cerimônia que marca o início do Festival da Meia Luz começar. Conforme manda a tradição, acontecerá ainda esta noite, provavelmente na plataforma onde os corpos das garotas estão expostos. Quando acontecer, todos neste acampamento deverão permanecer aqui até que Oyomo termine sua jornada daqui a três dias. Ninguém tem permissão para perturbar o falso deus sol enquanto ele viaja pelo céu, nem mesmo seu próprio sumo sacerdote.

As outras garotas e eu estamos sentadas ao redor da pequena fogueira que Acalan acendeu, quando Melanis, Keita e os outros garotos enfim retornam.

— Dá uma olhada nisso, Deka — diz Keita, me entregando um pedaço de pergaminho envelhecido.

Eu o olho, a amargura guerreando com o divertimento quando vejo seis rostos esboçados ali: o meu, junto com os de Mãos Brancas, Britta,

Belcalis e as gêmeas; a palavra *Procurados* escrita em letras grandes e curvas na parte inferior.

Melanis espia por cima do meu ombro.

— Traidoras do império — ela lê com uma voz divertida. — Parabéns, honrada Nuru — ela diz, parecendo quase impressionada.

Assinto, ainda observando o esboço que deveria ser eu. Parece vagamente semelhante, exceto que de alguma forma fui transformada em uma garota feroz e carrancuda com pele pálida e longos cabelos loiros que são pelo menos quatro tons mais claros do que o meu. Não posso dizer que estou exatamente surpresa. A influência de Hemaira se estende por toda Otera, garantindo que a pele mais escura seja vista como mais bonita que a clara e que as características do Sul sejam mantidas como o auge da beleza. Óbvio que eles me deixaram tão pálida e com feições tão afiadas quanto podiam. Na verdade, é irônico. Durante minha infância em Irfut, desejei, mais que tudo, parecer exatamente com a garota que eles desenharam, mas não tenho mais esses desejos. Agora entendo a verdade de Irfut: era apenas uma vila remota no interior, isolada do resto do império e com suas próprias regras, e lá estava eu, o bode expiatório óbvio em que os aldeões poderiam empurrar seu ódio.

— Eu deveria estar lisonjeada com a atenção — murmuro por fim. — Todos nós deveríamos — digo, olhando para meus companheiros.

— Realmente — concorda Melanis. — Eu ficaria honrada em ser considerada uma força tão disruptiva nesta nova era.

Algo nessa declaração me enche de um incômodo silencioso, assim como Melanis em geral, verdade seja dita. Nossa conversa sobre o papel dos homens na sociedade oterana ainda me perturba, e toda vez que olho para ela, me lembro das generais Primogênitas mais velhas, aquelas que existem desde quase o início. É raro que elas falem com homens e, quando o fazem, é sempre com uma brusquidão cortante, como se não suportassem ser incomodadas por criaturas tão abaixo delas. Antes, pensava que isso e suas proclamações de superioridade feminina se deviam às atrocidades que sofreram. Agora, não posso deixar de me perguntar se é assim que elas sempre pensaram.

Pior ainda é a suspeita assustadora de que faz tempo que notei outras atitudes desse tipo, mas as ignorei porque não queria ver — porque o pensamento de uma alaki adotando crenças tão censuráveis não se alinhava com minha versão da nova ordem alaki.

Preciso me sair melhor, tenho que prestar mais atenção. Não posso ser como era antes, ignorando as coisas porque estava com medo demais para olhar para a realidade.

Britta pega o cartaz da minha mão.

— Olha só — ela comenta com desaprovação. — Eles me transformaram em um espírito do Além.

Nunca ouvi verdade maior. A pele de Britta ficou muito pálida, quase glacial, e seu cabelo poderia muito bem ser neve, considerando como está branco. Pior, todas as suas feições foram afinadas; ela mal tem nariz e sua boca é menos que um risco.

— Pelo menos vocês duas estão um pouco reconhecíveis — resmunga Belcalis, olhando por sobre o ombro de Britta. — Eu pareço que custo dois ota.

Arregalo os olhos quando ela nos mostra o cartaz. Achei que a minha representação e a de Britta eram ruins, mas os lábios de Belcalis foram desenhados de forma tão sedutora que quase dominam seu rosto, e seus olhos têm uma expressão lasciva.

— Passe alguns anos em uma casa de prazer e você ficará marcada como uma prostituta para sempre — ela comenta de maneira seca. Mas há um tom de dor em sua voz, escondido logo atrás de suas palavras irreverentes e da rebeldia em seus olhos castanho-claros.

Me aproximo dela.

— Está tudo bem, Belcalis. Não é quem você é.

— Não é? — Quase me assusto quando Melanis entra na conversa. A Primogênita está de repente olhando para longe, com um olhar vago. — Devemos abraçar todas as partes de nós mesmos, Nuru. Mesmo aquelas de que não gostamos — murmura ela.

— Ela está certa, Deka — concorda Belcalis, voltando-se para mim. — Meu tempo na casa de prazer é uma parte de mim. Uma parte dentre muitas. E, verdade seja dita, não há vergonha em ser uma mulher decaída, embora eu ainda não entenda bem o termo. *Decaída.* — Seus lábios se curvam. — Como uma pessoa decai, exatamente? — Ela pondera sobre a questão por um momento antes de voltar seu olhar para o meu. — Ainda assim, é uma vida honesta, se for de seu desejo.

Mas não era o seu desejo.

Não digo isso para Belcalis. Há tantas coisas que não digo a ela, tantas coisas que não posso dizer. Não quando ela ainda está tão ferida, tão sobrecarregada, que poderia não aguentar.

Tudo o que posso fazer é abraçá-la.

— Não, Deka — protesta ela, virando o rosto quando vou abraçá-la, mas persisto assim mesmo.

Seu corpo pode estar tão rígido quanto uma tábua, mas ela não está se afastando, e é assim que sei que ela quer que eu a toque. Belcalis raramente procura afeição física; evita-a sempre que pode. Mas, de vez em quando, ela precisa ser tocada, tal qual o restante de nós. Agora é obviamente um desses momentos.

Depois de alguns momentos, ela se afasta, de volta a sua habitual postura impaciente.

— Já chega disso — diz ela, enxugando os olhos tão rápido que quase perco o movimento. Ela olha ao redor. — Então, onde está o cartaz dos garotos? Já rimos dos nossos.

— Não encontramos nenhum — informa Kweku, encolhendo os ombros agora gigantes. É quase assustador, na verdade, ver o quanto os últimos meses de batalha mudaram sua aparência do garoto gordinho e indolente da cidade que conheci há pouco mais de um ano para o guerreiro enorme que agora está na minha frente.

— Isso não faz sentido — diz Belcalis, franzindo a testa.

— Faz, se eles estão nos esperando. — Essas palavras baixinhas vêm do alto e quieto Lamin. Ele olha incisivamente para os homens reunidos na colina ao nosso lado, os jatu que fingem não ser jatu.

Eu os observei todo esse tempo, e eles não deram uma olhada sequer para as nossas carroças, o que é um alívio.

— Eles não sabem quem somos — eu digo. — Se soubessem, já teriam atacado.

Lamin assente, mas seus olhos permanecem fixos nos homens.

Eu me viro para Keita.

— Conte o que vocês descobriram.

— É como nos disseram. O ancião Kadiri e seus sacerdotes descansam no castelo todas as noites. Por sorte, eles trancam os portões à noite, então não teremos que lidar com o restante dessa gentalha quando o levarmos.

Ele aponta com o queixo em direção à multidão no pé da colina: grupos de homens bêbados, algumas mulheres mascaradas e encapuzadas entre eles. Eles estão todos se amontoando perto da plataforma de madeira onde estão os cadáveres das garotas, o ouro escorrendo lentamente de suas peles. A visão envia uma onda de tristeza imensurável por todo o meu ser.

Elas vão acordar dentro de uma hora, talvez menos. Mas não estaremos aqui para resgatá-las. Não hoje, pelo menos.

O som de passos esmagando a grama me tira de meus pensamentos deprimentes.

— Salve, companheiros seguidores de Idugu — diz uma voz.

Me viro e vejo um grupo de soldados se aproximando de nós, parecendo mais desleixados do que os que estão acampados nas proximidades. São soldados comuns, não jatu disfarçados. Quando se aproximam, Britta abaixa a cabeça, fingindo timidez, e eu rapidamente sigo o exemplo, assim como as outras garotas. Mulheres oteranas — principalmente as jovens — não costumam olhar ou falar com homens estranhos, temendo por suas reputações. Um olhar ousado pode ser o suficiente para enviar uma mulher pelo caminho dos templos ou casas de prazer, em especial se ela não tiver guardiões poderosos do sexo masculino.

Keita coloca o braço ao meu redor e me puxa para mais perto assim que o soldado mais alto dá um passo à frente, o cheiro de hidromel saindo dele em ondas. Ao nosso lado, Melanis fica tensa, mas continua comprometida com seu disfarce de avó intrometida.

— Recém-casados, não é? — pergunta o soldado, semicerrando os olhos para nossas vestes combinando.

Pela maneira como suas palavras foram pronunciadas com fluidez e a textura de couro que sua pele rosada adquiriu do sol escaldante do verão, fica óbvio que ele é das províncias mais remotas do Norte, talvez até de uma vila perto da de Britta. Ele deve ter viajado para cá com o ancião Kadiri, assim como a maioria dos soldados que circulam por este campo.

Li dá um passo à frente, posicionando-se na frente do grupo.

— Todos nós somos. Estamos a caminho de Sēnlín Hú.

— Ah, a cidade do vinho e do mel! Um bom lugar para passar tempo depois do casamento — diz o soldado, balançando as sobrancelhas para os meninos enquanto toma outro gole de hidromel. — Mas o Festival da Meia Luz está quase aqui. Nada de viagens enquanto Idugu faz sua jornada.

Idugu... Só o nome é suficiente para me encher de ansiedade. Enfim estamos aqui, tão perto do nosso objetivo que quase posso sentir o gosto. Tudo o que precisamos fazer é capturar o ancião Kadiri e usá-lo para descobrir a localização de quem tem o angoro. Então podemos encontrá-lo e destruí-lo para que as mães possam recuperar seu poder e destruir o culto de Idugu para sempre, conduzindo Otera à nova era de ouro da qual tanto precisa.

Me agarro a esse pensamento enquanto Li acaricia o longo bigode que usa como parte de seu disfarce.

— Idugu? — repete ele, fingindo não entender o que o soldado está dizendo.

O soldado ri.

— Você deve estar mesmo nas profundezas da felicidade conjugal se não sabe, amigo. Os sacerdotes têm anunciado a notícia nos últimos meses. Oyomo mudou de aspecto. Ele agora é Idugu, vingança contra aqueles que afirmam ser os verdadeiros deuses de Otera.

Olho para Li, tensa, mas ele apenas assente levemente antes de se voltar para o soldado.

— E como ele pretende fazer essa vingança, amigo? Perdoe minha ignorância. Eu estive ocupado esses meses, você entende. — Ele abraça Britta com mais força para dar ênfase.

O soldado ri, bêbado.

— Não é necessário se desculpar, amigo; entendo. Idugu está reunindo exércitos para marchar para as montanhas dos incrédulos. Imagine: todos os homens em Otera, movendo-se juntos como um.

As palavras me atravessam, assim como as imagens. Todos aqueles homens nos atacando, erguendo suas armas contra as mães. Eu já sabia que esse era o plano deles, mas ouvir o soldado dizer isso de forma tão despreocupada... Só o que posso fazer é manter minha cabeça abaixada, tão poderosa é a raiva que se apodera de mim. Não sou a única afetada. Ouço um farfalhar baixo quando as asas de Melanis se movem sob a capa.

Felizmente, o soldado não percebe.

— Vamos demolir aquelas montanhas amaldiçoadas e matar todas as alaki que encontrarmos, não importa quanto tempo leve. Tanto ouro fluirá em Otera que levará séculos até que alguém conheça a pobreza novamente.

Visões assassinas dançam por trás de minhas pálpebras: minhas atikas perfurando as entranhas desse homem, depois matando todos os humanos aqui.

Aperto as mãos em punho com tanta força que minhas unhas cravam na pele. As asas de Melanis tremem ainda mais visivelmente agora, mas o homem continua falando, alheio ao perigo.

— Enquanto isso, amigos, vocês devem vir para a reunião. A Wumi Kaduth falará. Será muito benéfico para suas novas esposas ouvi-la falar, aprender com sua sabedoria.

— A Wumi Kaduth? — repete Li, com ignorância genuína desta vez.

Também nunca ouvi esse nome.

O homem aperta o ombro de Li e sorri.

— Onde você esteve, meu amigo? A Senhora do Coração, uma sacerdotisa. Consegue imaginar? Uma sacerdotisa! Bem, se ela ajudar contra aquelas malditas Douradas e seus seguidores, eu aceito qualquer coisa.

— Parece fascinante — Li consegue dizer, embora esteja torcendo o nariz. O odor de hidromel e suor é ainda mais forte agora que o homem está tão perto.

— Não deixem de ir — diz o homem, indo embora com seus companheiros. — Ela falará em breve.

Quando ele está fora do alcance da audição, me viro para os outros.

— Uma sacerdotisa? Mãos Brancas não nos contou nada disso.

— Nem os olheiros — murmura Britta. — Me pergunto o que eles estavam fazendo todo esse tempo para não terem percebido.

Assinto, concordando. Não é comum os olheiros perderem tantos detalhes.

Estou prestes a dizer isso quando Keita suspira.

— Este deve ser um novo plano — diz ele. — Os comandantes jatu podem ser discretos, e isso... Quero dizer, nunca ouvi falar de uma sacerdotisa de Oyomo.

— Nenhum de nós ouviu falar — digo. Em todos os anos que vivi em Otera, nunca ouvi falar de uma sacerdotisa dedicada a Oyomo. Donzelas do templo, certamente, mas sacerdotisas, não.

— Isso é porque não há nenhuma — Melanis diz, seus olhos mortalmente seguros para uma mulher que não vê o mundo há mil anos.

Mas ela não estava completamente isolada, me recordo. A cada momento em que estava acordada, estava cercada de sacerdotes, muitos dos quais certamente falavam.

Volto minha atenção para ela enquanto Melanis continua.

— Pelo menos, não de verdade. Isso deve ser uma compensação para as mulheres humanas, um objeto brilhante para distraí-las. Com que facilidade abrirão mão de sua liberdade se acharem que podem ganhar o mesmo status que os homens?

Franzo minhas sobrancelhas.

— O que você quer dizer?

— Se entendi a situação atual da maneira correta — responde Melanis —, são as mulheres de Otera que estão sendo arrastadas de suas casas e executadas por serem rebeldes. Enquanto os homens vão para a batalha, são as mulheres que lidam com as consequências. Com o horror. Elas devem estar aterrorizadas. Mas agora há uma sacerdotisa; uma posição que não estava disponível antes. Uma posição de poder, influência, que só se pode obter se for digna. Só se servir. Isto é outra distração — explica ela. — Outra aspiração impossível para distrair as mulheres do sofrimento de suas vidas. Para fazê-las sonhar, mesmo que apenas por um momento brilhante, que podem ser mais. Esperto. Insidioso, mas esperto.

Sou dominada pelo horror, assim como por uma percepção: se isso é uma distração, podemos usá-la a nosso favor. Enquanto a sacerdotisa fala, podemos nos aproximar da plataforma, ver exatamente como prenderam aquelas garotas lá. Talvez possamos até levá-las junto ao ancião Kadiri. Não custa tentar.

Eu me viro para os outros.

— Vamos indo — eu digo animada. — Temos uma sacerdotisa para observar.

É estranho caminhar no meio da multidão, minha mão firmemente entrelaçada na de Keita. Em qualquer outro momento, isto seria a realização de um dos meus sonhos mais felizes: Keita e eu com as vestes de recém-casados combinando, tão próximos que estamos quase colados. Porém a realidade é completamente diferente. Minhas atikas estão escondidas sob minhas vestes, e minha mente está atormentada por pensamentos… preocupações. Essas garotas, Idugu, o exército, a sacerdotisa de Oyomo; todas as coisas que preciso investigar, descobrir mais a respeito. Felizmente, é tarde da noite agora, o momento perfeito para nos esgueirarmos. As sombras cobriram o campo quase por completo, a escuridão mal mantida a distância pelas fogueiras e lanternas que brilham no breu. As lanternas são feitas de papel muito decorado e colocadas em intervalos específicos no campo, um guia para ajudar Oyomo (bem, Idugu) em sua jornada. Quando eu era mais jovem, corria de uma lanterna para outra sob o olhar de meu pai, acenando desesperadamente, na esperança de que o deus me visse. Agora, tomo o cuidado de manter a minha cabeça baixa enquanto sigo em frente, a máscara presa no lugar. Há perigo ao meu redor.

Quanto mais me aproximo da plataforma, mais certeza tenho, uma sensação de formigamento sobe aos poucos pelas minhas costas. Eu estaria mais ou menos convencida de que era por causa da multidão — todas essas dezenas de humanos tão juntinhas que não consigo distinguir uma pessoa da outra —, exceto que o resto do meu corpo também começou a formigar, o sangue correndo mais forte nas veias, o coração batendo forte. Uma sensação inquietante e febril toma conta de mim: poder, muito poder. Está crescendo aos poucos no ar, fazendo meu sangue ter um frenesi de agitação. Mas não é a energia divina habitual que sinto quando estou perto das mães. Quase me lembra o n'goma, a barreira que protege as paredes de Hemaira, só que é diferente disso também. Mais sombrio, de alguma forma. Quase como uma presença.

— Você está sentindo, Deka? — Keita sussurra em meu ouvido. — Esse peso no ar?

Eu assinto.

— Você acha que é o angoro? — pergunto. O objeto arcano poderia realmente estar aqui, afinal?

— Achei que não poderia sair de Hemaira.

Franzo a testa, percebendo que ele está certo.

— Não deveria ser capaz... Talvez seja o portador?

— Ele também não deveria poder sair de Hemaira.

— Então o que é essa sensação?

Olho ao redor, perturbada, aquele peso se instalando como uma capa oleosa em meus ombros. Mas ninguém mais parece perceber.

Estão todos olhando para a plataforma, o êxtase em seus olhos. Fico tensa, o desconforto dentro de mim quando noto que todos parecem cativados, mesmo que não estivessem meros momentos atrás. Isso, o que quer que esteja acontecendo, não é normal, e está ligado à estranha presença que sinto no ar.

— Imite-os — Keita sussurra, desconfortável. — Vai ser estranho se não estivermos agindo como eles.

Apressada, faço o que ele diz, fingindo olhar para a plataforma, absorta, como os outros. Keita está certo, isso pode ser um teste, uma maneira de desmascarar qualquer infiltrado de Abeya. Ao contrário da maioria dos oteranos, meus amigos e eu estamos acostumados ao poder divino. Temos contato frequente com as mães, então é provável que reajamos de maneira diferente.

Keita e eu continuamos como estamos, olhando na mesma direção que os outros, até que por fim, depois de alguns momentos, a energia se dissipa, e então a multidão se move outra vez, fazendo isso casualmente, como se todos não tivessem sido pegos por alguma estranha armadilha celestial. Minha inquietação cresce, a náusea agita meu estômago. Se foi mesmo o angoro, então o objeto arcano é muito mais poderoso do que eu previa. Muito, muito mais poderoso. Tão poderoso, na verdade, que quase pareceu senciente.

Quase como um deus...

Estremeço com esse pensamento indesejado. Não há deuses além das Douradas. Foi exatamente a respeito disso que as mães me alertaram, o angoro sugando o poder delas e usando-o para suprir seu portador. Para dar-lhes a aura de divindade. Talvez seja a presença que senti e, se for, não é um deus; quem quer que seja, é apenas alguém passível de erros usando um dispositivo antigo para fingir a divindade. Não devo ser enganada por isso.

— Abra espaço... com licença, perdoe-me... eu disse para abrir espaço!

Sou forçada a sair dos meus pensamentos quando Melanis se aproxima, tirando as pessoas do caminho com seu cajado e resmungando. Ela deve estar agora na fase de avó incorrigível de seu disfarce e até soa como uma, sua voz áspera e rouca. É isso o que é estranho em Melanis, ela parece rapidamente adotar os padrões de fala e maneirismos das pessoas ao seu redor. Uma estratégia de sobrevivência, acho.

Alguns resmungos surgem, mas ninguém diz nada diretamente. As únicas mulheres respeitadas em Otera são as mais velhas, e isso porque sobreviveram o suficiente para não serem mais consideradas totalmente femininas.

Se há um benefício em ser mulher neste império, é este. Quando se torna velha o suficiente, fica tão invisível que ninguém se importa com o que você faz.

— Melanis? — eu sussurro, alarmada, quando ela se aproxima.

Devemos ficar espalhados na multidão. Dessa forma, podemos ver todos os ângulos do que está acontecendo e informar uns aos outros.

É importante ser minucioso em situações como esta.

Mas Melanis não parece se importar enquanto me agarra pelo braço.

— Eu senti essa presença antes — ela sussurra, agitada, em meu ouvido. — Eu senti.

— Onde? — pergunto, animada. — Onde você sentiu?

— Quando — corrige Melanis. — Você quer dizer quando. Foi durante as Guerras Divinas. No momento em que as mães foram presas e Idugu… — Ela para, sua expressão de repente atordoada. Ela pisca rápido, como se estivesse em outro lugar. — Idugu…

— Idugu? — incentivo, mas a Primogênita não está mais me ouvindo. Ela está olhando para longe, para algo que só ela pode ver. — Melanis? — chamo, nervosa.

Quando toco em seu ombro, ela dá um pulo, pestanejando. Só que, desta vez, é como se ela estivesse acordando de uma curta tarde de descanso.

— Desculpe, do que estávamos falando? — ela pergunta de repente, parecendo confusa.

Fico paralisada.

— Você estava me contando sobre Idugu.

Ela franze a testa, aquela expressão confusa crescendo.

— Idugu? Por que eu entenderia as imaginações febris de humanos tolos? — Melanis retruca, balançando a cabeça. — E por que estou perdendo tempo aqui? Eu deveria estar no meu posto.

Enquanto ela manca para longe, mais arrepios percorrem meu corpo. Assim como o desconforto. É como se algo tivesse apagado nossa conversa anterior, tanto que nada resta na mente de Melanis. Além disso, há a maneira como ela olhou para longe, como se algo estivesse chamando seu nome.

Ou alguém...

Há apenas uma pessoa que eu conheço com um poder assim. Bem, quatro pessoas. E todas estiveram próximas de Melanis. Mas o portador misterioso do angoro certamente não.

Eu observo, inquieta, enquanto ela desaparece de novo na multidão.

— O que foi isso, o que acabou de acontecer? — Keita pergunta assim que ela se vai. Ele parece desconcertado também.

— Não sei — respondo, balançando a cabeça. — Em um minuto, ela estava me dizendo uma coisa; no seguinte...

— O quê? — O olhar de Keita está cortante enquanto me olha. Ele pode ver a hesitação em minha expressão. — O que você não está me contando, Deka? — sussurra.

Meus lábios de repente ficam secos, então eu os umedeço.

— Eu acho que ela teve suas memórias alteradas. Como os convertidos que vêm para Abeya.

Keita franze a testa.

— Espere, você acha que as mães...

Assinto.

— Mas por quê?

É a pergunta que me confunde. Por que as deusas tirariam as memórias de Melanis? A Primogênita realmente não queria se lembrar do que aconteceu durante as Guerras Divinas? *Ou as mães queriam que ela esquecesse?* Me livro rápido do pensamento. Não faz sentido; as mães nunca tirariam as memórias de alguém contra a vontade. Deve ter sido a própria Primogênita que quis. Talvez o peso de todos aqueles séculos tenha sido demais para suportar. Às vezes parece assim para mim, e só estou viva há dezessete anos.

Volto a olhar para Melanis. Ela agora está lá na frente e empurra Li para o lado com seu cajado para que possa ter o melhor lugar. Ela não parece estar pensando na nossa conversa nem um pouco.

Provavelmente porque ela não se lembra...

Me volto para Keita.

— Eu não acho que este é o lugar para falar disso.

Keita assente.

— Mais tarde, então.

— Mais tarde — concordo, me virando para a plataforma, onde um dos sacerdotes está se dirigindo à multidão ao lado das três alaki adormecidas, que agora têm apenas vestígios de ouro em seus corpos. Elas vão acordar nas próximas duas horas, se não antes.

Só esse pensamento me faz fechar as mãos em punho.

— Saudações noturnas, leais adoradores de Oyomo — cumprimenta o sacerdote, seu rosto pálido perdendo ainda mais a cor pelo esforço de gritar tão alto.

— Saudações noturnas — devolve a multidão.

Mesmo a distância, posso ver que há algo estranho em seus olhos: suas pupilas são muito escuras e ocupam muito espaço na parte branca. Espectadores menos experientes podem achar que é o resultado de passar muito tempo lendo pergaminhos na escuridão, ou até mesmo por excesso de ervas alucinógenas, mas eu sei a verdade. Este sacerdote não é um mero humano; ele é um verdadeiro jatu, assim como todos os outros sacerdotes ao seu redor, todos com olhos diferentes também.

Alguém entrega a ele uma buzina de metal e o sacerdote assente em agradecimento.

— Honrados seguidores de Oyomo, que as bênçãos do Pai Infinito os protejam e os libertem.

— Que sejamos protegidos. Que sejamos libertados — entoa a multidão.

Não ouço recitações assim desde o dia do meu Ritual da Pureza, mas sigo com facilidade, as palavras enraizadas por anos de adoração no templo da aldeia.

— Hoje começa um período muito auspicioso, a véspera do Festival da Meia Luz, a celebração da descida de Oyomo e da chegada dos meses escuros de inverno. Como é nossa tradição sagrada, permaneceremos em comunhão até que o festival termine. Mas não devemos perder a vigilância enquanto celebramos o caminho do Pai Infinito. Demônios caminham em Otera.

A tensão toma conta da multidão agora, soldados trocam olhares, alguns cospem no chão para sinalizar seu desgosto. Meus punhos se apertam ainda mais. Sempre me enfurece ouvir falar da minha espécie com tanta maldade, tanto ódio, como se fôssemos os demônios que eles disseram que éramos. Tudo o que fizemos foi tentar sobreviver, assim como todas as outras criaturas em Otera. E, no entanto, os humanos nos desprezam por isso.

O sacerdote assente em aprovação para a multidão, sua careca brilhando à luz do entardecer.

— As Douradas se ergueram, espalhando sua monstruosa sujeira e perversão, transformando garotas inocentes em alaki e forçando os jovens a caírem na devassidão. Não devemos ser vítimas de suas vis tentações.

— Devemos permanecer firmes — uma mulher mascarada grita ao meu lado, segurando seus filhos mais perto.

Acenos de concordância ao redor.

O sorriso de aprovação do sacerdote quase irradia de seus olhos.

— Vocês já ouviram falar do ancião Kadiri, honrado sumo sacerdote de Oyomo! — grita ele. — Hoje, ele trouxe consigo outra escolhida de Oyomo: a Wumi Kaduth, a Senhora do Coração!

Os aplausos e rugidos de aprovação soam tão altos que abafam qualquer outro som. Logo me junto, mesmo que a tensão tome conta dos meus músculos, tornando-os tão rígidos e inflexíveis quanto ferro. Posso sentir aquela estranha presença crescendo outra vez, uma viscosidade oleosa no ar que surge com cada salva de palmas da multidão. Algo no padrão de suas ondas me incomoda, e levo apenas alguns segundos para entender o motivo. É quase como se a presença estivesse… se alimentando dos aplausos.

Adoração… A palavra surge na minha mente, mas eu logo a afasto. Apenas as Douradas se alimentam de adoração.

Quando o silêncio reina, volto minha atenção para a cena à minha frente. O ancião Kadiri está indo para o centro da plataforma, cada um de seus passos lentos e deliberados, a luz das fogueiras piscando sobre sua pele. Mesmo sem nunca tê-lo visto antes, sei exatamente quem ele é. O clérigo idoso é magro e tem a pele encouraçada, suas vestes amarelas são esfarrapadas e seus pés tão calejados são quase tão grossos quanto cascos. A única coisa que o diferencia dos mendigos pedindo esmolas ao lado da multidão é o kuru, o símbolo do sol sagrado, marcado em ouro na testa.

Isso e o fato de sua pele ser azul-escura.

A cor brilha cada vez que a luz das chamas a ilumina, realçando os tons que compõem a rica escuridão. Um arrepio me percorre. O ancião Kadiri é de Mombani, um dos clãs mais raros das províncias do Sul; de toda Otera, na verdade. O Reino Único pode se estender por continentes inteiros, apenas as Terras Desconhecidas ao extremo Sul e o Leste estão livres de seu alcance, mas mesmo entre todos os grupos muito diferentes que habitam suas províncias do Sul, Norte, Leste e Oeste, os Mombani se destacam como singulares. Pois só eles possuem a pele de um tom de joia.

O tom azul profundo do ancião Kadiri quase o faz parecer uma criatura mitológica. Mas ele está aqui, e agora está na beira da plataforma, uma figura pairando sobre nós, exceto que não é tão alto quanto parece. Na verdade, ele é pelo menos uma cabeça mais baixo que os sacerdotes que estão atrás dele, suas bocas se movendo em rápida oração.

Arrepios de desconforto descem pela minha coluna enquanto o som percorre a multidão, um zumbido baixo e insistente. Toda vez que aumenta, aquela sensação estranha (aquela presença estranha) reaparece. Por fim, o ancião Kadiri pede silêncio, e os sacerdotes se viram, quase em uníssono, em direção ao fundo da plataforma. É onde uma mulher está sendo ajudada a subir nas pranchas. A Wumi Kaduth. Ela não precisa ser apresentada para eu saber quem é. Afinal de contas, é a única mulher na plataforma, sem contar as garotas em sono dourado.

Eu a encaro, fascinada. A Senhora do Coração é muito frágil — o corpo débil e fino como um pássaro sob camadas de túnicas amarelas cerimoniais que a cobrem da cabeça aos pés. Embora eu suponha que ela seja idosa, ela pode ter qualquer idade de doze a sessenta anos, não que eu seja capaz de discernir sua verdadeira idade; uma máscara de piedade de madeira esconde seu rosto, o tecido preto transparente sob os orifícios dos olhos e da boca escondendo até mesmo os olhos. Posso ver com muita facilidade, apesar da escuridão crescente, meus sentidos aguçados me permitindo cruzar a distância enquanto a Wumi Kaduth se arrasta cautelosamente em direção aos sacerdotes, depois se ajoelha, oferecendo submissão absoluta tanto ao ancião Kadiri quanto ao grupo de homens diante dela.

Meus lábios se curvam de desgosto. Toda aquela pompa sobre uma sacerdotisa, uma Senhora do Coração, e eles trazem essa coisa assustada e encolhida. Mas a ideia é essa, não é? Me obrigo a relaxar ao me lembrar das palavras de Melanis: essa mulher não é uma sacerdotisa, mas sim uma isca para mulheres humanas — prova visível de que, se se submeterem o suficiente, se se entregarem tão completamente que não reste nada além de devoção, também podem ser escolhidas por Oyomo para ser Seu mensageiro especial. A manipulação de tudo isso me irrita. Antes, as meninas podiam esperar ser puras e se casar como recompensa por sua subserviência. Agora, elas também podem esperar ser designadas como falsas sacerdotisas e servir aos outros sacerdotes, assim como esta sacerdotisa está fazendo.

O ancião Kadiri dá um tapinha na cabeça da mulher em um gesto paternalista nojento, depois se vira para a multidão.

— Abençoados seguidores de Oyomo — diz com uma voz surpreendentemente estrondosa —, vocês me ouviram falar, repetidas vezes, do poder de nosso Pai Infinito, de Seu amor e dedicação a nós; uma dedicação tão pura que Ele transformou a Si mesmo em Seu aspecto mais poderoso, Idugu, para combater a influência das Douradas.

A multidão está em silêncio agora, cativada por sua voz, que ressoa profundamente dentro dos meus ossos, um poder tangível que até eu posso sentir.

O efeito dela combina com sua pele azul, transformando-o em algo quase místico enquanto prossegue:

— Esses demônios são uma mancha em nosso amado Reino Único, assim como sua prole desprezível, a alaki que batizaram de Nuru, Deka. Que ela queime no Fogo.

— Que ela queime no Fogo — entoa a multidão.

Meu estômago embrulha. Não é a primeira vez que presencio esse sentimento, o desejo de que eu queime nas chamas do Além, porém ainda dói. Keita aperta o braço em volta da minha cintura, mas sua proximidade não elimina o desgosto, o pavor, fervendo dentro de mim.

O ancião Kadiri assente piedosamente, continuando:

— Por várias vezes, falei de nosso deus, de seus inimigos monstruosos. É hora de outras bocas falarem. Como vocês já sabem, Oyomo, em Sua infinita misericórdia, achou por bem ordenar certas mulheres santificadas, para dar-lhes o poder de superar suas enfermidades carnais e absorver a força do divino. Nesta noite sagrada, eu lhes apresento a primeira de suas filhas escolhidas, a Wumi Kaduth, a Senhora do Coração.

Ele gesticula para a mulher, e ela se levanta e se curva para a multidão. Então, ela estende os braços.

— Amados seguidores de Oyomo — diz ela, a voz surpreendentemente forte por trás da máscara. Apesar de sua aparente fragilidade, sua voz se propaga, assim como a do ancião Kadiri. — O Pai Infinito os abençoa.

— O Pai Infinito abençoa a todos nós.

— Trago-lhes saudações de Idugu.

— Saudações. — Cada boca na multidão repete essas palavras, exceto a minha.

Minha boca está em silêncio, todas as minhas palavras roubadas pelo horror que repentinamente tomou conta de mim. Posso não ter identificado imediatamente, mas conheço essa voz, já a ouvi centenas de vezes antes. A Senhora do Coração não precisa dizer mais nada; sei exatamente quem ela é.

Elfriede, minha antiga amiga de Irfut.

A garota que assistiu enquanto eu era assassinada e não disse nada.

Há menos de dois anos, Elfriede mal conseguia falar diante de outras pessoas. Ela mantinha a cabeça baixa, escondendo a marca de nascença vermelha que manchava a metade esquerda de seu rosto, e nunca ficava na frente de uma multidão se pudesse evitar. Ela não conseguia nem falar mais alto que um sussurro ao se encontrar com pessoas que não conhecia. Quando as uivantes mortais vieram durante o Ritual da Pureza e eu fui revelada como impura, ela não disse nada, apenas observou em silêncio, o horror em seus olhos, enquanto Ionas me esfaqueava na barriga. Quando passei os meses seguintes naquele porão, sendo torturada e assassinada incontáveis vezes, ela nunca se manifestou. Nunca nem sequer pediu para me ver. Não que eu esperasse que fizesse isso. Ela era apenas uma garota, e nem fazia parte da minha família. Que poder ela teria em um lugar tão punitivo quanto Irfut? A única coisa que ela teria conseguido seria ser presa também, então nunca me ressenti de seu silêncio, nunca esperei mais nada dela.

Mas agora, por razões que não consigo entender, de repente Elfriede está aqui — do outro lado do mundo, comandando uma audiência de milhares, sua voz ressoando por trás de sua máscara enquanto diz:

— Amados seguidores de Oyomo, saibam que Idugu os protege e guia em todas as coisas, que Ele é seu escudo neste tempo de escuridão e caos. É fácil se sentir sem esperança, oprimido pelo pensamento de lutar contra as Douradas. Elas capturaram nosso amado imperador, colocaram nossa capital sob cerco e assassinaram nossos amigos, nossa família, nossas aldeias inteiras. Mas nem tudo está perdido.

Enquanto eu a observo, ficando ainda mais perplexa, ela continua:

— Por mais poderosos que sejam esses demônios, nós os derrotamos antes, os mantivemos na prisão que agora têm a audácia de chamar de templo. E podemos fazer isso outra vez. Agora, eles estão enfraquecidos, sem o poder que já tiveram; o poder que acumularam atraindo mulheres inocentes para o seu lado, devorando crianças inocentes.

A multidão arfa, cheia de raiva e indignação, mas ainda estou muito atordoada, muito surpresa, para reagir. Todo esse tempo, presumi que Elfriede havia se casado ou, na pior das hipóteses, tivesse sido forçada a entrar nos templos como donzela para apagar a mancha de sua associação comigo, um demônio impuro. Mas agora ela está aqui, diante de mim. E está dizendo coisas que apenas alguns poucos habitantes de Abeya sabem. Como ela adquiriu o conhecimento? E por que está proferindo palavras tão horríveis agora?

A Elfriede que eu conhecia nunca gostou de falar na frente de estranhos, nunca gostou de ser o centro das atenções. Ela deve ter sido forçada a fazer isso, talvez por sua proximidade comigo. Sim, deve ser isso. Um dia, Elfriede foi minha amiga mais querida; minha única amiga. Este deve ser o castigo por nossa amizade.

Ela ergue as mãos para que a multidão se cale.

— Em seu auge, as Douradas eram abominações malditas, sugando a vida de crianças, mulheres, de qualquer coisa pura que cruzasse seus caminhos. Foi assim que se tornaram poderosas o suficiente para se proclamarem deusas, para encher Otera com sua prole impura.

Aperto as mãos com tanta força que parece que a pele vai se rasgar. Mesmo que Elfriede tenha sido forçada a fazer isso pelos sacerdotes, suas palavras atingem meu âmago. Ela profere falsidades tão horríveis sobre as mães, sobre minhas irmãs. De súbito, quero golpear algo, de preferência seu rosto mascarado e sem emoção. Talvez se bater nela com força suficiente, eu possa trazê-la de volta à sanidade, de volta à menina doce e feliz que eu conheci.

Me obrigo a ficar quieta enquanto Elfriede continua:

— Mas agora elas estão isoladas naquele templo, longe de nossos preciosos filhos, a presa preferida delas. Porém, isso não protege os filhos de Otera. Não protege todos aqueles jovens problemáticos que correm para a montanha para participar da liberdade que as Douradas oferecem, sem entender que essas criaturas profanas estão se alimentando deles, devorando suas almas.

— Mas, felizmente, elas ainda não se encheram por completo.

Elfriede olha para a multidão, que está extasiada, cativada por seu feitiço.

— As Douradas estão famintas e vulneráveis, usaremos essa vulnerabilidade a nosso favor. Marcharemos até o templo delas e faremos o que os guerreiros da antiga Otera não fizeram: mataremos os demônios de uma vez por todas!

O rugido da multidão é tão entusiasmado agora que uma terrível malevolência enche o ar. Estremeço quando meu sangue se agita. Mais uma vez, é como se a presença, o objeto arcano, seja lá o que for, se alimentasse da ânsia da multidão, de sua sede de sangue. E eu posso apenas bater palmas, tomando cuidado para manter minha falsa alegria.

Quando enfim as palmas cessam, a mão de Keita alcança a minha, e eu a seguro com gratidão, sem me surpreender ao descobrir que também está suada. A mandíbula de Keita está tão apertada que o músculo se contrai. Ele pode sentir a presença também.

Quando a multidão se aquieta de novo, Elfriede olha para o outro lado do campo.

— Vocês podem estar se perguntando como eu sei todas essas verdades sobre as Douradas. Como eu, uma garota humilde de uma vila isolada e atrasada como Irfut, sei todas essas verdades sobre os demônios? — Ela faz uma pausa dramática, esperando enquanto a tensão aumenta. Quase posso imaginar os cantinhos de seus olhos verdes inclinados curvados para cima, do jeito que ficavam quando ela tinha algo delicioso para fofocar.

— Diga! — Alguém grita.

— Conte, Wumi Kaduth! — Outra pessoa complementa.

Os entalhes prateados na máscara de Elfriede brilham sob as tochas enquanto sua voz baixa quase para um sussurro.

— Vejam bem, eu fui criada na mesma aldeia que a prole dos demônios. Fui criada ao lado da própria Nuru. Ao lado de Deka... a garota parada bem ali.

Um dedo fino como a perna de um pássaro aponta direto para mim e, bem assim, o mundo paralisa.

Por um momento, é como se todo o ar tivesse sido sugado dos meus pulmões, como se tudo estivesse se movendo como lama. Então a multidão se vira para mim. Em nossa direção. Porque enquanto eu estava olhando, ainda em choque, meus amigos chegam correndo, cientes agora, assim como me dei conta bruscamente, dos jatu que foram se infiltrando aos poucos na multidão, nos cercando enquanto estávamos distraídos por Elfriede. E, no fim das contas, isso é tudo o que ela realmente era: uma distração. Não uma isca para mulheres oteranas ou qualquer outra coisa que teorizamos, mas uma armadilha, pura e simples. Uma isca para que o ancião Kadiri pudesse nos capturar como queríamos capturá-lo.

Os olhos de Keita se arregalam ao observar os jatu nos cercando. Há pelo menos uma centena deles, todos humanos, o motivo de não terem alertado os meus sentidos. Aos poucos, me dou conta da ironia. Não é à toa que não ouvimos falar de uma sacerdotisa antes de vir para cá, eles fizeram questão de não mencionar isso até o último dia em que puderam, quando estávamos aqui, longe das comandantes alaki mais experientes que, ao contrário de nós, poderiam ter farejado a armadilha.

O tempo todo em que pensei que estávamos enganando eles, eles estavam nos enganando.

— Deka... — diz Keita, uma pergunta silenciosa brilhando em seus olhos. *O que faremos?*

Olho para meus amigos, todos eles me encarando, esperando meu comando, que vem para mim de uma vez.

— Pegaremos o ancião Kadiri agora!

Transforme-se, Ixa!, adiciono silenciosamente.

Mesmo antes que o pensamento deixe minha mente, sinto Ixa se livrando das rédeas da carroça, seu corpo explodindo em uma versão ainda maior de sua forma verdadeira e gigante. Normalmente, ele é do tamanho de um touro, talvez um pouco maior. Hoje, é quatro vezes isso. Não preciso ver a transformação para saber. É um instinto profundo dentro de mim, outra faceta da conexão que nos une. Ixa corre pelo campo, pisoteando os jatu que cercam nossas carroças. Ele é uma sombra brilhante na escuridão, um colosso vingativo que quase se parece com um mamute, aquelas enormes criaturas cinzentas com presas e espinhos que às vezes montamos em batalha. Mas mamutes são lentos e volumosos, não elegantes e graciosos como Ixa conforme salta sobre o círculo de jatu que nos cerca, a multidão gritando e fugindo em seu rastro.

Ele ruge tão alto que o som ecoa pelo campo, jogando alguns jatu para longe. Um grito agudo responde rapidamente ao seu chamado, seguido por outro, depois outro: Katya e as outras uivantes mortais. Dou um suspiro de alívio. Eu quase tinha esquecido que elas estavam lá. No momento em que chegam da floresta, ainda mais gritos soam, os cidadãos comuns da multidão fugindo.

Rápido, monto nas costas de Ixa.

— Subam! — grito para os outros. Há espaço mais do que suficiente para todos nós agora.

Quando Keita, Belcalis e as gêmeas se juntam a mim, os outros uruni ao lado deles, um vento feroz passa. Melanis está batendo asas em direção à plataforma, Britta e Li embaixo de cada braço. Mas o ancião Kadiri não parece preocupado com a abordagem dela ou mesmo com a nossa. Enquanto todos os outros sacerdotes fogem em busca de abrigo, ele apenas fica ao lado das alaki adormecidas, com uma expressão presunçosa no olhar.

Fico apreensiva.

— Fiquem de olho em armadilhas! — eu grito.

Para Ixa, acrescento, *Ixa, fique de olho!*

Deka!, Meu enorme companheiro concorda, pousando na plataforma com um baque que ressoa.

Mas assim que deslizo para longe dele, sinto a energia se acumulando no ar. É tão familiar, especialmente considerando os eventos de hoje, que levo apenas alguns segundos para entender.

— É uma porta! Várias portas.

Eu nem preciso me perguntar como isso é possível antes que o primeiro rasgo corte o ar, o brilho intenso da luz do sol da tarde reluzindo do outro lado. Enquanto observo, atordoada, uma forma gigantesca emerge, a armadura dourada muito familiar cobrindo-a, pouco fazendo para esconder as garras horrivelmente afiadas como adagas, o corpo esquelético e assustadoramente humano. É uma uivante mortal, porém diferente de Katya e das outras, a pele — as poucas partes que não estão cobertas pela armadura — é de um roxo profundo e atravessada por veias douradas. Ainda mais estranho, está vestindo uma armadura infernal dourada, do mesmo tipo que as alaki usam, e carregando uma lança em forma de flor e pétalas de adaga que também são muito familiares. É o mesmo tipo de lança que os jatu em Oyomosin empunhavam, só que essa uivante mortal não pode ser um deles. Os verdadeiros jatu não se tornam uivantes quando morrem, e mesmo que o fizessem, queimamos tudo em Oyomosin.

Mas os jatu ressuscitam agora... O pensamento desliza em minha mente, assim como uma dor familiar. A intensidade me faz me encolher. Ali, no peitoral da uivante mortal, está exatamente a coisa que temi por todo esse tempo: aquele símbolo, exibido sinistramente como se estivesse esperando que eu o visse. Eu desvio o olhar, grata quando a dor diminui para um latejar silencioso.

Não que isso importe mais. A dor não é nada comparada à compreensão terrível de repente se formando em meu cérebro: o uivante mortal é o mesmo líder jatu que vimos em Oyomosin. É homem e não é o único.

Ainda mais rasgos aparecem no ar, mais uivantes mortais emergindo, todos eles da mesma cor púrpura com veias douradas, todos carregando aquelas lanças de flores, aquele símbolo jatu olhando para mim dos peitorais de suas armaduras infernais douradas. O frio toma conta de mim.

Em instantes, os uivantes se organizam em um círculo ao nosso redor, suas lanças apontadas. Toda vez que Melanis se aproxima do ancião Kadiri, eles erguem suas lanças, afastando-a. Mesmo com toda sua velocidade e agilidade, ela não consegue passar. Esses uivantes mortais são de uma classe inteiramente nova, algo que eu nunca vi antes. E eles se movem com tanta disciplina que quase parecem ser múltiplas extensões de um ser.

— Parem! — eu ordeno, lutando contra a dor latejando em meu crânio.

Há muitos desses símbolos jatu ao meu redor, muito poder desviando o meu, e é por isso que os uivantes ignoram meus comandos conforme se aproximam de maneira lenta e firme, sua formação se fechando ao nosso redor.

Mas passei semanas me preparando para isto, treinando contra os efeitos do símbolo. Não deixarei que alguns símbolos arcanos me derrotem.

— PAREM, EU ORDENO! — grito outra vez.

Como antes, os uivantes mortais me ignoram.

O poder do símbolo ainda é muito forte, um escudo muito eficaz contra o meu.

E agora, o ancião Kadiri está sorrindo.

— Sua voz não tem poder aqui, honrada Nuru — diz ele, zombando. — O kaduth a prende tão efetivamente quanto correntes prendem o corpo.

O kaduth? Saber o nome do símbolo amaldiçoado não faz nada para aplacar a raiva agora rugindo em minhas veias.

— O que você quer? — rosno, enfurecida.

Sei que é algo; sei disso. Se o ancião Kadiri quisesse apenas me impedir, ele poderia ter feito um dos jatu me esfaquear no meio da multidão enquanto meus amigos e eu estávamos distraídos com o discurso de Elfriede. Levaria pelo menos algumas horas para que eu revivesse; Elfriede sabe disso.

Falando no diabo…

Lanço um olhar venenoso para minha ex-amiga. Ela ainda está parada ali, observando. Por que ela não fugiu com todos os outros? Por que ela não convocou a última gota de vergonha que lhe resta? Ela permanece ali, ao lado das garotas adormecidas, que estão quase completamente com cor de gente viva outra vez. Um leve tremor percorre uma delas, uma criança gorda e pálida do Leste com apenas quinze anos, e engulo a bile com o horror de que ela possa acordar em breve.

Por favor, não acorde agora, eu oro silenciosamente enquanto o ancião Kadiri sorri para mim.

— O que quero? — O ancião Kadiri parece divertido ao repetir para mim: — O que é que eu quero? Hum… uma pergunta intrigante. Exceto… que isso não se trata do que eu quero, honrada Nuru. Se trata dEle.

Ele aponta um dedo nodoso para o céu.

— DEle? — repito, uma tentativa desesperada de esconder meu medo crescente, quando aquela mesma alaki se mexe suavemente.

Por favor, agora não, volto a pedir. Em silêncio, desejo que ela volte ao seu sono, mas a sorte, como sempre, não está comigo. As outras garotas também estão começando a se contorcer, acordando aos poucos.

— Idugu… — A voz do ancião Kadiri chama minha atenção de volta para ele. Ele tem uma expressão estranha, um olhar quase vazio. — Ele sussurra para mim em meus sonhos. Me conta que está fascinado por você. Que projetou todo esse cenário apenas para conhecê-la.

— Idugu? — Faço uma careta zombeteira mesmo quando sinto, aquela presença oleosa pairando no ar. — Existem apenas quatro deusas em Otera, e elas são as Douradas.

— Foi isso que te disseram? — O ancião Kadiri abre um sorriso suave e compassivo. — Pobre criança, tão enganada por esses demônios.

Tenho certeza de que elas também lhe disseram que nunca devoraram crianças, jamais ganharam poder consumindo a inocência.

— Elas não precisaram dizer — grito, a raiva crescendo outra vez. Por toda a minha vida, ouvi histórias de como as Douradas devoraram crianças, destruíam Otera com sua fome voraz. — As mães são deusas; protetoras. Eles nunca machucariam seus filhos.

Aquele sorriso de pena se torna predatório.

— Criança tola — retruca o ancião. — Você não sabia? Deuses requerem adoração, e a adoração mais pura é o sacrifício.

Antes que eu possa me mover, ele agarra a garota desperta pelos cabelos e desembainha uma adaga. Quando puxa a cabeça dela para trás, ele olha para o céu, um brilho frenético em seus olhos.

— Pai Divino, eu lhe dou esta oferenda para aumentar seu poder. Que o sangue dela te preencha. Que o espírito dela te alimente. Que você seja nutrido.

Ele corta a garganta da garota com um golpe rápido.

Gritos perfuram o ar, a maioria vindo das outras garotas que agora estão despertando, o restante vem de mim, um eco distante em meus ouvidos. Sangue dourado está se derramando sobre as tábuas de madeira da plataforma, tanto que uma poça começa a se espalhar ao redor dos pés do ancião Kadiri. Mesmo assim, não consigo me mexer. Estou paralisada, meu coração batendo freneticamente, a respiração ofegante em grandes rajadas difíceis, e tudo o que posso fazer é observar o sangue enquanto um brilho estranho e sutil sobe dele, acompanhado pela sensação intensa do mal, de dedos rastejantes se aproximando da garota moribunda.

Deka!, Ixa rosna, em pânico. Ele também consegue sentir, a malevolência subindo no ar. É como se estivéssemos de alguma forma compartilhando a mesma mente, experimentando as mesmas coisas, exceto que estamos fazendo isso através de dois corpos diferentes.

Seu grito me força a me mexer.

Mas quando enfim começo a tropeçar em direção às meninas, segurando as minhas atikas de maneira frouxa, o pavor sobe pela minha coluna. Olho para baixo e descubro que o sangue nas tábuas está brilhando tanto agora que quase rivaliza com o sol.

— O que é aquilo? — pergunto, horrorizada. — O que está acontecendo?

Mas o sorriso do ancião Kadiri se alarga ainda mais, suas bochechas esticadas em uma macabra zombaria de prazer.

— Então você consegue ver. Ele disse que você conseguiria. Prova de Sua existência, de Sua divindade.

Ao meu lado, Keita está confuso. Ele se mexe, incerto, olhando na mesma direção que eu.

— O que está acontecendo, Deka? — A pergunta dele faz com que todos os músculos do meu corpo se enrijeçam.

Keita não consegue ver a luz que vem do sangue, não consegue vê-lo brilhando tanto mesmo estando bem diante dele. O mesmo acontece com Britta e os outros, ainda amontoados em suas posições de batalha ao meu redor, seus olhos nos uivantes mortais que ainda estão imóveis; todos têm as mesmas expressões, o mesmo horror de momentos atrás, mas ninguém parece assustado ou chocado. Eles não conseguem ver o brilho, mesmo que seja destrutivo. Sinto um calafrio. Esse brilho é como o rio de estrelas na Câmara das Deusas: só eu posso ver sua verdadeira natureza. E isso significa apenas uma coisa, é um trabalho do divino. Isso, o que quer que esteja acontecendo na minha frente, é de natureza celestial.

O ancião Kadiri parece notar o momento em que me dou conta disso.

— Você enfim está entendendo, Deka — diz ele, quase alegre agora. — Isto não é obra de algum objeto arcano, como elas querem que você acredite. É Ele, o verdadeiro deus de Otera, Idugu.

Tudo em minha consciência está gritando em protesto contra suas palavras, mas a verdade nelas é inegável. Mesmo agora, posso ver o brilho do sangue diminuindo, desaparecendo como se algo o estivesse sugando, drenando até a última gota. E a cada gota que desaparece, essa malevolência cresce ao meu redor, parecendo ficar cada vez mais poderosa a cada segundo.

Se eu não tinha certeza antes, agora tenho: Idugu realmente existe. Só que não é um objeto arcano, como as mães disseram, e certamente não é um ser benevolente — alguma versão protetora oculta de Oyomo, abençoando seus adoradores com o poder de lutar contra as mães. É uma monstruosidade vingativa e parasitária, que se empanturra com as orações e a energia daqueles estúpidos o suficiente para segui-lo.

E se alimenta do sangue de alaki.

Como sua existência é possível? As mães me disseram para esperar o angoro, me disseram que imita a divindade, mas essa criatura é mesmo de origem celestial. Isso não é mera imitação, sei disso tão repentina e profundamente quanto conheço a cor do céu, a sensação da madeira sob meus pés. No entanto, de alguma forma, as mães não sabiam disso.

Ou sabiam?

Imediatamente, me lembro da conversa que tive com Anok, aquela que tive no…

O pensamento desaparece tão rápido que pestanejo. Confusa. Balanço a cabeça para limpá-la. Este não é o momento para me perder em meus pensamentos. Seja qual for o motivo do silêncio sobre Idugu, as mães devem ter uma boa explicação.

Mas os jatu não têm. Eles são os verdadeiros vilões aqui.

Durante séculos, eles acusaram as Douradas de serem monstros, demônios imortais que atacavam a vida das crianças. Mas eles mesmos não apenas ressuscitam agora, como podem se tornar uivantes mortais. E seu deus consome crianças como os pássaros consomem grãos. Moças, a maioria delas mal tem idade suficiente para se defender, já banidas e punidas por suas aldeias, suas famílias; já à beira do mais sombrio desespero. Garotas como eu fui um dia. Esperançosa, confiante e inocente. Minha fúria aumenta, cada centímetro meu cheio de determinação justa e inconsequente. Não importa o que aconteça a partir de agora, sei que uma coisa é verdade: eu vou encontrar essa falsa divindade, esse monstro charlatão em forma de deus, e vou destruí-lo até que não reste nada além de apenas o suficiente de sua essência para minhas mães esmagarem sob seus pés.

Não importa o que seja, não importa suas origens, vou me vingar por minhas irmãs: juro pela minha alma.

Volto meu olhar para o ancião Kadiri e ergo minhas atikas.

— Deus ou não, é uma abominação, e vou exterminá-la da face de Otera.

Mas o sorriso do ancião só se alarga.

— Você terá que encontrá-lo cara a cara para fazer isso, então. Perfeito. Ele está esperando por você.

Ele ergue o olhar, seus olhos encontram algo que só ele pode ver. Então sinto uma aglutinação no ar. Uma porta. Mas esta é diferente das anteriores. Em vez de alguma coisa emergir aqui, é mais como se alguma coisa estivesse tentando nos tocar. Tentando nos jogar em sua teia. Me viro para os outros, alarmada.

— É outra porta! Melanis, você precisa pegar o ancião Kadiri agora!

— Como quiser, honrada Nuru. — Melanis mergulha em direção à plataforma, as asas junto ao corpo, mas antes que possa alcançar o ancião, ele desaparece. Some no ar, simples assim. Tudo o que resta são aqueles estranhos uivantes mortais, que a observam, impassíveis, enquanto ela se eleva, rosnando de frustração.

E agora, as portas estão se abrindo ao nosso redor, o ar rasgando, sugando nossos corpos.

— Segurem as garotas! — grito, e Melanis assente, mergulhando em direção a elas.

Ela pega as três em seus braços e voa assim que a abertura mais próxima me puxa.

— Deka! — Keita rapidamente se agarra a mim, assim como meus outros amigos.

— O que está acontecendo? — Katya pergunta enquanto pula para o meu lado, Nimita em seu encalço. As outras uivantes mortais, do outro lado da plataforma, estão muito distantes agora para serem alcançadas. — O que está acontecendo, Deka? — ela repete, perplexa, enquanto o ar gira brutalmente ao nosso redor.

— É uma porta! — eu grito. — Estamos no meio de uma porta! Segure firme!

E essa é a última coisa que digo antes de tudo desaparecer.

15

◈◈◈

O templo que aparece à nossa frente é tão iluminado quanto o local anterior era escuro. Fica no alto de uma colina com vista para a magnífica cidade que reconheço em segundos: Hemaira, seus rios e lagos brilhando suavemente sob a luz da noite. Mal tenho tempo de piscar com a visão das exuberantes colinas verdes e ilhas antes que a porta gire outra vez, nos levando para o meio da Sala de Oração do templo. O pânico ressoa em meu peito quando reconheço as belas relíquias douradas, as paredes altas feitas de n'gor, a rocha mais dura e preciosa de Otera. Elas estão retratadas nas Sabedorias Infinitas, assim como o resto do templo. Na verdade, seções inteiras dos pergaminhos são dedicadas a este, o local mais sagrado e divino de Otera. Trata-se do Grande Templo de Hemaira, lar dos sumos sacerdotes oteranos e um dos lugares mais reverenciados em Otera. Assim como o mais perigoso.

Idugu está aqui.

Posso senti-lo, uma presença sinistra se aproximando cada vez mais.

— Não, não, não! — Uma voz geme ao meu lado: Acalan. O uruni normalmente sério parece aterrorizado enquanto segura a cabeça entre as mãos. — Não podemos estar aqui! Nós não podemos...

Adwapa o apoia, tentando ajudá-lo a respirar.

— Respire, Acalan, respire!

Mas ele não é o único em pânico. Todos ao meu redor parecem perturbados, olhos arregalados de horror enquanto observam os arredores, que já estão oscilando. O ar está se movendo mais uma vez, assobiando tão rápido que a náusea se agita no meu estômago.

Britta aperta minha mão com mais força.

— Deka, o que está acontecendo?

— Acho que a porta está se mexendo de novo!

O salão a nossa volta já está derretendo, outra sala dourada aparecendo em seu lugar. Mas essa desaparece rápido também, assim como a próxima. É quase como se Idugu estivesse apenas nos empurrando de um lugar a outro, como se tivesse energia suficiente apenas para pequenos saltos. Fico tensa quando a porta se mexe mais uma vez, desta vez nos levando a uma sala onde entalhes se alinham em cada centímetro das paredes azuis intensas. Em um entalhe, quatro pares de guerreiros estão em combate, todos conectados por brilhantes fios dourados enquanto seguram espadas contra a garganta um do outro. Eles quase se parecem com indolos, aqueles quatro corpos conectados como um, e dois dos guerreiros têm asas quase como as de Melanis. Há pequenas inscrições abaixo deles, mas tantos kaduths estão pintados ao redor de cada um que não posso ir além da dor na minha cabeça para absorvê-las. Fecho os olhos, tentando recuperar o equilíbrio, até que um suspiro de pânico me força a abri-los outra vez.

— Deka — Keita sussurra, rouco. — Eles nos cercaram.

Eu me viro para encontrar pelo menos cinquenta uivantes mortais apontando lanças para nós, suas peles roxas brilhando ameaçadoramente sob a luz fraca que agora passa pelo teto de vidro. Quando vejo a fogueira que fica no meio da câmara, inspiro rápido. A porta nos levou ao santuário interno do Grande Templo. Pior, ainda não fechou. Mesmo agora, posso sentir, brilhando nas extremidades da minha consciência. Ou Idugu não tem poder suficiente para fechá-lo ou há um destino final para o qual deseja nos levar.

Enquanto estou aqui, o pavor envolvendo meus músculos, o ancião Kadiri sai de trás da fila de uivantes mortais, com as mãos estendidas em boas-vindas.

— Bem-vinda, Nuru Deka — diz ele, aquele sorriso horrível e plácido no rosto. — Idugu lhe dá as boas-vindas, honrado é Seu nome.

— Honrado é Seu nome. — Esse eco vem dos sacerdotes ocupando os cantos do santuário interno, seus corpos menores e muito cobertos quase bloqueados pelos uivantes enormes que estão, como sempre, imóveis. Eles estão mesmo vivos? Eles pensam? Têm consciência?

Ixa rosna para eles, agitado. *Deka?*, ele pergunta, seus olhos no teto de vidro, mas o ancião Kadiri percebe.

Ele assente para os uivantes mortais, que imediatamente cruzam suas lanças, formando uma barreira. Eles não têm intenção de nos deixar ir. Para sair, teremos que lutar.

— Preparem-se para o combate! — eu grito, erguendo minhas atikas.

Meus amigos fazem o que ordenei, todos se amontoando de costas para mim para que enfrentemos nossos atacantes. Eles são muitos. Tento calcular números, cenários possíveis, mas minha mente falha, sobrecarregada pelo puro desespero de nossa situação. Estamos enjaulados por uivantes mortais que não posso comandar, já que não posso usar minha voz com os kaduths aqui, e pior ainda, há a presença oleosa de Idugu girando ao nosso redor, me impedindo de entrar em contato com as mães. Eu toco o colar ansetha, tentando desesperadamente acessar o laço invisível que nos conecta, mas nada acontece. Tento outra vez, o horror chegando quando descubro que ainda não há resposta. Lágrimas de frustração ardem em meus olhos. Estamos sozinhos aqui, meus amigos e eu, todos nós sem a mão invisível das mães para nos guiar.

Se ao menos pudéssemos ir para outro lugar. Irfut serviria. Eu aceitaria aquele poço de atrocidades a qualquer momento a...

O ar de repente começa a se mexer. Em segundos, aparecem paralelepípedos, assim como uma praça tranquila de vilarejo, que brilha sob a luz da lua prateada. Minha boca se abre quando reconheço aquela padaria familiar, aqueles estábulos familiares. Só não reconheço o guarda cochilando contra uma parede próxima.

Quando arfo, ele acorda. O terror arregala seus olhos ao ver o nosso grupo.

— Uivantes mortais — ele grita. — Alaki e uivantes mortais e — ele vê Ixa e seus olhos se arregalam — monstros na praça principal! Soem os alarmes!

Uma buzina soa ao longe, tambores ecoando nos muros da aldeia. Os muros que não existiam há apenas um ano, todos agora repletos de jatu, que estão usando o kaduth.

— Não, não, não! — eu arfo, o pânico aumentando. — Como viemos parar aqui?

Me aproximo dos meus amigos, cada um tão confuso e em pânico quanto eu. De repente, meus pensamentos estão agitados. Por que estamos aqui? Este é o jogo de Idugu? Me desequilibrar ao me enviar para os lugares mais horríveis que posso imaginar? Por que ele simplesmente não nos mandou para o meio de Hemaira, onde estão todas as suas tropas? Enquanto penso nisso, paredes colossais brilham à vista, os muros de Hemaira erguem-se acima de nós, só que não estamos nem perto das numerosas guarnições ou masmorras que os cercam. Não, estamos de alguma forma distante deles, nas sombras do que parece ser… uma torre?

Quando a porta torna a se estabilizar, olho em volta, perplexa. As paredes curvas de uma pequena torre me cercam, proporcionando uma sombra no calor súbito e implacável do sol da tarde. Uma brisa fresca sopra pelas colunas que se abrem para o telhado de uma residência, um espaço longo e plano cercado por torres que circundam um pequeno mas exuberante jardim. Vozes ecoam lá de baixo, o burburinho familiar de mercadores pechinchando em hemairano com sotaque forte, e olho para baixo para ver as barracas de roupas coloridas de um mercado flutuante. Como… por que estamos aqui? Um dos muitos cursos de água em Hemaira corre abaixo de nós, a multidão de homens em seus barcos precários comprando sacos de estopa cheios de pimenta vermelha, raminhos de folhas verdes de magulan e de galhos medicinais de naduri e coisas assim. Suas cabeças estão todas descobertas, o que significa que não há uma única mulher entre eles, mas mesmo sem elas, reconheço este mercado. Semicerro os olhos: reconheço esta paisagem. É a mesma que vi tantas vezes quando meus amigos e eu saímos pelos portões do...

Eu arfo, o choque me dominando quando olho para cima para ver paredes vermelhas brilhantes distintas coroando as colinas a distância.

Adwapa arfa, dando um passo à frente.

— Isto é...

— O Warthu Bera. Está bem ali — digo, apontando. Bem ao nosso alcance.

Mas como isso é possível?

Aumento meus sentidos, tentando encontrar qualquer indício de interferência da parte de Idugu, mas ele desapareceu, sua presença se foi há muito tempo, desde que saímos do templo. Ele não nos trouxe aqui. E nem as mães; toco o colar só para ter certeza, mas como antes, nosso vínculo está completamente parado. Aquela porta... ela se moveu sozinha. *Não*... Eu paraliso, lembrando de todos os pensamentos que tive até este momento. Decidi que Irfut era melhor que o templo e, de alguma forma, acabamos lá. Então me perguntei por que Idugu não nos levou para o meio de Hemaira, e de repente aqui estamos.

Arregalo os olhos. A porta não se moveu porque as mães intervieram ou Idugu de alguma forma foi benevolente; se moveu porque eu quis. Ainda bem que não pensei em pedir para nos enviar para...

Interrompo o pensamento imediatamente enquanto me viro para os outros.

— Saiam pela porta — ordeno com urgência. — Mexam-se agora.

Todos saem, exceto Acalan. Quando me viro, o uruni que costuma ser paciente ainda está encolhido, tremendo. Belcalis tem que puxá-lo para fora da porta, e bem na hora. A porta desaparece no mesmo instante.

— Acalan, Acalan! — chama, sacudindo-o, mas ele apenas cai no chão, a cabeça entre as mãos.

— Não posso voltar, não posso voltar… — ele murmura.

— O que há de errado com ele? — pergunto a Belcalis, mas ela apenas se ajoelha para poder envolvê-lo com os braços. Quando ela pousa a cabeça sobre a dele, Acalan explode em soluços.

Me aproximo às pressas.

— Acalan — eu sussurro, embainhando minhas atikas e me ajoelhando também. — Estamos seguros. Olhe. — Aponto para nossos arredores, o telhado, o mercado abaixo de nós, mas ele apenas balança a cabeça.

— Eu estava lá. Jurei que nunca voltaria.

— Para o Grande Templo? — A pergunta vem de Keita, agachado ao meu lado.

Acalan ergue o olhar, agoniado.

— Sim.

— Por quê?

Acalan respira fundo, estremecendo.

— Foi onde participei da minha primeira missão como recruta — conta ele. Então desvia o olhar. — Confie em mim, estar no Warthu Bera é como nadar em uma primavera quente comparado a estar lá.

— Por quê? — Esta pergunta vem de Li, que está franzindo a testa, curioso.

Eu também estou confusa. O Grande Templo é uma das tarefas mais cobiçadas que um recruta jatu pode obter. Se Acalan, o garoto mais religioso que conheço, rejeitou uma vida como guardião do templo, algo terrível deve ter acontecido.

O rosto dele fica sombrio.

— Você não precisa falar disso — diz Belcalis rapidamente. — Não se você não quiser.

— Eu quero — Acalan insiste.

Então ele inspira fundo. Hesita um pouco.

— Eles machucam os garotos que mostram qualquer preferência por homens — ele deixa escapar. — Dizem que é para prevenir o desvio, mas a maneira como o fazem, o prazer que sentem em causar dor…

— Ele desvia o olhar outra vez. — Eles machucam muito qualquer um de quem suspeitem. E então fazem com que você se sinta grato por ter sido ferido. Como se estivessem te fazendo um favor.

Eu o observo, tantas coisas de repente se encaixando. A maioria dos recrutas que conheço já se juntou às garotas alaki, mas Acalan nunca encontrou ninguém, não que eu saiba. Nunca pensei nisso antes, mas agora... Eu não posso nem imaginar a coragem necessária para admitir isso. Homens como ele, homens que gostam de outros homens, nem sequer são mencionados em Otera. De certa forma, é considerado ainda pior que as mulheres que preferem mulheres ou até yandau, porque os meninos são os tesouros de Otera. São eles que podem se tornar sacerdotes, casar, ir à guerra, lutar pela glória de Oyomo. São eles que podem se tornar o que quiserem. Mas um homem que gosta de qualquer outra coisa que não seja uma mulher não pode gerar filhos, não pode se tornar parte da sociedade. Ele é considerado antinatural, e é castrado na melhor das hipóteses; morto, na pior.

Tanta brutalidade. Tantas punições para quem não cumpre o que é considerado aceitável.

Não admira que Acalan nunca tenha revelado isso antes.

Ele respira fundo antes de continuar.

— Sabe o que é pior? A maioria dos sacerdotes é assim, prefere a companhia de homens, quero dizer. Acho que é por isso que eles se tornam sacerdotes para começo de conversa, porque dessa maneira doentia e horrível, eles querem se punir. — Ele ergue o olhar, seus olhos agora avermelhados encontram os meus. — Talvez, quando eles te machucam, façam isso para que não tenham que se punir.

Agora, um músculo está se contraindo na mandíbula de Keita, e minhas mãos estão tão apertadas ao redor dos punhos das minhas atikas que vou quebrá-las se apertar mais forte.

— Vou incendiar este lugar — rosno, tentando respirar além do calor subindo dentro de mim. — Vou atear fogo em cada pedra.

Acalan parece quase surpreso com a minha veemência ao me olhar, mas então dá um sorrisinho triste.

— Eu derramarei o óleo — diz ele.

— E Ixa provavelmente fará uma merda bem grande e fedida nas cinzas — acrescenta Britta prestativamente.

Ixa faz um som de concordância.

Enquanto Acalan se levanta, Belcalis o aperta com força.

— Nós te amamos, você sabe disso, Acalan — ela diz suavemente, um gesto tão estranho para ela que só consigo olhar. — Mesmo quando você está sendo um sabichão insuportável, nós te amamos.

Acalan assente, retribuindo o abraço.

— Eu também te amo — diz ele. Então se vira para mim, enxugando os olhos. — Tudo bem, é isso — diz ele com um aceno determinado. — Estou de volta. O que fazemos agora?

Olho ao redor, avaliando a nossa situação. Estamos em um telhado no meio de um mercado flutuante de Hemaira, sem mulheres por perto e com apenas nossos disfarces já comprometidos para nos encobrir E Melanis, a única de nós com asas, já deve estar a meio caminho de Abeya agora.

— Não sei — respondo com sinceridade. — Eu não faço ideia do que fazer.

Adwapa caminha para o centro do grupo.

— Não estamos pulando um passo? — Ela gesticula ao nosso redor. — Como chegamos aqui, para começar? O angoro cometeu um erro?

— Não foi o angoro — afirmo baixinho. — Foi Idugu. Ele existe.

— Não — diz Britta, franzindo a testa. — Isso é exatamente o que o ancião Kadiri quer que pensemos.

— Não é — respondo com firmeza. — Ele é um ser real, um deus, e nos trouxe aqui; bem, nos trouxe ao templo. Acho que eu nos trouxe pelo resto do caminho. — Enquanto meus amigos me encaram com expressões perplexas, explico: — Mudei a direção da porta.

Li passa a mão no rosto.

— Você acabou de dizer um monte de coisas que não fazem sentido, Deka, então vamos começar com Idugu. Eu pensei que ele era o angoro.

— Eu também — digo —, mas agora acho que o angoro não existe. Ou talvez sim, mas Idugu é outra coisa. Ele é a verdadeira ameaça aqui.

— Então por que as mães não nos avisaram a respeito dele? Não... por que não nos contaram que existia outro ser divino? — questiona Belcalis, que parece enfurecida quando termina: — Todo esse tempo, elas disseram que são as únicas deusas e agora você está me falando que há outro? E ele é homem?

— Não tenho certeza do gênero ainda — eu digo com sinceridade. Então suspiro. — Não sei — sussurro. — Não sei por que não nos contaram. — Toda vez que penso nessa pergunta, me lembro da conversa que tive com Anok e como ela me avisou que... Pisco novamente, o pensamento já desapareceu. — O que eu estava dizendo?

Keita franze a testa para mim, seus olhos nos meus.

— Você está bem, Deka? — ele pergunta. — Você não costuma perder o fio da meada.

— Devo estar cansada. — Eu caio no chão, de repente exausta demais. — Acabei de mudar a direção de uma porta.

— Não. — Britta balança a cabeça em descrença. — Somente as Douradas podem usar portas.

— Acho que já estabelecemos que há muita coisa que as mães nos disseram que não é verdade — diz Belcalis, maliciosa.

Estou tão cansada que nem me dou ao trabalho de responder. Eu apenas desmorono ainda mais, desejando que este dia já esteja no fim.

Deka?, Ixa se encolhe em sua forma de gatinho e se aproxima, lambendo meu rosto com a língua úmida e espinhosa. Eu o abraço, enterrando minha cabeça em seu corpo macio e peludo.

— O que diabos está acontecendo? — pergunto, cansada.

— Coisas horríveis se não fizermos uma barricada naquela porta e pegarmos nossas coisas — diz Lamin baixinho, movendo-se em direção à entrada de madeira atrás de nós, o sol ornamentado esculpido nela é outro lembrete de que estamos mesmo em Hemaira. — Sei que temos que conversar sobre o que acabou de acontecer — diz ele em seu jeito calmo e gentil de sempre —, mas se alguém entrar aqui, estamos ferrados.

Katya põe o corpo contra a porta.

— Eu vou segurá-la — diz ela. — Encontre outras.

Assentindo, Lamin segue Keita e os outros garotos enquanto eles se espalham, explorando o resto do telhado.

Depois de alguns minutos, eles retornam.

— Está seguro — informa Lamin. — Nenhuma outra porta aqui... humanas, quero dizer.

— Mas não podemos ficar aqui para sempre — acrescenta Keita.

— Não? — Acalan bufa de seu canto. — Por mim tudo bem me esconder aqui para sempre, se for preciso.

— Mas aqui não é seguro — digo cansada, aceitando o braço oferecido por Keita enquanto me forço a levantar. — Tem gente lá embaixo.

Se eu fechar os olhos, consigo ouvi-los correndo de cômodo em cômodo. Uma família inteira de pelo menos oito pessoas, metade delas adultas.

Eles vão vir para o telhado em breve, como a maioria dos hemairanos fazem todas as noites, para jantar em família. Temos apenas algumas horas restantes; três no máximo antes que isso aconteça. Já estamos no fim de tarde.

— Temos que encontrar um lugar seguro para nos esconder — afirmo.

— Por que você simplesmente não abre a porta de novo? — Britta pergunta. — Leve-nos de volta para Abeya.

Balanço a cabeça.

— Eu não sei como. Apenas mudei a direção da porta. Eu não a abri.

— Tente — Britta insiste.

— E depois o quê? — Asha pergunta, se aproximando da extremidade mais distante do telhado, onde observa em silêncio o mercado abaixo, como é seu hábito. — O ancião Kadiri está lá, naquele templo. — Ela acena com a cabeça na direção do Grande Templo de Hemaira, então olha em tom de desculpas para Acalan, que apenas estremece.

— E todas as nossas irmãs de sangue estão bem ali, em Warthu Bera — diz Adwapa, seus olhos cheios de um desejo tão profundo que sei que ela está pensando em Mehrut. — Estão lá, esperando por nós.

— E nós estamos dentro do n'goma... — arfo, me dando conta. — Nós podemos libertá-las! Nós podemos tirá-las de lá!

— E há gente o suficiente para derrotar as tropas do ancião Kadiri — Li acrescenta animado. — Alaki suficientes, recrutas jatu suficientes do nosso lado. Um exército nosso, se necessário.

— Podemos queimar o Grande Templo — diz Belcalis com satisfação sombria.

— Mas isso supondo que Idugu não use outra porta para tirar o ancião Kadiri antes que possamos pegá-lo — eu a lembro. — E nós realmente precisamos pegá-lo — digo, meus pensamentos se agitando. Tirando Idugu, o ancião Kadiri é o verdadeiro líder de todas as forças jatu. Capturá-lo criaria caos nos exércitos e, mais importante, também nos permitiria questioná-lo sobre Idugu e suas fraquezas, sejam elas quais forem. Se há uma coisa que aprendi com as mães é que os deuses não são infalíveis. Pelo menos, não os que existem em Otera.

Céus infinitos, é estranho até pensar isso.

— Então por que você não para o Idugu se ele tentar? — pergunta Britta. — Se você pode mudar a direção da porta, certamente pode aprender a abrir uma, ou fechar?

Eu pisco, a magnitude do que ela está dizendo aos poucos sendo compreendida. Todo esse tempo, tentei controlar minha reação ao kaduth, tentando recuperar o comando da minha voz. Mas se eu puder comandar portas como as mães, talvez nem precise da minha voz. Posso simplesmente nos levar embora quando houver perigo.

Mas criar portas requer energia... O lembrete sussurra em minha mente. As mães têm que reunir adoração por semanas apenas para sustentar uma. Quem sou eu para pensar que posso tentar?

Não. Resoluta, afasto minhas dúvidas. Preciso tentar. Estamos presos aqui em Hemaira sem ter como entrar em contato com as mães e alertá-las do nosso paradeiro, e já movi uma porta duas vezes. Se houver alguma possibilidade de eu abrir uma e colocar a mim e aos outros em segurança, tenho que tentar aprender, custe o que custar.

— Tudo bem, então — digo, determinada. — Novo plano. Precisamos encontrar um lugar seguro para descansar nas próximas horas, e então podemos explorar Warthu Bera e entrar para resgatar nossas irmãs de sangue.

— E irmãos — Li acrescenta, pigarreando.

— E irmãos — repito. — Então a gente pega o ancião Kadiri, aprende mais sobre Idugu e quem ele é e o que ele quer de fato.

— E então queimaremos o Grande Templo — relembra Acalan.

Assinto.

— E então o queimaremos.

— Mas e o n'goma? — Kweku pergunta, franzindo a testa. — Como passaremos por ele e voltaremos para Abeya com o ancião Kadiri?

— Sem mencionar a ligeira complicação do exército que se aproxima de Abeya enquanto conversamos — diz Li prestativamente. — Como avisamos os outros?

Minha cabeça dói agora.

— Uma coisa de cada vez. Melanis já está a caminho de Abeya. Ela vai avisá-los quando chegar lá. Além disso, a cidade está sempre preparada para a batalha.

— Mas contra uma horda jatu? — Li parece incrédulo.

— Tudo bem, vamos parar um momento e pensar. Os jatu estão sempre saindo de Hemaira — diz Britta. — O que significa que há uma saída. Nós só temos que descobrir qual é o método deles. Seja qual for o objeto arcano que estejam usando, provavelmente podemos usá-lo também. E mesmo se não pudermos, Deka aparentemente pode mudar portas.

— E se as portas forem na verdade o "objeto arcano" que estamos procurando todo esse tempo? — Essa especulação baixinha vem de Keita, e quando me viro para ele, confusa, ele prossegue: — Os jatu têm saído da cidade sem túneis, sem um transporte discernível, não é?

Eu assinto.

— É.

— Então é de se imaginar que Idugu esteja abrindo portas para eles da mesma forma que as mães abrem portas para nós. O que significa que nunca houve nenhum objeto arcano místico transportando os jatu para fora, o que significa…

— Que a única maneira de sair de Hemaira com segurança é por uma porta — eu completo, horrorizada.

— Precisamente — diz Keita.

— Não podemos depender disso. — Acalan balança a cabeça. — Esperar que Deka aprenda a comandar portas, com as quais, a propósito, até as mães têm dificuldades. E que, de alguma forma, nos deixem sair de Hemaira. Estamos em uma cidade cercada por nossos inimigos.

— E por nossos aliados, se conseguirmos libertá-los — lembra Belcalis.

Suspiro, frustrada.

— Tudo bem então. Na minha opinião, temos que dar um jeito. Estamos presos aqui e completamente sem opções, de forma que temos que resgatar nossos amigos e encontrar uma saída de Hemaira… e ao mesmo tempo capturar o ancião Kadiri e aprender mais sobre Idugu e seus poderes. — Olho de um amigo para outro. — Temos um plano?

Britta assente.

— Temos um plano. Conquiste ou morra.

Asha faz o mesmo.

— Você sabe que Adwapa e eu já estamos preparadas para isso — diz ela.

— Nós também — diz Li, apontando para todos os outros garotos.

— Então é o que vamos fazer — digo, aliviada. — Agora, que tal se encontrarmos novos disfarces? — Torço o nariz enquanto olho para minhas roupas rasgadas e sujas. Certamente não posso atravessar Hemaira usando isto.

Acontece que não precisamos ir muito longe para encontrar disfarces. Lamin salta para o próximo telhado, onde pega — bem, rouba — uma variedade de roupas masculinas dos varais amarrados em seus pilares, assim como grandes quantidades de comida da cozinha no andar de baixo. Para um garoto tão grande, ele é uma pessoa muito furtiva. Eu gostaria de saber mais de sua história, mas mesmo entre os outros uruni, Lamin nunca foi muito de falar, principalmente sobre seu passado. Quando todos comeram e as garotas se enrolaram em mantos suficientes para esconder cada traço feminino discernível da vista, estávamos prontos para prosseguir. Keita, que é o mais familiarizado com Hemaira, já que viveu mais tempo aqui, assumiu a liderança.

— Certo — diz ele, apontando para o mapa rudimentar que desenhou nas telhas vermelhas do telhado com terra coletada do jardim. — Saímos do mercado e usamos esta ponte para atravessar o rio Agbeni aqui. — Ele aponta para o local no mapa. — De lá, podemos nos esconder no parque até escurecer; depois usaremos as cavernas para entrar em Warthu Bera. Supondo que tudo corra bem, podemos começar a libertar todos hoje à noite.

— Mehrut — Adwapa rosna, sua voz rouca. — Nós a libertaremos primeiro.

Há tanta esperança em seus olhos, um desejo tão primitivo. Asha estende a mão para segurar a dela.

Keita assente.

— Nós libertaremos Mehrut primeiro, junto com as karmokos que encontrarmos.

— Você acha que elas viriam conosco? — Acalan zomba, já parecendo estar de volta à sua habitual superioridade, graças às deusas.

— E por que não viriam? — questiono. — São mulheres humanas que treinaram as alaki que se rebelaram. Imagino as punições que foram infligidas a elas desde que partimos.

Principalmente a mais bonita delas, Karmoko Huon. Eles teriam punições especiais para ela. O pensamento me faz ficar ansiosa.

— E nós, o que faremos? — Nimita desliza da lateral da torre, um lânguido brilho branco descendo para a luz.

Eu pisco. Nimita tem essa quietude que às vezes torna fácil ignorá-la. Mas assim que fazemos isso, ela aparece, como se surgida do nada, para enfiar a espada em sua barriga.

Keita olha para ela.

— Vocês podem nos seguir dos telhados? — ele pergunta.

— Óbvio, filho do homem. — A elegante uivante mortal parece quase ofendida com a pergunta, embora possa ser apenas o fato de que o garoto que um dia foi famoso por matar uivantes mortais está falando com ela.

Sinto uma pontada de tristeza com o pensamento.

Katya também parece ofendida quando Keita se vira para ela, mas é apenas com a pressuposição dele.

— Eu sei ser furtiva, Keita — ela resmunga, sinalizando suas palavras para que ele possa entendê-la.

— Tudo bem — diz ele, erguendo as mãos para mostrar que não está discutindo.

— Mas e quanto a atravessar o rio? — Nunca atravessei o Agbeni, mas já o vi de longe. É enorme. E as uivantes não podem simplesmente atravessar a ponte, se misturando, do jeito que pretendemos fazer.

— Exímias nadadoras mesmo em águas profundas — responde Nimita, despreocupada.

— Ou podemos simplesmente rastejar por baixo da ponte — acrescenta Katya pensativa.

— Muito bem — diz Keita, com um aceno. — Então sabemos o que estamos fazendo. Vamos.

Assinto, mas quando me levanto, um formigamento percorre minha espinha. Meus sentidos ficam mais aguçados quando o estado de combate de repente toma conta de mim. Me volto para o canto da torre, onde uma luz fraca está piscando como um reflexo do sol na água. Fico tensa, meus músculos se retesando. Seria uma porta? Mas não, não sinto a sensação reveladora de energia se reunindo ao meu redor. E também não pode ser Idugu. Aquele pressentimento horrível, aquela oleosidade que associo à sua presença, não está aqui. Ainda mais notavelmente, Ixa não está na defensiva. Ele se irritou quando Idugu estava perto de Zhúshān, mas agora ele só parece curioso. Ele se aproxima em sua forma de gatinho para cheirar a luz.

— Deka? — chama Keita, olhando para mim. — O que é isso?

— Não sei — respondo, os olhos ainda naquele canto. — Tem algo ali...

— Como assim?

Ele semicerra os olhos para as sombras, confuso, embora a cintilação esteja mais nítida agora, na verdade, tão nítida que posso ver que é uma figura. Uma mulher. Uma mulher muito retinta. Meus olhos se arregalam quando a reconheço.

— Mãos Brancas? — chamo, franzindo a testa, quando ela aparece nas sombras. — Como você está aqui?

— Eu não estou — ela diz, dando um passo à frente para que eu possa ver a luz passando por ela.

Arfares surpresos, os outros enfim a veem.

— Mas como? — Britta pergunta.

Eu não poderia nem começar a responder.

É quase como se a Primogênita fosse uma sombra, mas feita de luz em vez de escuridão. Ela é uma espécie de ilusão, como as miragens que aparecem no deserto em dias extremamente quentes.

— Eu não tenho muito tempo, Deka — diz ela com urgência. — Minhas manoplas, elas exigem muita força para serem usadas.

— Suas manoplas?

Ela ergue as mãos para mostrar suas manoplas brancas com garras, aquelas que nunca tira.

— Elas são objetos arcanos — Mãos Brancas explica. — Eu as uso para observar pessoas.

Espionar, ela quer dizer. Agora, entendo como ela sempre soube o que eu estava fazendo em Warthu Bera. Não eram apenas todos os espiões que ela tinha por aí; eram suas manoplas amaldiçoadas pelo infinito.

E, óbvio, ela nunca havia mencionado isso até agora. Maldita Mãos Brancas e seus segredos.

— Mas como você soube que deveria me procurar? — questiono, deixando de lado meu aborrecimento.

— Tive um pressentimento de que algo estava errado, então procurei Melanis, e a encontrei voando pelas províncias orientais. Assim que as mães a trouxeram de volta para Abeya, ela nos contou o que aconteceu.

— A porta — eu digo, assentindo. — Idugu a criou.

— Você quer dizer que o angoro a criou.

Balanço a cabeça.

— Não, quero dizer Idugu — respondo com firmeza.

A essa altura, Mãos Brancas exibe a expressão mais alarmada que já vi em seu rosto.

— Deka, não existem outros deuses além das Douradas.

— E mesmo assim um nos arrastou até Hemaira. Um feito que as próprias mães não conseguiram — retruco.

— Porque o angoro está sugando o poder delas.

— Ou Idugu está.

Bem assim, Mãos Brancas perde a paciência.

— Deka, seja o que for, está além de você. Você deve voltar para Abeya para que possamos resolver isso. Todos vocês. — Ela se vira para os outros, mas eu fico diante dela, bloqueando sua visão.

— Como? — pergunto. — Como passamos pelo n'goma? Ainda está lá, queimando os corpos de nossas irmãs de sangue. Nós também queimaremos se tentarmos sair. E as mães não têm poder suficiente para nos tirar daqui, muito menos para lidar com todos os uivantes mortais.

— Os uivantes mortais, homens? — Mãos Brancas parece atordoada.

— Parece que há muitos deles agora — Adwapa brinca, seca.

— Então tenho uma ideia melhor — afirmo. — Nós libertaremos nossas irmãs de Warthu Bera, e então marcharemos para o Grande Templo, arrancaremos o ancião Kadiri de seu trono e o levaremos de volta para Abeya, onde poderemos aprender sobre com o que estamos lidando: angoro, Idugu... então você poderá discernir a verdade. Ou você tem um plano melhor?

Mãos Brancas desvia o olhar, pensando. Considerando as possibilidades. Sei que ela não acredita no que falei sobre Idugu, mas não pode descartar a teoria. A experiência a ensinou a ponderar todas as possibilidades, assim como eu. Ela pode não gostar do que tenho a dizer, mas isso não significa que não vai pensar a respeito.

Por fim, ela se vira.

— Muito bem, Deka. Só não seja pega.

— Sei o que estou fazendo — respondo, ofendida.

— Melanis também, e ficou presa durante séculos.

Um excelente ponto.

— Não serei pega — prometo. — Nenhum de nós será.

Mãos Brancas bufa.

— Uma atitude arrogante como essa certamente fará com que você seja morta. — Ela semicerra os olhos. — Não seja morta.

— Tentarei — respondo. Então a olho. — A propósito, Mãos Brancas, você tem certeza de que nunca encontrou Idugu antes?

Ela franze a testa, pensando. Então seus olhos se arregalam.

— Encontrei sim — ela arfa. — No dia em que nasci, as mães...

Ela para, seus olhos vidrados.

— Mãos Brancas, você está bem?

— Deka — murmura Mãos Brancas, seu rosto relaxando. — Eu te contei? Acabei de falar com Melanis.

O susto tensiona todos os músculos do meu corpo. Troco um olhar com Keita antes de me voltar para ela.

— Eu sei — digo por fim. Então umedeço os lábios, me forçando a fazer a pergunta que quase tenho medo de fazer. — Mãos Brancas — começo, tímida — você já…

Mãos Brancas balança a cabeça, de repente parecendo exausta.

— Minha força está diminuindo — ela informa abruptamente. — Voltarei amanhã, quando me recuperar. Você e eu devemos conversar.

Simples assim, ela se foi, e Keita está olhando para mim, o desconforto estampado em seu rosto.

— Eu já vi esse olhar…

— Eu também… — sussurro. Era o mesmo olhar de Melanis. O mesmo de todos aqueles que permitem que as mães apaguem suas memórias.

Olho para onde Mãos Brancas desapareceu, nervosa. Uma coisa está óbvia agora: as memórias dela de Idugu foram apagadas, desde o nascimento, ao que parece, o que significa que as mães não apenas sabem sobre Idugu desde o início, elas obviamente não querem que nós saibamos. Por quê? Por que apagar as memórias de Mãos Brancas e Melanis para nos impedir de saber? Por que não apenas fazê-las jurar segredo?

Por que tomar todas essas precauções apenas para mentir para nós?

Mentir…

A palavra reverbera em mim, aterrorizante em suas implicações. As mães estão mentindo para nós. Mas elas sempre nos disseram que deusas não mentem. Que deusas não erram. De repente, meu peito está apertado como se uma pedra estivesse sobre ele. O chão está se movendo sob meus pés e tudo o que eu acreditava ser verdade agora está de cabeça para baixo. A única coisa que posso fazer é uma última pergunta: se as mães podem mentir, se estão mentindo para nós todo esse tempo, o que mais é mentira?

— Pensei que deuses não pudessem mentir. — Repito essas palavras para Belcalis em voz baixa enquanto nos apressamos pelas esquinas do mercado flutuante no final da tarde.

É o horário de pico antes do jantar, então todos os barcos estão amontoados, conectados por pequenas pontes para permitir que os clientes movimentem-se livremente de um para o outro. Vacas do rio com presas chapinham preguiçosamente na frente dos barcos maiores, enormes criaturas roxas de escamas iridescentes que são muito mais fortes do que seus corpos rechonchudos e vagamente bovinos sugerem. Elas são sempre uma visão peculiar, uma espécie de cruzamento caseiro entre peixes — com seus corpos escamosos e nadadeiras — e as vacas que lhes dão o nome, só que também têm presas gigantes que se projetam de seus carnudos lábios inferiores e corcovas de gordura nas costas. São elas que puxam os maiores barcos de porto em porto, garantindo que o mercado se mova constantemente de uma ponta a outra do rio para que nenhuma parte seja danificada. Essa parte do rio Agbeni pode ser menor do que a maioria dos outros cursos da água de Hemaira, mas ainda serpenteia pelo meio da cidade, onde mil casas elegantemente enfileiradas e com jardins se apertam umas nas outras. Se alguma parte dele for danificada, muito mais do que apenas o mercado será afetado.

Olho ao redor, tentando me orientar. Como antes, nem uma única mulher está presente. Este mercado flutuante costumava estar cheio de comerciantes e clientes mulheres com as máscaras mais incríveis, mas agora, não há qualquer indício de máscara, nem um único manto bem cortado — embora eu note alguns rostos sombrios nas janelas das casas com vista para o rio.

Para onde todas as mulheres foram?

Olhando para essas janelas, tenho uma terrível suspeita sobre a resposta.

Belcalis se aproxima de mim, apertando mais a capa em volta do rosto.

— Bem — ela finalmente responde à minha pergunta. — Mentir não é a única inconsistência que descobrimos. As mães também deveriam ser infalíveis, e apenas alaki deveriam ressuscitar ou se transformar em uivantes mortais, mas suponho que nada disso seja verdade.

De todos, ela parece ser a menos surpresa com as revelações de última hora. Mas também, ela sempre espera o pior de todos. É uma estratégia de sobrevivência que funcionou até agora.

— A essa altura, temos que aceitar que certas coisas são verdade — diz ela. — As mães estão mentindo para nós sobre Idugu, o que significa, um — ela faz o número com o dedo —, elas podem mentir. Dois, elas têm história com Idugu. E três, ele deve ser bastante poderoso para elas irem tão longe para negar sua existência.

— E — acrescento, trêmula — elas garantiram que Mãos Brancas e Melanis não soubessem sobre Idugu, ou melhor, não conseguissem lembrar o que sabem.

— O que significa que as outras Primogênitas provavelmente não sabem, ou também não se lembram — Keita sussurra. Ele está aqui conosco, uma sombra silenciosa atrás de nós. Os outros estão espalhados pelos barcos em pequenos grupos para evitar atenção. — Há chance de sermos os únicos em Abeya que sabem — continua ele.

— Mas então por que elas nos contariam a história sobre o angoro e seu portador? — pergunto, minhas sobrancelhas franzidas. Não importa o quanto eu pense, não faz sentido.

— Porque o angoro deve existir — afirma Keita.

Ele para, nos puxando para as sombras de um movimentado barco de gostosuras cheio de barraquinhas que vendem espetos de carne assada, moi moi temperado e coisas assim. A noite está se aproximando rápido agora, então a escuridão das sombras cria uma estranha intimidade, como se fôssemos os únicos aqui.

— Quero dizer, por que elas insistiriam tanto para que encontrássemos o objeto e o portador? A única resposta é que o angoro existe e tem algo a ver com Idugu, mas não o que acreditamos.

— Talvez seja uma arma — Belcalis sussurra. — Pode ser por isso que é tão importante. As generais estão sempre procurando armas melhores e mais fortes. Mas sendo um objeto arcano, então teria que ser algo verdadeiramente único. Um destruidor de exércitos, talvez, ou... — Seus olhos se arregalam, como se algo importante lhe ocorresse. Ela se vira para nós. — E se matar deuses?

— O quê? — Eu me interrompo no meio do passo. — Você acha que as mães querem matar Idugu?

— Talvez. Não sei. — Belcalis balança a cabeça. — Tudo isso é apenas suposição e teorização. Não sabemos se algo que dissemos é verdade. Não sabemos de nada…

— Ainda — digo com firmeza. — *Ainda* não sabemos de nada. Mas agora, podemos pelo menos tentar decifrar tudo. Preparem-se para qualquer eventualidade. — Como não conseguimos fazer em Zhúshān.

Keita assente, já indo em direção ao próximo barco, mas enquanto isso, Belcalis para, inclinando a cabeça.

— Você ouviu isso?

Franzo a testa.

— O quê?

— Aquilo. — Ela se vira para as colunas imponentes na entrada principal do mercado. Há um som vindo da rua além dele, imediatamente reconhecível: passos. Pesados, sinistros... desumanos.

— Eles estão vindo! — um homem grita, em pânico. — Os Renegados estão chegando!

O mercado se agita, comerciantes pegando suas barracas, clientes em pânico pulando na água. As vacas do rio gritam em fúria com essa interrupção, as presas aparecendo em advertência, mas os homens na água continuam nadando, implacáveis. Está tudo um caos, todos fugindo em todas as direções o mais rápido possível. Então começamos a nos mover também.

— Cuidado onde pisa! — alerta Keita, o corpo balançando quando uma vaca brava do rio bate em seu barco.

— Você também! — grito enquanto pulo com leveza no próximo barco. É fácil agora que os mercadores e clientes estão correndo em busca de segurança, ratos abandonando o navio que afunda.

Atrás de nós, aqueles passos estão se aproximando, assustadoramente familiares. São os uivantes mortais roxos. Eu não preciso olhar para trás para saber que são eles; que são eles que todos chamam de Renegados.

— Por aqui, todo mundo! — Li chama, correndo para uma estrada próxima, Katya e Nimita grandes sombras saltando sobre os telhados acima dele. — A Praça Sanusi é por aqui!

Nós rapidamente seguimos sua liderança, todos permanecendo nos mesmos grupos para o caso de termos que nos separar.

— Aqui! — Li diz triunfante ao virar a esquina. Então ele para.

No momento em que viro a esquina, faço o mesmo. A Praça Sanusi, antes movimentada e próspera, costumava ligar muitas das ruas e vias navegáveis mais movimentadas da capital, agora está estranhamente desprovida de pessoas. Em vez das barracas e lojinhas coloridas, pequenas plataformas macabras se alinham, cadáveres femininos em vários estados de putrefação exibidos nelas. Os mais alarmantes são os dourados, que são quatro, um em cada canto do quadrado.

O nojo faz meu estômago revirar. Então é isso que Hemaira se tornou.

E é tudo minha culpa.

Paro onde estou, meus pés de repente incapazes de tomar direção enquanto absorvo o horror, a desolação que Hemaira é agora. A desolação que causei. Fui eu quem insistiu em libertar as mães para criar um mundo melhor, mas, em vez disso, criei este: um mundo de crueldade, tortura e privação. Um mundo onde as mulheres são violadas nas sombras e seus corpos massacrados são exibidos nas ruas para o mundo ver. Meu corpo está tremendo agora, uma emoção peculiar se expandindo dentro de mim. Algo além da dor, da raiva, da culpa. Um tipo estranho de dormência quando olho para a cidade que um dia conheci.

Deka!, incentiva Ixa, circulando preocupado ao meu redor. Ele está voando à frente em sua forma de pássaro, mantendo-se atento a possíveis emboscadas.

— Deka, siga em frente! — Keita insiste, me puxando. — Li encontrou um esconderijo!

Forço meus pés a se mexerem outra vez, seguindo sem pensar, mas mesmo enquanto faço isso, vejo as enormes figuras roxas marchando para a praça das ruas laterais. Os Renegados. Eles estão nos encurralando, garantindo que não tenhamos lugar para nos esconder.

— Depressa, Deka! — Keita me puxa para um beco estreito onde o cheiro de peixe é tão pungente que bloqueia qualquer outro odor.

Enormes cestas de junco se empilham em sua extremidade, ao lado do rio que se move lentamente e bate contra a última construção, e todas estão cheias de peixes podres. Keita e os outros estão se movendo em direção a elas. Fico tensa, a ideia repugnante me tirando do meu choque.

— Você não pode querer que nós...

— Entre — diz Keita, me puxando para debaixo de uma cesta vazia.

E é isso.

A cesta se fecha ao meu redor, envolvendo meus sentidos com o cheiro de peixe podre, e Keita se aproxima, seus olhos mal visíveis na luz fraca que passa pelos pequenos orifícios na trama da cesta.

— Eu sei que é horrível — ele sussurra —, mas o cheiro de peixe deve bloquear o olfato deles, enquanto o rio deve confundir seus ouvidos. Tudo o que temos a fazer é permanecer extremamente quietos e podemos sair dessa.

Assinto, já que é a única coisa que posso fazer. O odor é tão forte agora que é como uma presença física em minhas narinas, mas não é nada comparado à devastação que sinto. Tudo o que acabei de experimentar entorpece minha mente — Zhúshān, a revelação sobre as portas, sobre Idugu e as mães. E agora há isso, a depravação que é a Praça Sanusi, e eu não posso fazer nada, não posso nem pensar em ajudar as garotas nessas plataformas. Meus amigos e eu estamos todos presos aqui, os Renegados sem dúvida se aproximando, e mesmo que eu pudesse alcançar as mães agora, não tenho certeza se faria. Todo esse tempo, confiei nelas, fiz tudo o que pediram. Mas elas mentiram, e agora estou questionando minhas próprias ações.

Tento permanecer no presente, mas é quase impossível aqui na escuridão, todos os meus medos se revelando ao mesmo tempo. Tento ouvir os passos rítmicos dos Renegados, tento acompanhá-los, mas eles param. Ou melhor, eles não estão mais marchando, parecem estar se arrastando.

— O que eles estão fazendo? — sussurro, me aproximando mais da frente da cesta.

— Nada de bom — Keita responde sombriamente.

Mesmo enquanto ele diz isso, escuto o bater de punhos maciços nas portas. É seguido por um som muito familiar: gritos, principalmente masculinos, mas alguns femininos também. Tento semicerrar os olhos e ver o que está acontecendo através da cesta, mas tudo que enxergo são sombras, movimentos.

— O que está acontecendo? — sussurro impaciente, me aproximando.

Tento mais uma vez enxergar além da tecelagem da cesta. Eu gostaria de estar mais perto. Eu rosno baixinho, irritada. Gostaria de poder ver.

Quase no momento em que penso nisso, um formigamento peculiar percorre minha coluna. *Sim...*, diz Ixa, sua voz ecoando na minha mente, e então, de repente, nós dois estamos voando para fora do telhado em que estávamos.

Estamos?

Eu pisco, assustada, quando sinto a leveza repentina do meu corpo, flutuando no ar acima da Praça Sanusi através de uma corrente morna que passa pelas minhas asas. *Espere...* Eu quase despenco, de tão assustada. *Minhas asas?* Não, *nossas asas.*

Ixa, eu arfo. *O que é isto? O que está acontecendo?*

Algo semelhante a um encolher de ombros percorre o corpo de Ixa. Bem, nosso corpo. *Ixa e Deka um*, ele responde simplesmente.

Essa resposta me surpreende tanto que quase nem percebo que Ixa está dizendo palavras de verdade em vez de apenas meu nome, algo que fez apenas em poucas ocasiões. Estou imersa em sua mente agora, ele e eu fortemente entrelaçados, embora de alguma forma ainda sejamos entidades individuais. Esta deve ser uma das experiências mais estranhas da minha vida. O mais próximo que já senti disso é o tempo que passei nas memórias de Melanis, mas era uma situação completamente diferente. Quando estava na mente de Melanis, eu era ela. Mas com Ixa, é quase como se houvesse um espaço em sua mente só para mim, um que me permite ser eu mesma.

Deka quer ver?, ele me pergunta, ansioso.

Sim, respondo, entendendo-o. *Eu quero ver a praça.*

Me obrigo a permanecer calma enquanto ele manobra seu, bem, *nosso* corpo, vertiginosamente mais perto da praça. Os uivantes mortais Renegados parecem assustadoramente enormes enquanto arrastam cidadãos gritando para fora de suas casas enquanto filas de jatu aguardam, aquele líder jatu uivante mortal ali com eles. Como antes, ele e os jatu estão todos usando uma armadura infernal com o kaduth, só que desta vez não me afeta. Não provoca nem um formigamento em minha mente. É como se estar no corpo de Ixa me protegesse do símbolo.

Os uivantes mortais forçam os cidadãos a irem para o centro da praça, onde estão duas carroças, uma decorada com o kuru, o símbolo do sol de Oyomo, e outra blindada e reforçada com ferro, um transporte para prisioneiros. Torno a olhar para a primeira carroça quando dois jatu abrem a porta e se ajoelham em respeito às três figuras que dela saem. Apenas uma, uma simples donzela do templo com cabelos curtos e crespos e pele azul-escura, não é familiar. As outras duas eu conheço muito bem: ancião Kadiri e Elfriede.

— Deka! Deka! — A voz de Keita soa em pânico, mas distante, então eu a ignoro enquanto observo o ancião e Elfriede caminharem até o meio da praça, aqueles jatu os guardando enquanto os uivantes mortais reúnem as pessoas.

O ancião estende as mãos em uma demonstração revoltantemente piedosa de boas-vindas.

— Honrados cidadãos de Hemaira — diz ele para seu público relutante. — Sou o ancião Kadiri, sumo sacerdote de Oyomo. Eu os saúdo em nome de Idugu. Que Ele vos abrigue e vos livre.

— Que sejamos protegidos. Que possamos ser libertados — A multidão responde nervosa, se entreolhando.

— Minhas mais profundas desculpas por tirá-los de seus deveres noturnos, mas hoje é um dia muito auspicioso. — Os olhos dele viajam pela multidão. — Vejam bem, hoje, a filha mais favorecida das Douradas, a Nuru, Deka, está aqui, escondida entre vocês.

Fico tão chocada que quase atinjo uma parede.

Ixa voa, Ixa gorjeia, rapidamente retomando o controle de seu corpo. Ao contrário de mim, ele não se incomoda com o que está acontecendo abaixo de nós. Como já suspeitei muitas vezes, ele não entende realmente o que está acontecendo, só que é ruim.

Ixa logo se acomoda na beira de um telhado, e assistimos ao que acontece lá embaixo, onde sussurros chocados estão crescem na multidão.

O ancião Kadiri tamborila os lábios, fingindo pensar.

— Devemos atraí-la, mas como? Ela não emergirá apenas por causa de vocês. Mesmo que ameacemos vocês com a espada, a suposta Libertadora — Ele diz essa palavra com toda a condescendência que consegue —, não arriscaria sua vida imortal pela vida de humanos. Então devemos atraí-la de seu esconderijo.

Ele assente para um jatu próximo, e o homem corpulento caminha em direção à carroça blindada que vi antes, o transporte de prisioneiros. O que há nela? Me pergunto, meu coração de repente batendo cada vez mais rápido. Ou melhor, quem?

O ancião Kadiri aponta para ela.

— Antes de ser revelada como filha das Douradas, a Nuru, Deka, tinha outra família. Uma família humana. Acho que é hora de facilitarmos uma reunião.

Meu mundo colapsa quando o jatu abre a porta da carroça e arranca a pessoa que está lá dentro — um homem frágil e magro, o corpo curvado, trapos esfarrapados e manchados pendurados no corpo. A visão dele é tão chocante que minha mente sai do corpo de Ixa e volta para o meu.

— Pai — digo, de repente sem fôlego. — É o meu pai.

Estou em um estado de choque tão profundo quando volto ao meu corpo que leva alguns momentos até que Keita possa me acalmar.

— Deka? Deka, você está bem? — sussurra ele, esfregando as mãos suavemente para cima e para baixo nas minhas costas. — Você está tendo algum tipo de crise.

Eu me viro para ele.

— É o meu pai — repito. — Eu estava no corpo de Ixa e o vi... Ah, deuses, eles o pegaram!

— Como assim, eles o pegaram? E... o corpo de Ixa?

Estou tão longe agora que mal consigo falar. Tudo sai como um balbucio.

— Eu queria ver a praça, e Ixa, ele só... eu não sei... ele me deixou entrar em seu corpo, e vi meu pai lá, no meio da praça com o ancião Kadiri e Elfriede. Estão com ele, ah, céus, estão com ele. Ixa, me leve de volta!

Me leve de volta!

Quando repito esse comando silencioso, a voz de Ixa vem, como sempre, em minha mente. *Sim*, cede ele, e assim, estou em seu corpo outra vez, e estamos pairando bem acima da multidão, os jatu agora estão levando meu pai até o ancião Kadiri.

A tristeza faz minhas asas vacilarem quando me aproximo dele. Meu pai mudou tanto no último ano. Ele já estava doente quando o vi pela última vez, mas agora, seu cabelo louro grosso está tão ralo que forma montinhos em seu couro cabeludo, e seu corpo é pouco mais que um esqueleto sob os trapos que o vestem. Correntes tilintam frouxas em seus pulsos e tornozelos magros enquanto ele se arrasta em direção ao centro da praça, a cabeça baixa, os olhos fixos no chão. Quando ele luta para recuperar o fôlego, algo dentro de mim se quebra.

Depois de acordar as deusas, pensei que nunca mais sentiria nada por ele; esse homem que me traiu, me entregou aos sacerdotes e depois cortou minha cabeça, mas agora que ele está aqui, ajoelhado na plataforma logo abaixo de mim, preciso me controlar para não correr até ele, segurá-lo em meus braços e protegê-lo do mundo.

Deka bem?, pergunta Ixa, preocupado.

Estou bem, respondo, triste. *Voe mais perto.*

Ixa desce até os galhos de uma árvore amarul próxima, e então nós dois observamos os jatu levarem meu pai até o ancião Kadiri, que aponta um dedo condenador.

— Este homem, esta criatura, que é uma ofensa aos nossos olhos e aos olhos de Oyomo, tem algo a dizer a todos vocês.

Ele assente, e um dos jatu traz um chifre de metal e o empurra para meu pai, que então balança a cabeça em súplica para o ancião Kadiri. Mas o ancião é inflexível.

— Fale — ele ordena grosseiramente.

Todo o corpo do meu pai parece entrar em colapso. Ele está tão pequeno agora, tão frágil... Nunca o vi assim, nem mesmo durante a pior fase da varíola vermelha.

Ele se vira para a multidão, pigarreia, sua voz dolorosamente baixa conforme soa através do chifre.

— Saudações, seguidores de Oyomo.

Não há resposta, exceto por poucos sons de desaprovação. A tensão está crescendo na multidão. Raiva. Todos estão assustados, incertos, e aqui está meu pai, a suposta razão pela qual todos foram arrastados de suas casas. Um bode expiatório conveniente.

Meu pai parece saber disso, porque olha em volta com cautela.

— Eu não tenho o direito de me dirigir a vocês. Sou um pecador aos seus olhos, aos olhos de Oyomo. — Ele cai de joelhos. — Sou o pecador mais monstruoso de todos! Perdoem-me, perdoem-me! — Ele se curva para a multidão, a testa batendo na terra a cada movimento, mas essa concessão apenas serve para incitar a raiva.

— Traidor! — grita alguém, um torrão de terra voando na direção de meu pai.

O torrão se desfaz em suas vestes, deixando uma mancha vermelha brilhante no pano esfarrapado.

— Pai dos demônios! — grita outro.

É o que basta para atiçar os outros, de repente mais terra é atirada, pedrinhas afiadas também, qualquer coisa que a multidão consiga pegar, na verdade.

A cada golpe, meu pai se curva mais e mais, como se suas prostrações fossem apaziguar a multidão, aplacar qualquer culpa que ele tenha dentro de si.

Quando as pessoas começam a jogar esterco nele, os jatu enfim dão um passo à frente, pedindo silêncio.

— Basta! — grita o mais alto.

Demora um pouco para a multidão se aquietar. Estão em um estado frenético, a raiva aguçada, assim como a sede de violência. E está tudo direcionado ao meu pai, que ainda está encolhido e se curvando. Observo, meus músculos paralisados mesmo enquanto meus pensamentos se agitam freneticamente.

Como meu pai chegou aqui?

Ele deveria estar seguro em Irfut, seguro sabendo que eu, sua filha alaki, sua própria vergonha pessoal, estava morta. Ele nunca deveria me reconhecer como a Nuru que se rebelou contra Hemaira em nome das deusas, nunca deveria saber o que eu me tornei. Deka é um nome bastante comum nas províncias do Sul e, mais importante, minhas feições mudaram ao longo do ano: minha pele está mais escura, meus cachos antes soltos estão bem mais crespos agora e meus olhos são pretos em vez do cinza de nascença. Acrescente a isso o fato de que todos os cartazes mal se parecem comigo, e ele não deveria ser capaz de ligar os pontos. E ele certamente não deveria estar aqui, como prisioneiro do ancião Kadiri.

Nunca, em todas as minhas fantasias febris, imaginei isso.

O ancião Kadiri olha ao redor da praça.

— Deka, se você está me ouvindo, e tenho certeza que sim, vamos executar seu pai esta noite.

As palavras me atravessam, mas não me mexo.

Deka bem?, pergunta Ixa, preocupado.

Sim, respondo, mas só o que posso fazer é respirar enquanto o ancião Kadiri continua, aquele sorriso terrível e devoto no rosto:

— Você vai deixá-lo morrer, Deka, ou você é uma filha honrada? Você é a filha que vai dar a vida para salvar seu pai?

— Não! — Para minha surpresa, é meu pai quem deixa escapar essa recusa. — Não, Deka, você já morreu uma vez por minha causa! Não se arrisque outra vez! — Ele está de pé agora, gritando tão alto que todos podem ouvi-lo.

O rosto do ancião Kadiri fica roxo, sua máscara de calma substituída por fúria e descrença.

— Você ousaria? — sibila ele. — Você ousaria ir contra a vontade de Idugu, seu deus?

Ele gesticula para que os dois jatu ao lado de meu pai o contenham. Mas a atenção de meu pai está fora de seu alcance.

— Deka, se você estiver ouvindo, tenho algo importante para te dizer! Sua mãe, ela está viva. Ela está…

Um dos jatu o empurra no chão assim que eu arfo de volta ao meu corpo, assustando Keita, que está em pânico.

— Deka, o que está acontecendo? — pergunta ele, seus olhos perturbados enquanto me abraça. — Você estava em outro lugar de novo, e eu não conseguia te alcançar… eu não conseguia…

— Minha mãe, Keita. Meu pai disse que ela está viva!

— O quê? — Keita franze a testa, parecendo confuso. — Do que você está falando, Deka? Sua mãe está morta. Você mesma me contou.

— Eu sei, mas ela está viva, meu pai disse.

— E você acredita nele? O homem que te decapitou?

De alguma forma, Keita passou de confuso sobre a situação para incrédulo a respeito de meu pai, mas não tenho tempo para explicar o que está acontecendo. Se eu não me apressar, os jatu vão levá-lo embora e nunca descobrirei o que ele estava tentando me dizer sobre a minha mãe.

— Preciso ir — afirmo, levantando. — Eu tenho que resgatar meu pai!

— Deka, espere, o que você está…

Mas já estou saindo de debaixo da cesta, correndo a toda velocidade em direção ao final do beco. *Ixa, vem!*, ordeno. *Vamos salvar meu pai.*

Para meu alívio, meu companheiro imediatamente bate asas, já voltando a sua verdadeira forma, embora mantenha as asas. Passos soam atrás de nós quando eu salto para cima dele, e me viro e vejo Britta se aproximando, confusa.

— Deka, para onde você está indo? — pergunta ela. — Eu ouvi você dizer algo sobre seu pai?

— Ele está vivo — explico, já agarrando os espinhos das costas de Ixa. Não vou deixar ninguém me convencer do contrário; nem Keita e certamente não ela. — O ancião Kadiri está com ele na praça, e ele disse que minha mãe está viva. Vou resgatá-lo.

Para minha surpresa, Britta apenas assente.

— Não entendi metade do que você acabou de dizer, mas estou com você, Deka — diz ela, determinada. — Eu vou com você.

Sem esperar que eu retruque, ela monta nas costas de Ixa, erguendo seu martelo de guerra ao mesmo tempo.

— Britta! — Li chama, saindo de sua cesta.

Há uma expressão em seus olhos, um pânico semelhante ao que acabei de ver nos de Keita, mas não tenho tempo para pensar nisso. Britta está indo comigo. Vamos juntas resgatar o meu pai. Não importa o que aconteça, somos ela e eu. Juntas como sempre.

— Vão em frente. Nos encontrem no parque — diz ela para Li enquanto os outros também emergem, confusos.

Enquanto isso, tomo cuidado para evitar os olhos de Keita. Ele está se aproximando de Ixa agora, sua voz suplicante.

— Deka, pense no que você está fazendo — ele adverte. — Seja lá o que você acredita ter visto, deve ser uma armadilha de Idugu. Você tem que ser prudente.

Eu assinto. Pensei nessa possibilidade, mas também considerei outra: se o que eu ouvi for verdade e eu ignorar e perder essa chance, nunca me perdoarei.

— Minha mãe está viva — respondo, determinada. — E meu pai sabe onde ela está. Eu vou resgatá-lo. Encontro você no parque, de noite.

— Mas, Deka… — ele começa, então olho nos olhos dele, tentando transmitir todos os meus sentimentos.

Sei que o que estou fazendo é tolice, que estou arriscando tanto a mim quanto a Britta. Mas consegui sair de situações piores, e ela escolheu me seguir. Volto a assentir para ele.

— Eu te amo — digo, e afundo meus joelhos nos lados de Ixa, o olhar de Keita queimando em minhas costas enquanto subimos no ar.

Quando descemos sobre o ancião Kadiri segundos depois, os olhos dele brilham com uma alegria profana.

— Eu sabia! — alardeia ele quando Ixa aterrissa. — Eu sabia que você não abandonaria o seu pai!

Eu mal o olho enquanto salto em direção ao meu pai, Britta e Ixa abrindo caminho para mim. Há tantos uivantes mortais aqui. Tantos. Mas não são tão rápidos quanto eu no estado de combate, posso ser realmente ágil. Tudo que preciso é ser ágil. O medo aumenta, mas me livro dele. Não tenho tempo para isso agora; tenho que resgatar o meu pai.

Com o desespero alimentando os meus passos, deslizo a lâmina pelo uivante mortal líder dos jatu, seu corpo é um branco ardente diante dos meus olhos, que já mudaram devido ao estado de combate. Sinto meu corpo enrijecendo e alongando, meus dedos se tornando garras. Quando vislumbro um kaduth, rapidamente fixo meu olhar no chão, seguindo os movimentos dos pés dos uivantes mortais. Desde que eu possa focar neles e não naquele símbolo horrível, ficarei bem. Posso tirar meu pai daqui.

Mantenho esse plano em mente enquanto me esquivo, danço e ziguezagueio e, em instantes, alcanço meu pai e aqueles jatu, que agora estão forçando-o a entrar na carroça. Eu o arranco de suas mãos com tanta força que os dois homens tropeçam.

Meu pai me olha, uma mistura de espanto e fascinação horrorizada em seu olhar. Uma coisa é saber que sua filha é a Nuru de que todos estão falando, outra é vê-la na carne sarapintada, com o corpo parecendo o de uma uivante mortal.

— Deka — ele diz com a voz rouca, seu corpo vacilando como se estivesse fraco demais para permanecer de pé. — Você veio.

Há um cheiro estranho no ar ao redor dele, mas eu o ignoro.

— Segure firme — digo, erguendo-o sobre meu ombro.

Então corro mais rápido do que já corri na vida, minhas pernas velozes como o vento enquanto me arremesso entre os uivantes mortais, evitando garras brilhantes, desviando de lanças.

Sou como uma dançarina em um baile de máscaras: girando, rodopiando, fugindo até que enfim estou lá, bem ao lado de Ixa, que agora está cercado por uma multidão de uivantes mortais.

Deka!, diz ele, aliviado enquanto arranca a mão de um uivante mortal próximo com uma mordida.

A criatura grita de agonia, o som penetrante faz meu pai se contorcer, com dor. Eu quase tinha esquecido que ele é humano e, portanto, facilmente incapacitado por uivantes mortais. Me viro imediatamente, cortando a garganta do uivante. Quando ele cai, pulo sobre ele, então coloco meu pai em cima de Ixa, que bate as asas, já voando. Eu subo também, então chamo Britta, que ainda está lutando contra uivantes nas proximidades.

— Britta, vamos!

— Já vou! — ela diz, correndo para mim com a mão estendida.

Eu a agarro quando Ixa se aproxima e, dessa forma, estamos no ar, Ixa voando para o parque para onde os outros estão indo. Eu os vejo, pontinhos correndo ao longo dos becos, Katya e Nimita sombras lustrosas na escuridão que cai rapidamente enquanto elas saltam de telhado em telhado.

Assim que estamos fora da praça, Britta começa a rir, um tom levemente histérico em sua voz.

— Conseguimos, Deka — diz ela, chocada. — Não acredito que conseguimos!

Faço que sim, meu corpo inteiro ainda tremendo.

— Também não acredito — digo, olhando para as costas do meu pai, que preenche o espaço na minha frente. Toco o ombro dele. — Pai — chamo —, minha mãe está mesmo viva?

— Deka… — Meu pai se vira para mim, parecendo quase confuso. — Você está mesmo aqui. — Então, como se lembrasse da minha pergunta, ele assente. — Ela está… Umu, ela…

Uma pancada forte o interrompe. Olho ao redor, tentando ver de onde veio, até que um grunhido suave e doloroso soa. Ixa está caindo.

Meu estômago se revira quando Ixa despenca, suas asas lutando para bater ou até mesmo fazer um movimento simples.

— Ixa? — grito, em pânico. — Ixa!

Deka, responde ele com a voz rouca e dolorida ao olhar para baixo. Há uma lança saindo de seu lado esquerdo, uma muito familiar, e o uivante mortal líder dos jatu está rugindo em vitória quando colidimos em um telhado próximo.

— Segure firme! — grito, ficando por cima do meu pai enquanto Ixa rola e cai no beco abaixo.

A lança estala contra os paralelepípedos vermelhos do beco, provocando outro grunhido de dor em meu companheiro, então eu logo salto, cortando a palma da mão. A lança sai de sua lateral com um rio de azul no momento em que a puxo, mas estou preparada, pressionando minha mão sangrenta nele. O ouro imediatamente afunda em sua carne, e enquanto observo, aliviada, a pele de Ixa se une, as bordas irregulares se movendo sob minha palma. Ele já está se curando com meu sangue, exatamente como eu esperava.

Mas ele perdeu muito do próprio sangue. Quanto mais o observo, mais percebo: estou encharcada de sangue, o azul-escuro penetrando em minha roupa enquanto me ajoelho ao seu lado. Não há como ele nos levar mais longe, e os uivantes mortais dos Renegados estão se aproximando, seus passos cada vez mais próximos. Olho ao redor, tentando encontrar uma rota de fuga, então ouço o som de água corrente. Lá, um enorme rio se agita no meio da cidade. O principal curso de água do Agbeni. Suspiro de alívio quando vejo como está perto de nós. Tudo o que temos a fazer é atravessá-lo. Assim, podemos escapar.

Eu me levanto rapidamente, grata por ver Britta segurando meu pai com força. *Vamos, Ixa!*, encorajo. *Mude para a forma de gatinho por mim.*

Deka, diz ele. Uma resposta fraca, mas complacente.

Ele rapidamente se encolhe em sua forma de gatinho, e eu o pego nos braços antes de me virar para Britta, prestes a incentivá-la a prosseguir. Eu paro quando vejo a expressão em seu rosto, tristeza.

— Deka — diz ela suavemente, seus olhos tristes, muito tristes.

Ela olha para meu pai, e eu de imediato ouço, o horrível som estridente emergindo de seu peito.

— Deka — sussurra Britta outra vez, seus olhos preocupados enquanto me olha. — Ele está…

— Eu sei — respondo, tentando impedi-la de dizer as palavras. Sei o que esse som significa. Todo guerreiro sabe.

Britta olha para o final do beco, onde os passos dos Renegados estão se aproximando, e então de volta para mim.

— Posso ganhar tempo pra você — diz ela de repente. — Mas só alguns minutos.

— Obrigada — digo, mesmo que a situação em que estamos tenha apenas começando a me atingir. Nós escapamos dos Renegados uma vez, e eu ainda não tenho certeza de como fizemos isso; Ixa está ferido; os Renegados estão se aproximando; e meu pai está… meu pai está…

Enquanto eu respiro, tentando superar o pensamento, Britta se põe na minha frente e ergue os braços. Ainda estou em estado de combate, então vejo o poder subindo pelo corpo dela enquanto ela fica na Terra Imóvel, uma posição que reconheço de nossas aulas com a Karmoko Huon, nossa ex-instrutora de combate. A Terra Imóvel é feita para centrar um lutador durante o combate mano a mano, mas não sei qual será a utilidade disso aqui, quando há tantos oponentes diferentes. Ainda assim, continuo a observá-la, capturada pelo poder correndo dentro dela como uma onda de luz branca.

Por um momento, nada acontece. Tudo o que existe é o poder… Então o branco se curva para baixo enquanto o poder explode dos pés dela, derramando-se como um oceano de luz no chão. No minuto em que desaparece, um som retumbante, distante e fraco… e então uma parede de pedra irrompe na nossa frente.

E outra.

E outra.

Antes que eu perceba, estamos completamente enclausurados em uma pequena estrutura triangular, as três paredes de pedra tão bem encaixadas umas nas outras que apenas os mais ínfimos indícios de luz filtram pelas frestas das laterais. Britta construiu uma fortaleza para nós; uma fortaleza feita inteiramente de pedra e sua energia… energia que ela usou muito. Posso ver como a luz está enfraquecida dentro dela, como aconteceu comigo quando Mãos Brancas me treinou pela primeira vez para usar minhas habilidades, e meu coração sente uma pontada. Terei que mostrar a ela como canalizar isso, como controlar o poder.

Isto é, se conseguirmos sair daqui.

Quando termina, Britta cai, seu corpo exausto.

— Eu não sei quanto tempo isso vai aguentar eles — ela diz cansada, fechando os olhos. — Vou tirar uma sonequinha rápida agora.

— Vai aguentar o tempo que for necessário — digo baixinho, grata pelos seus esforços.

E mesmo que isso não aconteça, de alguma forma vou me virar. Não tenho outra escolha. Aquele som horrível está tão alto agora no peito de meu pai que não há mais como ignorá-lo. Meu pai está em seu leito de morte.

É hora de nos despedirmos.

Quando eu era pequena, meu pai era um homem corpulento e robusto, de cabelos dourados como o sol e olhos cinzentos como nuvens de tempestade. Na minha cabeça, ele era uma montanha; um homem enorme que me colocava em seus ombros largos e me fazia sentir como se pudesse tocar o céu. Pensei que ele fosse eterno, imóvel, como a montanha que ele parecia ser. Eu estava errada. E agora, tudo o que resta do homem poderoso que eu conheci é essa figura magra e esquelética com esse som terrível de morte vibrando em seu peito ossudo.

Quando o vejo deitado, uma massa de trapos imundos no chão sujo deste abrigo feito às pressas, um soluço fica preso na minha garganta.

— Pai — sussurro me aproximando dele.

Posso ouvir os Renegados do lado de fora da parede mais próxima, as garras raspando na rocha, mas não importa. Nada mais importa. Tudo o que aconteceu entre nós antes (sua traição, seu abandono, até mesmo as minhas perguntas sobre minha mãe) de repente não parece mais tão importante. Estendo a mão para ele apenas para recuar, assustada, quando o odor de suor acre e urina, o almíscar da carne podre, atinge meu nariz. Então foi esse o cheiro que senti antes.

— Pai — eu sussurro, horrorizada. Vê-lo neste estado é quase mais do que posso suportar.

Meu pai se vira para mim e sorri com tristeza, os olhos cinzentos cegos na escuridão.

— Deka — ele diz com a voz rouca —, é você mesmo. Achei que estivesse sonhando...

Ele levanta as mãos e eu recuo, todas aquelas memórias horríveis voltando. Da última vez que vi suas mãos, elas seguravam uma espada, que foi usada para cortar minha garganta. No entanto, os dedos agora são quase gentis ao se aproximarem de mim.

— Eu tive tantos sonhos, Deka, pesadelos tão horríveis. — Meu pai tosse de novo, tão forte desta vez que posso ouvir fluido respingando em seus pulmões.

Rapidamente, me aproximo dele outra vez, sem me importar com o odor, sem sequer ouvir os Renegados esmurrando a fortaleza.

— Pai — digo, apertando suas mãos. Estão tão frias. Tão frias... — Você tem que aguentar. Se você aguentar, posso te levar a algum lugar, encontrar um curandeiro. Eu posso te salvar.

Coloco minhas mãos embaixo dele para levantá-lo, mas outro soluço sufoca minha garganta. Ele está pele e ossos. Eu tinha percebido isso antes, mas sentir... Ele está tão leve agora que pode flutuar para longe, desaparecer para sempre, se eu não o segurar. Uma lágrima escorre pelo meu rosto, e eu pisco, assustada.

— Vou te levar para longe daqui — afirmo, determinada.

Mas quando me levanto, um dedo esquelético enxuga minha lágrima. Olho para baixo e encontro os olhos de meu pai brilhando febrilmente.

Afasto o pensamento.

— Não adianta, Deka — ele sussurra. — Já é tarde demais, você sabe disso, não sabe? E mesmo se não fosse... — Cansado, ele se vira em direção às paredes da fortaleza, onde as pancadas foram substituídas pelo baque baixo de corpos maciços contra a pedra.

Felizmente, a fortaleza não se move. Só estremece. Britta construiu-a com todas as suas forças. Estou ligeiramente ciente de sua agitação agora, nos observando com lágrimas nos olhos.

Volto a olhar para o meu pai.

— Não — digo a ele. — Eu posso te levar a um curandeiro. Posso te deixar seguro. — Todo o meu ressentimento, toda a minha raiva, tudo isso desapareceu, deixando apenas esse desespero, essa certeza estranha e feroz.

Todo esse tempo, eu pensei que estava com raiva dele, mas, na verdade, eu estava triste. Ele era meu pai e me jogou fora. Assim que os sacerdotes chegaram, ele me abandonou, me traiu quando deveria ter me amado; quando eu o amava. O pensamento me sufoca, essa percepção chegando um pouco tarde demais para ser aceita.

Todo esse tempo, eu o amava.

Eu achava que era forte, que tinha substituído todas as memórias, banido ele o máximo que pude da minha mente, mas na verdade ainda sou a mesma garotinha de antes, buscando seu afeto. Seu amor.

Meu pai balança a cabeça, o movimento é tão fraco que quase não existe.

— Não há mais tempo, não há cura; não para algo assim. — Ele puxa a parte de cima de seu manto para o lado, e o cheiro se intensifica.

Engasgo, meus olhos lacrimejando quando olho para baixo e vejo a ferida em seu peito, escurecida nas bordas, redonda e profunda. Algo branco se contorce dentro. Larvas. O vômito sobe à minha garganta, e eu rapidamente o coloco de volta no chão antes de correr para o lado mais distante do abrigo e vomitar toda a comida que Lamin roubou para nós esta tarde. Quando termino, limpo a boca, as mãos trêmulas, e volto para ele, ignorando o baque dos corpos jatu contra o abrigo, os gritos distantes, os comandos furiosos do ancião Kadiri. Se eu focar no aqui, no agora, é como se eles não existissem. Como se eles nem estivessem aqui.

— É bonita, não é? A luz — sussurra o meu pai. Ele está olhando para os últimos raios de luz do sol que atravessam uma das frestas do abrigo, mas não sei o quanto ele realmente consegue ver.

É como se ele estivesse a caminho; seu espírito ascendeu, mas seu corpo ainda está aqui.

Então seus olhos focam em mim, estranhamente vagos. Mesmo na escuridão, consigo ver.

— Eu sei que não tenho o direito de pedir isso, mas você poderia vir sentar ao meu lado de novo, Deka? Por favor — sussurra ele.

É a primeira vez que ouço essas palavras saírem de sua boca, e elas me abalam profundamente. Faço o que ele pede, cada músculo do meu corpo tremendo tanto que é como se eu tivesse sido jogada em um lago gelado e mantida lá até meu corpo virar gelo.

— Eu tive muito tempo para pensar no último ano — sussurra, a voz quase inexistente agora. — Muito tempo para rezar, para refletir. Para me arrepender. — Ele estende a mão em minha direção, e eu a pego, tentando não perceber como é magra, com que facilidade posso sentir os ossos. Eles parecem frágeis, como se eu pudesse quebrá-los tão facilmente quanto cascas de ovo.

— Sinto muito por não proteger você, Deka — diz ele. — Sinto muito por não ser um bom pai... Não tenho desculpas. Nenhuma que justificaria como te tratei. Quando seu sangue mudou, eu deveria ter te levado embora, deveria ter fugido com você. Mesmo naquele porão, eu deveria ter virado minha espada para os anciões, mas em vez disso eu virei para você. Minha única filha.

As palavras ecoam através de mim, um lembrete.

— Pai — começo a dizer, meu coração pesado. — Tem algo que você deveria saber. Eu não sou sua verdadeira...

— Eu sabia que você não era do meu sangue. — Os olhos do meu pai fixam-se nos meus, penetrantes apesar de vazios. — No momento em que Umu colocou você em meus braços, eu sabia que você não era minha. Você se parecia comigo, até agia como eu, mas algo dentro de mim dizia que você não era natural. Que você era como ela.

As palavras são como uma espada atravessada no meu coração.

Lágrimas queimam meus olhos enquanto tento tirar minha mão da dele, mas o toque de meu pai aperta, estranhamente forte para alguém tão fraco.

— Eu te amei do mesmo jeito. Amei vocês duas. — Ele sorri tristemente, seus olhos cheios de lágrimas. — Eu amei cada parte de você, cada respiração que você já deu. Não importa o que você era, Deka. Você era minha, e eu deveria ter te protegido... deveria ter te salvado. Mas dei ouvidos às Sabedorias. Fui contra minhas próprias inclinações mais profundas por causa do que aqueles pergaminhos, do que os sacerdotes me ensinaram. Fui um covarde, um tolo indigno do presente que recebi, e por isso, sinto muito. Sinto muito, muito, muito.

Ele mexe nos farrapos de seu manto e pega algo, que aperta na minha mão.

Quando vejo, perco o ar. É o colar de minha mãe, aquele que ele pegou enquanto eu morria no chão do porão. Ele o solta em minhas mãos, depois se inclina para a frente, a testa repousando sobre elas como se estivesse em oração.

— Você pode me perdoar pelo que fiz, Deka? — sussurra meu pai. — Não agora, mas talvez um dia nos próximos séculos... você pode perdoar as fraquezas deste homem tolo e orgulhoso?

— Eu te perdoo.

As palavras saem de mim tão rápido que imediatamente sei que são verdadeiras. Eu perdoo meu pai por tudo que fez. Eu o perdoei no momento em que o vi naquela praça, se curvando para uma multidão que o insultava, me protegendo com os seus últimos suspiros, mesmo que fosse contra sua natureza revidar.

— Eu te perdoo — repito. — Eu te perdoo.

— Que bom — responde ele, as palavras menos que um suspiro agora. Seus olhos estão ainda mais vagos, e sei que eles não podem ver mais nada. — Que bom que fui perdoado. Agora posso ficar com Umu de novo.

Eu pisco.

— Mas eu pensei...

— Eu a vejo às vezes — sussurra, seu aperto afrouxando, aquele som de repente ainda mais alto. Seus dedos estão frios, muito, muito frios. — Ela me observa da fronteira da vila. A aparência dela é a mesma, minha Umu. Sempre tão linda. Nada mudou das lembranças que tenho dela. Ela está viva, sabe. Viva aqui. — Ele dá um tapinha no peito, então sorri para mim, uma expressão beatífica envolvendo seu rosto. — Às vezes ela sussurra para mim à noite, manda mensagens para você. Ela diz para lhe dizer que está viva, que está esperando por você em Gar Nasim…

Gar Nasim. Me forço a devolver o sorriso. É óbvio.

Gar Nasim é a ilha que minha mãe sempre quis visitar, um lugar maravilhoso, escondido tão profundamente no oceano entre Otera e as Terras Desconhecidas que ganhou um status mítico.

Óbvio que meu pai a imaginaria ali. Óbvio que ele imaginaria minha mãe viva.

Um soluço me sufoca, mas os olhos de meu pai se voltam para aquela fresta na parede, como se procurasse uma luz que só ele pode ver.

— Eu acho que a vejo agora — murmura. — Eu acho que ela está vindo para mim.

Ele ergue a mão fracamente, uma breve saudação para uma pessoa que existe apenas para ele agora.

— Não ande tão rápido, Umu — diz com um sorriso. — Estou indo, meu amor. Estou voltando para casa…

Outra respiração sacode seu peito, e então, silêncio.

Simples assim, meu pai se foi.

Depois, silêncio. Vazio. Como se todo o ar tivesse saído do abrigo e deixado para trás apenas a escuridão e as sombras. O colar da minha mãe é pesado na minha mão, então eu o coloco no bolso. Fecho os olhos de meu pai e coloco minha capa sobre seu corpo.

E fico sentada aqui.

O tempo passa. Exatamente quanto tempo, não tenho certeza. Não entendo como os minutos fluem, como os segundos passam. Tudo o que sei é que está de noite agora, e tudo se encontra em silêncio. Calma.

É como se o mundo tivesse parado e nunca mais voltasse a se mover. E não quero que se mova. Eu só quero ficar sentada aqui neste silêncio e deixar a escuridão me levar para onde ela quiser.

Mal percebo as lágrimas escorrendo pelo meu rosto, mal percebo Ixa enfraquecido enrolado no meu pescoço em forma de gatinho, Britta me puxando.

— ...eka, nós temos que...

Tudo está em pedaços agora. Luz, som, movimento — tudo. Um tom de prata brilha nos cantos da fortaleza, e Britta aponta desesperadamente para ele: um gigantesco gancho de ferro está abrindo as paredes, mas eu não me importo. Eu não me importo se elas desabarem, se o ancião Kadiri morrer ou não morrer, se o mundo queimar ao nosso redor. Eu quero ficar sentada aqui em silêncio e imóvel. Só uma vez, eu quero ficar imóvel.

— Eu disse que ela nunca o deixaria.

A voz triunfante de Elfriede acompanha a súbita implosão das paredes da fortaleza e, quando ergo a cabeça, a encontro parada no beco logo atrás da pedra caída, com o ancião Kadiri ao seu lado. Um contingente inteiro de jatu acompanha os dois, mais chegando da praça além. Ixa rosna, o pelo eriçado para eles.

Estranhamente, não vejo os Renegados por perto. Os uivantes mortais roxos e dourados de alguma forma desapareceram, substituídos por esses jatu, que agora estão usando máscaras mortuárias, objetos ornamentados geralmente feitos para cadáveres que são moldados de acordo com as feições de seus donos. Minha apatia se colore com uma escuridão feia ao vê-las. Os anciões da aldeia teriam feito uma para o meu pai se ele tivesse morrido em Irfut. Eles o teriam enterrado com uma cópia das Sabedorias Infinitas; dando-lhe pelo menos alguma cerimônia para facilitar sua passagem para o Além. Mas ele não terá nada do tipo aqui.

A lembrança me deixa ainda mais fria por dentro.

Coloco Ixa no chão, depois me levanto, pego minhas atikas, mal ciente de Britta parada protetoramente diante de mim, seu martelo de guerra na mão, mesmo que ela mal consiga erguê-lo.

— Deka — Ela começa preocupada, mas passo por ela.

Não preciso mais de sua proteção.

— Outra armadilha — digo, minha voz estranhamente distante enquanto olho para o ancião Kadiri.

De alguma forma, não estou desanimada por ter sido pega pelo sacerdote, embora esteja curiosa para saber por que ele substituiu os Renegados por todos esses jatu. Mas me prendo a essa dúvida. Outro sentimento estranho está se mexendo em algum lugar dentro de mim. *Alívio*. Frio e brusco. Meu pai jaz morto atrás de mim, e em minhas mãos estão duas atikas enquanto um contingente de homens usando máscaras mortuárias está alinhado na minha frente, suas vidas prontas para serem tiradas.

Atencioso da parte deles, virem tão preparados. É quase como se quisessem que eu os massacrasse.

Óbvio, eu farei.

Deka?, pergunta Ixa, mas eu balanço a cabeça.

Não, Ixa, respondo. *Não vamos fugir desta vez.*

Agora não. Nunca mais.

Eu ignoro ele e Britta enquanto me aproximo do ancião Kadiri e de Elfriede, segurando minhas atikas, saboreando seu peso. Como esperado, os dois têm o kaduth estampado em suas vestes, assim como os jatu, só que em seus peitorais, como de costume. Estranhamente, isso não me incomoda mais. Nada me incomoda agora. Estou totalmente fria. Uma criatura de gelo e neve.

— Há quanto tempo você está planejando tudo isso? — pergunto, mais por curiosidade do que qualquer outra coisa, quando os alcanço. Entre a armadilha que o ancião Kadiri armou em Zhúshān e esta, tudo parece muito bem planejado.

— Meses — admite o velho. — Sei como suas deusas funcionam. Mais precisamente, sei como aquela vadia Fatu age.

Ah... aí está de novo, essa palavra. Sempre que os homens religiosos querem fazer um insulto, eles a desenterram. Mas não me incomodo com ela.

— Sabe, o nome dela não é mais Fatu, é Mãos Brancas — informo calmamente. — Ela decidiu adotá-lo como seu novo nome para esta nova era. — Não me dou ao trabalho de abordar a outra palavra, o insulto. Não há motivo, não quando pretendo fazer isso usando as pontas afiadas das minhas atikas.

— Fatu, Mãos Brancas... não importa como você a chame. A primeira das rainhas da guerra é a mesma de sempre: uma abominação, uma maldição sobre este império — zomba o ancião Kadiri. Na verdade, é quase reconfortante ver todo esse ódio derramar dele, ver seu verdadeiro eu emergir. — Passei muitos anos estudando-a, lendo sobre suas façanhas — continua ele. — Óbvio, ela enviaria você, a Nuru, para completar esta tarefa. Ela está manipulando você, não está? Construindo sua lenda, seu poder? Mas é isso que ela faz, que é como eu a antecipei; exceto por aquele truquezinho com as portas, tentando escapar… Felizmente, Idugu rastreou você aqui. Ele tem poder total sobre a cidade, sabe. Quando Ele nos disse que você tinha voltado, eu sabia que tínhamos que trazer seu pai. Ele era o único que poderia te atrair, fazer você se mostrar.

Ele dá uma risadinha.

— Apesar de todos os seus defeitos, você é uma filha bastante dedicada, não é, Nuru Deka? Quando ouviu o sofrimento dele, todos os pensamentos práticos desapareceram no éter. Mesmo que ele tenha expulsado você, sancionado sua morte.

Ele olha para Elfriede.

— Ele até decapitou você uma vez, não foi?

Quando ela assente, algo muito próximo a raiva queima dentro de mim. Mas não pode ser raiva. A raiva não é fria e distante como essa sensação estranha e feia se estilhaçando em meu peito.

Eu a observo com os olhos semicerrados enquanto ela responde:

— Foi. Então ele a deixou naquele porão com os sacerdotes. Ele sabia que ela era uma abominação, uma afronta a tudo o que é sagrado. Mas Idugu é misericordioso. Ele vê valor até em criaturas como ela.

De repente, a voz dela é como um prego, raspando dentro do meu crânio.

— Cale-se — rujo, incapaz de suportar o som por mais tempo. — Se você quer viver, não diga mais nada.

Quase posso senti-la sorrindo por trás de sua máscara simples de madeira enquanto responde:

— Se eu quiser viver? Você está cercada, Deka, tanto você quanto sua *irmã de sangue.* — Ela cospe a palavra para Britta, como se minha amiga estivesse de alguma forma abaixo dela. — Não há escapatória para você. Assim como não havia escapatória para o seu pai, herege como era.

A cada palavra que ela diz, o mundo desaparece, mudando para uma versão mais escura e sombria de si mesmo. Estou entrando no estado de combate, e agora Elfriede não é mais uma pessoa, não passa de uma sombra branca brilhante em forma de pessoa, seu coração queima mais brilhante ainda. Me concentro nele.

Uma batida. Duas. Três.

Elfriede não percebe o perigo enquanto continua vomitando seu veneno.

— Nunca entenderei como não vi a escuridão em você.

O ancião Kadiri se vira, dando tapinhas na cabeça dela.

— Não é sua culpa, minha criança. O mal nos engana. Mas é por isso que Idugu está aqui: para fazer brilhar a luz da verdade sobre este mundo. Para conduzir o mal de volta para a escuridão.

Dou uma risada sombria. *Mal?* Olho de volta para o meu pai, seu corpo sem vida caído no que sobrou da fortaleza de Britta, tão longe de tudo que ele conhecia e amava. Todos aqueles anos que ele passou recitando fielmente as Sabedorias Infinitas, honrando cada pronunciamento, apenas para terminar assim, um corpo esquecido em um beco esquecido.

Falo com o sacerdote.

— Nós somos os malvados?

— Deka — Britta sussurra em advertência. Ela está olhando ao redor do beco, sem dúvida tentando encontrar um refúgio, mas não há nenhum.

Há apenas o rio Agbeni atrás de nós, mas tanto ela quanto Ixa estão fracos demais para nadar. Mesmo que não estivessem, as vacas do rio não veem os intrusos com bons olhos a esta hora: elas são conhecidas por estraçalhar estranhos à noite.

Não há nenhuma saída deste beco escuro e, pela primeira vez, o pensamento não me assusta. Tudo o que sinto é uma excitação estranha e perversa.

O ancião Kadiri sorri para mim com pena.

— Você é a pior de todas as criaturas, Nuru Deka, uma praga nesta terra, mas Idugu, em Sua sabedoria, acha que você pode ser redimida. Você *irá* quando Ele chamar.

— Senão o quê? — desafio. — O que você vai fazer se eu desobedecer ao chamado, me assassinar?

— Se é isso que você deseja. — O ancião Kadiri gesticula indolentemente para os jatu.

E a primeira onda de homens vem correndo.

Mesmo antes de se aproximarem, o vermelho tomou conta da minha visão, o instinto substituindo o pensamento. Sou um borrão de movimento enquanto corto o jatu mais próximo bem no meio, depois passo para o próximo. Em instantes, som e cor se misturam, cabeças rolando, braços voando, sangue e vísceras espirrando no ar. Uma dor distante apunhala um dos meus braços, e vejo que ele quase foi arrancado. Eu o empurro de volta no lugar antes de continuar, cortando uma bandagem com minhas atikas. Mais cabeças rolam, mais tripas, mais vísceras. Mas continuo em movimento. Continuo lutando. Não sei quanto tempo estou nisso, quanto tempo luto com os jatu, só que prossigo com tanta ferocidade que de repente não há mais corpos de jatu para cortar.

Quando ergo o olhar, assustada, cada centímetro de mim está coberto de sangue, e de nossos inimigos, apenas Elfriede e o ancião Kadiri permanecem de pé, encurralados no centro do beco, protegidos pelos homens que morreram.

O chão está tão molhado de sangue que minhas botas chapinham quando me aproximo deles. Elfriede guincha, se escondendo atrás do ancião, mas o sacerdote empina o queixo de maneira desafiadora.

Pressiono a ponta da minha atika em sua garganta exposta.

— Diga outra vez as palavras que pronunciou — ordeno. — Eu acredito que você me chamou de maligna, uma praga neste mundo ou algo assim...

O ancião Kadiri dá um passo à frente, empurrando o corpo na direção da atika, nem mesmo vacilando quando a lâmina atravessa a sua pele. Me divirto ao descobrir que, sob o azul de sua pele, seu sangue é vermelho, assim como qualquer outro humano. Mas ao contrário da maioria, ele não se acovarda quando eu pressiono a atika mais fundo.

Homem corajoso. Homem tolo.

Estou quase impressionada.

— Mantenho minhas palavras, Nuru Deka — ele entoa, aquele olhar irritante de devoção ainda brilhando. — Você é a criatura anunciada nas Sabedorias Infinitas. Mas Idugu acha adequado dialogar com você. Ele vê potencial em você, embora eu ache que você deva queimar no fogo.

— Que você queime no fogo. — Elfriede repete essa oração maligna em um sussurro baixo.

Giro para ela, que torna a guinchar. Irritada, uso a ponta da outra atika para erguer a sua máscara e a atirar longe. Ela tateia o chão, e eu suspiro. Mesmo agora, ela tem vergonha de mostrar seu rosto nu na frente de um homem.

O fanatismo é a pior das doenças.

Agarro o braço dela antes que possa alcançar a máscara, a qual chuto para longe.

— Não adianta mais — digo friamente quando a máscara se estilhaça contra a parede. — Todos os homens que estavam aqui estão mortos, e ele — aceno para o ancião Kadiri — em breve se juntará a eles. Não há mais ninguém aqui a quem se curvar. Somos só você e eu agora.

Tremendo, Elfriede se endireita, se virando para olhar para mim. E, finalmente, vejo seu rosto, o rosto da garota que já foi minha única amiga.

Ela não mudou muito no ano em que estivemos separadas. Seu cabelo ainda é daquele castanho opaco e estranho, embora agora esteja impecavelmente puxado para trás, como se qualquer vislumbre dele pudesse ofender. A mancha vermelha ainda floresce no lado esquerdo de seu rosto, mas ficou mais intensa — ou talvez a pele ao redor tenha ficado mais pálida. É o que acontece com as mulheres do Norte depois de apenas três ou quatro meses de uso da máscara. Qualquer cor que elas têm se esvai, deixando apenas a pele pálida quase transparente pela falta de luz solar.

No entanto, os olhos verdes de Elfriede ainda estão tão brilhantes como sempre foram.

Mantenho o ancião Kadiri na minha visão periférica enquanto me aproximo dela, aquela frieza ainda congelando minhas emoções. Não me dou mais ao trabalho de manter minha atika nele; ele e eu sabemos que não há como fugir de mim.

— E você, Elfriede? — sussurro. — Você ainda se apega às palavras que disse antes? Tanto aqui quanto na plataforma? Você ainda me acha uma abominação?

O medo atravessa seus olhos, mas para minha surpresa, é rapidamente repelido pelo desafio. Ergo as sobrancelhas. Uma faísca de bravura. Quem diria que a garota que costumava fugir assustada toda vez que uma aranha passava por ela tem essa coragem?

Ela gesticula ao redor do beco sangrento, narinas dilatadas pelo fedor.

— Você não consegue ver, Deka, o monstro que se tornou?

Ela soa tão fanática que uma risada amarga explode do meu peito.

— *Eu sou* o monstro, Elfriede? — repito, incrédula. — Ancião Durkas, ancião Norlim, todos os anciões da aldeia me executaram e me torturaram por meses a fio por nada mais do que eu ter nascido assim, e eu sou o monstro?

Ela faz uma careta zombeteira.

— Você sempre foi, e se eles fossem sábios, teriam matado você antes que condenasse a si mesma e todos ao seu redor ao Fogo! — As palavras saem dela tão dolorosas quanto as folhas de wodama que Belcalis às vezes aplica a seus cataplasmas, mas não estou nem um pouco comovida com essa exibição.

Estou além de qualquer emoção agora.

— Não estou condenada, Elfriede — digo calmamente. — Eu sou a Nuru. Nasci de ouro e icor. Sou tão imortal quanto minhas mães.

— E você vai queimar no Fogo com elas quando tudo isso acabar — sussurra ela, a malícia tão afiada em sua voz que é quase como uma adaga. — Assim como as outras garotas.

Eu pisco.

— As outras garotas?

— As outras alaki. Nós as queimamos em todos os lugares aonde fomos — confessa presunçosamente. — Eu disse aos sacerdotes para fazerem isso, sabe. Eu disse a eles que se você estivesse no meio da multidão, você não aguentaria. Que você se revelaria se outras de sua espécie estivessem em perigo.

— Você... disse a eles para fazer isso?

— É óbvio. Caso contrário, eles não me levariam a sério. — Elfriede desvia o olhar, parecendo incerta apenas por um momento. Então seus olhos encontram os meus de novo, uma acusação silenciosa. — Eles queriam me manter acorrentada, então tive que mostrar a eles que sou uma verdadeira crente. Que eu não era como você, não importando o que todos dissessem.

Estou tremendo tanto agora que nem consigo ouvir o resto de sua explicação.

Elfriede sugeriu que os sacerdotes matassem outras alaki. Ela mesma jogou outras garotas na pira metafórica e até física. A essa altura, eu deveria estar acostumada com a maneira como as mulheres às vezes traem outras mulheres, a maneira como elas se alinham com os homens, mesmo que apenas para garantir a própria segurança, como agora, mas não consigo entender. Não consigo imaginar que a garota com quem uma vez partilhei todas as minhas confidências mais profundas seja a mesma que revela tão casualmente que seus comandos levaram à morte de outras.

Eu posso ser a Nuru, posso até ser o monstro que ela diz que sou, mas nunca na minha vida machuquei alguém que eu achasse que não merecia.

Elfriede faz um som desaprovador baixo quando vê o horror em meus olhos.

— Você sempre foi compassiva, Deka, mesmo para um demônio. É uma coisa estranha — comenta enquanto marcha de volta para perto do ancião Kadiri. Ela estende a mão para ele e se vira para mim. — Que você queime no Fogo — entoa triunfante.

Mas o ancião não repete as palavras, e certamente não aceita a mão dela, apenas a olha com desgosto mal disfarçado. A ironia quase me faz querer rir. Mesmo cercado como está por seus inimigos mais terríveis, o ancião Kadiri não se rebaixa a seguir o exemplo de uma mulher, nem mesmo a tocar sua mão. Me pergunto se ele se rebaixaria a dormir com uma mulher, mas de alguma forma, não consigo imaginá-lo fazendo isso também.

Olho nos olhos de Elfriede enquanto aceno para o ancião.

— Ele não toca na sua mão, percebeu, Elfriede? — Quando ela olha para baixo, assustada, continuo baixinho: — Mesmo com vocês dois tão perto da morte, ele não oferece o simples conforto do toque. Você sabe por que isso acontece, Elfriede? — pergunto, me aproximando. — Porque, para ele, você nem é totalmente humana; você é uma criatura inferior. Uma nem sequer limpa o suficiente para tocá-la. Ele vê você como pouco mais que um animal. Mesmo que você tenha sacrificado a vida de outros, sua própria consciência, sua própria sanidade, para o benefício dele.

"Diga o que quiser sobre as mães, mas que deus é esse que vocês dois adoram que negaria a simples decência humana em um momento como este? Que tipo de deus não a considera igual aos seus irmãos?

— Um deus verdadeiro — sibila Elfriede, enfurecida. — O verdadeiro deus, em vez de um que finge, como as putas das suas mã…

A cabeça dela sai voando.

Enquanto estou aqui, em estado de choque, o mesmo acontece com o ancião Kadiri, sua pele azul brilhando ao luar. Quando Karmoko Thandiwe dá um passo à frente, segurando a lâmina circular que usou para ambas as decapitações, meus ouvidos estão zumbindo e meu coração parece que vai explodir no peito. Me curvo para vomitar, incapaz de registrar totalmente o choque que sinto ao ver a alta e musculosa karmoko sulista viva e bem pela primeira vez em meses.

Karmoko Thandiwe faz um som de desprezo enquanto olha para as cabeças do ancião Kadiri e de Elfriede.

— Eu não aguentaria ouvir mais uma palavra do falatório dela — diz ela, irritada. — Que garota miserável e maldita. E ele era ainda pior, tão cheio de virtude. — Ela estala a língua em desgosto outra vez.

Eu limpo meus lábios.

— Karmoko Thandiwe? — sussurro, atordoada.

Ela está se aproximando por trás de mim, seu corpo negro retinto brilhando na escuridão que cai rapidamente, e ela não está sozinha. Junto a ela estão Keita e meus outros amigos, além de duas pessoas que não conheço: um garoto nortista normal e sério, com uma mecha branca em cabelos totalmente pretos, e o que parece ser uma mulher extravagantemente gorda usando uma máscara de madeira simples e um manto preto. Um pequeno barco aguarda no rio atrás deles, as duas vacas do rio que o puxam mugindo de aborrecimento. As vacas do rio são criaturas diurnas; elas odeiam viajar à noite.

— Deka de Irfut — minha ex-karmoko de estratégia de batalha diz, olhando com aprovação para a carnificina no beco. — Trabalho esplêndido aqui, lindamente executado, embora devamos seguir em frente antes que os Renegados voltem para cá.

— Vamos, Deka — diz Keita, estendendo a mão para mim.

Mas continuo olhando para Karmoko Thandiwe, ainda atordoada. Por mais que tente, não consigo organizar meus pensamentos. Não posso forçá-los a fazer qualquer tipo de sentido.

— Mas não entendo — digo entorpecida. — Karmoko Thandiwe, como você… quero dizer, você veio e Elfriede e…

Meu corpo inteiro está tremendo agora, e sempre que me viro, vejo Elfriede, decapitada. Ela está caída no chão, assim como meu pai, ambos mortos em um único dia. Tanta morte ao meu redor.

— Eu-eu… — Meu corpo está tremendo tanto que preciso de toda a minha força para permanecer de pé.

Quando as minhas pernas dobram, braços musculosos me envolvem, me segurando firme.

— Está tudo bem, Deka — sussurra Keita, beijando minha testa. — Está tudo bem… — Ele me acalanta em seus braços.

Mas quando ele e os outros voltam para o barco, um estranho estalo começa atrás de nós. Um sinistramente familiar.

— Hã… vocês estão vendo isso?

A voz de Britta está baixa com o pavor, e quando Keita se vira comigo em seus braços, ela aponta para seus próprios pés, onde um dos corpos dos jatu está se contorcendo, os tentáculos de carne em seu estômago decepado rastejando em direção a outro enquanto os ossos se encaixam no lugar. Mais sons de estalos soam, e logo vemos os outros cadáveres fazendo o mesmo, os kaduth brilhando em suas couraças enquanto seus corpos ficam dourados e o sangue que sai deles assume aquele brilho distinto. É quase como se o símbolo estivesse estimulando a mudança, ressuscitando-os.

Assim como aconteceu em Oyomosin.

Enfim compreendo. O kaduth não é apenas para bloquear minhas habilidades; há outro propósito também. Ele permite que seu usuário ressuscite se experimentar uma morte que não seja a final. Permite que os jatu se tornem imortais, assim como as alaki.

— Máscaras mortuárias — sussurra Acalan, horrorizado. — Eles todos estão usando máscaras mortuárias. Vieram prontos para morrer.

A adoração mais pura é o sacrifício… As palavras do ancião Kadiri entorpecem minha mente, assim como outra coisa, um som estranho que é de alguma forma um estrondo profundo e um sussurro assustador.

Risada. Uma risada masculina. E sou a única que pode ouvi-lo, se as expressões dos outros são algum indício. Aquele sentimento de malevolência oleosa toma conta de mim; o mesmo que senti quando estava olhando para o kaduth naquela plataforma.

— Idugu… — sussurro, horrorizada.

Nossos mais profundos agradecimentos, Nuru Deka… diz a divindade no estrondo zombeteiro de mil vozes masculinas entrelaçadas. E então sinto o poder se acumulando na atmosfera.

Quando rasgos no ar acima do beco começam a aparecer, eu me viro para os outros.

— Corram!

19

Keita e os outros começam a correr no momento em que os Renegados irrompem pelas portas de Idugu, seus pés com garras deslizando sobre o sangue e as vísceras. O chão está tão escorregadio agora que os uivantes mortais roxos não conseguem encontrar nenhum ponto de apoio, então se empoleiram nas paredes, os saltadores de cores mais claras (aqueles uivantes mortais que geralmente pulam das árvores para acabar com suas vítimas) na liderança. O uivante mortal líder dos jatu os incentiva, um brilho profano em seus olhos que se intensifica quando encontram os meus. Ele olha para Ixa, agora enrolado no meu pescoço, e sorri, apontando uma espada na minha direção e na de Keita, sua intenção explícita: você é o próximo. Felizmente, meu grupo já está entrando no barco, Keita me carregando o mais depresa que seus pés permitem. Embarcamos rapidamente e, em instantes, aquele garoto com a mecha branca no cabelo e Katya estão puxando a âncora.

Quando todos estão a bordo, a mulher encapuzada chama suas impacientes vacas do rio, que estão presas ao barco por enormes correntes de ferro.

— Yakuba, Manty, avante!

A água se agita quando as criaturas roxas iridescentes mergulham nela, suas enormes nadadeiras cortando a água, seus corpos gorduchos passando facilmente pela escuridão. Os Renegados mergulham na água atrás de nós, mas é tarde demais. Uivantes mortais podem ser bons nadadores, mas nem eles podem vencer as vacas do rio em seu elemento natural. E com certeza não podem lutar contra elas e nadar ao mesmo tempo. Grunhidos agressivos se erguem ao ar conforme as outras vacas do rio na área convergem, com a intenção de expulsar os intrusos que perturbam tão rudemente seu descanso. Quando elas cercam os Renegados, me apoio no peito de Keita, aliviada. Estou grata por estar longe daquele beco, grata por estar longe daquela risada horrível, horrível.

— Idugu — sussurro, atordoada, assim que recupero o fôlego.

Não acredito que ele falou mesmo. Por todo esse tempo, ele tem sido uma presença amorfa, mas agora, eu ouvi sua voz, senti sua inteligência desumana. Agora, tenho certeza: ele não é um objeto arcano, nem se eu me esforçar para imaginá-lo assim. Ele é um deus real e verdadeiro, e tem quase tanto poder quanto as mães. Poder suficiente para ressuscitar os jatu, ao que parece.

Uma raiva distante queima em meu peito. Todo esse tempo, as mães me disseram que eram as únicas deusas, que as Sabedorias Infinitas eram mentiras. Mas elas estavam mentindo, elas estavam me enganando, e sequer posso alcançá-las daqui, não posso me enfurecer com elas do jeito que quero. A influência de Idugu se estende por Hemaira, então a única coisa a ser feita é esperar que aonde quer que este barco nos leve, seja para um lugar onde eu esteja segura o suficiente para me reagrupar e planejar meus próximos passos, agora que o ancião Kadiri, o motivo de termos vindo para esta droga de missão, está morto.

Um movimento toca minhas costas. Keita.

— Deka, você está bem? — pergunta ele, me olhando. Ele está me abraçando todo esse tempo.

Eu me esforço para ficar de pé e me viro para ele, o pânico aumentando.

— Eu o ouvi, Idugu — sussurro. — Ele falou comigo, e ele é real, Keita. Ele é um verdadeiro deus. Um deus completo, assim como as mães. Mas o ancião Kadiri está morto agora, então o que fazemos?

Keita parece não ouvir nada disso, exceto por uma coisa:

— Ele falou com você? Idugu… ele falou com você?

Ele quase consegue aparentar calma, mas é para isso que ele foi treinado. Essa calma, essa incapacidade de ficar irritado, é parte essencial do que os jatu ensinam a seus recrutas, e sou grata, porque estou me fragmentando, me despedaçando.

— O que ele disse? — pergunta Keita.

Franzo a testa quando me lembro.

— Ele me agradeceu.

— Pelo quê?

— Não sei. — E é isso o que me incomoda. Que motivo ele teria para me agradecer? E por que ele me agradeceria ali, naquele beco cheio de sangue e…

Fecho os olhos enquanto as lembranças de meu pai, de Elfriede, surgem de repente… Posso vê-los com nitidez agora, seus corpos caídos; mortos. Um lamento profundo e agudo ameaça sair, mas não posso desmoronar, não agora quando tudo está tão terrível, quando tudo o que eu achava que sabia está desmoronando outra vez.

Quem vai me recompor se eu fizer isso? Quem vai me consertar depois de todas as maneiras que fui quebrada esta noite? Os soluços começam, até que o som de passos me força a engoli-los de volta.

A mulher encapuzada está se aproximando, deixando aquele garoto estranho no leme, seus olhos castanhos ansiosos enquanto ele observa as vacas do rio, mesmo que as gigantescas criaturas bovinas pareçam saber exatamente para onde estão indo.

— Honrada Nuru — diz a mulher, tirando a capa e a máscara. — Parece que você teve uma noite e tanto…

Me volto para ela, assustada ao ver que não se parece em nada com o que eu esperava. Para começar, não é tão gorda quanto imaginei. Embora ela seja definitivamente roliça, a maior parte de seu volume vem da enorme barriga de grávida, que ela carrega com facilidade em sua estrutura alta e larga. Sua pele, que posso ver na escuridão, é do marrom-avermelhado claro das províncias do alto Sul, e seu cabelo cacheado está cuidadosamente enrolado com fios de ouro. Ela é uma nobre. Já vi o suficiente deles a distância para saber.

Ela dá um tapinha na barriga quando percebe que estou olhando, seu rosto redondo se espalhando em um sorriso alegre.

— Sete meses — diz ela com pesar. — Devem ser meninos, eu já tenho meninas gêmeas, e elas nunca foram tão grandes. — Ela se aproxima de mim. — Estou tão feliz em conhecê-la, Nuru Deka, embora não seja nas circunstâncias que eu gostaria. Eu sou Maimuna, Lady Kamanda, da Casa de Kamanda — diz, as palavras incitando algo dentro de mim. Uma memória, embora eu não tenha certeza qual.

Assinto, já que é a única coisa que posso fazer. Estou muito cansada agora, muito, muito cansada.

— Prazer — digo baixinho, embora eu não queira dizer isso.

Enquanto Lady Kamanda assente, Karmoko Thandiwe avança e a abraça. Ela a abraça com força, do jeito que Keita sempre faz comigo, e imediatamente, entendo: são amantes.

Karmoko Thandiwe deposita um beijão suave na testa de Lady Kamanda, depois se vira para mim.

— Aquele corpo no beco, aquele coberto com o manto, era seu pai, não era? — ela questiona, as palavras me atingindo como uma facada.

Faço que sim, meu corpo tornando a tremer.

— Ele está morto — sussurro. — Ele se foi, meu pai se foi. — Mesmo quando digo as palavras, elas não parecem verdadeiras.

— Ah, Deka — diz Keita, apertando seus braços em volta de mim, o tecido áspero de suas vestes roubadas raspando em mim.

Ele coloca minha cabeça sob a dele, seu queixo contra a minha testa.

Só isso basta. Começo a ter soluços grandes e dolorosos, meu corpo desmoronando com a força deles. Keita me segura enquanto eu choro e choro e choro, a verdade enfim se mostrando. Meu pai se foi e nunca mais vai voltar. Ele nunca mais vai me balançar em seus braços, despentear meu cabelo. Ele nunca mais vai me dizer que sou sua doce garota. Ele desapareceu, sumiu em um lugar que não posso alcançar porque sou imortal; não tenho fim.

Nunca mais o verei.

— Shhh, shhh, calma agora, Deka — entoa Keita no meu ouvido enquanto eu choro. — Calma agora, minha querida.

Sua voz é uma vibração calmante, um casulo de calor que me envolve, bloqueando a dor, o horror das últimas horas, dos últimos dias. Apoio meu rosto em seu pescoço, inalando seu cheiro familiar, me embalando no ritmo lento de seu coração, e antes que eu perceba, meus olhos estão fechando, a escuridão tomando conta.

E então adormeço.

Quando torno a abrir os olhos, é tarde da noite. A brisa quente do rio despenteia levemente meu cabelo, e um peso ainda mais quente está enrolado ao meu redor: Ixa, seus olhos pretos líquidos olhando para os meus, sua enorme forma verdadeira circundando a minha.

Deka?, sussurra, os olhos cheios de preocupação.

Estou bem, respondo, *apenas triste.*

Triste…?, diz Ixa baixinho.

Faço que sim.

Foi um dia muito triste. Posso te abraçar?

Deka, concorda, seu corpo encolhendo enquanto muda para sua forma de gatinho. Ele se aninha em meu ombro, ronronando quando eu o coço atrás das orelhas.

Obrigada, Ixa, digo, apertando-o com força. *Estou me sentindo um pouco melhor.*

Deka, gorjeia ele alegremente enquanto uma sombra nos cobre.

Olho para cima e vejo Britta me encarando com uma expressão preocupada, Li ao lado dela.

— Deka, você está acordada — diz baixinho.

Quando ela acena para Li, que rapidamente desaparece, meus olhos imediatamente começam a arder.

— Sim, eu estava apenas… — Me mexo, tentando esconder as lágrimas, mas antes que eu possa me virar, Britta se joga no chão e me abraça. Enterro meu rosto em seu pescoço, inspirando rápido quando meu peito aperta outra vez. — Eu não posso… eu não posso…

Britta faz círculos suaves nas minhas costas.

— Pode chorar, Deka — diz ela. — Estamos seguros.

— Não, nós nunca estamos seguros — sussurro. — Nunca, não com Idugu por perto. — E nem comecei a falar das mães e de todas as suas mentiras e traições. Elas não estão aqui e não respondem quando eu chamo, embora tenham prometido responder.

Mesmo que o mundo esteja desmoronando sob nossas cabeças e os jatu estejam ressuscitando.

Britta se afasta e gesticula ao nosso redor.

— Olha, Deka — diz ela, apontando para a vastidão da água que nos cerca. Estamos tão longe das luzes de Hemaira que elas quase parecem uma miragem. — Estamos no Lago Iyema. Esse é o maior lago de Hemaira. Para os jatu, poderíamos muito bem estar no meio do oceano. Os Renegados não podem nos alcançar aqui, a menos que tenham uma frota inteira de navios. E mesmo que tivessem, estou aqui; e não vou deixar nada acontecer com você, juro.

Ela me olha, seus olhos azuis penetrando os meus.

— Você está segura, Deka — repete ela com firmeza. — Segura. Você pode chorar se quiser.

Balanço a cabeça, tentando engolir o nó doloroso na minha garganta. O que ela está dizendo é tão tentador, mas eu sei a verdade.

— Não posso — eu sussurro, com dor. — Não posso ceder. Não agora, não aqui.

Não posso desmoronar de novo como fiz com Keita. Não há tempo para isso.

Mas Britta parece não se lembrar disso enquanto me puxa para mais perto, acariciando meu cabelo.

— Ah, meu coração — sussurra. — Posso sentir a sua dor, e você tem que se permitir senti-la também. Sei que você não gosta de se sentir fraca, mas a dor é como o oceano. Ele recua e flui, e te pega de surpresa. Você não pode controlar o oceano, meu amor, não importa o quanto tente. Você só o segue para onde ele leva.

— Estamos no meio de uma tarefa — protesto. — Tanta coisa está em jogo. E o ancião Kadiri está morto, mas os jatu agora voltam... — Me endireito quando me dou conta. — Os jatu voltam, então talvez...

Britta pousa um dedo em meus lábios.

— Você pode deixar esse assunto de lado por um dia — diz ela. — Apenas uma vez, você pode pensar na Deka e apenas na Deka. Além disso, fiquei de olho no cadáver do ancião Kadiri quando os outros começaram a se mover. Permaneceu imóvel. Ele está mesmo morto.

Balanço a cabeça.

— Como você pode ter certeza? Você viu todos aqueles outros jatu. Pode haver uma chance, pode haver...

— O sangue dele estava azul — diz Britta implacavelmente. — Mesmo que os outros jatu ressuscitem, ele não vai. Ele se foi de verdade, assim como sua antiga amiga Elfriede. Você pode chorar por ela também. — Britta ergue meu queixo para que eu possa olhá-la nos olhos. — Chorar não faz de você menos guerreira. Eu não vou te respeitar menos se você chorar pela morte de seus entes queridos.

Entes queridos. Meu pai, Elfriede... apesar de tudo que fizeram, ainda eram meus entes queridos.

O choro irrompe outra vez, as lágrimas vindo rápidas e pesadas agora, destruindo meu corpo inteiro com sua força. Desta vez, caem por Elfriede.

Me lembro da menina que ela foi um dia, tão feliz e cheia de esperança. Mas então me tornei o que eu era. E lá estava ela, minha companheira mais próxima, aquela mancha vermelha como uma marca em seu rosto. Como ela deve ter sofrido só por me conhecer. A culpa me consome. Aquela amargura que Elfriede vomitou, todas as coisas que ela fez, não se materializaram do nada. Ela deve ter pagado caro por minhas ações, tão caro que começou a ferir os outros e perder a cabeça no processo.

Eu deveria ter encontrado uma maneira de resgatá-la. Deveria tê-la salvado do jeito que salvei tantos outros. Mas não. Eu nem sequer pensei nela. E agora ela está morta. Assim como muitas alaki.

As lágrimas continuam a fluir, um oceano inteiro de sal, até que termina. Permaneço quieta e imóvel enquanto Britta molha um pano no lago e gentilmente enxuga meu rosto e minhas mãos.

— Viu? — diz, alegre, quando termina. — Você não se sente melhor?

Eu pisco, então assinto, surpresa. É verdade.

Estou me sentindo tão melhor que posso olhar para cima quando uma forma robusta passa por nós — Lady Kamanda.

— Muito bem, pessoal — diz ela, gesticulando para a água escura e vazia. — Chegamos.

Enquanto franzo a testa, olhando para o nada do lago, um rangido alto soa, e então o ar à nossa frente estremece. Um portão maciço se abre diante de nós, seus painéis do mesmo material refletivo do muro que o sustenta, o muro que eu nem tinha notado antes, de tão bem camuflado. Lanternas acendem de repente, revelando os porteiros no topo do muro que abrem o portão, além de iluminar a ilha que se ergue ao longe e a extensa propriedade no centro, situada entre colinas ondulantes.

Fico boquiaberta com o tamanho.

A propriedade poderia abranger todo o Warthu Bera, de tão grande que é. E é linda também. Entre seus arbustos caprichosamente esculpidos, pequenos e lustrosos nuk-nuks — minicervos verdes brilhantes que se camuflam como musgo durante o dia — brincam de esconde-esconde, enquanto pássaros de cores intensas e até zerizards, aquelas criaturas aladas semelhantes a lagartos com coroas de vermelho vivo e plumagem azul, empoleiram-se nas colossais árvores mabureh que brotam com alegre abundância. Olhando para tudo, enfim entendo por que o nome de Lady Kamanda me soou familiar. A propriedade Kamanda é uma das Ibujan, as famosas sete irmãs, um grupo de ilhas no meio do Lago Iyema, cada uma cercada por muros quase invisíveis que protegem as propriedades das famílias mais ricas da cidade.

— Olha só. — Asha dá um longo assobio de admiração enquanto as vacas do rio puxam o barco para o porto da ilha, onde uma fila de criados esplendidamente vestidos espera nossa chegada. Mesmo daqui, posso ver que todos estão usando o mesmo penteado intrincado, pentes de ouro e joias sustentando seus cachos, e há ainda mais ouro nas pulseiras que circundam seus pulsos e pés.

Um homem baixo e arrumado está sentado na frente deles, suas vestes verdes elaboradamente bordadas são a própria imagem da elegância enquanto pendem sobre sua cadeira dourada, que, de maneira estranha, tem rodas dos lados. Anéis brilham em suas mãos e um tufo de crina de cavalo rosa brota de seu mata-moscas dourado. Quando ele o atira preguiçosamente em um inseto zumbindo, volto olhos arregalados para Lady Kamanda. Apenas o Orbai, a classe mais alta dos senhores de Hemaira, pode segurar um mata-moscas dourado.

Lady Kamanda apenas me dá outro sorriso alegre enquanto o homem desliza para a frente, as rodas de sua cadeira aparentemente se movendo sozinhas, enquanto ele estende a mão para ajudá-la a sair do barco. Abraçando-o, ela nos diz:

— Bem-vindos à Casa de Kamanda. Este é meu marido, Lorde Kamanda.

Enquanto fico paralisada, piscando, Lorde Kamanda inclina a cabeça para mim com um floreio ornamentado.

— Honrada Nuru, estou muito satisfeito com sua visita a nossa humilde casa — diz ele em uma voz alta e cintilante, seu tom é tão sério que quase consigo ignorar a escolha da palavra *humilde* para descrever esta monstruosidade em forma de habitação. — Acredito que minha esposa a tenha auxiliado bem em sua jornada. — Ele sorri para Lady Kamanda, nem mesmo pestanejando quando ela e Karmoko Thandiwe caminham lado a lado, de braços dados.

— Auxiliou sim — confirmo rápido, tentando não entregar a minha surpresa.

A maioria dos relacionamentos em Abeya pareceria incomum para o mundo exterior, mas ver um assim aqui é um choque.

Apesar dos meus esforços, Lorde Kamanda percebe minha reação.

— Ah, sim, nosso casamento — diz ele, divertido. Ele se inclina em pose conspiratória. — Veja bem, nos tempos antigos, isso é o que seria considerado um casamento por conveniência. Nós nos amamos de todo o coração, mas não no sentido romântico. — Ele acena para mim. — Venha agora, honrada Nuru. Temos assuntos urgentes para discutir.

A cadeira dele se vira e desliza para a frente. De novo, aparentemente sozinha, só que agora ouço o zumbido silencioso vindo de dentro dela.

Deve ser algum tipo de automação, como os que Karmoko Calderis costumava fazer em suas forjas quando não estava aperfeiçoando sua mais nova arma. Falando nisso...

— Onde estão as outras karmokos? — pergunto a Karmoko Thandiwe, mas ela apenas balança a cabeça.

— Vivas. Falaremos disso no jantar.

Enquanto eu assinto, seguindo-a, Keita pega meu braço.

— Você está bem, Deka? Eu posso assumir se você quiser.

Olho para ele, procurando uma resposta verdadeira.

— Eu não estou bem — confesso. — Tudo parece estranho, e minhas emoções são como... esse fio atado que não consigo nem começar a desfazer. Mas estou lidando... acho que consigo lidar. — Mesmo dizendo essas palavras, sei que não tenho certeza delas.

— Você não precisa — responde Keita. — Pode simplesmente parar. Sei que você quer entender o que está acontecendo, mas estou aqui. Se alguma coisa parecer demais, posso te levar embora. Posso nomear outra pessoa para liderar. Estou aqui por você.

— Todos estamos — diz uma voz calma. Lágrimas ardem em meus olhos quando vejo Li e os outros uruni concordando. — Estamos todos aqui, Deka.

— Nós também — concorda Belcalis solenemente. — Todos nós sabemos como é perder a família.

Meu peito aperta quando olho para meus amigos, todo o amor e apoio brilhando em seus olhos.

— Obrigada — consigo sussurrar.

Então sigo Lorde e Lady Kamanda para dentro da casa.

20

◈◈◈

A propriedade Kamanda é tão imponente por dentro quanto por fora. Tetos arqueados tão altos que olhá-los quase causa tontura; pisos de pedra brilhante com belos padrões embutidos. Estátuas foram colocadas ao longo das paredes de cada cômodo, seus rostos cobertos por máscaras douradas intrincadamente detalhadas do tamanho de pratos. Apenas um deles poderia alimentar toda Irfut por pelo menos uma década, isso sem mencionar as joias que adornam algumas das mais imponentes. E como se não bastasse, uma profusão de flores raras e videiras enrola-se em torno das colunas que ladeiam as janelas colossais, abertas ao ar quente da noite. Fora de Abeya, é a primeira vez que vejo tantas plantas dentro de uma casa. Na verdade, esta é a primeira vez que estive com uma família que mora em um lugar tão grande, com exceção do palácio do ex-imperador. Eu nem sabia que isso era possível.

A diversão dança nos olhos do Lorde Kamanda enquanto ele observa nossas bocas escancaradas.

— Lembro de quando cheguei aqui — diz ele com carinho enquanto sua cadeira zune. — Passei uma tarde inteira perdido na ala leste. Maimuna teve que mandar uma das criadas vir me procurar.

Britta franze a testa, surpresa.

— Espere, então Lady Kamanda é…

— É a dona de tudo isto? — O nobre alegre gesticula ao redor. — Originalmente, sim. Até o nome, Kamanda, veio da família dela. Mas como sabem, as mulheres hemairanas não podem herdar propriedades. Passa para o irmão mais velho ou, se não houver herdeiros homens vivos, para o marido da herdeira.

Lady Kamanda assente.

— Meu pai era o último de sua linhagem, então escolhi Sandima como meu marido. Todos os dias, agradeço aos deuses por tê-lo encontrado.

Lorde Kamanda beija a mão dela.

— Não — ele a corrige. — Nós nos encontramos.

Eles trocam um sorriso carinhoso, amor brilhando em seus olhos.

Olho para Karmoko Thandiwe, que caminha ao lado deles, o garoto silencioso que agora tenho certeza que é seu assistente, está logo atrás dela. Espero que ela esteja feliz, fazendo parte desta pequena família incomum. Lorde e Lady Kamanda, apesar da enorme riqueza, parecem ser pessoas muito gentis, e qualquer um que tenha passado tanto tempo em Warthu Bera quanto Karmoko Thandiwe precisa muito de gentileza.

Continuo seguindo o trio, que nos conduz a uma grande varanda com vista para o lago, onde há uma mesa enorme que se estica sob o peso da comida posta ali.

— Chegamos — Lorde Kamanda anuncia com um floreio triunfante. — Um jantar digno dos filhos dos deuses. — Ele sorri ansioso para nós, quase como uma criança exibindo um brinquedo favorito. Se eu estivesse em qualquer outro estado de espírito, provavelmente não conseguiria não me divertir com isso.

— Parece magnífico — digo enfim, fazendo com que o sorriso de Lorde Kamanda se alargue ainda mais.

Apesar da minha tristeza, falo sério. A refeição distribuída na minha frente é diferente de qualquer outra que já vi. Queijos das províncias do Norte, ensopados variados e legumes grelhados, as sobremesas mais delicadamente condimentadas, todas dispostas de forma a atrair os olhos, os aromas se fundindo numa única e deliciosa essência. Mas os eventos dos últimos dias me tiraram completamente o apetite, isso para não falar de todos os meus medos sobre Warthu Bera e nossas irmãs de sangue lá. Por mim, pode queimar.

— Karmoko Thandiwe? — chamo enquanto Lorde Kamanda puxa uma cadeira para mim na cabeceira da mesa, facilmente manobrando em sua própria. — Como está Warthu Bera? Como estão nossas irmãs de sangue?

— Tem certeza de que quer discutir isso agora, Deka? — pergunta gentilmente enquanto o nobre ajeita o meu lugar. Ao meu lado, o garoto silencioso está fazendo o mesmo por Nimita e Katya, enquanto criados nervosos rondam Keita e meus outros amigos, já que estão com muito medo de se aproximar das uivantes mortais.

De vez em quando, o garoto franze a testa para Katya, embora eu não entenda o motivo: ela fez questão de ignorá-lo, virando o rosto sempre que ele a olhava.

— Por que não conversamos amanhã, quando você estiver em um... estado de espírito melhor? — pergunta a karmoko.

Tento respirar para me livrar da risada histérica que borbulha com sua escolha de palavras. *Estado de espírito melhor*. Que maneira de se referir à dor que sinto.

— Amanhã não terá melhorado — digo, balançando a cabeça.

Nem no dia seguinte ou no próximo. Eu não sei como as coisas ficarão melhores. Mas não digo nada disso em voz alta.

— Eu preciso saber agora — exijo.

— Muito bem — diz a karmoko com um suspiro, acenando para Lady Kamanda. A nobre aponta um dedo para seus criados, que rapidamente desaparecem, silenciosos e discretos como sombras.

Karmoko Thandiwe toma um longo gole de seu vinho de palma.

— A situação é catastrófica. — Ela olha para a bebida branca cara por alguns momentos antes de olhar de volta para mim. — Não há outra maneira de dizer: tudo é catastrófico.

“Depois que você derrotou o imperador nas montanhas N’Oyo, o exército hemairano se apressou para tomar a cidade, e a primeira coisa que eles fizeram foi atacar Warthu Bera. Huon, Calderis, eu e a maioria das garotas resistimos, mas houve tantas baixas… tantas…

Ela continua:

— Percebemos rapidamente que precisávamos de medidas mais sutis de resistência se tínhamos alguma esperança de libertar alguém. Então Huon e Calderis fingiram se render, e eu fingi que tinha sido morta.

— Espere, então elas ainda estão lá — sussurro, horrorizada. — Todas as minhas amigas? — Eu já suspeitava disso, mas ouvir a confirmação é pior do que eu poderia imaginar.

Karmoko Thandiwe assente.

— Essa é a verdade.

— E Mehrut? — Adwapa interrompe, agitada. — Ela está bem?

A Karmoko hesita antes de assentir.

— Mais ou menos. Ela era uma das mais fortes. As mais fortes eles sangram pelo ouro, já que não podem correr o risco de que escapem e ajudem as outras. Eles usam as mais fracas para trabalhar nas forjas.

Adwapa murcha, e Asha rapidamente a abraça, sussurrando em seu ouvido.

— Eu não entendo — diz Kweku, franzindo a testa. Ele está sentado na outra ponta da mesa, ao lado de Katya e Nimita. — Por que vocês não foram embora e voltaram com reforços assim que os jatu atacaram? Há campos de treinamento em toda Hemaira. Certamente vocês poderiam ter se unido.

— Nos unido. — Karmoko Thandiwe parece amargamente divertida com a ideia. — Nem todas as karmokos nas casas de treinamento compartilham nosso apoio às alaki, e mesmo que todas nos unίssemos, não seríamos suficientes. Por fim… — Karmoko Thandiwe se vira para ele — o que significa *Warthu Bera*, jovem uruni?

— Casa das mulheres — responde Kweku, confuso. — E daí?

Belcalis revira os olhos.

— O que os homens tendem a fazer quando estão em uma casa cheia de mulheres jovens e bonitas? — pergunta ela incisivamente.

— Ah. — Kweku baixa o olhar, nauseado.

— É por isso, jovem, que não podíamos ir embora — explica Karmoko Thandiwe.

Preciso me esforçar para não ceder ao horror que agita meu estômago agora.

— Então os jatu, eles...

— Não — responde a karmoko. — Não enquanto Huon e Calderis permanecerem lá, garantindo que qualquer homem que faça algo errado nunca mais veja a luz do dia. — Ela se aproxima de mim. — Há meses elas estão entrando nas cavernas, matando os jatu quando podem e assustando-os quando não podem. Elas quase fizeram aqueles tolos supersticiosos acreditarem que Warthu Bera estava amaldiçoado, até que os sacerdotes designaram um novo comandante, Xipil. Ele começou a trancar as cavernas à noite. Por sorte, os homens ainda estão muito assustados para fazer qualquer coisa. Mas é apenas uma questão de tempo até que comecem a testar os limites outra vez.

Mesmo com esse aviso, sinto alívio.

— Então você realmente manteve as garotas seguras durante todo esse tempo.

— Huon e Calderis mantiveram — diz a karmoko — e enquanto faziam isso, eu procurei por lugares para escondê-las; pessoas que pensam da mesma forma para defender nossa causa, já que as libertamos daquele lugar horrível. Foi assim que conheci Maimuna. — Ela sorri com carinho para Lady Kamanda, que sorri de volta.

Mas Belcalis não se impressiona com tanta facilidade. Ela lança um olhar desconfiado para a nobre.

— Por que você nos ajudaria? Você é humana.

— Exatamente.

Quando todos encaramos, confusos, Lady Kamanda continua:

— É exatamente porque sou humana que ajudo. Como posso ver o que está acontecendo e não me compadecer das alaki? Ou de mim? Afinal, o que acontece com a sua espécie acontece com as mulheres humanas também. Você viu a Praça Sanusi, todos aqueles corpos. Não importa o que somos, humanas ou alaki, somos todas mulheres.

— Algumas de nós. — Esta interjeição vem de Karmoko Thandiwe.

Lady Kamanda sorri.

— Algumas de nós — concorda.

Quando olho para Karmoko Thandiwe, confusa, ela explica:

— Não sou nem homem nem mulher. Eu me consideraria mais elu do que ela.

Sabendo tudo que sei sobre a karmoko, faz sentido, então apenas assinto e Lady Kamanda continua:

— Temos que libertar suas irmãs de sangue, Nuru Deka, tirá-las daqui. Para fora de Hemaira. E espero que, um dia, você e suas mães retornem e tomem esta cidade de volta.

Minhas mães. As palavras agitam todas as dúvidas dentro de mim, imediatamente banindo meus pensamentos sobre Karmoko Thandiwe e sua revelação anterior. Toco meu colar ansetha, tentando sentir a presença das deusas, mas está em silêncio de novo. Se eu pudesse entrar em contato com elas… se ao menos eu pudesse aprender mais sobre elas como Anok…

Pisco enquanto meus pensamentos fazem um movimento. O que eu estava pensando mesmo?

Quando olho para cima, Keita está me encarando.

— Você está bem, Deka?

Assinto e observo enquanto Belcalis olha para Lorde Kamanda.

— E você? — pergunta. — Por que nos ajudar?

Ele sorri levemente, não parecendo nem um pouco intimidado pelo olhar dela, que pode ser o mais ameaçador de todo o nosso grupo. Mas ele também não tem medo das uivantes mortais, o que me faz pensar que, apesar de todos os seus sorrisos intensos e palavras etéreas, Lorde Kamanda é um homem cujas profundezas ainda nem começamos a sondar.

— Só porque sou homem não significa que não tenho consciência, criança — diz ele. — Além disso, meu tipo pouco é tolerado. Graças a Maimuna, sou um dos homens mais ricos e poderosos de Hemaira, mas nenhuma quantia de dinheiro ou poder pode apagar o fato de que prefiro a companhia de homens à de mulheres. Agora, todo mundo fecha os olhos, mas se eu cruzar a linha... bem, você entende o que acontece com pessoas como nós, não é?

Belcalis assente brevemente. Ela está muito familiarizada com os horrores que podem acontecer a quem não cumprir os papéis esperados.

— Óbvio que eu ajudaria. Eu tenho um coração, eu sinto. Eu tenho empatia. Sei como é difícil viver em um mundo que não aceita. E por acaso tenho o privilégio de poder jogar dinheiro em qualquer coisa que me aflija. Minha casa e meu dinheiro estão à sua disposição.

Grata, assinto.

— Meus agradecimentos — digo, conseguindo um sorriso quando ele assente.

— Então, qual é o plano? — pergunta Keita, virando-se para Karmoko Thandiwe. — Suponho que você tenha um para libertar Warthu Bera.

Eles assentem.

— É óbvio. E Huon está atualmente coletando mais informações para nós. Mas, você sabe, existem túneis sob Warthu Bera. Os jatu podem ter bloqueado a passagem, mas presumo que você ainda esteja forte como sempre, Britta? — pergunta ela, olhando para minha amiga.

Britta sorri.

— Mais forte, até. — Ela pega uma pedrinha do chão, e sinto o choque rápido de poder passando. Tanto o Lorde quanto Lady Kamanda suspiram quando ela se molda ao formato de uma adaga. — E agora posso comandar a maioria dos elementos de terra, principalmente pedras.

— Que incrível! — Karmoko Thandiwe bate palmas. Ela não parece nem um pouco perturbada com o novo dom de Britta, mas ela nunca foi de se assustar facilmente. — Bem, vamos rever os planos, então? Temos pouco tempo. Os jatu sabem que estão sendo sabotados. Eles pretendem derrotar os sabotadores.

Ela se vira para mim, mas balanço a cabeça: uma onda de cansaço me atinge, tão forte que não consigo me imaginar sentada aqui nem mais um minuto.

— Você pode me atualizar mais tarde sobre o que for decidido? — pergunto, me levantando. — Preciso descansar.

— Sim — concorda Lorde Kamanda, apressadamente se afastando da mesa também. Sua cadeira dourada zune em direção às portas. — Vou te mostrar o quarto.

Keita nos segue também.

— Vou ajudar — diz ele.

Faço que não com a cabeça.

— Não, fique, coma. Discuta.

Keita balança a cabeça.

— Eu não vou deixar você sozinha — diz ele, firme. — Não do jeito que você está. Vou junto.

— Nós também — Asha e Adwapa dizem em uníssono.

— Então por que não descansamos todos? — conclui Lady Kamanda, levantando-se. — Podemos continuar nossas conversas nos próximos dias. Uma missão como a nossa requer um planejamento cuidadoso.

— De fato — concorda Lorde Kamanda, assentindo. — Pedirei aos criados que enviem comida para seus quartos.

— Obrigada — respondo, aliviada, mas quando saio pela porta, percebo algo estranho: Katya está parada atrás de nós, um olhar de desejo em seus olhos enquanto encara aquele garoto silencioso com a mecha branca no cabelo.

Ainda mais estranho, ele a encara também.

21

◈◈◈

Quando desperto, já é o fim da tarde seguinte, e a luz do sol é de um tom alaranjado fraco que entra pelas janelas do meu quarto. Ainda estou exausta, então permaneço na cama enorme, olhando para o colar de minha mãe enquanto Ixa ronca suavemente ao meu lado. Ergo a delicada corrente dourada até a luz, lágrimas fazendo meus olhos arderem quando vejo que é exatamente como eu me lembrava: um fino fio de ouro com o símbolo desbotado do eclipse, os raios transformados em adagas, gravado no orbe dourado refinado que pende dele. Descobri o significado desse símbolo quando estava em Warthu Bera. É o umbra: o emblema dos Sombras, os espiões do ex-imperador Gezo. Desde criança, minha mãe foi treinada como Sombra, praticou as artes deles até seu sangue correr dourado aos dezesseis anos e Mãos Brancas a aceitar como assistente, protegendo-a de ser descoberta.

Uma vida tão extraordinária e, no entanto, este colar é tudo o que resta dela… de ambos os meus pais biológicos. Eles saíram deste mundo tão facilmente quanto uma brisa, deixando apenas eu e alguns outros como lembrança. Pensar nisso faz aquele peso terrível esmagar meu peito e, de repente, fica difícil respirar. Meus ombros se erguem, meus pulmões lutam pelo ar. Eu mal ouço as batidas na porta até Keita entrar correndo, alarmado com os sons que estou fazendo.

— Está tudo bem, está tudo bem — sussurra, seus braços rapidamente me envolvendo. — Inspire e expire, Deka, inspire e expire devagar.

Ele demonstra, uma respiração lenta após a outra, e eu o imito, tentando levar ar suficiente para meus pulmões.

— Isso, desse jeito — diz ele enquanto as lágrimas escorrem pelo meu rosto como pequenos rios.

Com raiva, eu as limpo, enojada de mim mesma. Por que ainda estou chorando? Eu deveria acordar já tendo aceitado a morte de meu pai, e eu nem deveria mais pensar na de minha mãe. Já lidei com isso duas vezes: primeiro, quando estava em Irfut e pensei que ela tinha morrido de varíola vermelha, e depois quando descobri a verdade, que ela fingiu a própria morte para garantir que eu fosse resgatada antes de passar pelo Ritual da Pureza, mas foi descoberta pelos jatu e condenada ao Mandato de Morte.

— Nem sei por que estou chorando — fungo, me virando para Keita. — Eu já o perdi uma vez. É só que... ele se desculpou, Keita. Ele disse que me amava, que estava arrependido pelo que fez. Ele disse que estava arrependido... — Estou soluçando agora, chorando muito. — Sei que ainda tenho quatro mães, mas eu...

Keita apoia minha cabeça em seu ombro. O calor dele penetra na minha pele, afastando um pouco daquele sentimento sufocado e desesperado.

— As deusas podem ser suas mães, mas elas não te seguraram nos braços quando você era bebê, nem beijaram seu joelho arranhado depois de uma queda. Elas não podem substituir os pais que você tinha antes, e você não deve esperar isso delas.

Assinto, entristecida. Eu já sabia disso, mas minhas emoções não são tão facilmente convencidas. É como se eu tivesse perdido o controle sobre elas, como se eu estivesse naquele oceano de dor, assim como Britta disse. Toda vez que penso que estou bem, outra onda vem e me puxa para baixo.

— O pior é a raiva — confesso. — A raiva de mim mesma. Eu não os valorizava quando estavam vivos, principalmente meu pai. Todo esse tempo eu o odiei, e por quê?

Keita bufa.

— Por ter te decapitado.

Ele ergue meu queixo e eu o olho.

— Eu sei que você quer se lembrar dele com carinho, mas você não pode esquecer que ele te abandonou quando você mais precisava. Ele não só te deixou naquele porão para morrer; ele mesmo te matou uma vez.

Meu pai no porão, empunhando aquela espada.

— Algumas desculpas não podem apagar tudo isso.

Dou de ombros.

— Eu sou imortal. O que são algumas decapitações entre a família?

Keita não ri da minha piada. Seus olhos permanecem tão sérios como sempre.

— Seu pai era muitas coisas, Deka. Amoroso e compassivo, sim. Mas ele também era frio e cruel. Ambas as partes dele podem ser verdadeiras. Por mais que você queira se lembrar da parte boa, eu quero que você também se lembre da parte ruim. Ele te machucou. Teria continuado a te machucar se você deixasse.

— Eu sei disso, mas... o que eu faço com toda essa raiva? — Tranco a mandíbula enquanto outra lágrima desliza pelo meu rosto.

Desde que fui presa naquele porão, a raiva está aqui, fervendo sob a superfície, mas mudou desde os eventos da noite passada. Ficou fria. Afiada. Antes de ontem, era o combustível que eu usava para sobreviver, para seguir em frente. Agora, parece uma adaga, pronta para me cortar em tiras. Para me transformar em algo cruel e aterrorizante, se eu deixar.

— Como faço parar? — sussurro. — Estou com tanta raiva agora. Estou com tanta raiva dele. Com raiva do que ele fez comigo.

Keita suspira.

— Deka... quando meus pais morreram, fiquei assim por meses. Anos. Eu estava com raiva; tanta raiva o tempo todo. Era esse... peso, em cima do meu peito. Eu me forçava a me empenhar mais nas lutas, em matar mais brutalmente. Derramar mais sangue. Gastei todos aqueles anos matando uivantes mortais, e sabe o que aconteceu?

Olho para ele.

— O quê?

— Eu me tornei o vilão.

— Keita, não, você não é...

— Não sou? — Keita se endireita. — Você sabe como todas as uivantes mortais ficam longe de mim. Como elas sempre me observam como se eu não fosse confiável com a espada em mãos. E não as culpo. Eu tentei tanto, mas sei que quando elas me olham, tudo o que veem é o sangue manchando minhas mãos. O sangue das irmãs delas, de suas irmãs.

— Ah, Keita — digo, abraçando-o mais ainda. — Eu entendo. Sei como é ter que se provar.

Ele se afasta, balançando a cabeça.

— Você não tem que simpatizar comigo. Você não tem que se esforçar para me fazer sentir melhor.

— Então o que posso...

— Você pode lidar com seus próprios problemas, sua própria raiva. — Ele torce o nariz como se estivesse pensando, então continua. — É uma emoção útil, a raiva. Isso é o que nossos comandantes sempre costumavam nos dizer. A raiva avisa que as coisas precisam mudar. O problema é que, se você permanecer nesse estado, ela te devora. Confunde sua mente e o transforma em um instrumento para aqueles que querem fazer o mal. Você tem que deixá-la sair de alguma forma. Precisa ter uma liberação adequada para sua dor.

Eu apenas olho para ele. Temos só um ano de diferença, mas às vezes parece mais um século. Keita é muito mais maduro, mais centrado, mais determinado. Ele também teve suas próprias tragédias, a família inteira massacrada, os anos como caçador de uivantes mortais, mas de alguma forma ele consegue manter sua natureza quieta e serena.

Ou talvez seja mais fácil para mim pensar assim.

Me afasto, lembrando agora de todas as vezes que o vi exausto; derrotado. Todas as vezes que eu vi as uivantes mortais evitando ele, mas nunca procurei saber. Só porque Keita é quieto e pensativo não significa que ele não esteja sentindo dor. E preciso estar mais atenta a isso quando falar com ele.

— Keita… ontem, quando te deixei debaixo daquela cesta para ir resgatar meu pai, eu…

Ele balança a cabeça, os olhos dourados quase parecendo brilhar na escuridão da tarde.

— Teremos tempo para falar disso — diz ele. — E não se engane, vamos falar disso, porque você não pode me deixar de fora assim, principalmente na situação em que estávamos. Mas não agora, quando você está de luto. Você precisa sofrer por seus pais, Deka. Você precisa lamentar por sua vida passada. Eu e os outros falamos sobre isso hoje no café da manhã. Como podemos liberar sua dor?

Penso no assunto.

— Quando pensamos que Katya tinha morrido, fizemos um funeral — digo.

Keita assente.

— Então faremos um funeral para seu pai.

— E para Elfriede.

Não podemos esquecê-la. Mesmo depois do que ela se tornou.

Keita assente outra vez, suspirando.

— E para Elfriede.

Mais tarde, realizamos o funeral de meu pai e Elfriede em um dos muitos jardins dos Kamandas. É um evento silencioso e improvisado: acendemos uma fogueira em sua homenagem e depois fazemos flutuar algumas lanternas de papel representando seus corpos mortais no lago. Enquanto elas mergulham na escuridão, entoo um discurso fúnebre que fiz pela metade, e Ixa emite um uivo baixo que de alguma forma traduz toda a minha dor. Keita e Britta me abraçam quando caio de joelhos e choro como se meu coração fosse se partir. O tempo todo, Lady Kamanda, Lorde Kamanda, Karmoko Thandiwe e o garoto observaram de um terraço próximo, testemunhas silenciosas e respeitosas.

Quando termina, me sinto muito melhor. Mais leve, de alguma forma. É como se um peso tivesse sido tirado das minhas costas, mas sei que é apenas minha ânsia de deixar meus sentimentos para trás. É como Britta disse: a dor é um oceano. Mas já estou desesperada para que esse oceano encontre seu fim.

Uma sombra alta cai sobre mim enquanto caminhamos de volta para nossos quartos.

— Este é o colar da sua mãe? — pergunta Katya, olhando para o colar na minha mão. Eu tinha contado a ela antes, quando entramos pela primeira vez em Warthu Bera e estávamos compartilhando como eram nossas vidas em nossas aldeias e cidades.

Assinto.

— Vou usar de novo, é algo para me lembrar dela. Para lembrar dos dois.

Quase pensei em atirá-lo nas chamas, como uma forma de simbolizar a reunião de meus pais, mas decidi não fazer. Onde quer que meus pais estejam, eles já fizeram as pazes um com o outro. Sou eu quem ainda precisa de sinais de sua existência, lembretes para mostrar que já estiveram vivos.

— Isso é bom — diz Katya. — É bom guardar as boas lembranças do passado. Queria poder fazer isso. — Ela olha para a frente com anseio, onde o garoto silencioso, Rian, está mais uma vez liderando o grupo.

Keita me contou da identidade dele esta tarde, embora eu já suspeitasse pelo jeito que ela o olhou na noite passada. Rian é o noivo de quem ela nos falou tantas vezes em Warthu Bera, o garoto que tentou impedir os jatu de levá-la quando ela se revelou impura; aquele cujo nome foi a última palavra em seus lábios antes de ela morrer a sua morte final. Só ele a faria agir da maneira estranha como ela tem feito desde ontem.

— Por que você não diz a ele quem você é? — pergunto.

— Dizer a quem?

— Não se faça de boba — respondo. — Você sabe de quem estou falando.

Quando olha de novo para Rian, Katya para, em seguida olhando para suas mãos. Ela aperta as garras nas palmas das mãos com tanta força que o sangue jorra delas. Ela inspira, trêmula.

— Eu sou um monstro, Deka — sussurra, mostrando as garras ensanguentadas para mim. — Quero dizer, olhe para isso. Eu não poderia nem segurá-lo mais se quisesse. Eu provavelmente o machucaria. E nem consigo mais falar com ele; nós falamos línguas diferentes agora.

Fico com pena enquanto absorvo a verdade de suas palavras. Como uma uivante mortal, Katya não pode se comunicar com a maioria dos humanos comuns. Na verdade, a única razão pela qual Keita e os outros uruni a entendem é porque eles estão tão acostumados com os diferentes grunhidos de uivantes mortais, assim como a linguagem de batalha que costumam usar, que se tornaram quase fluentes no idioma de nossas irmãs de sangue ressuscitadas.

Eu estendo a mão, entrelaço meus dedos nos dela, meus olhos se arregalando enquanto as memórias surgem: Katya e Rian brincando na floresta juntos. Katya e Rian se beijando pela primeira vez no lago.

Ele me ama, Katya/eu penso, feliz. *Rian me ama, me ama mesmo. Pode haver algo mais maravilhoso do que isso?*

— Deka?

A voz de Katya dispersa as memórias, me puxando de volta para o corredor onde minha mão ainda está entrelaçada na dela.

— Deka? — repete ela.

Há um tremor em sua voz.

Me forço a afastar a última das lembranças e olho em seus olhos, que agora estão cheios de lágrimas. Ela está muito aflita.

— Você ainda é você — digo baixinho, apertando sua mão. Ainda há sangue nela, mas nenhuma de nós se importa. — Não importa sua aparência, você ainda é você. E se Rian te amou do jeito que você sempre diz, ele ainda vai te amar agora.

Ansiosa, Katya olha para ele.

— Deka — sussurra, incerta.

— Ele veio até Hemaira por você. De alguma forma, ele encontrou o caminho até Karmoko Thandiwe e, juntos, eles encontraram o caminho até aqui. O que é isso, se não o destino se movendo a seu favor?

Katya cutuca as penas acima da orelha esquerda, um hábito ansioso da época em que ela era alaki.

— Você acha mesmo que eu deveria contar a ele? — pergunta ela.

Não me dou ao trabalho de responder. Em vez disso, dou um passo para o lado e olho para trás dela, de onde Rian se aproxima rapidamente. O corpo dele estremece de emoção enquanto ele a observa puxar as penas, um gesto imediatamente reconhecível por qualquer um que a conheça.

— Katya? — sussurra ele. — É você, não é, Katya?

Cada músculo do corpo de Katya parece tenso quando ela se vira para encará-lo e, por um momento, tenho medo de que ela fuja. Então, devagar e hesitantemente, ela assente.

— Katya! — Rian arfa, correndo para ela. — Eu estava com medo de nunca mais ver você. — Enquanto ela o olha, seu corpo ainda paralisado pela incerteza, ele a abraça com toda a força que tem. — Katya, Katya — diz ele, chorando. — Eu sabia que era você. Eu te reconheceria em qualquer lugar, meu amor.

Assisto a cena, meu próprio coração desabrochando, até que uma mão de repente puxa a minha.

— Vamos — sussurra Britta, me puxando na direção do meu quarto. — Vamos dar espaço a eles para se acertarem.

— Um amor assim transcende tudo — Adwapa repete baixinho, sem dúvida pensando em seu próprio amor. — Se ele veio do Norte procurando por ela, tenho certeza de que encontrará uma maneira de se comunicar.

— Agora vamos. — Britta me arrasta.

Assim que entramos no meu quarto, eu caio na cama, exausta demais. Entre o funeral, o repentino reencontro de Katya e as estranhas lembranças que acabei vivenciando, perdi até a última gota de energia que tinha. Então apenas fico ali, tentando recuperar minha força.

Enfim, depois de alguns momentos, me dirijo às outras.

— Tenho algo para contar.

— É um novo desastre? — pergunta Britta, caindo ao meu lado. — Tudo é um desastre hoje em dia.

— As mães estão mentindo para nós.

— Você já nos disse isso. — Belcalis bufa. Quando me viro, ela explica: — Parece que todo dia a gente descobre uma nova mentira. — Ela conta nas mãos. — Primeiro, elas dizem que são as únicas deusas, mas acontece que há outro que pode se comunicar conosco. E elas nos enviaram nesta missão, só que estão escondendo o verdadeiro motivo.

— E elas dizem que querem igualdade para todos, e mesmo assim todas as generais são mulheres; não há espaço para homens, yandau ou qualquer outra pessoa. — Quando todas olhamos para Britta, surpresas com o comentário, ela fica vermelha como um tomate. — Quê? Eu só tenho observado tudo. E também percebi — ela acrescenta, virando-se para mim — que elas dizem que você é a filha amada delas e ainda assim tratam você como pouco mais que um animal de estimação.

Adwapa ergue um dedo triunfante.

— Isso! Exatamente isso!

— Eu não sou o animal de estimação delas. — Olho para elas, assustada. — Não sou.

Belcalis coloca uma mão gentil no meu colo.

— Então por que ainda estamos aqui? Pode ser que o angoro nem exista, e Idugu é um deus, reinos acima de nós. Por que ainda estamos aqui?

Eu me viro para ela, franzindo a testa.

— Estamos aqui para resgatar nossos amigos e depois descobrir mais sobre Idugu e o angoro antes de seguirmos em frente.

— E depois?

Eu pisco.

— E depois o quê?

— Digamos, por exemplo, que o angoro exista e você o encontre. O que vai fazer com ele?

— Devolver para as mães — respondo imediatamente.

— Mas e se não for delas? — questiona Britta.

— Como assim? — pergunto, perplexa.

Belcalis suspira.

— Deka, se as Douradas são deusas e fizeram objetos arcanos, é lógico que Idugu pode fazer também. Elas podem estar tentando roubar o angoro dele, e usando você para isso.

Eu me levanto, subitamente incapaz de continuar sentada. Meu corpo parece instável, quase em pânico. Me esforço para continuar respirando.

— Você não deveria dizer essas coisas — repreendo. — E se as mães estiverem observando, e se elas...

— Elas não estão — afirma Belcalis, calma. — Elas não estão aqui.

Eu pisco.

— Mas...

— Quando foi a última vez que você as sentiu, Deka? — pergunta. Enquanto pestanejo, pensando, ela continua: — Você não as sente porque elas não estão aqui. Elas não têm poder aqui. Apenas Idugu tem. Estamos no reino dele agora.

Reino dele... As palavras me sacodem e eu volto a me sentar, meu corpo tremendo com uma energia estranha e nervosa. De repente, estou pensando em tudo que aprendi nos últimos dias: a existência de Idugu, uivantes mortais do sexo masculino, a ressurreição dos jatu, Mãos Brancas e as memórias de Melanis, e até o fato de que posso ver as memórias dos outros. Reconheço agora o que aconteceu quando toquei a mão de Katya. Foi a mesma coisa que aconteceu quando toquei a lágrima de Melanis. Mergulhei em suas memórias.

E ainda assim as mães me disseram que eu não podia. Assim como me disseram, e a todas as outras, que quase todas as coisas que testemunhamos no dia anterior não eram possíveis.

Mas por que mentir para nós? Por que mentir para mim? Isso é o que ainda não entendo. Eu sou a Nuru, filha delas. Carne de sua carne, sangue de seu sangue. Eu entendo por que elas escondem coisas das outras, mas de mim? Isso não entendo.

— Eu tenho uma pergunta para você, Deka — anuncia Britta. — Só uma última pergunta, e se você disser sim, vou calar minha boca e vou deixar tudo para lá.

Me viro para ela.

— O quê?

Ela me olha, séria.

— Se você falhar em encontrar o angoro ou parar Idugu, você acha que seria bem-vinda de volta em Abeya?

Franzo a testa.

— Óbvio que eu…

As palavras morrem em minha boca quando penso nas poderosas nuvens cinzentas de tempestade anunciando a raiva de Hui Li, os ventos suspirantes da decepção de Beda, as névoas furtivas e rastejantes da condenação de Etzli. De todas as mães, apenas Anok, acho, me daria tapinhas nas costas por tentar. O resto me deixaria sentir o peso de sua ira de diferentes maneiras.

Britta assente, seus olhos tristes quando vê que entendi.

— E é exatamente isso que estamos tentando dizer. Mães, boas mães, Deka, te apoiam sempre, mesmo quando você falha. Mas suspeito que depois de tudo o que aconteceu com você, se acostumou tanto ao abuso que vai aceitar qualquer coisa que se assemelhe a uma mãe, mesmo sabendo que não é.

Eu me deixo cair no colchão, sem fôlego, e de repente não consigo mais respirar. O colar ansetha está tão apertado em volta do meu pescoço que é quase como uma coleira me enforcando. Eu o arranho.

— Tire isso de mim — sussurro. Então começo a arranhar freneticamente. — Tire de mim, tire isso de mim!

— Tudo bem, tudo bem! — Britta se apressa, me ajudando a arrancar o colar do pescoço, e eu o arremesso no chão.

Assim que sai, consigo respirar. Meu peito fica mais leve, como se um peso tivesse sido tirado dele.

Enquanto respiro, tentando recuperar o equilíbrio, Britta pega o colar e franze a testa para ele.

— Que estranho — diz ela, avaliando seu peso. — Foi sempre tão... pesado assim?

Assinto. Eu tinha me acostumado com o peso.

— É o icor. Anok me disse que o colar contém o sangue de cada uma delas. Espera... — *Sangue de cada uma delas*... As palavras estimulam algo dentro de mim: memórias. A gota de sangue que toquei na lágrima de Melanis. As manchas de sangue que foram transferidas da mão de Katya para a minha quando eu as segurei.

— Onde está a resposta, Deka? — pergunta.

— Está no sangue — respondo.

Mais memórias vêm à tona: o modo como Anok garantiu que tivéssemos nossa conversa onde ninguém mais ouviria. A urgência em seu aviso para que eu me lembrasse de tudo o que falou. A maneira como seus olhos me sugaram e o esquecimento depois... Anok interferiu em minhas memórias, isso é óbvio, mas quanto mais me lembro, mais tenho certeza: ela não fez isso por maldade. É estranho, mas quase parecia que ela estava tentando me proteger.

Olho para as outras.

— Anok alterou minhas memórias — afirmo, meus pensamentos ainda distantes enquanto tento juntar tudo.

— Quê? Quando? — Britta arfa, preocupada.

— Logo antes de virmos. Ela estava tentando me avisar, acho. Ela me disse que a resposta estava no sangue, e agora mesmo, vi as memórias de Katya quando toquei seu sangue.

— Mas as mães disseram que era por causa da ansetha — reflete Belcalis. — Por que elas não querem que você saiba que pode fazer isso?

— Porque são mentirosas — diz Britta.

— Mentirosas que estão rastejando na sua cabeça — acrescenta Adwapa, a imagem me fazendo estremecer.

Já tenho tantos problemas com minha mente, minhas memórias. E agora a ideia de que as Douradas possam ter manipulado meus pensamentos…

Meu estômago embrulha.

— Tem certeza que foi a única vez que elas fizeram isso? — pergunta Belcalis.

Baixo o olhar.

— Acho que sim. Mas não posso ter certeza, posso? — A ideia me deixa nervosa. E se as deusas estiveram interferindo nas minhas memórias durante todo esse tempo? E se todas as coisas que acho que são verdade não são? Eu nasci mesmo em Irfut? Eu passei por todas as coisas que acho que passei?

— Acho que vou vomitar — digo.

— Bem, antes que você vomite de novo — diz Asha apressadamente —, tenho uma pergunta. Por que elas teriam certeza de que você nunca descobriria a verdade sobre isso, o lance das memórias? Quero dizer, você está perto de sangue o tempo todo. Como elas poderiam ter certeza de que você nunca faria isso de novo?

Olho para o colar ansetha, pensando. Então me dou conta.

— Eu estou sempre usando isto — arfo —, mas assim que o tirei… — Olho para as outras, horrorizada. — Vocês não acham…

— Que elas estão usando este colar para controlar você? — Belcalis pega o colar e o encara com a mesma hostilidade que faria com uma cobra venenosa. — É bem provável. Quero dizer, no momento em que Idugu apareceu, você começou a mudar as portas e tal.

— Você quer dizer o kaduth — Britta corrige. Quando todas nós a olhamos, ela diz: — Suas habilidades começaram a aumentar quando você foi exposta pela primeira vez ao kaduth em Oyomosin. E pensando bem, aquele símbolo estava por todo o Grande Templo. — Ela dá um pulo. — E se o kaduth não só enfraquecer seus poderes, mas também enfraquecer o das mães? E se enfraquecer o domínio delas sobre você?

Olho para o colar, pensando.

— Só há uma maneira de descobrir. Temos que colocar as mãos em um kaduth.

— Sorte nossa estarmos indo exatamente para onde eles estão sendo feitos — brinca Asha.

— Como é? — Franzo a testa.

— O Warthu Bera — explica Britta. — Karmoko Thandiwe nos disse que é isso que as irmãs de sangue estão sendo forçadas a fazer lá, armaduras infernais com kaduths.

— Temos que ir para lá o mais rápido possível — digo, me levantando de novo, mas Britta coloca a mão no meu ombro.

— Por que você não descansa um pouco, deixa suas emoções se acalmarem, Deka? — ela diz baixinho.

Quando a olho, ela explica:

— Você passou por muita coisa ultimamente, e não duvido de você, mas se tiver uma reunião agora, quaisquer decisões que tomar não serão feitas com a razão.

Suspiro.

— Eu sei que não tenho tomado as melhores decisões ultimamente, mas...

— Não, Deka. — Britta balança a cabeça, séria. — Apenas não. Você teve que lidar com muita coisa. Eu sei que você pode estar se sentindo sobrecarregada agora, mas lembre-se, você faz parte de uma família. Uma família intervém quando a alguém não está bem, e Deka, você não está bem. Vamos cuidar das coisas, pelo menos pelo resto do dia. Você come e depois descansa. — A expressão dela é severa.

Por fim, suspiro e assinto.

— Está bem.

— Ótimo. Agora vamos jantar. Mas depois, você vai direto para a cama. Temos uma semana movimentada pela frente.

Enquanto assinto, então percebo algo. O manto de Britta é muito, muito bonito. Muito mais bonito do que ela costuma usar.

— Você está toda arrumada — comento, curiosa. — Ocasião especial?

— Você quer dizer como o funeral a que acabamos de ir? — pergunta ela secamente. Então bufa. — Pare de ser intrometida, Deka. Você vem comer ou não?

Olho para o colar ansetha.

— Acho que vou ficar aqui — digo. — Não estou com muita fome.

— Faça o que quiser — Britta funga, levando todas para fora.

E então estou enfim sozinha com o colar.

22

◈◈◈

Está no sangue... As palavras são sussurradas em minha mente enquanto pego o colar ansetha. Seus milhares de flores entrelaçados brilham na pouca luz da noite, o icor dentro delas parecendo deslizar quase sinuosamente. E mesmo assim... nenhuma memória passa pela minha mente. Nenhum sentimento estranho toma conta de mim. Eu suspiro, olhando para o colar, decepcionada. Sabia que não seria tão simples assim. As Douradas são deusas. Elas não são facilmente decifradas, como os mortais são.

Eu tenho que ir mais fundo.

Com isso em mente, inspiro, rapidamente chegando ao estado de combate profundo até que o colar ansetha reluz tão brilhante quanto o sol do meio-dia em minhas mãos. Mas mesmo assim, nenhuma lembrança surge. Nem mesmo uma pontinha. Rosno, frustrada. Como devo fazer isso funcionar? Como verei as mentes das Douradas se nem sei como começar? Tento me lembrar das duas vezes em que mergulhei na consciência de outra pessoa. Qual era a semelhança em meus encontros com as mentes de Melanis e Katya? Qual era o fio comum que as unia? Ambas estavam sangrando! O sangue delas ainda estava líquido, o que significa que tenho que fazer o icor fluir.

Um pouco trêmula, faço um pequeno corte na palma da mão e espero até que o sangue comece a pingar para pressioná-lo no colar. Um arrepio percorre meu corpo quando o icor imediatamente começa a derreter, o sangue divino deslizando pela minha palma. Um momento passa. Dois...

E então gotas de chuva começam a cair ao meu redor.

Não, não gotas de chuva: orbes dourados, cada um perfeito e divino. As mães em suas formas mais puras. O conhecimento desliza na minha mente tão facilmente quanto água sobre vidro. Eu as vejo reluzindo no ar, as deusas, todas tão perto que eu poderia tocá-las. Mas sei que não devo ousar. Apenas um roçar de dedos seria suficiente para me incinerar, queimar meu corpo até virar cinzas.

Mas eu não tenho corpo... A luz dourada está saindo de mim — no mesmo tom de ouro dos outros orbes, só que este é envolto em escuridão e sombras. Esta é a luz de Anok. O que significa que eu sou ela, e ela sou eu. Ao pensar nisso, uma emoção corre por mim. Está ficando mais fácil agora, essa transição da minha própria mente para as memórias de outra pessoa, a essência mais íntima dela. Ou talvez seja porque Anok me quer em sua mente? Quer que eu veja suas memórias?

Quanto mais penso nisso, mais provável parece. Há uma sensação estranha vibrando entre as mães. Quase uma tristeza. Arrependimento, talvez. Toma conta de mim e, de repente, sou apenas Anok quando uma enorme fenda abre o chão, milhares de figuras minúsculas caindo lá dentro. O horror se despedaça através de nós em explosões alaranjadas ferozes, nuvens se agitando, relâmpagos faiscando.

Então foi isso que fizemos, minhas irmãs e eu. Esta é a atrocidade que cometemos, a razão pela qual nossos filhos agora nos desprezam.

— Não! — grito para elas enquanto mais figuras caem. — Nós não devemos fazer isso!

Mas elas apenas me encaram, determinadas.

— Esse é o nosso único caminho, Anok — entoam elas, seu significado óbvio: elas são uma outra vez, e eu estou sozinha. Forçada a me separar de minhas irmãs por minha própria decisão.

Mas isso não significa que eu não tenha poder. Empurro minha mente adiante, me glorificando quando ela roça o véu, a barreira de estrelas nos separando do outro reino. Galáxias girando juntas, nebulosas explodindo e se contraindo em torno de estrelas azul-púrpura. Está sempre lá, assim como combinamos em todos aqueles períodos anteriores. Ou foram eras? O tempo, tudo gira junto — um piscar de olhos, como dizem os humanos. E, no entanto, o véu ainda está lá, nos separando. Segurando-nos no lugar.

Eu só preciso alcançá-lo.

Falo com minhas irmãs.

— Ouçam — grito. — Há outro caminho!

— Não seremos influenciados por esta — respondem.

De novo, elas são um monólito. Um único organismo. E eu estou separada.

A tristeza me atinge. Estrelas caindo do céu. Mil flores morrendo mortes escuras e cristalinas em um campo. Minhas irmãs estão muito longe agora. Mas eu tenho que puxá-las de volta, pelo bem de todas. Eu empurro meus pensamentos adiante outra vez tão poderosamente que eles atravessam o véu até o outro lado. Para o Outro esperando lá.

— Não! — rugem minhas irmãs. — O que você está fazendo, Anok?

Eu as ignoro enquanto estendo minha mão, prestes a expandir meu poder ao Outro. Ele está sozinho, assim como eu. Separado, assim como eu. Juntos, podemos ser um. Podemos ser ilimitados, como já fomos. Mas quando estendo minha mão, eu sinto a raiva, a malevolência, agitando-se profundamente na escuridão. A insanidade, tão parecida com a das minhas irmãs. O terror aparece dentro de mim em brancos serrilhados, laranjas de revirar o estômago. Vulcões entram em erupção sob a força do meu medo.

Minhas irmãs e eu não somos as únicas que mudaram. O Outro também mudou.

Antes que eu possa recuar, ele já está lá, empurrando o véu.

— Uma Dourada — zomba. — É assim que vocês escolheram se chamar, não é? Eu também tenho um nome. Eu sou o Cruel. Lembre-se sempre disso, Anok. E lembre-se de que não lhe dou mais as boas-vindas. — Ele empurra novamente.

E então a dor me atinge com a força de mil relâmpagos, me tirando de Anok e me enviando de volta ao meu próprio corpo.

Acordo arfando e completamente encharcada de suor, minha mente vacilando. O que foi isso?

Mãos Brancas aparece cedo na manhã seguinte, seu reflexo brilhando acima do riacho onde eu estava praticando abrir uma porta. Ou pelo menos tentando. Não faço ideia de como abrir uma nem de como começar a tentar. A chegada dela é um alívio. Estou acordada desde ontem à noite pensando no que vi das lembranças de Anok. O que exatamente ela e suas irmãs fizeram para se arrependerem? O que era aquela fenda que apareceu no chão? E o Cruel? Eu nem sei por onde começar com ele. A sensação dele era como a de Idugu, só que ele não era. Ele era um ser diferente daquele que encontrei no beco, e ainda de alguma forma semelhante. Poderia haver mais deuses além de Idugu? E como eles estão ligados às mães? Tenho tantas perguntas, tantas coisas que nem consigo começar a entender. As memórias de Anok eram todas tão avassaladoras que a ideia de espiar a mente da deusa novamente me deixa exausta.

Passo a mão no rosto enquanto o reflexo da Primogênita se aproxima.

— Suas memórias foram adulteradas, Mãos Brancas — informo a ela baixinho. — E isso nem é o pior de tudo. Pode haver muito mais deuses que Idugu em Otera.

— E saudações matinais para você também, Deka — responde ela calmamente, a luz do sol da manhã iluminando sua expressão suavemente despreocupada.

Franzo a testa.

— Você não está surpresa.

— Minhas memórias sendo adulteradas sempre foi uma possibilidade. E quanto aos outros deuses... — Ela dá de ombros. — Você tem que estar preparada para essas coisas.

— As mentiras não te irritam? As manipulações?

Mãos Brancas caminha em minha direção, seu reflexo quase parecendo andar na superfície da água, embora eu saiba que é apenas uma ilusão.

— A raiva é uma emoção improdutiva. Eu prefiro a vingança. Fria, linda e perfeita. Além disso, há outra coisa que você não considerou, Deka.

— O quê?

— As mães podem não saber.

Quando eu a encaro, não convencida, Mãos Brancas suspira, de repente parecendo vulnerável. É quase como se ela estivesse tirando sua máscara de poder, permitindo que eu veja a suavidade, a incerteza, por trás dela pela primeira vez.

— Algo aconteceu séculos atrás, algo calamitoso, e ainda assim eu e todas as outras Primogênitas não conseguimos nos lembrar. Acho que as outras nem sabem, e não tenho certeza se as mães sabem também. Estão cansadas demais, tensas demais pelas predações do angoro ou daquele outro deus do qual você falou, Idugu, para lembrar... Mas você é a Nuru: você tem as memórias em seu sangue e, mais importante, você está em Hemaira, onde muitas das respostas estão escondidas, se você souber onde procurar.

De repente, tudo faz sentido.

— É por isso que você não está preocupada que eu fique presa aqui. É por isso que você não está tentando encontrar uma maneira de me apressar a voltar.

— De fato — Mãos Brancas diz simplesmente. — Embora essas não sejam as circunstâncias ideais, você está na posição ideal para classificar o que é verdade ou não. Idugu é realmente um deus comparável às mães? Existem outros? E o que aconteceu há tantos séculos, aquele cataclismo que não consigo lembrar?

Mas agora estou de guarda alta outra vez.

— Isso é como em Warthu Bera, quando você me perguntou quem era a verdadeira ameaça: os uivantes mortais ou o imperador. — Franzo a testa. — Mãos Brancas, o que você está planejando agora? O que você está tentando alcançar?

— A única coisa que eu sempre quis: segurança para minhas irmãs e para mim.

— Mas você está me usando como um peão para conseguir isso.

— Não. — Para minha surpresa, Mãos Brancas se prostra, tocando a testa no chão. — Estou reconhecendo você como uma divindade. Alguém que se importa com a nossa espécie.

A essa altura, o horror transformou meu estômago em pedra.

— Mãos Brancas, não existem outros deuses além das Douradas.

— Então o que é Idugu? E o que você é?

— Eu não tenho poderes divinos...

— ...ainda — diz Mãos Brancas. — Você ainda não tem poderes divinos. Mas você é feita da mesma matéria que as Douradas, e suas habilidades estão crescendo, não estão? Desde que você chegou a Hemaira, elas estão crescendo.

— Como você...

Ela se levanta, apontando para o meu pescoço.

— Onde está seu colar, Deka? Por que você não o está usando mais?

Estou tremendo, minha mente sobrecarregada por todas as coisas que Mãos Brancas está dizendo.

— Eu só o tirei por um tempo, eu...

— Vou fazer uma última pergunta, Deka — diz ela, me interrompendo. — O que eu sou?

— Você é a Primogênita das Douradas — sussurro, irritada.

Um sorriso satisfeito aparece nos lábios de Mãos Brancas.

— Eu percebi que você não disse "filha". — Ela desliza até mim, seus pés nunca tocando a grama. — Me conte quando você começou a saber a verdade sobre mim?

Olho para baixo, desconfortável.

— Não tenho certeza.

— Não? — Ela inclina a cabeça.

Eu suspiro.

— Foi no estado de combate profundo. A primeira vez que usei, vi você. Todas vocês.

Mãos Brancas assente, virando-se para a água. Ela está quase disposta a conversar quando diz:

— Você sabe o que é estranho sobre as mães? Elas dizem que valorizam todos os filhos, mas os que aparentemente nasceram do sexo masculino são menos valorizados. E Idugu, se realmente é um deus, parece favorecer apenas os homens. É como se, para as divindades, a carne em que você nasceu fosse tudo o que importa — reflete.

— Mas você é mulher — digo rapidamente. — Você sempre foi mulher.

— Você sabe disso. Mas entre nossas irmãs, há quem duvide.

— Melanis — afirmo. Agora, entendo por que ela e Mãos Brancas se ignoram, por que se tratam com tanta amargura.

— Melanis — reconhece Mãos Brancas.

Franzo a testa.

— Alguém mais sabe?

— Apenas as outras rainhas da guerra. Mas Amataga está perdida, e Sayuri não se considera mais uma de nós. Então, em todo o mundo, só você, as mães e Melanis sabem.

— E manterei isso entre nós.

— Agradeço — responde Mãos Brancas. Então assente. — Enquanto estiver aqui em Hemaira, Deka, você deve usar seus dons, descobrir tudo o que puder sobre o que aconteceu no passado.

De repente, me lembro do Grande Templo, de todas aquelas esculturas nas paredes; uma cronologia pintada de Otera. Arregalo os olhos. Talvez haja algo lá que explique o que vi quando entrei nas memórias de Anok. Tenho que voltar lá o mais rápido possível.

Volto minha atenção para Mãos Brancas enquanto ela continua:

— Fale com Idugu se precisar. Ele pode tentar enganá-la, esteja preparada para isso. E quando terminar, venha até mim.

Mas não vá até as mães... O subentendimento desliza entre nós, letal em seu silêncio.

— Uma última coisa, Deka: certifique-se de dar nome às coisas. — Quando franzo a testa, confusa, ela explica: — Os nomes são o que dão poder às coisas. Até deuses. — Ela se aproxima. — Por exemplo, se eu te chamar de deusa, então você é uma. Nunca esqueça isso.

Engulo em seco, nervosa até mesmo com a implicação disso.

— Vou tentar, Karmoko.

Mãos Brancas assente.

— Vou voltar agora. Como você sabe, usar minhas manoplas requer energia. Conversaremos de novo, Deka. Mantenha-se viva até lá.

— Vou tentar não morrer — digo, meus pensamentos ainda em turbilhão. — Você faça o mesmo.

— Farei — diz Mãos Brancas.

Então ela se vai. E eu fico ali parada, pensando em tudo o que foi dito.

23

◈◈◈

A viagem até Warthu Bera leva muito mais tempo do que eu gostaria, principalmente porque passo a maior parte do tempo pensando em minha conversa com Mãos Brancas, em todas as coisas que ela confessou. Qual foi exatamente a calamidade que aconteceu há todos esses séculos? Foi o que vi nas memórias de Anok? Sobretudo, as Douradas se esqueceram mesmo, como todas as Primogênitas, ou estão apenas fingindo, assim como, talvez, estão fingindo ser nossas benfeitoras? Pior ainda são as palavras de Mãos Brancas, as implicações dela. Se eu te chamar de deusa, então você é uma. O pensamento me faz arrepiar. Não contei a nenhum dos meus amigos a respeito dessa parte da nossa conversa, nem pretendo. O conceito de divindade é grande demais, terrível demais para ser absorvido. Todos os deuses que vi até agora são seres imperfeitos e distantes, muito diferentes das pessoas que os adoram. Até as mães às vezes parecem estranhas, como criaturas que nunca consigo compreender de verdade. E elas constantemente exigem adoração, constantemente exigem orações para alimentar seu poder. Não tenho vontade de ser uma deusa, nem mesmo de pensar nesse assunto. Dessa forma, permaneço em silêncio enquanto continuamos nossa jornada, que, para meu desgosto, acontece por terra desta vez, pois os jatu estão subindo e descendo os rios e lagos de Hemaira nos últimos três dias, procurando por qualquer sinal de nós.

Felizmente, temos a frota pessoal de carruagens de Lady Kamanda e as estamos usando para atravessar as ruas e pontes lotadas da cidade.

Com certeza é um movimento ousado: Warthu Bera fica no outro extremo da cidade, e usar as estradas aumenta nossa jornada para dois dias em vez de apenas um, sem mencionar o fato de os zerizards de plumagem colorida que puxam nossas carruagens ficarem abrindo as asas quando os transeuntes param, boquiabertos. Ainda assim, é um risco muito menor do que usar um dos barcos de Lady Kamanda.

— Ninguém jamais esperaria que uma das famílias mais ricas da cidade estivesse transportando fugitivos — sussurra Lady Kamanda, presunçosa, em meu ouvido enquanto passamos por um posto de controle dos jatu perto das Lágrimas de Oyomo, a colossal cachoeira nos limites da cidade.

Assinto, voltando minha atenção para Belcalis e Britta, que estão sentadas no banco oposto de nossa carruagem, seus corpos cobertos pelas mesmas vestes e máscaras elaboradas que o eu. Estamos fingindo ser as assistentes pessoais do Lorde e da Lady Kamanda, que, como a maioria dos nobres de seu nível, precisam de uma comitiva considerável para viagens. Keita e os outros uruni compartilham a maior carruagem com Lorde Kamanda, enquanto Katya e Rian ocupam outra, assim como Nimita. Karmoko Thandiwe está montando um cavalo na frente do comboio, disfarçada como um dos guardas pessoais dos Kamandas.

— Muito bem — digo a eles quando já estamos distantes do posto de controle. — Fechem os olhos. — Quando eles obedecem, continuo a lição que tenho dado sobre como aproveitar as habilidades: — Imaginem que há um rio de luz branca percorrendo seus corpos — instruo. — Encontrem a corrente mais forte e tirem dela.

Não fico surpresa quando Belcalis, apesar de ser incapaz de usar o estado de combate profundo para se proteger, imediatamente faz o que mandei. Ela desenvolveu um controle rígido sobre si mesma nos últimos meses, e faz sentido que o controle se estenda ao seu estado de combate também. Observo, fascinada, enquanto ela mentalmente toca dentro de si mesma e puxa o fino fio de energia, as bordas cintilando em um branco ainda mais brilhante que o restante da energia que flui dentro dela. Todos os seus movimentos são calmos, controlados, precisos… ao contrário de Britta.

Olho para Britta, horrorizada, quando sinto a energia surgindo dentro dela e sendo puxada em direção à pedrinha que ela tem na mão fechada.

— Não, Britta, não tanto assim! — arfo, mas antes mesmo que as palavras saiam da minha boca, a energia que saiu dela explode a pedrinha.

Tenho apenas alguns segundos para cobrir os corpos de Lady Kamanda e Ixa com o meu antes que todo o interior da carruagem seja salpicado de pequenos cacos. Quando me afasto deles, pequenos pontinhos de ouro brotando dos cacos nas minhas costas, Britta está afundada em seu assento, inconsciente.

Dou uma rápida olhada na Lady para garantir que ela está bem antes de correr para a minha amiga.

— Britta! Britta! — Eu a sacudo, mas não há resposta.

Ela está desmaiada, a maior parte da energia drenada dela. Vai demorar alguns minutos até que acorde. Mas provavelmente é melhor assim, já que Lady Kamanda agora parece muito fraca.

— Bem — diz ela. — Isso foi… inesperado.

— Desculpe — digo rapidamente, olhando para ela. — Eu não esperava que ela perdesse o controle tão facilmente. Eu deveria ter previsto isso.

Afinal de contas, é exatamente o que eu fiz durante minha primeira aula com Mãos Brancas.

— Não se preocupe, honrada Nuru — diz Lady Kamanda responde, limpando suas vestes. — Estou ilesa. Embora ache que eu deveria ficar em outra de minhas carruagens enquanto vocês três praticam suas… artes.

— Isso — concordo, assentindo enquanto ela puxa a campainha ao lado da carruagem para sinalizar o motorista.

Ele a deixa sair da carruagem e, alguns segundos depois, Li, agora envolto nas vestes opulentas de um nobre, entra.

— Nós trocamos de lugar — anuncia ele, sorrindo.

Isto é, até que veja Britta.

— Britta! Britta! — grita, agarrando-a. Quando ela não responde, ele se vira para mim, furioso. — O que você fez?

— Nada — respondo logo. — Ela só usou muita energia durante a nossa aula. Por que você está tão... Ah...

Meus olhos se arregalam quando me lembro de como Britta corou e se inquietou quando a questionei na carroça em Zhúshān; como ela e Li se apertaram juntos naquela multidão mesmo quando não precisavam; como ela tem usado o cabelo e as roupas de forma diferente desde que ele voltou. Agora que penso no assunto, eles se tornaram muito mais próximos nos últimos meses. Eles não implicam um com o outro tão constantemente quanto antes e estão sempre juntos agora, correndo para todos os cantos.

Como eu não percebi antes? Li e Britta estão se tornando namorados, isso se já não são.

— *Ah*? *Ah* o quê?

Enquanto absorvo tudo isso, Belcalis se vira para mim, o ouro deixando seus braços e rosto; ela se blindou instintivamente durante a explosão acidental de Britta, embora o ouro esteja no máximo salpicado. Vamos ter que trabalhar para chegar à armadura completa.

— *Ah* o quê? — repete ela, olhando de mim para Li, desconfiada.

— Nada — respondo, tentando ignorar o rubor subindo pelo rosto de Li. — Vamos continuar. Quero que você tenha pelo menos um domínio do básico antes de chegarmos em Warthu Bera.

Belcalis continua olhando de mim para Li, não convencida. Finalmente, ela funga.

— Desde que não tenha a ver com nossa segurança, não é da minha conta. Continue, Deka. — Ela faz um gesto de desdém autoritário.

Entro mais fundo no estado de combate.

— Muito bem — digo, deixando o poder tomar conta de mim. — Vamos começar de onde paramos.

◈

As primeiras estrelas estão brilhando no céu na noite seguinte quando Lady Kamanda nos deixa a uma curta distância da base da colina que apoia o lado esquerdo de Warthu Bera. Para minha surpresa, uma favela surgiu ali. As laterais e os fundos de Warthu Bera nunca tinham nada, exceto árvores como medida preventiva. Agora, no entanto, há fileiras e mais fileiras de casinhas de barro e esterco construídas às pressas que se estendem até o horizonte, todas tão coladas que mal há espaço para se espremer entre elas. Homens em túnicas grosseiras se reúnem ao redor de fogueiras brilhantes, comendo espetos de carne assada enquanto a fumaça de seus cachimbos encobrindo o ar sufocante da noite. Felizmente, seus olhos estão muito fixos na procissão da Lady Kamanda para notar que nos esgueiramos pela colina até o matagal nos fundos de Warthu Bera, onde fica a entrada para as cavernas.

Assim que me aproximo daquelas familiares paredes vermelhas, tão altas que parecem tocar o céu, sou preenchida por uma sensação estranha e agridoce que aumenta com a tensão que aperta meus músculos.

Deka?, pergunta Ixa, enrolando-se mais no meu pescoço em sua forma de gatinho.

— Lar — sussurra Britta, uma resposta involuntária à pergunta dele.

Eu assinto, estendo a mão para apertar a dela.

— Lar, onde nossa família está… nossas irmãs de sangue…

— Nossos irmãos — acrescenta Keita baixinho, pegando minha outra mão. Ele olha para mim. — Eles vão ficar bem — afirma, embora eu não tenha certeza se ele está dizendo isso para me tranquilizar ou a si próprio.

Karmoko Thandiwe não ouviu nada de seus contatos em Warthu Bera nos últimos dias, então não temos ideia do que nos espera além das muralhas. Um medo muito habitual surge na minha mente, mas eu respiro até que passe. Estamos aqui. Temos um plano. Podemos fazer isso.

Os arbustos farfalham quando a karmoko se aproxima de nós, Katya e Rian ao seu lado, como sempre. O trio parece grudado agora, embora, para ser sincera, são Katya e Rian que seguem um ao outro em todos os lugares. Quando Adwapa olha para o casal com uma expressão de saudade nos olhos, eu me aproximo e a abraço com força.

— Vai ficar tudo bem — sussurro. — Mehrut estará segura.

Adwapa assente, mas posso sentir a tensão em seus músculos.

Karmoko Thandiwe afasta um arbusto em uma seção da muralha, revelando um portão de metal levemente enferrujado, uma entrada para as cavernas que só elu e as outras karmokos conhecem. Quando abre com a chave grande e também enferrujada que guarda escondida sob suas vestes, se volta para nós.

— Vocês devem se preparar — diz elu. — O que quer que esteja do outro lado deste portão, devemos conquistá-la, entenderam?

Todos assentimos

— "Nós, que estamos *mortas*, te saudamos" — incita elu.

Olhando para os outros, acrescento:

— Viver para sempre.

— Viver na vitória — eles respondem, nosso novo lema de batalha.

Quando karmoko olha para nós, em choque, dou de ombros.

— Nós somos alaki — afirmo. — Somos imortais. — Enquanto os outros assentem, me volto para o portão. — Vamos?

Karmoko Thandiwe assente, pegando a tocha que espera dentro das cavernas e acendendo-a com uma pederneira.

— Ao contrário de vocês — comenta elu —, nós humanos realmente precisamos de luz para ver no escuro.

— Nós também — acrescenta Kweku, erguendo um dedo.

Karmoko assente enquanto eles entram. Eu rapidamente sigo, e então sou engolida pela escuridão.

Está escuro nos túneis, e tão mofado que a podridão parece entrar nas minhas narinas com dedos cheios de teias de aranha.

Britta solta um suspiro.

— Por que tem o cheiro de algo morto aqui embaixo?

Karmoko Thandiwe indica o grupo de esqueletos espalhados ao longo de uma das laterais do túnel.

— Ah — responde Britta.

Karmoko nos conduz pelo corredor até que, enfim, para diante de uma pesada porta de madeira, que tilinta com correntes quando elu sacode a fechadura, que está derretida, assim como as dobradiças da porta, noto quando as olho mais de perto. Eu não ficaria surpresa em encontrar uma parede de pedra atrás da porta, já que tomaram tantas precauções para mantê-la selada.

— E esse — bufa Karmoko Thandiwe — é o motivo de eu não conseguir voltar. O comandante Xipil bloqueou todas as entradas possíveis.

— Não para mim — diz Britta ansiosamente, estalando os dedos. Ela espera até que eu estique meus sentidos para ouvir se há alguém por perto e então, quando dou a permissão, arranca a porta de suas dobradiças com um puxão rápido.

Como era de se esperar, há uma parede lá também, mas Britta a perfura com um golpe.

— Bem — assobia Li no silêncio de admiração que se segue. — Me lembre de nunca entrar em uma queda de braço com você.

— Como se você pudesse. — Britta ri, seu sorriso aumentando quando ele faz o mesmo.

Espio além dos dois para os recessos escuros das cavernas, que estão, como eu esperava, livres de pessoas. Não ouço passos nas proximidades, felizmente. É bem provável que ninguém tenha nos ouvido. E, enquanto entro nessa nova parte do túnel, que, para meu alívio, tem um pouco de ar fresco passando, peço em silêncio que continue assim.

— Muito bem — diz Karmoko Thandiwe depois de eu assentir para elu mais uma vez. — Esta parte das cavernas passa por baixo dos campos de treinamento, então devemos estar longe de todos por enquanto. Primeira ordem do dia: encontrar Huon ou Calderis, nos atualizarmos e depois ir atrás das garotas.

— De Mehrut — Adwapa lembra.

— De Mehrut — karmoko reconhece.

E enquanto eles caminham à nossa frente, Britta e eu tomamos fôlego e olhamos uma para a outra, uma mensagem silenciosa: *Não importa o que enfrentemos aqui, vamos resgatar nossos amigos. Ajudaremos nossas irmãs de sangue a ficarem seguras. Finalmente libertaremos Warthu Bera.*

24

◈◈◈

Mesmo antes de se tornar o temido campo de treinamento das alaki, Warthu Bera era famoso em certos círculos como o lugar onde garotas treinavam para se tornarem Sombras, as assassinas pessoais do imperador. A maioria delas não ia por vontade própria, eram crianças pobres tiradas à força de suas famílias aos quatro anos de idade para serem ensinadas a espionar ou assassinar os inimigos do imperador. Isso, é óbvio, explica o porquê da construção de Warthu Bera. Além de todas as armadilhas e arapucas escondidas pelo terreno, o complexo de treinamento tem duas muralhas, uma externa e outra interna, separadas por um fosso estagnado cheio de estacas brutalmente afiadas. Aqueles que têm a sorte de passar pela primeira muralha ou se afogam no fosso ou se empalam nas estacas antes de chegarem à segunda. E isso, supondo que passem por todas as armadilhas, sem falar nos contingentes de jatu que patrulham as ameias a cada hora.

Tento manter isso em mente enquanto emerjo na ponta dos pés da entrada da caverna, meus ouvidos atentos a qualquer jatu que possa estar à espreita. Além dos guardas que patrulham as muralhas, todo o complexo parece desolado de uma forma enervante. Os prédios de treinamento estão envoltos na escuridão e os caminhos de terra vermelha, cheios de arbustos que apenas alguns meses atrás teriam sido impiedosamente podados. Até as tochas foram apagadas, e agora fileiras e mais fileiras de carroças cobertas repousam, ordenadamente alinhadas, contra a parede interna onde antes minhas companheiras neófitas e eu matávamos tempo sempre que podíamos, esperando escapar da atenção da Matrona Nasra e de todos os outros olhares atentos.

Cada passo que dou agora deixa minha respiração mais curta e meus músculos contraídos.

Onde estão todas as irmãs de sangue? Ainda estão algemadas nas cavernas sob o salão principal, como Karmoko Thandiwe nos informou? Ainda estão vivas? Ilesas? E quanto a Karmoko Huon e Karmoko Calderis? Karmoko Thandiwe nos disse que o novo comandante jatu as havia recentemente separado para fazer perguntas sobre todas as mortes misteriosas que aconteceram em Warthu Bera, aquelas que elas e Karmoko Huon causaram para proteger as irmãs de sangue do desejo de alguns dos jatu, mas nunca descobriram para onde exatamente elas foram levadas. Elas tiveram que correr antes que o novo comandante fechasse todas as saídas de Warthu Bera.

E se as outras duas karmokos estiverem morrendo agora mesmo, sangrando no chão da caverna? E se...

— Olha, Deka. — Karmoko Thandiwe aponta para um prédio próximo, onde uma luz solitária tremeluz em um dos quartos.

O prédio da prática de combate, onde passei meses aprendendo os detalhes das formas de batalha e manobras físicas. Karmoko Huon, a instrutora de combate, escolheu o local com muito cuidado. É longe do resto de Warthu Bera e isolado o suficiente para que, caso alguém quebre um osso ou dois, ninguém possa ouvi-lo gritar.

Muitas de nós quebramos vários ossos em nossos primeiros meses de prática de combate. Felizmente, eles sempre se curavam.

Keita para ao meu lado.

— Se eu quisesse isolar e interrogar alguém...

— É para onde eu os levaria — digo, completando seu raciocínio.

Faço um sinal furtivo com os dedos ao me aproximar do prédio. Não devemos alertar os guardas jatu de nossa presença, principalmente se houver muitos deles, como o esperado.

Para minha surpresa, apenas dois guardas estão patrulhando quando meus amigos e eu chegamos. Keita, Li e os outros foram treinados em táticas furtivas jatu, então fico apenas parada observando com os outros enquanto eles dão uns beliscões nos pescoços dos jatu. Sem nenhum barulho, os dois homens caem inconscientes e permanecem assim enquanto Keita e Li os arrastam para os arbustos. Observo, a tensão retesando meus ombros, algo nesta situação me incomoda. Por que há apenas dois guardas? Por que eles são só humanos? Não sinto o menor dos formigamentos com eles, como sentiria com nossos verdadeiros irmãos jatu. E por que Warthu Bera está tão vazio, tão quieto?

Belcalis observa os arredores, franzindo a testa. Ela também está sentindo, essa quietude assustadora.

— Tem algo errado — diz ela.

Britta assente.

— Parece uma armadilha.

Mas para quem? De jeito nenhum os jatu sabem que estamos aqui. Eles ainda estão ocupados vasculhando os canais. Mas… Me viro para Katya e Nimita.

— Fiquem alertas.

— Sim — responde Katya, apertando Rian.

Assinto para eles e passo em silêncio pela porta do prédio de treino de combate e pelos corredores de madeira escura, que também estão estranhamente vazios. Os três guardas jatu que encontramos são derrubados tão rapidamente que nem vale a pena mencionar.

Levamos menos de um minuto para chegar à entrada da biblioteca particular de Karmoko Huon, que fica bem no final do prédio, do lado de fora de seu escritório. Este é o domínio dela: paredes pintadas de cores vivas cobertas de armamento e várias estantes com fileiras e mais fileiras de pergaminhos ensinando todas as técnicas de batalha possíveis conhecidas pelo homem, equus e qualquer outra espécie inteligente de Otera. A única vez que vi a porta aberta foi nas minhas primeiras semanas em Warthu Bera, e não fiz nada além de ficar boquiaberta. Eu nunca tinha visto um lugar tão bonito dentro de Warthu Bera antes, e nunca mais vi.

Assim que o alcançamos, ergo minha mão pedindo silêncio.

Um som vem de dentro: o baque áspero de um punho fechado contra a carne.

— Não tão durona mais, não é? — diz a voz de um homem, parecendo satisfeito. — Todos esses anos, disfarçada debaixo de nossos narizes. Agora você fará exatamente o que pedimos.

Quando não há resposta, a voz dele se torna um berro enfurecido.

— Diga onde elas estão! Eu sei que você sabe! Quantas são? Fale!

Outro baque ecoa no ar, e não suporto mais. Faço o sinal.

Keita abre a porta com um chute, revelando uma cena ainda pior do que eu imaginava. Dois jatu estão diante de Karmoko Huon, que está de joelhos, os pulsos presos por algemas de ferro, suas lindas vestes cor-de-rosa rasgadas e seus longos cabelos pretos soltos de seus grampos de cabelo floridos. Hematomas roxo-escuros marcam sua pele translúcida. Quando um vermelho aparece em sua bochecha, onde ela acabou de ser atingida, a raiva explode em meu peito.

— Tirem as mãos dela! — sibilo.

O jatu que acabou de esmurrar Karmoko Huon se vira para nós.

— Como você se atrev...

Um gorgolejo molhado sai dos lábios dele. Um dos grampos de cabelo afiados e semelhantes a lâminas de Karmoko Huon atravessou o peito dele com tanta facilidade que ele levou segundos para perceber. Quando ele se vira e cambaleia em direção à karmoko, chocado, ela rapidamente tira a outra mão da algema, arrancando a espada da bainha.

— O que você acha que está fazen...

Ele não consegue terminar. Karmoko Huon derruba a espada, e sangue jorra do pescoço dele enquanto sua cabeça rola no chão.

Quando ele morre, a karmoko sorri para o cadáver, então olha para nós.

— Primeira regra ao torturar uma vítima, alaki: sempre verifiquem as amarras. — Ela balança suas algemas agora abertas em tom de provocação na frente do outro jatu, que cambaleia e cai, aterrorizado, e então ela assente, satisfeita, para Karmoko Thandiwe.

— Que demora, Thandiwe. Eu estava começando a me preocupar que você tivesse partido para o Além.

— Antes de você? — Karmoko Thandiwe bufa, divertida. — Nunca.

Karmoko Huon assente distraidamente enquanto se vira para o jatu, que se mijou de medo. Há uma expressão nos olhos dela agora, um vazio aterrorizante.

O homem ergue as mãos, implorando, enquanto ela se aproxima.

— Não, por favor, não...

Mas ela enfia a espada em seu coração e a remove tão rápido que ele está morto antes de cair no chão.

Assim que termina, Karmoko Huon pega o grampo de cabelo das costas do primeiro jatu, depois caminha até a mesa, de onde tira um pano de limpeza de uma das gavetas e o encharca com a água de uma jarra. Lenta e calmamente, ela limpa o sangue de seu rosto e prendedor de cabelo, em seguida arruma suas vestes e seus cabelos a seu gosto. Só então ela se volta para nós.

— Deka, Britta, Belcalis, Adwapa e Asha, que bom ver vocês. E estes são seus uruni, presumo?

— Sim, Karmoko.

Eu me ajoelho respeitosamente diante dela, me juntando aos outros na tradicional saudação que aprendemos aqui em Warthu Bera.

— Estou impressionada que você tenha se lembrado de suas maneiras, Nuru das deusas — comenta, pegando uma garrafa de vinho de palma debaixo da mesa e tomando um gole. — Ótimo saber que não terei que bater em você como fiz com esta. — Ela olha incisivamente para Adwapa, que baixa o olhar, relembrando a vez em que a karmoko prendeu um pedaço de sua orelha na parede.

Então ela se volta para Karmoko Thandiwe.

— Chegada oportuna, Thandiwe. Suponho que tenha informação das novas medidas dos jatu?

Karmoko Thandiwe balança a cabeça.

— Não, não consegui falar com nenhum dos nossos informantes, então quando encontrei este grupo, nós corremos para cá.

— Ainda bem. Colhi todas as informações que preciso desses dois. — Ela gesticula para os cadáveres de jatu.

— Coletou informações? — pergunta Li, baixinho, que assistiu à cena inteira de olhos arregalados.

Eu só posso imaginar o choque que ele está sentindo.

De todas as karmokos em Warthu Bera, Karmoko Huon tem a aparência que mais engana. Ela é pequena e linda, com o tipo de semblante pálido e corado que lembra uma flor delicada. Mas esse exterior aparentemente ornamental esconde um interior aterrorizante: depois de Mãos Brancas, Karmoko Huon era a pessoa mais implacável em Warthu Bera, com ferro puro correndo em suas veias. Só ela mutilaria uma alaki para provar algo, como fez uma vez com Adwapa. E só ela se sujeitaria voluntariamente à tortura para extrair informações de seus torturadores.

Se há uma coisa que aprendi com ela é que uma guerreira astuta usa todos os seus atributos em sua vantagem, até mesmo sua aparência.

Karmoko Huon inclina a cabeça para Li, achando graça.

— Óbvio, coletando informações. Parecia outra coisa?

A boca de Li apenas abre e fecha, como se ele fosse um peixe fora da água. Esta é provavelmente a primeira vez que ele viu Karmoko Huon em ação, então não estou surpresa. Sua verdadeira natureza é sempre assustadora quando ela a revela pela primeira vez.

Ela se volta outra vez para Karmoko Thandiwe.

— Precisamos ir hoje à noite. Os últimos carregamentos de blindados saem esta semana, e os jatu estão agindo de forma estranha. Você viu a quietude lá fora... O comandante Xipil preparou uma armadilha para pegar os sabotadores que estavam matando seus homens. É o primeiro movimento. Ele pretende purificar Warthu Bera depois disso. Usá-lo como quartel jatu.

Fico tensa.

— Purificar?

Karmoko Huon se vira para mim.

— Destruir. Eles pretendem matar todas as alaki daqui.

— Quando? — rosna Adwapa, soando tão horrorizada quanto me sinto.

— Daqui a dois dias — responde a karmoko. — Eles estão enviando os Renegados, e é por isso que temos que estar longe até lá. Temos que...

— ELES ESTÃO NO SALÃO DE JANTAR! — Gritos e uma comoção lá fora me fazem girar em direção às janelas.

Os tambores nas paredes começam a soar, enviando informações por todo Warthu Bera: Inimigo visto no prédio principal. Saiam.

Karmoko Huon puxa uma espada da bainha na parede.

— Esta seria minha nova ajudante para liderar uma alegre perseguição aos jatu — ela nos informa calmamente. — Como eu disse, eles armaram uma armadilha, embora não seja muito boa. Vamos participar? — Ela toma outro gole de seu vinho de palma antes de sair.

Seguimos rapidamente.

Os terrenos de Warthu Bera estão iluminados com tochas quando saímos, vários contingentes jatu perseguindo uma figura baixa e esguia, sua velocidade desumana imediatamente distinguível enquanto ela corre pelo pátio do prédio principal, passando por aquela estátua odiosa de Emeka, o primeiro imperador de Otera.

— Gazal! — Belcalis arfa quando a temível aprendiz com uma cicatriz irregular na bochecha, que costumava nos comandar em ataques, se esquiva e passa em ziguezague pelos jatu, a escuridão absoluta da noite camuflando-a a olhos mais fracos.

Da última vez que a vimos, ela ainda estava tentando encontrar um caminho para entrar nas muralhas de Hemaira, mas agora parece que conseguiu, pois lá está ela, descendo a colina em direção ao outro lado de Warthu Bera. Assim que Belcalis diz seu nome, ela ergue o olhar, seus ouvidos aguçados como sempre, e seus olhos encontram os nossos apesar da escuridão e da distância. Ela tropeça apenas por um momento antes de fazer um sinal: as cavernas, ela diz, usando a linguagem de batalha que aprendemos dentro destas mesmas paredes, antes de seguir em frente, os jatu logo atrás dela.

Um vento rápido passa por mim quando Karmoko Huon assume a liderança.

— Sigam — ordena, correndo em direção a uma das dependências menores na parte inferior da colina. Para uma mulher humana, principalmente para uma mulher humana ferida, ela se move de maneira quase anormalmente rápida.

Quando Katya e as outras uivantes mortais nos alcançam, a karmoko nem pestaneja em continuar o seu caminho, embora olhe de vez em quando para os jatu seguindo quase ao lado de Gazal agora. A nova comandante parece estar enfraquecendo, e quando olho de soslaio, vejo o ouro escorrendo na lateral do corpo. Ela foi ferida.

Olho para Ixa, que está batendo as asas em sua pequena forma azul de pássaro noturno. *Distraia eles!*, digo, apontando para o jatu.

Deka!, ele concorda, mergulhando.

Gritos ecoam quando ele se transforma ao aterrissar, atravessando-os em sua gigantesca forma verdadeira.

— É um demônio! — alguém grita.

Sorrio, divertida. *Isso, Ixa!*, elogio enquanto continuo seguindo Karmoko Huon.

Para minha surpresa, o destino dela é o antigo poço atrás de um dos prédios periféricos de Warthu Bera, uma construção pedregosa e seca há muito tempo, coberta por uma tampa de madeira em pedaços. A karmoko procura apressadamente sob a pilha de pedras soltas atrás dele, então usa a chave que encontra para destravar as correntes que prendem a tampa do poço.

— Por aqui — diz ela, descendo.

Viro para Ixa. *Volte*, ordeno.

Deka, ele responde, os gritos distantes diminuindo para um silêncio confuso enquanto ele se transforma novamente em pássaro e voa para longe mais uma vez.

Ele me alcança enquanto sigo as duas karmokos para dentro do poço, que, fico surpresa ao descobrir, esconde uma escada envelhecida. Mais um dos segredos de Warthu Bera que eu nunca soube. Quando ele se acomoda nos meus braços em sua forma de gatinho, desço os degraus às pressas, estremecendo quando um frio úmido imediatamente me envolve: névoa de uivante mortal, tão densa nos degraus que mal consigo ver o espaço à minha frente. Chocalho, a principal uivante mortal de Warthu Bera, e todas as outras (centenas e mais centenas delas) ainda estão presas em celas sob o campo de treinamento, essa névoa é a evidência física de suas presenças e desespero. As uivantes mortais a espalham com tanta densidade assim apenas quando estão sob intensas emoções. Afasto o pensamento enquanto desço correndo as escadas para abrir espaço para Gazal, que entra momentos depois e fecha depressa a entrada do poço atrás de si.

Há uma comoção lá fora enquanto os jatu correm, suas tochas visíveis através das ripas da tampa do poço.

— Encontrem ela! — A voz de um homem se enfurece, o novo comandante jatu, Xipil, sem dúvida. Só um comandante ousaria parecer tão furioso com outro jatu. — Ela não pode ter virado fumaça.

— Mas ela é um monstro, comandante — responde uma voz trêmula. Este parece jovem, deve ser um dos recrutas. — Ela pode estar esperando nas sombras.

— Cale essa boca ignorante, recruta — rosna o comandante Xipil, confirmando minha teoria sobre o jovem. — Ela não é um monstro. Ela é só uma alaki pregando peças. Pregando peças em todos nós!

O cascalho estala, indicando que ele está se movendo, raivoso.

— Como elas estão nos matando com tanta facilidade, então? — pergunta outra voz. Esta soa um pouco mais velha e muito aflita. — Primeiro Seref, depois Amadou e Keuong. São três mortos na última hora, e a noite nem está alta ainda. Não podemos arcar com mais perdas, não podemos...

— Eu disse, calem a boca! — rosna o comandante Xipil. — Não há monstros aqui, apenas mulheres. E vocês vão encontrá-las e subjugá-las, ou acabarei com vocês. Mexam-se!

Mais cascalho é esmagado enquanto os jatu obedecem às ordens. Tento acalmar minha respiração quando uma tocha se aproxima do poço, a luz se espalhando pelas ripas. Mas, quando o recruta que a segura começa a olhar para baixo, outro jatu o puxa para longe.

— Isso é só um poço fechado. Venha antes que o comandante Xipil te pegue.

A luz desaparece quando o recruta se junta aos outros.

Respiro aliviada e espero até que todas as luzes desapareçam antes de continuar descendo até o túnel no final da escada, onde as outras esperam. Karmoko Huon pega uma tocha da parede e a acende com uma pederneira, seus olhos se arregalando um pouco quando vê Katya e Nimita. Katya imediatamente se ajoelha, fazendo a mesma saudação respeitosa que usávamos quando éramos neófitas em Warthu Bera.

As sobrancelhas de Karmoko Huon se juntam enquanto ela olha para Katya.

— Essa cor vermelha... — arfa. — Katya? É você?

Quando Katya assente, a karmoko suspira.

— Katya! Todos nós ouvimos falar que uivantes mortais eram alaki ressuscitadas, mas não acreditei até agora. Katya... O infinito seja louvado! É bom ver que você ainda está viva.

Katya assente timidamente, aproximando-se de Rian, que aperta seu braço.

Assim que os olhos de Karmoko Huon se movem para ele, sorri.

— E você deve ser Rian.

Rian levanta as sobrancelhas.

— Você já ouviu falar de mim? — pergunta.

— Quem não ouviu? — Gazal bufa, revirando os olhos após falar pela primeira vez. — Agora, podemos nos apressar? Não quero que amanheça com a gente aqui.

Enquanto assinto, seguindo em frente, Keita se aproxima dela.

— Então, você descobriu como os jatu entram e saem de Hemaira? — pergunta ele, animado.

Gazal faz que não.

Keita franze o cenho.

— Como você conseguiu, então?

Gazal dá de ombros.

— Como sempre: túneis.

É a minha vez de franzir o cenho.

— Mas o n'goma não chega lá?

Ela dá de ombros outra vez.

— Ainda bem que não posso morrer queimada.

Paro, horrorizada.

— Você passou pelo n'goma?

Gazal assente.

— Levei um dia inteiro, mas consegui.

Queimando e revivendo o tempo todo, a carne derretendo e depois se regenerando a cada poucas horas. Deve ter levado horas apenas para dar um passo através da parede de chamas. A ânsia de vômito cresce dentro de mim, assim como o espanto. Não posso nem começar a imaginar a força de vontade necessária para realizar tal façanha.

Britta também não pode, a julgar pelo choque em seu rosto. Quando ela enfim consegue fechar a boca, pergunta:

— E a água? Esses túneis fluem continuamente. E alguns deles com mais força que os rios.

Outro dar de ombros de Gazal, este acompanhado por um olhar maçante e enervante.

— Ainda bem que eu não posso me afogar.

Outro calafrio percorre minha coluna, este mais forte que o anterior. Gazal já foi trancada em uma jaula e jogada dentro do lago da família, onde passou apenas o Infinito sabe quanto tempo se afogando e revivendo. Pensar que ela se submeteria a isso de novo, apenas para chegar até aqui...

O que a leva a ir tão longe?

Ela logo fica desconfortável com o nosso olhar.

— Vamos indo? — diz bruscamente. — As outras estão logo à frente, e prefiro que as libertemos antes de sermos pegas também.

Assinto, me virando para Karmoko Huon.

— Então, qual é o plano? O mesmo que discutimos com Karmoko Thandiwe?

É sempre aconselhável verificar essas coisas.

Karmoko Huon pisca.

— Se o plano for invadir a caverna onde as alaki estão presas e libertá-las...

Karmoko Thandiwe intervém.

— ...sem deixar os jatu lá usarem tambores para chamar reforços...

— ...e reagrupar e atacar as muralhas de Warthu Bera — acrescenta Karmoko Huon —, então é isso que faremos. Bem simples, não é?

Olho entre as karmoko.

— Sim — concordo secamente. — Muito simples.

E se conseguirmos fazer tudo isso sem a perda significativa de vidas e membros, será um milagre. Mas guardo isso para mim enquanto continuamos.

25

◈◈◈

A primeira coisa que sinto quando me aproximo da caverna onde estão nossas irmãs de sangue é o cheiro de sangue e fogo. Invade minhas narinas, fazendo com que as lembranças do porão apareçam de repente: os anciões, o ouro. Suor frio escorre pelas minhas costas, mas antes que meu corpo comece a tremer, inspiro para me fortalecer. *Eu estou no controle do meu corpo, não minhas memórias. Eu estou no controle...* Passei por tanta coisa nos últimos dias, já sobrevivi a tanto, que não vou deixar minhas memórias me controlarem por mais tempo. Não vou.

Deka?, este gorjeio preocupado vem de Ixa, e quando ele acaricia seu focinho frio contra meu pescoço, eu faço um cafuné nele em forma de agradecimento. Só o seu peso me ajuda a permanecer no presente, no meu corpo.

Obrigada, Ixa, digo, abraçando-o.

Keita percebe.

— Preocupada com suas amigas? — pergunta, aproximando-se, então estamos andando lado a lado. — Ou é o cheiro... o fogo? — Há uma expressão estranha em seus olhos quando ele diz esta última parte.

— As duas coisas — respondo. Então pergunto: — Você está bem, Keita? Você parece... preocupado...

— Só estou pensando nos meus amigos. Os que ficaram.

Nem todos os uruni decidiram se juntar a nós no Templo das Douradas. Alguns, muitos, na verdade, não estavam dispostos a desistir de sua lealdade a Otera, apesar de tudo o que tinham presenciado. Tinham privilégios demais para sacrificar. Eles se juntaram ao restante dos jatu durante a retirada de volta para Hemaira. Felizmente, a maioria dos amigos mais próximos de Keita são os outros uruni do nosso grupo. Até onde eu sei, ele tem apenas dois amigos em Warthu Bera.

— Sei que Chernor e Ashok são nossos inimigos agora — continua ele, referindo-se aos amigos. — Mas eu...

Aperto a mão dele, compreensiva.

— Eu não gostaria de lutar com Britta, Belcalis ou as gêmeas.

— Talvez eu esteja preocupado à toa — diz ele dando de ombros. — Eles podem ter sido designados para outro lugar. Eles podem ter ido embora. Quer dizer, eu não reconheci nenhuma das vozes perseguindo Gazal... Mas, sinceramente, isso não é a única coisa que está me incomodando. — Ele me dá um olhar estranho de lado. — Lembra daqueles sonhos que te falei?

— Aqueles onde você queima? — Assinto.

Ele olha para o fim do túnel, onde um laranja pisca na parede, reflexo de chamas distantes.

— É como se eu quisesse ir até o fogo — sussurra ele. — Como se eu precisasse estar perto dele.

Algo em seu tom traz à tona uma lembrança, uma da qual pensei pouco antes: quando fizemos o funeral de meu pai e Elfriede, Keita olhou tão atentamente para as chamas que por um momento parecia que havia fogo queimando em seus olhos.

É a mesma expressão de agora quando ele me encara, seus olhos dourados brilhando na escuridão.

— Por que você acha que isso acontece, Deka? — pergunta Keita baixinho. — Por que eu sinto que deveria queimar no fogo?

A pergunta paira no ar, sombria e assombrosa, até que um passo suave soa atrás de mim: Karmoko Thandiwe.

— Cheguei — diz elu, acenando para aquele brilho laranja distante. — Preparem-se.

Pelo menos três contingentes jatu montam guarda na entrada da próxima caverna, que é tão grande que se estende até a escuridão dominar todo o lugar. Mesmo de nosso esconderijo no túnel, podemos vê-los: quase sessenta homens no total, lado a lado, suas armas brilhando no espaço escuro e sombrio que já foi uma das prisões para uivantes mortais em Warthu Bera. Atrás deles há celas de pedra cheias de alaki, um labirinto de grossos tubos de vidro serpenteando ao redor de cada uma. A raiva cresce em mim, quente e borbulhante, quando vejo o ouro sendo canalizado por aqueles canos, que vão em uma única direção, exatamente como Karmoko Huon avisou: a forja na caverna vizinha.

Agora entendo por que esse lugar tem um cheiro tão forte de morte e decadência, por que as garotas não se uniram para arrancar as correntes das paredes. Elas foram sangradas até a beira da morte. Muitas estão no sono dourado agora, seus corpos inconscientes brilhando como estátuas de ouro na penumbra.

Me viro para os outros, o vermelho embaçando minha visão. Ixa está eriçado ao meu lado em sua forma maciça e verdadeira, a tensão em seu corpo refletindo minha raiva, então eu o comando primeiro.

— Derrube-os, Ixa! — digo em voz alta, meus lábios se curvando de desgosto quando os jatu imediatamente desembainham suas espadas, se preparando.

Deka!, concorda Ixa, atravessando a primeira linha.

Enquanto ele derruba os homens como bonecas, me viro para as karmokos.

— Silenciem os jatu nas forjas. Nós abriremos caminho. Vocês seis, nos ajudem! — grito para os uruni e uivantes mortais. — Cuidado para que os jatu não cheguem perto do tambor!

— Sim, Nuru! — responde Acalan, correndo com os outros pela abertura que Ixa criou.

Volto meu foco para os jatu à minha frente, minha fúria aumentando cada vez mais. Estes são os homens que brutalizaram e sangraram minhas irmãs de sangue, que fizeram o Infinito sabe o que mais quando as tinham sob seu poder. Todos eles vão cair sob minhas atikas hoje. Avanço em direção a eles, me movendo tão rápido que é como se eu estivesse puxando porções do ar para encurtar a distância entre nós. Tudo parece lento agora, os jatu correndo para mim com suas armas em mãos... Eu corto dois jatu num só golpe, então giro para esfaquear o próximo na barriga, minhas lâminas cortando os corpos tão rapidamente que o sangue espirra no ar como névoa. Fico feliz com a cor, me sinto confortável com o quanto de vermelho escorre pelas minhas lâminas.

Vermelho significa que estou fazendo algo: estou decretando vingança, tornando o mundo um pouco melhor.

Percebendo como estou me movendo rápido, os homens se espalham, tentando criar distância entre nós. Alguns até começam a correr, tentando se esconder nos cantos da caverna. É um esforço inútil. Avanço mais forte, me movendo cada vez mais rápido até que, finalmente, o último jatu cai sob minha lâmina.

— Deusas douradas, Deka, o que você fez? — arfa Belcalis, surpresa, e quando me viro, ela e os outros estão me observando com expressões estranhas, alguns parecendo amedrontados.

Sigo seus olhares até o chão, que agora está cheio de corpos e escorregadio de sangue e vísceras. Quinze (não, pelo menos vinte) cadáveres jatu me cercam, todos partidos tão rapidamente que seus corpos ainda estão em posição de ataque. Ainda mais estranho, alguns estão em extremos opostos da caverna, tão distantes um do outro que eu não deveria ter conseguido alcançá-los.

— Você os matou em segundos, menos do que isso, Deka — diz Belcalis, suas sobrancelhas se juntando. — É quase como se você estivesse lá em um momento, e no outro...

— Não — diz Britta, franzindo a testa. — Era como se você estivesse usando portas.

— Portas? — repito, franzindo a testa. Foi isso?

De repente, me lembro de minha conversa com Mãos Brancas. O que ela disse sobre minhas habilidades... Olho para o chão, franzindo mais o cenho quando percebo que quase não há sinal de luta nos homens que matei. Matei a maioria deles antes que pudessem montar uma defesa, algo que nunca consegui fazer antes. Algo que eu poderia ter feito apenas se estivesse me movendo tão rápido que aparecia em lados opostos da caverna em um piscar de olhos. Memórias me bombardeiam, como eu parecia puxar o ar, diminuindo a distância entre mim e meus oponentes. Não pensei em nada disso na hora, mas agora... é quase como se eu estivesse desenvolvendo dons divinos, um após o outro, exceto que eu sou a Nuru, então nasci com os dons que tenho. As memórias, as portas, estavam todas escondidas dentro de mim, trancadas. E agora, estão surgindo, assim como Mãos Brancas disse. É Hemaira, estar aqui, que faz minhas habilidades se expandirem? Ou será que é porque estou longe das mães, a influência delas reduzida pela presença de Idugu e todos aqueles kaduths? O pensamento me lembra por que é tão importante que eu faça a jornada até o Grande Templo depois daqui, olhe aquelas esculturas e fale com Idugu, se puder.

Me volto para os outros.

— Libertem as irmãs de sangue — ordeno. Para Nimita, digo: — Vasculhe as cavernas, abra todas as jaulas das uivantes mortais. Certifique-se de que cada uma delas seja libertada.

Eu posso senti-las mesmo agora, sua angústia fazendo nuvens de névoa flutuarem no ar, mas elas devem estar amordaçadas. Não escuto nenhum uivo, mesmo quando me esforço para ouvir.

Eu me viro para Katya.

— Você fica com a gente, ajude a abrir as jaulas. — Sei que as irmãs de sangue sabem a verdade sobre uivantes mortais agora, como são alaki ressuscitadas; mas, é melhor que quando elas encontrarem uma uivante mortal, seja uma que já conheçam.

Quando ambas assentem, continuo:

— Teremos tempo para refletir sobre o que acabei de fazer mais tarde. Por enquanto, vamos ao que interessa.

Enquanto Nimita assente outra vez, deslizando na escuridão, duas figuras escuras rapidamente me alcançam: Adwapa, com Asha ao lado dela. As duas estão indo para uma das celas mais lotadas, onde uma garota baixinha e rechonchuda está pressionada contra as barras, a esperança iluminando seus olhos castanhos escuros. Mehrut.

— Adwapa? — chama Mehrut com voz embargada. — Adwapa, é você?

— Sou eu — responde Adwapa, segurando as mãos de Mehrut com alívio através das barras. — Eu disse que viria por você.

— Me deixe sair — grita Mehrut, desesperada.

Adwapa e Asha assentem. Rapidamente, trabalham juntas para dobrar as barras da cela e, em seguida, arrancar as correntes de Mehrut da parede, permitindo que Adwapa envolva a garota negra e roliça em seus braços e a beije com toda a força.

— Mehrut, Mehrut! — repete Adwapa.

— Você está aqui — sussurra Mehrut, lágrimas caindo. Ela nem parece notar Asha removendo cuidadosamente os canos ensanguentados de seus membros. — Eu sabia que você viria. Eu sabia que você viria.

— Sempre — diz Adwapa, rosnando de frustração quando as correntes que ainda prendem as mãos e os pés de Mehrut não se movem ao tentar removê-las.

Eu me aproximo, o familiar brilho esbranquiçado das correntes me dizendo tudo o que preciso saber. Elas são feitas de ouro celestial.

Há icor nelas. Não é coincidência que as karmokos não conseguiram descobrir uma maneira de quebrar suas correntes: qualquer metal imbuído de icor é inquebrável.

Isto é, exceto para mim.

Falo com Adwapa.

— Eu faço isso — anuncio, me ajoelhando perto das correntes de Mehrut e cortando a palma da minha mão.

Assim que sangro sobre elas, as correntes começam a enfraquecer. Nenhuma lembrança passa pela minha mente, provavelmente porque o sangue das mães está muito diluído aqui, assim eu as quebro; então passo para a próxima garota, e a próxima, e a próxima. Estou tão absorta em minha tarefa que, quando enfim ergo o olhar, as celas estão vazias, as barras dobradas irreconhecíveis e aqueles odiosos tubos de vidro em pedacinhos. Britta e Rian estão levando irmãs de sangue feridas para fora das celas. Eles, Belcalis e os outros carregam as que estão fracas demais para ficar de pé. Procuro na multidão pessoas que conheço, como Jeneba, a aprendiz que foi nossa guia em nossos primeiros dias em Warthu Bera, mas não há sinal de seu rosto negro e bem-humorado, ou de qualquer outra pessoa. A maioria das garotas aqui são novatas, neófitas que estavam entrando em Warthu Bera quando as outras e eu partimos para uma batalha, o que significa que as aprendizes, aquelas que estão aqui há um ano ou mais, devem estar em outro lugar.

Percebo que as garotas agora estão olhando para Katya. Todas parecem nervosas, então visto meu sorriso mais gentil. Não sei se elas já foram informadas de que as uivantes mortais são alaki falecidas, então tenho que dar a notícia com a maior tranquilidade possível.

— Isso pode ser uma surpresa para todas — começo —, mas quando uma alaki experimenta sua morte final, ressuscita como uivante mortal. — Enquanto sussurros chocados enchem o ar, eu gesticulo para Katya. — Alguém aqui se lembra de nossa irmã de sangue Katya?

Katya acena timidamente.

Algumas das garotas arregalam os olhos, mas outras — as neófitas ou noviças de Warthu Bera quando eu estava lá — suspiram em reconhecimento.

— Katya? — uma garota ossuda e de aparência doentia diz, se aproximando. — É você mesma?

Alguns segundos se passam antes que eu a reconheça: Yumi, uma das irmãs de sangue mais amigáveis do quarto compartilhado ao lado do nosso. Seu corpo já foi coberto de músculos, mas agora, suas costelas se projetam na pele como facas, e seu cabelo preto e liso caiu em tufos pela desnutrição, assim como a maioria das outras garotas. Apenas algumas, como Mehrut, não parecem à beira do colapso. Quando Katya assente, estendendo os braços, Yumi corre em sua direção. Isso basta. As outras irmãs de sangue do nosso ano rapidamente se reúnem em torno de Katya, acariciando timidamente suas penas vermelhas, ofegando com seu tamanho enorme.

É quase estranho vê-las se aclimatar com algo que conheço tão profundamente há quase um ano. Saber que as criaturas que um dia vimos como nossas inimigas são na verdade nossas irmãs, nós mesmas — é muito para assimilar.

Observo as garotas e Katya por mais alguns segundos antes bater palmas.

— Podemos conversar mais tarde. Por enquanto, temos que lidar com os jatu na forja, assim como as noviças que devemos libertar.

— Sem falar que precisamos escapar deste lugar horrível — diz Adwapa com raiva, seus braços ainda apertados em torno de Mehrut.

Rian rapidamente fica diante das garotas.

— Atrás de mim e Katya, e por favor, fiquem em silêncio — diz ele em tom suave. Ele é surpreendentemente hábil em lidar com pessoas assustadas. Não é à toa que ele e Katya combinam tanto. Antes de se tornar uma uivante, Katya era muito nervosa. — Nós vamos tirar todas vocês daqui inteiras — promete ele.

Britta, enquanto isso, olha para mim.

— Você está pronta, Deka?

— Como sempre estarei — respondo, erguendo minhas atikas.

E então prosseguimos para a próxima caverna, onde a batalha já está quase no fim, as karmokos e Gazal tendo aberto caminho facilmente em meio aos últimos jatu enquanto Lamin e Li protegem as saídas, garantindo que ninguém escape.

Uivantes mortais estão no centro da caverna, todas acorrentadas à enorme roda de madeira que aciona o fole que alimenta as lareiras. Estas devem ser as mais fortes do grupo, escolhidas pelo peso e tamanho. Chocalho, a uivante mortal com penas prateadas em que uma vez pratiquei minha voz, sibila para um jatu ferido que tropeça perto dela. Belcalis logo acaba com ele, terminando a batalha com um golpe decisivo.

Quando Ixa percebe minha chegada, ele pisoteia um jatu próximo, alegremente quebrando os ossos do homem, antes de se transformar em gatinho e correr pelas minhas costas para se aninhar na curva do meu pescoço.

Ixa fez bem?, pergunta, olhando para mim por aprovação.

Você fez muito bem, Ixa, respondo, coçando as orelhas dele.

Enquanto ele vibra, encantado, olho em volta da forja. Eu localizo Karmoko Calderis de pé ao lado de uma das lareiras que revestem as paredes da caverna, os músculos salientes, um único olho azul semicerrado enquanto ela pressiona um jatu relutante contra as brasas. Quando o homem fica em silêncio, os gritos estrangulando em sua garganta, ela joga seu corpo sem vida de lado, então pega um alicate da borda da lareira e o usa para abrir as correntes.

— Passou da hora de vocês chegarem — resmunga, cambaleando até o canto mais próximo, onde armaduras gigantescas e familiares revestem as paredes, kaduths estampados em seus peitorais. A armadura dos Renegados. Então, este é mesmo o lugar onde são feitas.

A karmoko deixa de lado a armadura dos uivantes mortais para revelar três trajes dourados menores, completos com capacetes. Ela pega o mais próximo, que é em forma de barril para acomodar sua forma curta e volumosa.

Enquanto veste sua armadura, ela olha para mim e bufa.

— Mas eu não esperava você, Deka de Irfut, descendente das Douradas. — Ela gesticula uma mão recém-manoplada ao redor do lugar. — Isso é tudo culpa sua, você sabe, né?

A culpa me apunhala quando vejo o grupo de alaki esqueléticas e cobertas de fuligem amontoadas nos fundos, Gazal e os uruni ajudando a destrancar suas correntes, que são feitas de ferro grosso em vez de ouro celestial. Devem ser as garotas mais fracas, as que os jatu obrigaram a ajudá-los a trabalhar nas forjas. Corro até elas, rapidamente cortando minha palma para o caso de alguma das correntes ainda ter icor nelas, mas os choros de alívio já soam das irmãs de sangue enquanto jogam suas correntes para se abraçarem. Uma reconheço de imediato, sua pele negra retinta brilhando contra o amarelo quente e pulsante das forjas: Jeneba. Gazal, que supervisionava o meu quarto com Britta quando éramos neófitas, arranca as correntes que a prendiam depressa, depois a levanta do chão, beijando-a com tanta força que não há mais ar entre as duas.

Enquanto as duas se encaram, amor e alívio passam por seus olhos, Britta vem para ficar ao meu lado.

— Bem — brinca ela secamente. — Isso explica muitas coisas.

Assinto. Não é de admirar que Gazal estivesse tão desesperada para entrar em Hemaira, e não é de admirar que ela e Jeneba se dessem tão bem quando estávamos aqui. Gazal é uma das pessoas mais mal-humoradas que já conheci, e Jeneba uma das mais gentis, mas elas sempre pareciam se complementar. Vê-las sentindo uma alegria tão perceptível me emociona tanto que aperto as mãos de Keita quando ele se aproxima, sorrindo ao sentir seu calor ao lado do meu. Esta não é a atmosfera romântica que imaginei quando deixamos Abeya como falsos recém-casados, mas de alguma forma, é tão doce quanto.

É preciso saborear esses momentos quando possível, porque se não... O som de tambores agudos e cortantes do lado de fora rompe meu devaneio, mas é apenas o anúncio da nova hora: dez batidas por dez da noite.

— Pegaremos a bateria — diz Jeneba imediatamente, saindo dos braços de Gazal enquanto a outra assente.

— Obrigada — digo, apertando seu ombro em saudação enquanto ela e Gazal passam. Eu gostaria que tivéssemos mais tempo para as reuniões, mas se houver algum lapso no batuque rítmico dos tambores, os jatu nos muros vão suspeitar do que aconteceu e chamar reforços.

Me volto para as karmokos.

— Então, como vamos transportar todos para fora daqui? — Essa parte do plano eu nunca soube, pois Karmoko Thandiwe não tinha ideia do estado dos estábulos de Warthu Bera.

— Com as carroças — responde Karmoko Calderis.

Eu pisco.

— As carroças?

— Aquelas paradas ao lado das muralhas de Warthu Bera — explica Keita. — Elas têm o kaduth pintado nas laterais.

— São as únicas coisas que podem entrar e sair de Hemaira agora, imagino — diz Karmoko Calderis aereamente.

— Não entendo — digo. — O que você quer dizer, podem entrar e sair?

Ela dá de ombros.

— Os jatu nas muralhas as usam para não serem afetados pela coisa que está lá. Aquela que queima as pessoas.

Eu pisco.

— Espere, você quer dizer o n'goma?

Ela estala o dedo.

— Isso.

Keita e eu nos olhamos em choque.

— Então você quer me dizer que todo esse tempo — diz ele, passando a mão no rosto em frustração — os jatu usam o kaduth para fugir do n'goma? Ficamos batendo cabeça, mas estava bem na nossa cara esse tempo todo?

De coração acelerado, eu giro em direção às armaduras Renegadas, o kaduth estampado em cada uma. Estranhamente, o símbolo só me irrita um pouco agora. Depois de todas essas semanas o enfrentando, ele só induz uma leve coceira atrás dos meus olhos, em vez de uma dor de cabeça completa, o que é bom. Agora que enfim tenho um na minha frente e sei o que ele pode fazer, tenho ainda mais perguntas. Quantos usos o objeto arcano tem? E foi criado para me afetar, ou as mães, ou ambos?

Só há uma maneira de descobrir. Toco o símbolo com minha mão ensanguentada.

Imagens imediatamente passam pela minha cabeça: um homenzinho loiro derrotado sob o gume de uma espada, acordando na escuridão ao que parece meros momentos depois, formas escorregadias alcançando-o através da terra. Quanto mais em pânico ele fica, mais meus pensamentos se fundem com os dele.

Eu as corto com uma garra. *Espere, garra?* Olho para as adagas agora brotando de meus dedos, tão afiadas que cortam facilmente a terra. O que é isto? Por que tenho garras como uma uivante mortal? Por que a terra está me pressionando?

E então eu os ouço, os rosnados soando ao meu redor. A terra se contorcendo, se contorcendo, enquanto aquelas videiras escorregadias se aproximam. O que está acontecendo? Alguém me ajude! ME AJUDE!

— Deka!

Eu arfo, dando um pulo para trás quando uma mão puxa a minha. Keita está me encarando, preocupado.

— O que aconteceu?

— O kaduth — digo, tremendo. — É feito de sangue jatu. Não... de sangue de uivante mortal. Eu vi um deles... era um homem e, por um momento, eu era ele. Eu estava dentro de sua mente, e então ele se tornou um uivante mortal e estava tão assustado, tão assustado... — Meu corpo não para de tremer com a memória.

O que foi aquilo? O que eram aquelas coisas escorregadias que vi?

Enquanto recupero o fôlego, Karmoko Thandiwe se aproxima.

— Nós temos que sair, Deka. Temos que correr para aquelas carroças e deixar Warthu Bera antes do amanhecer.

— E o restante de nós tem que ir ao Grande Templo por conta de Idugu — Belcalis nos lembra.

Karmoko Calderis assente.

— Bem, Rustam vai ajudar — diz ela, algo muito próximo a um rubor colorindo suas bochechas.

— Rustam? — Britta pisca, confusa.

Karmoko Huon se vira para ela, revirando os olhos.

— Calderis tem um amigo... entre os jatu.

Franzo o cenho em dúvida quando compreendo o que ela está dizendo.

— Mas eu pensei que Sombras, mesmo os antigos, não deveriam ter... amigos.

— Bem, também não devemos trabalhar na masmorra para nossos camaradas jatu, e ainda assim aqui estamos — responde Karmoko Calderis de maneira seca. — Agora, vamos ficar aqui, ou vamos até as carroças?

— Até as carroças — respondo. — Mas me dê um tempinho antes. Preciso fazer algo importante.

26

◈◈◈

Quando vou até a roda no centro da forja, Katya e os outros já começaram o processo de soltar as uivantes mortais, que cambaleiam atordoadas enquanto são libertadas de suas amarras. Rian e a maioria das garotas as evitam com cautela, já que está nítido que estão em estados de espírito alterados. Noto que os jatu não apenas acorrentaram as uivantes mortais com ouro celestial e as amordaçaram com ferro; eles também as drogaram com flores azuis até que ficassem dóceis, como costumavam fazer quando eu estava aqui em Warthu Bera. Mas, agora que as uivantes estão livres, a agitação está superando rapidamente essa mansura. Chocalho está esfregando os pulsos recém-libertados quando me aproximo. Seus olhos piscam em lenta surpresa, e percebo, pela primeira vez, como são femininos.

Não são seus cílios ou algo tão simples assim. É só essa sensação que emana deles. Por que eu nunca a vi pelo que ela era? Por que não notei sua inteligência? Quase todo o tempo que estudei aqui, eu a via como uma besta irracional, uma auxiliar em meus estudos em vez de uma criatura viva com sentimentos e desejos. Não importa quantas vezes ela tentou se comunicar comigo, eu nunca entendi.

Mas, também, eu não queria entender, queria? Eu queria acreditar nas mentiras que os sacerdotes me venderam, queria acreditar que eu poderia ganhar pureza e um lugar em Otera matando uivantes mortais. Posso culpar a flor azul o quanto quiser, mas a verdade é que eu deveria ter desconfiado da verdade, deveria ter entendido melhor.

Mesmo com as uivantes fossem drogadas e lentas em suas tentativas de comunicação, quer eu soubesse disso ou não, eu era a Nuru, filha das Douradas. Era meu dever traduzir para elas. Mas eu estava muito obcecada por minhas próprias necessidades egoístas para ver o que estava na minha frente.

— Chocalho — chamo, lutando contra a vontade de enrolar enquanto me lembro de todas as vezes que a forcei a obedecer a minha voz para dominá-la —, devo oferecer minhas mais profundas desculpas pelo que fiz com você enquanto estava aqui. — Eu me ajoelho diante dela.

O silêncio se estende enquanto a gigantesca uivante olha para mim, seus olhos pretos considerando, apesar de vazios. Quando ela enfim fala, sua voz é o estrondo profundo com o qual estou intimamente familiarizada, mas nunca consegui entender.

— Você se parece com ela, sabe? — diz de uma forma estranha e hesitante.

— Com quem?

— Umu... sua mãe.

Meu coração salta no peito.

— Você conhecia minha mãe?

Chocalho inclina a cabeça distraidamente, as penas em suas costas balançando com o movimento. É quase como se ela estivesse apenas meio aqui, e a parte covarde de mim está aliviada. Eu temia me dirigir à feroz e desafiadora Chocalho, aquela que me manteve aterrorizada por semanas depois que a conheci.

— Ela estudou combate comigo também — diz ela. — Ela sempre me trouxe presentes, ao contrário de você. Mas você não entendeu o que eu era. — Quando franzo a testa, surpresa, ela explica: — Mãos Brancas informou Umu da verdade sobre uivantes mortais bem cedo. Foi diferente. A mente de Umu não estava... envenenada do jeito que a sua estava quando você chegou aqui. Ela nunca acreditou nas mentiras das Sabedorias Infinitas. Acho que ela se sentiu culpada, sabendo o que eu era. Sabendo que eu não poderia controlar minha natureza primitiva por causa da maldição que as mães colocaram em nós.

— A maldição? — Fico só um pouco atordoada ao ouvir essa descrição.

Chocalho gesticula para si mesma.

— Esta forma parece uma bênção para você? Toda aquela raiva, desequilíbrio... dor. E para quê? Libertar as Douradas? — Suas penas chacoalham quando ela balança a cabeça. — Eu até tentei falar com você, mas você não conseguiu me ouvir, não é, Nuru? Se você deveria ser nossa salvadora, então por que não podia me ouvir?

Suas palavras se alojam como farpas na minha garganta.

— Minhas desculpas — sussurro miseravelmente, mesmo sabendo que as palavras são pouco conforto para alguém que eu ofendi tanto. — Eu não compreendi na época. Eu estava perturbada demais para ver o que estava diante dos meus olhos.

Os cantos dos lábios de Chocalho se erguem para exibir dentes afiados.

— Você enxerga agora?

Assinto.

— Farei ainda mais. Vou libertar todas as nossas irmãs — digo.

— Mas de quem, precisamente, você vai libertá-las? — pergunta Chocalho.

Fico tensa.

— O que você quer dizer, Chocalho?

A uivante não responde. Seus olhos estão focando mais longe.

— Nós vamos escapar deste lugar hoje, sim? — pondera. Enquanto assinto, confusa com essa mudança repentina de assunto, ela junta as garras do tamanho de facas de açougueiro. — Assim que deixarmos Hemaira, duvido que volte a ver você, Nuru das deusas. Duvido que eu volte a ver alguma das minhas irmãs. Diga adeus a Fatu por mim, sim? Diga a ela que a amo com todo o meu coração, mas vou matá-la se a vir de novo. Não que ela se lembre do que fez. O que ela era. Elas se certificaram disso, não é? Elas tentaram fazer isso comigo também, mas a insanidade... A insanidade, ela irrompe.

Quanto mais Chocalho fala, mais tensa fico.

— Elas? — sussurro, embora eu já saiba a resposta.

Chocalho pestaneja para mim como se estivesse surpresa ao descobrir que ainda observo.

— As Douradas. Nossas mães... se é que se pode chamá-las desse jeito. Mães devem amar seus filhos, não é? Mas Fatu não era o que elas queriam, e ela era a primogênita. Um erro, aos olhos delas. Ela tentou tanto. Tanto. Pobre Fatu. Uma pena que isso a levou aonde levou. Uma pena que fez com que se rebaixasse a falsos deuses. — Agora, os olhos de Chocalho perfuraram os meus, afiados e acusadores. — Eles são todos falsos, os deuses, todos eles farinha do mesmo saco. É por isso que se odeiam. Está no sangue, eles não podem evitar.

Um tipo diferente de tontura toma conta de mim.

— O que você quer dizer, Chocalho? — pergunto, mas a uivante já está indo embora, névoa envolvendo seus passos. Eu corro atrás dela. — Como assim, no sangue? Chocalho? CHOCALHO! — chamo desesperadamente quando uma imagem repentina passa pela minha mente, aquela escultura que vi na parede do Grande Templo, aquela com os quatro guerreiros, todos conectados com uma corda dourada.

Amarrados, assim como o indolo.

Chocalho se vira para mim, a irritação em seus olhos.

— Chocalho... esse não é o meu nome. — Ela balança a cabeça como se estivesse pensando. — Sayuri — declara finalmente. — Era assim que eu era chamada: Sayuri, a Sábia.

E todo o ar escapa do meu corpo.

— Sayuri — repito. — Como a terceira rainha de guerra, a terceira mais velha das Primogênitas?

— É isso que eu era? — Sayuri inclina a cabeça. — Suponho que, um dia, tenha sido verdade. Mas agora não sou mais Sayuri. Sou uma uivante mortal, sem nome, sem rosto, esquecida... Eu me juntarei às outras da minha espécie e deixarei este lugar à sua ruína. Adeus, Nuru das deusas. Que a sorte te acompanhe. Você vai precisar. — Ela ri sombriamente.

E então ela se foi.

Eu fico aqui, cambaleando de choque, até que Britta me chama para onde as karmokos e Keita se reuniram, fazendo planos rapidamente. O tempo dos reencontros acabou. É hora de escapar de Warthu Bera e seguir para o templo.

27

◈◈◈

Minha mente está tão cheia de todas as coisas que Sayuri disse que levo um tempo para perceber que o ar ainda está sombrio quando Britta e eu deixamos as cavernas furtivamente, as karmokos e alguns outros ao nosso lado. Quando olho para as ameias, perco o ar. Armas e armaduras brilham, um rio dourado na noite. Todo o Warthu Bera foi cercado, jatu e uivantes mortais Renegados em cada centímetro das muralhas. Um exército inteiro deles.

— Que as mães nos preservem — sussurra Britta, nervosa.

Keita olha dela para mim, tenso.

— Quantos? — pergunta ele.

— Todos os jatu de Warthu Bera, parece — respondo, semicerrando os olhos para confirmar. — E alguns Renegados também.

Keita pragueja baixinho.

— Reforços externos? — questiona, perturbado.

Eu balanço a cabeça.

— Acho que não.

— Aqueles uivantes mortais vieram mais cedo hoje — Karmoko Calderis confirma, referindo-se aos Renegados. — Eles vieram buscar o mais novo carregamento de armaduras.

— E, infelizmente para nós, eles permaneceram para ajudar na formação de garra — digo, suspirando, enquanto olho para as forças alinhadas nas ameias; as forças que se organizaram em um semicírculo muito familiar. Uma garra.

Já vi essa tática vezes suficientes para identificá-la, as duas linhas opostas que gradualmente se espremem até que seu alvo seja capturado na garra. Infelizmente para os jatu nas muralhas, no entanto, eles perderam um número considerável de suas tropas. Os jatu que estavam nas forjas estão todos mortos, embora eles provavelmente ainda não saibam disso. Jeneba, Gazal e algumas outras garotas estão tocando tambores a cada quinze minutos, transmitindo mensagens falsas. Pelo que esses jatu sabem, seus compatriotas nas forjas ainda estão firmes, e deve ser por isso que eles se retiraram para as ameias, onde têm uma visão privilegiada de todo Warthu Bera, caso Gazal e as karmokos corram em sua direção.

— Parece que eles decidiram começar a purificação cedo — Karmoko Thandiwe diz severamente, seus olhos examinando as ameias. Elu não podem ver tão nitidamente no escuro quanto nós, mas eu não ficaria surpreso se elu tivesse uma excelente visão noturna. — Se quisermos alguma esperança de escapar deste lugar, precisamos fazer um cerco reverso.

Assinto, reconhecendo o plano de mestre da estratégia de batalha.

— Minhas irmãs de sangue e eu podemos desviar das flechas no caminho para as muralhas, mas quando tentarmos chegar perto…

— Vocês seriam abatidas — diz Keita, balançando a cabeça. — E isso supondo que eles não joguem óleo em vocês e as queimem vivas. — Ele acena para as ameias, onde grandes barris cheios de óleo foram empurrados para perto das bordas.

Enquanto estremeço com a visão, Karmoko Huon tamborila os lábios pensativamente.

— Bem, eles não podem te queimar se você estiver protegida…

Eu olho para ela.

— No que você está pensando?

— As tinas na forja — Karmoko Calderis suspira, já entendendo. — Eu as usei para misturar o ouro amaldiçoado…

Acalan pigarreia desajeitadamente.

— Estamos chamando de ouro divino agora — diz ele.

— Parabéns para você — responde a karmoko, cheia de sarcasmo, então continua: — As tinas são feitas de aço Efuana: denso, impermeável a outros metais...

— Perfeito para um escudo! — arfo.

— Você pode usá-lo para correr para as muralhas. Sua armadura deve evitar que você ferva dentro dela, caso eles atirem flechas flamejantes em você. — A armadura infernal, entre outras coisas, é retardadora de calor.

— E depois? — Belcalis pergunta, após te acompanhado a conversa em silêncio. — Não podemos escalar as muralhas segurando tinas sobre nossas cabeças.

A boca de Karmoko Calderis se abre em um sorriso presunçoso.

— Quem disse que você tem que escalar? Você pode simplesmente abrir caminho com explosões. Eu estive juntando ingredientes todo esse tempo. Tenho o suficiente para fazer um ótimo bagba.

Karmoko Thandiwe ri.

— Bagba? Calderis, sua velha raposa astuta.

Enquanto Karmoko Calderis sorri de prazer, Keita franze a testa.

— E o que exatamente é bagba?

— Um tipo de explosivo — explica Belcalis. — Muito instável. Pode facilmente abrir um buraco em ambas as muralhas. E em sua barriga, se você não tomar cuidado.

— Então você o conhece — diz Karmoko Calderis, um olhar calculista em seus olhos.

Belcalis dá de ombros.

— Já lidei com ele antes. — Quando a karmoko apenas a olha, ela explica: — Eu costumava trabalhar para um boticário que se aventurava.

Karmoko Calderis sorri.

— Então você fará parte da primeira onda.

Belcalis assente enquanto Britta, Keita e eu nos entreolhamos. Nenhum de nós tem interesse em lidar com explosivos.

— Espere — diz Belcalis de repente. — O bagba é muito barulhento. Se estamos tentando impedir que os jatu de fora se apressem, não vai contra o propósito abrir um buraco ensurdecedor nas muralhas de Warthu Bera?

— Na verdade, pode ser que eu tenha um plano para isso — Se voluntaria Karmoko Huon. — O Exército das Deusas... espere, é assim que ele se chama, não é? — Quando assinto, ela continua: — Ainda está estacionado fora da muralha da cidade, correto?

Assinto novamente.

— Bem, e se ele usar uma nova arma, uma que pode entrar no n'goma? Calderis, você pode pegar um pequeno peitoral equipado com o kaduth? Precisamos que alguém passe pela parede… — Ela olha especulativamente para Ixa, que enfia a cabeça no meu pescoço, nervoso.

Deka?, chia.

Eu olho para ele. *Ixa*, eu digo. *Eu tenho um favor pra te pedir.*

Leva cerca de meia hora para os gritos começarem. A princípio, são esporádicos, alguns gritos de surpresa dos jatu nas muralhas. Depois vêm as explosões, todas tão altas que reverberam pela cidade. Ixa, agora em uma versão alada de sua verdadeira forma, está fazendo o que pedi, soltando o bagba em diferentes pontos ao longo da muralha de Hemaira para desorientar os jatu dali. Felizmente, o peitoral que Karmoko Calderis colocou nele está fazendo o que deve: impedir que o n'goma o capture. Agora, ele está soltando mais alguns peitorais com bilhetes presos neles para as alaki do lado de fora da muralha, informando que elas precisam usar o kaduth para passar pelo fogo do n'goma. Batuques frenéticos já estão aumentando, pedindo reforços.

Os tambores de Warthu Bera soam uma resposta rápida: *Estamos a caminho.*

Homens correm para os portões externos, seguindo as ordens de seus comandantes. Comparado à crise que parece estar acontecendo lá fora, purificar Warthu Bera de suas agora inúteis alaki de repente fica em segundo plano. Todo jatu da cidade tem sua atenção voltada para as muralhas de Hemaira.

Exatamente o que queríamos.

Eu me viro para Britta e as gêmeas, que estão vestindo armaduras douradas cuidadosamente ajustadas. Karmoko Calderis fez centenas de trajes em segredo para se preparar para este dia: o dia em que as alaki de Warthu Bera arrancariam suas amarras e se libertariam, assim como o restante dos campos de treinamento da cidade. Mas elas não são as únicas vestindo armaduras: Keita também está blindado em ouro, como é adequado para seu papel como nosso guia. Ele conhece todos os pontos fracos das muralhas e será mais um escudo para Belcalis, que está carregando o bagba, já que ela é quem sabe melhor como dispará-lo corretamente. Assim que abrirmos um caminho através das muralhas, as karmokos e o restante das alaki seguirão e usarão as carroças com brasão de kaduth para ajudar as alaki, e qualquer um que queira, a escapar da cidade.

— Preparados? — pergunto, olhando para o resto do grupo.

— Preparados — diz Britta, içando sua tina.

Adwapa e Asha rapidamente fazem o mesmo, assim como Keita.

Apenas Belcalis não responde, e quando me viro para ela, ela ainda está sem armadura e parece procurar a adaga em sua bota.

— Belcalis — digo, preocupada —, onde está sua armadura?

Sei que ela não pode estar planejando usar seu dom, a armadura que ele cria é irregular.

Belcalis não parece pensar isso, porque sorri para mim enquanto corta a palma da mão, segurando-a para mostrar o sangue, que se espalha rapidamente pelo braço e depois pelo resto do corpo. Em menos de um minuto, ela está brilhando completamente dourada, até seus cabelos como fios dourados agora. A nova armadura se encaixa tão bem nela que parece uma segunda pele, mas sei por experiência própria que é tão dura e resistente quanto uma armadura infernal. Estremeço, ao mesmo tempo impressionada e intimidada pela visão. Levei semanas, quase um mês, na verdade, para dominar minha voz, mas Belcalis dominou seu dom em menos de uma semana. De repente, me sinto terrivelmente inadequada.

— Esta é a minha armadura — diz ela presunçosamente enquanto fico boquiaberta.

É quase como se ela estivesse no sono dourado, como se tivesse sido morta e estivesse se regenerando, só que sua expressão não é pacífica como a de uma garota que está se regenerando. Está cheia de propósito.

— Vamos? — diz, gesticulando.

Eu assinto.

— Viver para sempre! — incentivo.

— Viver na vitória! — respondem os outros.

Então içamos nossas tinas e começamos a correr.

Está tão escuro agora, e as muralhas de Warthu Bera estão tão caóticas que estamos quase na metade do terreno antes que os jatu nos percebam. Só fico sabendo que fomos vistos por conta do súbito fluxo de flechas passando diante dos buraquinhos para os olhos que Karmoko Calderis abriu na minha tina. Mas eu ignoro as flechas, meu olhar fixo no objetivo adiante: o portão da frente. Tudo o que temos a fazer é abri-lo, e então podemos atravessar a ponte que leva para fora.

— Continuem correndo! — grito, incentivando. Até que as chamas começam a chover ao nosso redor.

Os jatu começaram a acender suas flechas, e agora uma linha de chamas cresce na minha frente, fazendo a temperatura ferver e o ar engrossar. Quando as árvores próximas começam a estalar alaranjadas, chamas acendendo as folhas, eu tropeço, as lembranças amargas do meu tempo na pira surgindo. Mas cerro os dentes e respiro fundo, forçando-as a se afastarem. Não permitirei que os jatu me forcem a recuar, não agora, quando há tanta coisa em jogo. Nós só temos que chegar mais perto, e então o bagba…

O bagba!

Eu arfo, o pânico aumentando quando percebo o perigo sob o qual estamos. Se as chamas queimarem muito, há uma chance muito real de o bagba explodir, levando Belcalis e o restante de nós com ele.

— Temos que recuar! — grito, tentando fazer os outros se lembrarem. — Temos que recuar!

— Não! Sigam em frente! — Há determinação na voz de Belcalis.

— Mas o bagba é muito volátil! As chamas podem fazê-lo explodir.

— Temos que arriscar, Deka! — grita ela. — É agora ou...

— Espere, espere! — Ouço a voz de Britta, acompanhada por um som arrastado, enquanto sua tina se aproxima de mim.

— O que foi agora? — grito, agitada. Não temos tempo a perder. A fumaça é tão espessa que entope minhas narinas. O fogo está se aproximando cada vez mais, e com ele, aquele terror familiar.

Chamas, rastejando sobre mim... me queimando viva.

Tento afastá-lo, mas o medo é muito intenso. E sei que deve estar afetando Keita também.

— Keita? Keita? — chamo, lembrando o que ele me contou sobre seu medo de queimar.

Um barulho alto força minha atenção a volta para o presente. É Britta; ela jogou de lado sua tina.

— Eu tenho uma ideia! — ela anuncia enquanto eu arfo, horrorizada.

Isso e os arrepios percorrendo meu corpo são os únicos avisos que recebo antes que uma parede de pedra irrompa da terra, se curvando à nossa frente como a lateral de uma montanha. Outra cresce rapidamente para encontrá-la, ambas curvadas de tal maneira que formam um escudo sobre nós, nos protegendo das chamas lá fora e das flechas acima.

Um silêncio atordoado toma conta das muralhas de Warthu Bera, bem como sobre o nosso grupo. Quando vi Britta fazer isso antes, eu não estava em condições de admirar, de realmente entender a magnitude do que ela havia criado.

— Britta, você fez isso? — pergunta Keita, chocado, enquanto desliza para fora de sua tina, que é protegida pelo novo abrigo de Britta, como todas as nossas.

Faço o mesmo, jogando de lado o metal aquecido enquanto Britta assente.

— Se Belcalis conseguiu dominar seu dom rapidamente, então eu também consigo.

— Isso é incrível, Britta, realmente incrível — diz Keita. — Mas... como chegamos à muralha agora?

— Assim. — Britta soca os punhos para a frente, e a pedra diante de nós começa a se mover, quase como um tanque cortando a grama.

Olho para Britta, maravilhada, enquanto a pedra desliza devagar mas seguramente. Ela está se esforçando tanto, o suor escorre em sua testa e seus membros estão tremendo. Mas ainda assim, ela continua.

— Acho que nunca estive tão orgulhosa de você quanto agora — digo, balançando a cabeça, impressionada.

— Sério, Deka? — bufa Britta, empurrando mais. — Isto é o que te impressiona? E quanto a todas as outras milhões de vezes que salvei você na batalha?

— Você nunca criou um escudo feito de pedra nem o moveu pelo chão — respondo, propositalmente tentando manter a conversa.

O corpo de Britta está tremendo de tensão, e posso ver a energia dentro dela se esgotando rapidamente. Ao contrário de Belcalis, Britta ainda não dominou a arte de gastar apenas a menor quantidade de energia necessária para usar seu dom, o que significa que ela está prestes a entrar em colapso. Precisamos chegar mais perto da muralha antes que isso aconteça.

— Você consegue, Britta — digo enquanto sigo com ela. — Só mais alguns passos.

Ela assente, olhos azuis brilhando com determinação.

— Eu consigo. Eu consig...

Ela para de repente, e então seus olhos reviram. Esse é o único sinal que recebo antes que ela desmaie.

Eu corro até ela.

— Britta! — arfo, sacudindo-a, mas ela está inconsciente, a energia dentro dela é apenas uma sombra fraca do que já foi. Ela foi longe demais.

Levo as mãos a cabeça, frustrada.

— Céus infinitos! O que fazemos agora?

A muralha ainda está muito longe, e não podemos sair do abrigo sem sermos abatidos. Os jatu já começaram a apontar suas flechas flamejantes para esta parte do terreno de Warthu Bera.

Belcalis suspira.

— Eu não sei, Deka, eu...

— Shhh, escutou isso? — Adwapa diz abruptamente.

Eu paro, meus músculos tensos quando um som sibilante surge a distância, rapidamente seguido por gritos de pânico, todos vindos das muralhas de Warthu Bera. Não soa como as asas de Ixa, que fazem um som característico ao bater. Em vez disso, soa gracioso, como algum tipo de pássaro gigantesco.

E já ouvi isso antes. Inúmeras vezes, na verdade.

Asha para.

— É o que eu acho que é?

Espio por uma rachadura na lateral do escudo de Britta, e meus olhos imediatamente se arregalam. Lá, voando em direção ao Warthu Bera, o corpo brilhando suave contra o céu sem lua, está Melanis, Ixa voando atrás dela. Encaro, chocada. Como ela chegou aqui? E por que ela está aqui, para início de conversa?

— Melanis? — chamo, incerta.

— O que você está fazendo encolhida sob essa pedra, honrada Nuru? — pergunta a Primogênita, mergulhando para pegar um jatu das ameias, o comandante Xipil, pela aparência de sua armadura altamente ornamentada.

— Por favor, me deixe ir — choraminga o homem baixo e corpulento, uma exibição vergonhosa que o capitão Kelechi (o jatu alto e severo que comandava as muralhas de Warthu Bera quando eu morava aqui) nunca teria demonstrado. — Por favor... — resmunga ele.

Melanis lança um olhar entediado.

— Está bem — diz ela.

Então o deixa cair.

Enquanto observo, ainda confusa com sua chegada repentina, Belcalis pega o bagba da bolsa e começa a misturar os ingredientes rapidamente, preparando-os para a explosão. Ela dá de ombros quando percebe minha expressão.

— É agora ou nunca, enquanto eles estão distraídos — diz ela.

Eu assinto, enfim me lembrando. Então me viro para os outros.

— Preparem-se. Belcalis está prestes a jogar o bagba.

Mal tenho tempo suficiente para me agrupar antes que Belcalis saia de repente e jogue o bagba na parte do portão que Keita indicou antes. A explosão é imediata, toda a área reverbera enquanto pedaços de madeira e pedra voam. Os gritos aumentam; o cheiro de corpos tostados, carne queimada. Quando saio de trás do escudo de pedra, com os ouvidos zunindo, um buraco ocupa a parte da parede onde ficava o portão.

— Tomem as muralhas! — O grito vem de trás de nós, e então as karmokos passam correndo, o exército alaki logo atrás.

Adwapa, Asha e Keita, que ainda estão atordoados pela explosão, seguem depois de saltar através da parede de chamas. Permaneço onde estou, ao lado de Belcalis, que ainda está abalada pela explosão, e Britta, que ainda está inconsciente.

Belcalis pega Britta em seus braços.

— Eu vou cuidar dela enquanto me recupero — diz ela em uma voz excessivamente alta. A explosão deve ter prejudicado sua audição, já que foi tão perto dela. Mas ela vai ficar boa logo. — Vá — ela insiste, acenando para que eu vá.

Mas quando olho ao redor do escudo, o fogo ainda paira, o calor, o fedor de corpos queimados de repente tão intenso que estremeço. Junto minhas mãos, tentando respirar. Tentando ficar de pé. *Eu estou no controle, não meu corpo, eu me lembro severamente. Não vou ceder às minhas memórias. Não vou entrar em pânico...*

Uma mão negra se estende na minha frente.

— Precisa de ajuda? — pergunta Keita, de algum jeito de volta ao meu lado.

Ele está olhando para a parede de chamas subindo diante de nós, aquela expressão estranha, quase distante em seus olhos. Ele está fascinado pelas chamas, assim como disse. Ou é o medo que assombra seu olhar? A visão me deixa nervosa o suficiente para afastar meus pensamentos.

Aceito sua mão, então viro seu rosto para o meu e inspiro.

— É hora de enfrentar o fogo, Keita — digo baixinho. — Nós dois.

Então eu puxo sua máscara de guerra para baixo, sobre seu rosto, grata por ser feita de ouro divino, assim como o resto de sua armadura. Deve protegê-lo do calor, se ele for rápido o suficiente.

— Pronto?

— Pronto. — Ele assente, e então corremos para as chamas.

O fogo é quente — mais quente do que eu poderia ter imaginado —, mas o calor dura apenas alguns segundos, e então estamos do outro lado, entrando na muralha externa de Warthu Bera através do enorme buraco que Belcalis abriu. Enquanto fico boquiaberta, chocada com o quanto foi fácil superar minhas memórias do fogo, o exército de alaki e uivantes mortais avança, e então para de repente.

Passos ressoam. Profundos, rítmicos... familiares.

Observo, o medo crescendo, enquanto as fileiras de Renegados marcham sobre a ponte que liga as muralhas externa e interna, e então formam uma única fileira através do pequeno pátio que ocupa o meio da muralha interna de Warthu Bera. Logo reconheço o uivante mortal que os comanda, assim como sua lança em forma de pétala de flor: o líder jatu de Oyomosin.

Quando me vê olhando, ele rosna um som baixo e retumbante.

— Nuru. — Ele sorri. — Como eu sabia que te encontraria aqui?

28

◈◈◈

Estou tão chocada por conseguir entendê-lo que só consigo encará-lo.

— Eu entendo você — arfo, indo para a frente.

Atrás de mim, Melanis desce rapidamente, Ixa a acompanhando.

— Deka — sibila. — Não fale com essa abominação.

Tanto o líder jatu quanto eu a ignoramos.

— Óbvio que você pode — grunhe ele com um elegante encolher de ombros. Apesar de seu tamanho temível, ele tem maneiras muito elegantes. Só agora estou percebendo isso. — Você simplesmente nunca ouviu antes. Ou talvez tenha tentado, mas suas supostas mães — diz esta última parte com um sorriso de escárnio — impediram você. Estou vendo que você não está mais usando seu pequeno colar florido, aquele que tem o fedor de icor.

Toco reflexivamente meu pescoço nu, então me forço a abaixar as mãos enquanto refuto:

— E estou vendo que você ainda está usando seu kaduth. — Aponto meu queixo para o peitoral. — Jogada inteligente, usá-lo para fugir do n'goma. Felizmente, conhecemos seus segredos. E agora, vamos usá-los para escapar de Hemaira.

Quando olho para meus amigos, que já assumiram posições de batalha, apesar de sermos lamentavelmente mais fracos que os Renegados, o uivante mortal líder jatu explode em gargalhadas altas e robustas.

— O n'goma? — Ele ri, enxugando uma lágrima com uma garra afiada. — Você acha que um antigo objeto arcano é o que te impediu de entrar em Hemaira? Esta cidade sempre esteve aberta a vocês, sempre os acolheu, aliás. Idugu te procura de braços abertos, você sabe disso. São suas mães que não querem você aqui, que não querem que você saiba...

— Saiba o quê?

Ao meu lado, Melanis está rapidamente ficando agitada.

— Pare de falar com ele e lute, Nuru. Devemos escapar.

Mas cansei de suas interrupções.

— Escapar como? — pergunto, gesticulando ao redor.

Os uivantes mortais Renegados podem estar menor número, mas mesmo um deles é igual a pelo menos três ou quatro de nós. Seria diferente se fosse apenas o meu grupo, e estivéssemos lutando com a fuga em mente, mas todo o Warthu Bera está conosco agora, e a maioria das alaki está tão enfraquecida que seriam apenas corpos para o abate. Estamos realmente presos.

Olho para as karmokos, tentando ver se elas têm algum tipo de plano, mas ainda estão sussurrando umas com as outras, aproveitando o fato de que a atenção do líder está em mim.

Ele dá um passo à frente mais uma vez, aquele sorriso horrível curvando seus lábios. Ele nem olha para Melanis enquanto continua:

— Pergunte a si mesma, Nuru, por que elas criaram o ardil do n'goma? E por que elas a prenderiam com tanto icor fedido a ponto de você sequer conseguir ouvir o som das vozes de suas próprias irmãs, muito menos usar as habilidades com as quais você nasceu? Por que elas procurariam torná-la menor do que você é?

As palavras entram na minha mente, um reflexo de todos os meus medos, todas as minhas suspeitas: as mães estão mentindo para mim, me usando para algum fim que eu realmente não compreendo.

As mães não me amam.

Eu balanço minha cabeça.

— Não — grito —, você está apenas tentando me confundir. — Agora vejo a presunção em seu sorriso, a astúcia em seus olhos. Pode haver alguma verdade em suas palavras, muita até , mas está enlameada por algum motivo oculto, algum tipo de esquema. — O que você quer? — pergunto, apertando mais meus punhos nas atikas.

Ao meu lado, Melanis está praticamente espumando pela boca.

— Mate-o, Nuru — sussurra. — Ou eu vou matá-lo.

O uivante mortal se volta para ela.

— E depois, o que você vai fazer, Melanis, Luz das Alaki, voar de volta para suas preciosas mães? — zomba ele, sabendo muito bem que ela não consegue entender suas palavras. — Diga-me, como vai conseguir fazer isso sem suas asas?

Enquanto fico tensa, prestes a alertá-la, Melanis se lança abruptamente no ar.

É tarde demais. Ouço um som rápido, e então uma lança aparece do nada para golpear suas asas, fazendo-a cair.

— Você se atreve? — grita ao cair como uma pilha amassada, suas asas batendo inutilmente. O uivante mortal que jogou a lança sorri enquanto corre de volta pelas muralhas, desaparecendo na escuridão. — Você se atreve a me causar danos à, indesejado? — rosna para o uivante líder jatu.

Belcalis e os outros correm até ela, tentando arrastá-la para um lugar seguro, mas permaneço onde estou, meus pensamentos agitados. Acabei de me dar conta: Melanis se moveu antes que a lança fosse arremessada. Antes mesmo de eu ficar tensa com a ameaça do uivante. Ela não precisou ler minha linguagem corporal ou a dele para se defender; ela já sabia o que ia acontecer. Não, Melanis ouviu o que ia acontecer, porque o uivante disse, o que significa que ela o compreendeu — provavelmente compreendeu o tempo todo.

Me volto para ela, choque e traição guerreando dentro de mim.

— Melanis? Você o entende?

A Primogênita apenas me encara de um jeito rebelde, os dentes cerrados enquanto arranca a lança de suas asas.

Quando ela se levanta, batendo-as, dou um passo para trás, a sensação de traição crescendo.

— Você sempre os compreendeu? — sussurro.

— Lógico que sim. — Atrás de mim, o líder se diverte. — Ela é a Luz das Alaki, a favorita de suas mães. Por que outro motivo iriamos tão longe para prendê-la? Por que mais elas iriam tão longe para libertá-la?

Estou chocada agora, oprimida por todas as emoções que se agitam dentro de mim. Melanis pode entender os uivantes mortais Renegados, pode ouvi-los quando falam. Ela os ouviu todo esse tempo, embora eu não pudesse. Achei que eu era a única que conseguia entender todas as línguas das mães. Achei que era isso que significava ser a Nuru, que ninguém mais podia fazer o que eu podia.

E ainda assim Melanis conseguia se comunicar com os Renegados o tempo todo. Mas ela nunca disse uma palavra.

— Por quê? — pergunto, magoada. — Por que você nunca me falou? Por que você nunca deixou ninguém saber?

Melanis permanece em silêncio, como sempre, então o líder jatu responde por ela.

— A resposta é simples, Nuru. As mães não queriam que ela contasse a ninguém. Elas nem queriam que suas preciosas filhas soubessem que existíamos. Veja bem, para elas, somos crias indesejadas, menos do que carne. — Há um tom na voz dele. Um tremor quase escondido que sei que ele não gostaria que eu notasse. De repente, me lembro daquele homem na memória de Melanis, a dor em seus olhos enquanto olhava para as mães. Outro jatu, pedindo às Douradas que o amassem, em vão.

Cansada, me volto para o uivante mortal. Estou muito, muito cansada agora.

— O que você quer? — pergunto, exausta.

— Você — diz ele. — Você é a única que Idugu requer. O resto pode queimar. — Ele se volta para seus seguidores, erguendo a sua lança. — Não deixem uma única pessoa de pé. Exceto ela.

Com um rugido, os uivantes mortais correm em nossa direção. Mas enquanto eu ergo minhas atikas, preparada para me defender, um grito de arrepiar ecoa pelo pátio. Olho para cima, assim como todos, para ver Sayuri de pé nas ameias, gesticulando com uma lança dourada.

— Irmãs de sangue! — ela ruge. — Defendam sua espécie!

Só recebo esse aviso antes que o pátio seja rapidamente tomado por corpos maciços, névoa subindo enquanto as antes encarceradas uivantes mortais de Warthu, se chocam com os uivantes roxos ainda maiores, uma enxurrada inteira delas para acabar com os outros. O ar rapidamente se estilhaça em rugidos ensurdecedores enquanto os uivantes mortais usam dentes, garras e até armas para atacar uns aos outros.

Uma mão me puxa. Britta, acordada de novo e tentando me levar de volta à segurança do terreno de Warthu Bera.

— Vamos, Deka! — diz, me arrastando de volta para a fumaça.

Eu a sigo através das fogueiras ainda em chamas até o pátio, onde um grupo de uivantes mortais de Warthu Bera monta guarda enquanto as karmokos e um jatu baixo e corado, assim como dois outros que não consigo ver bem, conduzem garotas para as carroças, quatro, cinco para cada uma.

Quando entro, olho para Britta com perplexidade.

— O que está acontecendo? — pergunto, ainda em choque. — O que foi aquilo? Todos aqueles uivantes mortais?

— Sayuri — responde Melanis, que está mancando, arrastando as asas atrás de si. — Ela chamou todas as uivantes mortais de Warthu Bera. Mesmo em uma forma tão bestial, ela permanece leal a nós. Ela nunca deixaria suas irmãs caírem nas mãos dos jatu.

Eu a encaro.

— A nós? — repito friamente. — Não existe nós. Eu me recuso a ser companheira de alguém que mente para mim, para todos ao seu redor. — Não me dou ao trabalho de comentar sobre como ela falou de Sayuri, já que sei que ela não compreenderia.

Eu entendo Melanis agora, entendo como sua mente funciona. Havia tantas pistas, tantos detalhes que ela disse e eu ignorei, acreditando que eram apenas relíquias de seus tempos. Mas tudo fazia parte de um quadro muito maior, muito mais contundente: aos olhos de Melanis, há aqueles que importam e aqueles que não importam. As deusas, as alaki, só elas valem para a Primogênita alada. Todos os outros podem queimar.

Melanis dá de ombros.

— Às vezes, as mentiras são para seu próprio bem. Elas impedem que você seja vítima daqueles que querem te prejudicar.

— Como Idugu, você quer dizer?

— Como ele — reconhece.

— Então você admite que ele existe. Que você o conhece, que você sempre soube dele. — *O que significa que as mães também...*

Melanis apenas pisca, e todas as minhas suspeitas se confirmam. Ela e as Douradas sempre souberam de Idugu. Sempre souberam dos uivantes mortais masculinos. Mas nunca nos contaram, e nos enviaram a Zhúshān para levar o ancião Kadiri e o angoro.

Mas o que é o angoro? E por que elas estão tão desesperadas por ele a ponto de arriscar me enviar atrás dele? Agora, sei que quase certamente não é o que me disseram ser: um tipo de objeto misterioso que rouba o poder delas. É algum tipo de arma, como pensávamos antes? Uma pessoa, talvez? Tem algo a ver com o cataclismo, aquele que Mãos Brancas ainda não consegue lembrar?

Pior ainda, por que as mães acharam que eu o entregaria assim que encontrasse?

O colar... As palavras deslizam em minha mente, uma condenação. As Douradas nunca se preocuparam com o que eu faria, porque elas colocaram uma coleira em mim, uma que garantia que eu fosse sempre obediente, sempre delas. Mas agora, eu a tirei.

Dou mais um passo em direção a Melanis.

— Idugu pode ser um monstro, ele pode ser um mal que ataca nossa espécie, mas pelo menos, até onde sei, ele nunca mentiu para mim.

— E?

— E há coisas que eu não sei, e apenas uma divindade parece disposta a me dizer. — Eu inspiro, sabendo que as palavras que digo em seguida quase certamente vão me separar de forma irreparável das mães, de todas as coisas que descobri. — Eu vou falar com Idugu. Vou descobrir o que as mães não estão me contando.

— Então você abandonaria suas irmãs de sangue no campo de batalha apenas para perseguir uma causa egoísta? — Há um brilho estranho nos olhos de Melanis agora, e eu sei, quase com certeza, que as mães estão observando através deles. Eu posso senti-las, um poder distante, embora não tenha mais o mesmo efeito sobre mim.

Olho para o pátio da muralha interna, onde aqueles gritos ficam mais silenciosos a cada segundo que passa. Os Renegados podem ser enormes e esmagadores, mas mesmo eles não conseguem suportar o grande número de uivantes mortais de Warthu Bera, as décadas de ressentimento e agressão acumulados. Eles já perderam a batalha.

— Que campo de batalha? — digo por fim. — Tudo o que vejo é um cemitério. A luta acabou, assim como esta conversa.

Melanis agarra meu braço tão rápido que nem a vejo se mexer.

— Se você fizer isso, nunca mais será bem-vinda em Abeya. — Sua voz vem em ondas, quase como se as mães estivessem falando através dela.

Olho para abaixo, lenta e propositadamente, e puxo seus dedos do meu braço.

— Eu sou a Nuru, a única filha com sangue apenas das Douradas. Você não vai me dizer o que fazer, e você não vai ser condescendente comigo. Somente as mães podem revogar minhas boas-vindas a Abeya, e você não é elas… ou é? — Adiciono esta pergunta puramente como um desafio.

Quando nenhuma resposta vem, eu me afasto. Cansei de ser manipulada pelas mães, cansei de ser um fantoche.

— Deka — chama Melanis atrás de mim, sua voz ainda mais grossa. — Deka! Não faça isso!

Mas já não a ouço. Eu não as ouço mais.

Volto às karmokos, que estão quase terminando de colocar as garotas nas carroças, ajudadas por Rustam, o amante de Karmoko Calderis, aquele jatu baixinho e corado que vi antes, assim como os amigos de

Keita, Chernor e Ashok. Parece que eles mudaram de ideia, o que é bom. Eu odiaria ter que matá-los.

— Acho que isto é um adeus — diz Karmoko Thandiwe quando me aproximo deles.

— É — respondo. Assinto respeitosamente para elu e as outras karmokos. — Foi maravilhoso ver todos vocês. Espero que nos encontremos novamente, em melhores circunstâncias, mas devo seguir em frente. Por enquanto, levem as garotas para fora da cidade e ajudem qualquer outro campo de treinamento que puderem no caminho. Há algo que eu tenho que fazer.

Então olho para meus amigos.

— Vamos — digo com firmeza. — Idugu está nos esperando no Grande Templo. Devemos atendê-lo.

29

◈◈◈

As ruas estão um caos quando começamos a subir as colinas em direção ao Grande Templo. Asha acompanha Rian, Mehrut, Gazal e as outras irmãs de sangue para fora de Hemaira, onde o Exército das Deusas espera, pronto para receber a eles e às karmokos. Instruí todos a contar às comandantes do exército sobre o plano de atacar Abeya, já que tenho a sensação de que Melanis não parou para avisar ninguém. O que farão com essa informação é com elas. No momento, todas as garotas e uivantes mortais do meu grupo estão amontoadas dentro de um par de carroças que pegamos em Warthu Bera, tomando o cuidado de permanecermos o mais quietas possível sob o abrigo de tecido rígido enquanto os garotos nos levam ao nosso destino, liderados por Acalan. Como conhece muito bem o Grande Templo, ele é a pessoa mais óbvia para nos guiar até lá. E a mais disposta também. Depois de tudo que passamos nos últimos dias, ele enfim está pronto para voltar à casa dos pesadelos, onde muitas de suas piores lembranças aconteceram, enfim pronto para enfrentar seus demônios. E ainda bem, porque se nossa passagem no templo acontecer do jeito que eu espero, ele vai precisar de toda a coragem que puder reunir.

— Então você acha mesmo que as mães estavam falando através dela? — A pergunta súbita vem de uma Britta agora totalmente desperta e recuperada, que está ouvindo minha explicação sobre o que aconteceu com Melanis, preocupada.

Os outros ainda estão dormindo, os roncos suaves de Ixa balançando as tranças do meu cabelo, então tento manter minha voz em um sussurro enquanto respondo:

— Foi quase como se eu pudesse vê-las atrás dos olhos dela. E eu podia sentir o poder delas, eu o reconheceria em qualquer lugar.

— Por que você acha que elas não querem que você fale com Idugu?

— Não sei — digo. — Mas tenho minhas suspeitas.

Britta estende a mão, toca a minha.

— Você vai ficar bem, Deka? Se as mães realmente esconderam algo ainda maior de você, ainda maior do que tudo que descobrimos até agora? Você seria capaz de lidar com isso?

— Você conseguiria? — Quando Britta franze a testa para mim, explico: — Isso afeta a todas vocês tanto quanto a mim. Se as mães estão escondendo algo ainda maior de mim, eu não vou voltar para elas... O que significa que elas podem não permitir que nenhuma de vocês retorne a Abeya, já que também seriam consideradas traidoras.

Saber disso é como um peso no meu peito, me sufocando. Estou tirando as outras de seu lar, impedindo-as de voltar ao único lugar seguro que temos agora.

Me aproximo de Britta, de repente desesperada.

— Você não precisa vir comigo. Você pode simplesmente voltar para o nosso lar, e as mães vão te aceitar. Elas vão te aceitar de volta.

— Sério, Deka? — Britta bufa, revirando os olhos. — Você realmente acha que eu te deixaria? Lar é onde você está, garota boba — diz. — É onde todos vocês estão. Mesmo quando estávamos em Warthu Bera e as coisas eram aterrorizantes, era um lar porque você estava lá.

— Eu não poderia ter me expressado melhor — diz Belcalis, rolando para que seu corpo fique de frente para o meu. Parece que ela está acordada também. — Vocês podem ser irritantes e tolas, mas ainda são a minha família.

— Concordo — dizem Adwapa e Asha juntas de onde estão encolhidas aos nossos pés.

Lágrimas ardem em meus olhos agora, lágrimas de felicidade.

— Eu amo vocês, idiotas — sussurro. — Você são meu lar também.

— Isso com certeza é verdade agora que Warthu Bera está em chamas — diz Britta, melancólica. — Era um lugar de merda cheio de gente de merda, mas foi nosso por um tempo, não foi?

Dou uma risadinha.

— Lembra quando toda a equipe de Mehrut foi castigada e fizemos bolinhos doces fritos para animá-las?

Britta sorri com a memória.

— Nós roubamos toda aquela farinha de nozes das cozinhas.

— A matrona Nasra ficou tão zangada que cuspiu fogo por semanas. — Asha ri.

— Bateu em todas com seu rungu, mas nenhuma de nós nunca contou. Que época boa — suspira Britta. — As coisas eram mais simples. Brutais, mas mais simples.

— Espero que em breve sejam simples outra vez mas sem a brutalidade — digo enquanto a carroça continua em frente, se aproximando do templo em si.

Ao nosso redor, mais e mais cascos passam, gritos e ordens urgentes os acompanham. Os jatu do templo estão se mobilizando para as muralhas de Hemaira, tentando parar as alaki e uivantes mortais de Warthu Bera que estão saindo, assim como as irmãs de sangue das outras casas de treinamento que as seguem. Alguns jatu gritam com Acalan por estar no caminho deles, mas ele os ignora, mantém a carroça em movimento constante até que, por fim, os gritos desaparecem na distância e a carroça começa a desacelerar.

Quando as rodas param, a tensão retesa meus músculos. Chegamos.

O templo está quase silencioso quando emergimos, os primeiros raios de sol mal tocando o horizonte. Começamos a lutar em Warthu Bera no início da noite passada; agora, enfim é manhã. Faz tempo que os últimos poucos jatu e uivantes mortais Renegados saíram dos portões em direção às muralhas de Hemaira, que se erguem a distância, em chamas com luz e som. Agora que o Exército das Deusas tem kaduths à sua disposição, ele está entrando em Hemaira, pronto para ajudar todas as alaki em fuga, para libertar toda e qualquer mulher que queira. É o momento perfeito para entrarmos no Grande Templo furtivamente.

Assim que Acalan nos leva a uma portinha dos fundos, eu me viro para os outros.

— Prontos? — pergunto.

— Como sempre estaremos — diz Keita, apertando minha mão.

Fico inquieta, hesitante.

— Não sei o que vamos encontrar — digo com sinceridade.

— Não importa, desde que estejamos juntos — diz Britta, apertando minha outra mão.

Incerta, assinto, depois olho para Ixa, que já está pulando pelo chão em forma de pássaro noturno. *Conduza a gente a Idugu?*, pergunto.

Deka, ele responde, esvoaçando para a porta no momento em que a abro.

Eu sigo, confiante de que ele vai nos levar ao lugar certo. Ixa é sintonizado com presenças divinas. Ele saberá onde procurar.

Os guardas no pequeno corredor se assustam ao nos verem chegando, mas Nimita está diante deles antes que possam gritar, garras cortando suas armaduras mais rápido do que uma faca na manteiga. Quase me divirto com a falta de preparação, na verdade. Todo aquele ouro divino que os sacerdotes investiram para as armaduras dos uivantes mortais Renegados e nem pensaram em fazê-las para seus próprios guardas. Ixa continua à nossa frente, os olhos aguçados enquanto voa pelos corredores do templo, evitando cuidadosamente grupos de sacerdotes e acólitos que fazem suas rondas e rezam baixinho. Acalan nos informou que todos os sacerdotes de alto escalão ou se juntaram aos jatu na muralha de Hemaira para abençoar seus esforços ou são velhos demais para se movimentar tão tarde (ou melhor, tão cedo) e, portanto, estão dormindo, o que é um alívio. Por mais que eu não tenha nada contra matar sacerdotes, a maioria dos que ficam aqui são acólitos, jovens cujas barbas mal cresceram, que cuidam das fogueiras do templo na calada da noite, e sacerdotes de baixo escalão.

Quanto mais nos adentramos no templo, mais ornamentada se torna a decoração — entalhes embutidos nas paredes, prateleiras e mais prateleiras de pergaminhos em todos os cantos. No entando, por mais que eu tente, não consigo identificar as esculturas que vi antes quando estava aqui. Aquelas com a corrente de ouro que me irritava. Talvez estejam mais perto do santuário interno, que, suponho, é onde Idugu descansa. Se ele for parecido com as mães, estará lá nos esperando, tendo detectado nossa presença assim que pisamos no terreno do templo. Felizmente, no entanto, ele não compartilha do amor delas por armadilhas, mas como toda Hemaira é seu domínio, ele não precisa.

Depois de voar por um tempo, Ixa desvia em direção a um canto escuro que se revela uma escada. Eu franzo a testa para os degraus em espiral na escuridão, as tochas fracas não afastam o breu por completo.

— Idugu está lá em cima? — pergunto.

Deka, Ixa gorjeia.

— Eu nunca vi essas escadas antes. — Me viro quando Acalan diz isso, uma leve expressão de confusão em seu rosto.

— Pensei que você tivesse ido a todas as partes do templo — diz Kweku, franzindo a testa.

— Não aqui — diz ele. — Acólitos não têm permissão para vir tão longe.

— Devemos estar no caminho certo, então — digo, seguindo Ixa pelas escadas, que são tão assustadoramente escuras e vazias que nossos passos ecoam no ar do início da manhã.

É como se Idugu tivesse assegurado de que houvesse o menor número possível de barreiras para impedir nosso progresso, o que faz sentido. Ele *quer* que o encontremos. Não consigo evitar ficar incomodada com o pensamento.

Ixa enfim nos leva a uma enorme porta de madeira, do tipo que os sacerdotes gostam de usar para guardar objetos sagrados. Um par de kuru, aquele símbolo dourado do sol, serve como maçaneta, enquanto um kuru maior é embutido em ouro no chão. O ar muda conforme nos aproximamos dele, ficando mais intenso, mais pesado. Quando estamos ao lado dele, todos os pelinhos dos meus braços ficam eriçados e a parte de trás do meu pescoço formiga quando reconheço essa sensação familiar e sinistra.

Idugu. Ele está aqui.

Mas, pela primeira vez, não recuo com a consciência febril de sua presença. Em vez disso, olho para Ixa. *Bom trabalho*, eu digo silenciosamente.

Deka, ele gorjeia, satisfeito.

Eu me viro para os outros.

— Esperem aqui.

Ouço uma arfada confusa.

— De jeito nenhum — diz Keita, se aproximando de mim. — Vou com você.

— Eu também — diz Britta, então olha rapidamente para Li.

Mensagens ocultas passam em seus olhares, mas então, para minha surpresa, Li se aproxima e envolve Britta em um abraço firme, beijando o topo de sua cabeça enquanto ela enterra o rosto em seu peito, corando. Todos nós assistimos, chocados, e ele sussurra algo no ouvido dela, então dá um passo para trás.

— Vamos esperar aqui, de guarda na porta pelo tempo que vocês precisarem — diz ele em voz alta, seus olhos em Britta, que ainda está corando. Está óbvio que suas próximas palavras são apenas para ela. — A sorte está com você — diz ele baixinho.

— Com você também — responde Britta, seu rosto vermelho intenso. Quando ela vê minha expressão, fica ainda mais vermelha. — Nem uma palavra, Deka — sibila. — Sério.

Ergo as mãos.

— Eu não estou... — As palavras morrem em meus lábios.

Devagar, as portas se abrem sozinhas. Quando estão totalmente abertas, permitindo o nosso primeiro vislumbre verdadeiro do que está dentro, fico boquiaberta.

A sala à nossa frente é colossal, uma estrutura inacreditavelmente enorme e imponente que quase rivaliza com todo o Templo das Douradas. É impossível que exista nesta torrezinha acima do Grande Templo. Não pode existir em qualquer torre de qualquer lugar. Mas não me importo com o como e o porquê; toda a minha atenção é capturada pelo que está no final da sala: quatro enormes tronos de ouro, estátuas de ouro, igualmente maciço, sentadas em cada um. Eu as encaro, incapaz de me mover, incapaz de respirar. O choque transformou meus pés em chumbo.

— Essas estátuas... — sussurro.

— Se parecem com as mães. — A consternação de Britta é nítida em seu rosto enquanto ela cambaleia ao meu lado. — Elas realmente se parecem com as mães.

— Mas são homens — digo, o sangue correndo para minha cabeça enquanto tento compreender o que estou vendo.

As estátuas nos tronos são idênticas às Douradas. Os mesmos rostos, as mesmas vestes, tudo igual, exceto que são de homens. Réplicas masculinas perfeitas das mães, sentadas e adormecidas. Um até tem asas, como Mãe Beda. Memórias passam pela minha mente enquanto olho para elas, os fios enfim se unindo: Anok estendendo a mão para o Cruel, a culpa que sentia por algo que ela e suas irmãs fizeram. Depois, os entalhes que vi quando a porta nos trouxe aqui pela primeira vez, aqueles que pareciam quatro guerreiras lutando contra quatro homens aos quais estavam conectadas. Aquelas guerreiras eram as Douradas, me dou conta agora, o que significa que esses eram deuses com quem elas lutavam.

Uma visão dos indolos flutua em minha mente, duas criaturas amarradas por uma corrente dourada. E todas as peças se encaixam. Todo esse tempo, pensei que Idugu fosse uma entidade única, um ser misterioso escondido em seu trono distante, rindo de nossas tentativas de encontrá-lo. Mas e se, em vez de um ser misterioso, houver quatro? Quatro deuses masculinos, quatro irmãos das Douradas. Quatro Cruéis.

O que significa que as mentiras das mães são ainda maiores do que achei. Elas não foram as únicas que criaram Otera. Seus irmãos também estavam lá. Eles também existiram durante todo esse tempo.

— O que é isso, Deka? — pergunta Britta. — Como tudo isso pode estar aqui?

Não consigo formar uma resposta. Minha cabeça está dormente agora. O ar ficou mais espesso, a presença de Idugu quase esmagadora. Ele está... não, eles estão... observando. Esperando... Mas para quê, ainda não sei.

Eu olho para cima, desafiando-os.

— Isto é algum tipo de jogo? Vocês estão pregando peças em nós, certo? — Quando não há resposta, eu me volto para os quatro tronos. — Vocês são os irmãos das Douradas? É por isso que me trouxeram aqui daquela primeira vez? Para que eu pudesse ver o que vocês são?

Agora entendo por que fomos levados por aquelas portas, arremessados das províncias orientais até aqui. Os irmãos, talvez sejam todos chamados coletivamente de Idugu ou talvez todos sejam chamados de Cruéis, não tenho certeza, tentaram me trazer aqui, falar comigo. Mas eu mudei a porta antes que eles pudessem fazer isso, e escapei.

Mas agora, estou aqui outra vez. Exatamente onde comecei.

O poder transpassa pelo salão em resposta à minha pergunta, e os braseiros acendem um após o outro, uma linha reta que me conduz até a plataforma onde estão as estátuas. Tudo o que tenho que fazer é subir as escadas, ficar diante das estátuas, e minhas perguntas serão respondidas.

Está no sangue... Essas palavras me estremecem.

Me viro para Britta, que está inquieta atrás de mim, preocupada.

— Você tem que ir agora — digo. — Você e Keita têm que preparar os outros para escapar. Tenho perguntas que preciso fazer aqui. — Então acrescento, mais baixinho desta vez: — Se alguma coisa acontecer, diga a Keita que ele está no comando.

— Mas, Deka...

— Eu tenho que fazer isso, Britta. Eu tenho que saber.

Ela assente. Suspira. — Tudo bem. Cuidado, Deka.

— Tome cuidado você também, Britta — digo, abraçando-a.

Então ela parte.

Eu me ajoelho, puxo a adaga escondida na minha bota. Não é tão ornamentada quanto a adaga cerimonial que usei quando libertei as deusas pela primeira vez, mas uma lâmina ainda é uma lâmina. E desde que seja eu a empunhando, deve servir. Agora, entendo por que Anok me disse essas palavras há tanto tempo, por que ela me fez olhar dentro do colar. Ela estava me preparando para isso, o momento em que eu seria confrontada com o entendimento da verdade. Tudo o que tenho que fazer é subir aquelas escadas, coletar um pouco do sangue de Idugu em forma líquida, e então terei as respostas que procuro. Poderei julgar a verdade das mães, de Otera, sozinha.

Começo a subir.

A primeira estátua que alcanço é de um homem mais velho e severo, a sabedoria das eras em seus olhos, seu nariz é largo e a expressão, travessa, quase idêntica à de Anok. Fico parada por um momento, observando. Esta estátua é um Idugu adormecido, que é como eu decidi chamá-los, ou apenas uma representação de um? Não tenho certeza, mas o que sei é que o ouro que o cobre contém icor. O poder sai dele em ondas, um formigamento sutil que sinto sob minha pele. Corto a palma da minha mão, esperando pacientemente enquanto o sangue começa a brotar.

Toque nele e veja... uma voz sussurra na minha cabeça. Minha ou de Idugu, não tenho certeza.

Mas respondo em voz alta.

— Tudo bem. Mostre-me tudo.

E eu toco o ouro.

30

◈◈◈

Estou de volta ao oceano celestial escuro, galáxias rodopiando, sóis nascendo e morrendo em universos distantes. Só eu permaneço imóvel; observando. Ali, logo além do véu, a barreira invisível que separa os mundos, há uma cadeia de montanhas, que reconheço de imediato, apesar do deserto florescendo em cima dela: As N'Oyos. O pico mais alto é pontudo, ainda intocado pelo templo que um dia o coroará. Mas nas planícies abaixo, caos. Exércitos colidem, armadura contra armadura, espada contra espada. E eu — nós — permanecemos onde estamos, incapazes de ajudá-los. Eu posso nos sentir agora, um múltiplo de seres, todos fundidos, mas cada um com uma consciência distintamente separada. A tristeza nos domina, distante, mas poderosa. Azuis e prateados colorem nossa angústia, escurecendo o ouro que brilha sobre nossas formas celestes. Trovões ressoam, ondas do mar se agitam em resposta ao nosso desespero.

Por séculos, tentamos e falhamos em ajudar a humanidade a ignorar seus instintos mais básicos de destruição e guerra. Não importa o que façamos, ela sempre resiste. Foge de nós naqueles frágeis corpos mortais. Mas não podemos culpá-la pelo medo. A simples visão de nós transforma todos, exceto os humanos mais fortes, em cinzas, e quando criamos videntes para falar por nós, eles imediatamente enlouquecem. Como podemos ajudar os humanos se não podemos nem nos comunicar?

Como podemos alcançá-los se nossa própria proximidade pressagia suas mortes?

O enigma nos atormenta, verde e laranja são as cores de nossa consternação. Um vulcão distante entra em erupção em resposta à nossa inquietação.

E se mudássemos de forma, nos fizéssemos parecer mortais como eles? O pensamento vibra em nossa consciência, uma ideia que se fortalece em notas azul-púrpura quanto mais a contemplamos. Zéfiros se enrolam no ar. Flores desabrocham.

Mas como? Outro pensamento em nossa consciência, *Os humanos são principalmente dimórficos e olham para qualquer discrepância com suspeita. Eles não fariam o mesmo conosco se aparecêssemos como somos?*

Poderíamos nos tornar dois. O pensamento ondula pelo nosso coletivo. *Cada um de nós pode se separar. Masculino e feminino. Ou tão próximo disso quanto desejarmos.*

Masculino e feminino... O mero pensamento nos perturba. Os humanos gostam de se separar dessa forma, embora não sejam tão simplesmente classificados. Há tantas diferenças. Muitas. Mas os humanos sempre machucam aqueles que não podem medir com facilidade. Eles os forçam a escolher — masculino, feminino. Um ou outro. Pensar que nós também devemos escolher... nos prender a formas tão limitadas. Nossa inquietação pinica em vermelho e laranja, fazendo com que florestas distantes se transformem em desertos.

Que deselegante, outro funga. *Não gostaríamos de nos separar. Separar para sempre.* Nosso coletivo pode ser muitos, mas também somos um, preso pela corda que nos conecta uns aos outros e a tudo mais neste cosmos.

Talvez não devêssemos recorrer a meios tão permanentes, outro sugere.

Nós nos viramos, seguindo sua atenção para o chão abaixo, onde uma pequena criatura, graciosa em forma, se esgueira pelo mato, seus dois corpos conectados por um fio dourado brilhante.

Chama-se indolo, os outros sussurram, encantados. *Duas peças separadas, mas um único ser.*

Nós nos direcionamos mais para baixo, para podermos contemplar sua forma. Para nossa surpresa, essa criatura — esse indolo — não vira cinzas nem foge ao nos ver. Ele apenas olha para trás, dois pares de olhos dourados piscando pensativamente.

Um indolo, murmuramos, o pensamento nos atraindo cada vez mais. *Talvez seja isso que nos tornaremos.*

Acordo ofegante.

Quando meus olhos se abrem, o templo está vazio. Silencioso, exceto pelas chamas estalando e faiscando nos braseiros. É como se eu estivesse sozinha no mundo. Mas sei que não estou. Meus companheiros estão em algum lugar do lado de fora da porta. Se eu me esforçar, posso ouvir seus movimentos abafados, cada um distinto e anormalmente lento. O ar parece quase como nas cavernas de Warthu Bera, quando eu estava me movendo tão rápido que todo o resto parecia rastejar no ritmo de um caracol. Mas eu sei que não é isso que está acontecendo agora. Não estou me movendo rápido — nem me movendo, na verdade. Idugu está distorcendo o tempo. Ou melhor, toda esta câmara é a distorção. É como a Câmara das Deusas, exceto que, em vez do rio de estrelas, há um templo inteiro escondido dentro desta sala. Um dia, eu teria chamado esta câmara de milagre, mas agora sei o que é: um capricho instável de deuses instáveis.

Me aproximo das estátuas, percebendo como se tornaram reais. O calor emana delas, quase como se estivessem respirando. Ainda mais revelador, minha palma está tão manchada de ouro que tenho que limpá-la usando as roupas de baixo que revestem minha armadura. Então eu estava certa: estas são as formas adormecidas de Idugu. Mas não estão despertando como as mães fizeram quando toquei meu sangue no ouro que as aprisionava. Eles estão apenas congelados, imóveis. Franzo a testa. Será que eles de alguma forma ainda estão presos como as mães estavam?

Não, isso não pode ser possível. Eles estiveram se comunicando comigo todo esse tempo.

Eu olho para eles.

— Por que vocês me mostraram essa memória? — pergunto. — Para provar que são irmãos das Douradas?

— Irmãos? — A resposta desdenhosa desliza sob minha pele, mil vozes em uma. Olho para cima e vejo as bocas de Idugu se movendo, ondulações visíveis sob o véu dourado que as cobre. — Depois de tudo o que viu, você realmente acha que é isso que somos?

— Então o que devo pensar? Que vocês são algum tipo de equivalente das mães? Que vocês já foram um com elas, como indolos?

— Antes, agora, sempre. Exatamente o mesmo ser.

— Então por que isso? — Eu gesticulo para o templo. — Os templos separados, os sacrifícios de alaki, o sangue, a luta? Por que não se juntar a suas equivalentes, se é isso que elas são?

— Porque foram elas que escolheram romper nosso vínculo! — O chão cede sob a força da ira de Idugu. — Você viu as memórias! Foram elas que nos aprisionaram aqui; nos esconderam do mundo! Foram elas que decidiram roubar todos os nossos filhos para si. As alaki, os jatu; levaram todos. Limitou-os para que se adequassem à sua ideia de mundo.

Imagens passam pela minha mente: Mãos Brancas emergindo de uma poça de ouro em toda a sua glória, um ser de todos os gêneros, de infinitas possibilidades. Um ser tão divino quanto a essência da qual foi criado. Mas as mães ficam horrorizadas com sua aparência, então rejeitam todas as outras facetas, diminuindo até que restem apenas as femininas. O tempo todo, Idugu assiste por trás do véu, impotente. Ele observa enquanto as mães criam novos filhos, elevando as fêmeas e ignorando os machos e os yandau enquanto brincam com os humanos e constroem o império que um dia será conhecido como Otera. O tempo todo, Idugu observa, encarcerado em sua prisão, aquele mundo intermediário, o reino celestial se tornando VermelhoLaranjaVERMELHO em sua RAIVA FÚRIA FOME desolada preto-acinzentada...

Eu me afasto das memórias, incapaz de aguentar mais. São tão poderosas, tão avassaladoras. E são apenas metade da história, a metade de Idugu. Antes, eu as teria tomado como inteiramente verdade, mas não sou mais tão ingênua quanto antes. Não vejo o motivo de as mães terem aprisionado Idugu, ou como Idugu conseguiu manter seu poder crescente escondido delas e das alaki por tanto tempo. Essas memórias são uma manipulação, e nem mesmo convincente, em comparação com as de Mãos Brancas.

A raiva queima em mim.

— Mentiras! — rujo. — Tudo mentira! Você espera que eu acredite que os deuses masculinos que colocam os homens acima de todos os outros valorizam um ser como Mãos Brancas? Choraram por seu destino? Mentiras convenientes para me fazer odiar as mães, para me fazer duvidar de todas as suas ações.

E não preciso de ajuda para fazer o que já comecei por conta própria.

Essa resposta, é óbvio, desagrada Idugu.

— Você fala de mentiras, Deka? — pergunta de maneira sarcástica. — Você viajou até aqui procurando o angoro, não foi? Suas *mães* te contaram o que era? Disseram que era um trono de ouro, que concede poder?

— E se disseram? — zombo. — Você está se oferecendo para entregá-lo para mim?

Idugu continua como se eu nem tivesse falado:

— As Douradas nunca te informaram sobre nossa existência, nunca te disseram que havia outros deuses. Tudo o que disseram foi que elas eram as únicas, as únicas criadoras das alaki e dos jatu. Diga, por que você acha que foi assim? Por que elas tomaram toda a adoração, toda a glória, para si? Por que nos esconderam, nos deixaram com *fome*?

A palavra ressoa pela câmara, enviando o vislumbre de uma imagem em minha mente — Idugu observando as Douradas por trás do véu, aqueles vermelho-alaranjados de raiva, fúria, fervendo dentro deles. Mas outra cor desliza sob suas emoções, uma que vi tão brevemente que se foi antes que eu pudesse entendê-la. Preta, fina e sombria — impotência. *Fome...*

E, finalmente, as palavras de Mãos Brancas há apenas algumas manhãs fazem sentido: *Nomes são o que dão poder às coisas. Até deuses.*

A percepção me atravessa: as mães despojaram Idugu de seus nomes e identidades e, assim, negaram a eles a chance de ser adorado. E os deuses precisam de adoração para sobreviver. A subserviência e a crença dos humanos são o que os sustentam. Mas as Douradas privaram Idugu de adoração, então os baniram atrás do véu para morrer o que deveria ter sido uma morte muito lenta e dolorosa.

No entanto, eles ainda estão aqui.

Como eles ainda podem estar aqui? Minha mente racional vem à tona novamente, pegando falhas nas afirmações de Idugu. Pela lógica, sua consciência deveria ter desaparecido há muito tempo. Eles deveriam ser pouco mais do que energia, flutuando no universo. Como ainda podem existir, falar comigo neste templo de Oyomo, se...

Espere.

Este templo de Oyomo.

Oyomo...

Perco o ar.

— Vocês são os criadores de Oyomo! — exclamo. — Criaram uma nova identidade para ajudar vocês a se alimentarem!

Faz muito sentido. Não é de se admirar que os jatu conseguiram pegar as Douradas de surpresa e aprisioná-las; Idugu os liderou e as mães não sabiam. Elas pensaram que Idugu estava preso com segurança atrás do véu, lentamente morrendo de fome. Mas sem que elas soubessem, seus equivalentes criaram uma nova identidade chamada Oyomo e a usaram para manipular os jatu a seguir um novo caminho, chamado de Sabedorias Infinitas. E se a lembrança que vi na mente de Melanis for verdadeira (aquele jatu olhando desesperado para as mães), os jatu já estavam bem inclinados a segui-las. Vi a maneira como as Primogênitas tratam os homens, a forma como os desprezam como inferiores. Óbvio que os jatu cairiam sob o domínio de Oyomo, o deus que lhes prometeu um mundo completamente governado por homens. Um mundo onde as mulheres seriam forçadas à subserviência e alaki seriam dizimadas constantemente até que um ritual especial fosse necessário para encontrar e executar as últimas que restaram.

Quando as mães dominaram o mundo, criaram uma hierarquia baseada no gênero, então Idugu, quando teve a chance, fez o mesmo. Mas a diferença é que eles foram ainda mais vingativos que suas equivalentes, massacrando as crianças que as Douradas haviam criado e usando esses sacrifícios para se alimentar, para devorar o poder que lhes foi negado por tanto tempo.

A fúria percorre meu corpo, tão poderosa agora que mal consigo falar.

— As Sabedorias Infinitas, os templos... Vocês criaram tudo isso para que pudessem ser adorados! Para que possam se alimentar e usar o poder que ganharam para se vingar das mães e seus filhos!

É tudo tão sinistro, tão distorcido, que mal consigo compreender. Tudo o que sofri — os horrores daquele porão, os fardos da vida como mulher em Irfut —, foi tudo por causa de Idugu. Porque ele precisava ser alimentado. Sim, as Douradas os aprisionaram, mas foram eles que levaram as coisas ao extremo. Foram eles que transformaram Otera neste lugar perverso e sinistro. De repente, me lembro das palavras que o ancião Durkas repetiu inúmeras vezes em Irfut: *A adoração não é apenas as orações que recitamos; são os atos de obediência que realizamos*. E Idugu usou as Sabedorias Infinitas para exigir das mulheres a obediência quase completa. Então, toda vez que eu andava mais devagar porque as Sabedorias Infinitas assim mandavam, toda vez que eu abaixava minha cabeça, segurava minha língua, me diminuía — toda vez que eu fazia qualquer uma dessas coisas, era adoração a Idugu. Minha subserviência e minha dor o alimentavam.

Todo aquele horror, todo aquele medo, era parte do que o mantinha vivo, do mantinha conspirando contra nós durante todo esse tempo.

— Vocês são os responsáveis por tudo isso! — grito, furiosa. — O Ritual da Pureza, o Mandato de Morte, tudo o que aconteceu, todo o sangue, a dor! Vocês são a razão de eu ter sido torturada, morta inúmeras vezes! Vocês são a razão de todos os meus amigos terem sofrido, de todas as mulheres oteranas continuarem a sofrer. Sempre foram vocês!

— Não, foram as Douradas! — rugem os deuses de volta. — Foram elas que nos aprisionaram! Tínhamos que encontrar uma maneira de sobreviver, mesmo que fosse criar um disfarce através do qual pudéssemos nos alimentar!

— Mas fizeram isso à custa das alaki! — Estou tão furiosa que todas as veias do meu pescoço saltam quando grito: — Vocês nos chamam de suas filhas, e ainda assim se alimentaram de nós, ainda estão se alimentando de nós, ainda usando nossos corpos como seus parquinhos! Se afirmam serem nossos pais, nossos progenitores, então expliquem aquelas alaki acorrentadas nas plataformas de Hemaira, expliquem todas as meninas aprisionadas em templos, em celas, todas esperando para que vocês se empanturrem com o sangue delas.

Quando nenhuma resposta surge, eu olho para eles.

— Vocês não podem responder, podem? Não podem justificar o que têm feito. Você não podem nem mesmo sair de trás do véu e...

Eu paro, pisco me dando conta.

Durante todo o tempo em que conversamos, Idugu não se moveu nem um centímetro. Nem seus dedos se contraíram. Na verdade, a única coisa que ondulou atrás do ouro foi suas bocas. É quase como se eles não tivessem poder suficiente para mover qualquer outra coisa. Agora, estou me lembrando... quando nos trouxe aqui do templo nas províncias do norte, eles nos empurraram de um local a outro como se não tivessem energia suficiente para sustentar a porta. E não apenas isso. Só apareceram em lugares onde seus adoradores já estavam, onde sacrifícios estavam sendo feitos em seu nome: o Oyomosin, Zhúshān, aquele beco. Em cada um desses lugares, alguém tinha que morrer ou ser torturado, como Melanis, para que Idugu aparecesse.

Não faz sentido. Se Idugu estivesse sendo adorado como Oyomo todo esse tempo, eles deveriam ter o dobro (não, o triplo) do poder das Douradas. E, no entanto, eles não podem nem se mover do poleiro onde estão e ainda se escondem atrás de um nome falso para não atrair abertamente a atenção e a ira de suas equivalentes.

Por quê?

Me lembro de um indolo. O que acontece com um acontece com o outro…

E enfim entendo.

Eu rio e rio e rio, cedendo à amargura que borbulha dentro de mim.

— Vocês ainda estão presos, não é? — Quando Idugu não responde, como eu esperava, prossigo: — Vocês criaram Oyomo e fizeram os jatu acreditarem nele, até os manipularam para que aprisionassem as mães. Mas o tiro saiu pela culatra, não foi? Porque vocês ainda estavam conectados. Ainda um único ser, embora tivessem corpos separados. Quando prenderam as mães, seus corpos ficaram assim. Só que vocês não tinham um Nuru para libertá-los. Apesar de todos os seus esquemas, vocês não tinham pensado tanto assim, e eu me recuso a libertá-los.

Há um silêncio tenso. Amarelos queimados, laranjas de exasperação, brilham na minha visão periférica. Quase posso imaginar a fúria de Idugu, fervendo debaixo dele como um vulcão adormecido.

— E então?

Um suspiro baixo percorre a sala.

— Um erro lamentável — reconhecem os deuses por fim. — Mas vamos corrigi-lo em breve. Vamos cortar nossa conexão e destruir nossos outros eus de uma vez por todas.

— Como? — zombo. — Vocês não podem fazer nada com as mães sem que sejam atingidos também.

— Mas você pode… — O sussurro malicioso tira meu mundo do eixo.

De repente, preciso me esforçar para permanecer de pé. O que Idugu está sugerindo — matar as mães — eu nem consigo compreender. Mas eles soam tão seguros. Tão definitivos. É o que queriam de mim, a verdadeira razão de me trazerem aqui. Eles realmente acreditam que eu posso matar as mães.

— Fui criada para libertar as Douradas — digo baixinho. — Não importa o que aconteça entre nós, eu sou a filha *delas*. Não de ambos, como as alaki e os jatu.

Outra pausa de Idugu.

A resposta, quando finalmente chega, é uma risada divertida.

— Foi isso o que elas disseram? — Calor sobe pelo meu pescoço enquanto ele continua: — Você acha que foram elas que criaram você? Que você é mesmo a filha delas? Mentiras, tudo mentiras. Permita-nos mostrar a verdade.

Uma mão coberta de ouro de repente me alcança, tão enorme que cobre todo o meu corpo. Um toque, e então estou caindo, uma lágrima dourada caindo em direção a um mar azul. O mundo inteiro parece exultar com a minha chegada. Rosas e dourados de alegria pintam o céu. Um arco-íris sorri acima da água lá embaixo, o que faz sentido. Foi exatamente assim que as mães me contaram que eu nasci. Eu sou uma lágrima dourada que caiu de seus olhos — a última e desesperada tentativa de garantir que elas não ficassem presas por toda a eternidade. Mas quando olho mais de perto, a lágrima que estou vendo não está saindo dos olhos das mães, como sempre me disseram; em vez disso, está saindo de...

Eu me afasto da memória, horrorizada. Idugu tenta me manipular de novo, só que dessa vez estão me mostrando falsas memórias de meu nascimento.

— Não! — grito. — Eu me recuso a ver qualquer coisa que você me mostre! Eu me recuso a ser sua ferramenta de vingança.

Existem outras maneiras de descobrir a verdade. Eu tenho o sangue deles na palma da minha mão agora. Eu posso guardá-lo, pesquisá-lo mais tarde e ver o que realmente aconteceu em vez de acreditar nas memórias que eles estão tentando empurrar na minha cabeça.

— Estou indo embora — grito. — Estou saindo agora, e não há nada que você possa fazer para me impedir.

— Você não acredita em nossas palavras, acredita, Deka? — O questionamento vem como um suspiro baixo e sonolento. A presença de Idugu já está diminuindo. Eles voltarão a dormir, assim como as mães fazem quando estão exaustas. — Então acredite em seu próprio poder, veja com seus próprios olhos — diz, uma mão dourada de repente me alcançando mais uma vez.

Acordo com um arfar no momento em que me toca.

Quando me levanto, a câmara está brilhante ao meu redor de uma maneira inquietante. Todos os braseiros estão em chamas, a escuridão que os sombreava se foi. Eu estava mesmo dormindo todo esse tempo, mesmo depois daquela primeira vez em que pensei ter acordado? Eu sonhei com tudo o que acabei de ver?

— Você acordou, graças às mães. — A voz de Britta está ao lado do meu ouvido. Arfo, assustada, ao ver ela e Keita atrás de mim, Ixa ao lado deles. Todos parecem aliviados, muito, muito aliviados. Quanto tempo se passou?

— Você está bem, Deka? — Britta me olha, preocupada. — Passou mais de uma hora. Você conseguiu a resposta que precisava? Ficamos tão preocupados. Precisamos sair daqui. Tudo aqui parece errado.

— Tudo bem — digo, balançando a cabeça. — Vamos...

Paro quando um estranho estalo soa. Uma porta.

Quando me viro em direção a ela, um pequeno e magro uivante mortal Renegado está logo atrás de Keita, sua pele de um estranho roxo-azulado, diferente de todos os outros que já vi. Mais portas se abrem ao nosso redor e nossos outros uruni — Acalan, Li, Lamin e Kweku — também caem. Jatu estão atrás deles, junto com os uivantes mortais Renegados. Todos saem das portas que se formam ao nosso redor. Dezenas e dezenas de portas. Pior ainda, Keita e os outros parecem paralisados, incapazes de se mover, incapazes de falar.

— Saudações matinais, Nuru — diz o uivante mortal atrás de Keita. Eu sei, mesmo sem perguntar, que ele é o ancião Kadiri.

Há aquela expressão em seus olhos, a mesma que ele tinha naquela plataforma quando estava prestes a sacrificar as garotas para Idugu. Suas garras alcançam as costas de Keita e todo o meu corpo fica frio.

— Keita...

— Quando Idugu veio me ressuscitar — diz o ancião —, me disseram que você provavelmente nunca ouviria a razão, então tive que te mostrar. Eu tive que mostrar a verdade para que você pudesse ver sozinha. Lembre-se — diz ele, fanatismo profano em seus olhos —, tudo isso é para você. Dedico este sacrifício a você, Deka, angoro dos deuses. Que ele te alimente, portadora da morte para tudo o que é divino.

E então, corta a garganta de Keita.

O sangue de Keita é vermelho vivo. Não sei de que cor eu pensei que seria, mas estou paralisada ao vê-lo gorgolejando de sua garganta. Escorre e escorre, tanto se acumulando do cor-de-rosa embaixo. Cor-de-rosa que parece tão irreal sob o belo marrom de sua pele.

Estou sonhando? Isso tem que ser um sonho... o que estou vendo não pode ser real. A sala está girando. Luzes, movimento, cor... gritos. Muitos, muitos gritos.

Em algum lugar próximo, Britta está chorando.

— Li... ele está... — Ela se vira para mim, com lágrimas nos olhos. Li está em seus braços. Aquele vermelho horrível está saindo de sua garganta também. — Eles estão matando... el...

Não entendo o que ela está dizendo. É como se eu estivesse debaixo da água. Tudo parece tão pesado. Mal consigo me mexer. Tudo o que vejo é Keita caído ali, aquele vermelho horrível escorrendo e escorrendo, e não sei o que fazer e por que não consigo fazer nada e por que ah por que há vermelho derramando da garganta de Keita?

— Keita? — Tento me aproximar, mas minhas pernas cedem, então tenho que engatinhar para o lado dele, tenho que reunir todas as últimas forças que tenho para puxá-lo para o meu colo. — Keita, por favor, só fale comigo, só...

Ele tenta, mas o sangue escorre da lateral de sua boca e ele tosse, manchando minhas vestes de vermelho. Não, não, não... Minhas mãos tremem enquanto pressiono meus dedos em sua garganta.

Tento impedir que o sangue flua, tento apertar a ferida para que ela cure, mas não adianta, então entro em estado de combate para ver se há algo interno que eu possa mudar. Se eu pude curar Britta há apenas alguns meses, se eu pude trazê-la de volta dos mortos, certamente eu poderia curar Keita também. Mas quando olho, a alma de Keita é humana, tão frustrante e implacavelmente humana. Então eu saio do estado de combate de volta para o vermelho, que continua escorrendo. Escorrendo e escorrendo.

A luz quase deixou os olhos de Keita agora, e sua respiração está ofegante, então imploro a ele:

— Keita, não, por favor, por favor, por favor, nós deveríamos ser indolos, lembra? — Choro as palavras como se eu fosse um animal ferido. — Você e eu, dois em um. Não, por favor, Keita, não...

Nada do que eu faço importa, porque a respiração de Keita continua trêmula, o som tão horrível que quero arrancar minhas orelhas da cabeça.

— Keita, por favor... — continuo implorando, rasgando desesperadamente o que consigo das roupas de baixo da minha armadura. Coloco o tecido em volta do pescoço dele, mas aquele vermelho sangrando através do tecido. — Fique aqui comigo — sussurro, beijando seus lábios freneticamente. — Fique comigo.

Um movimento pequeno e frágil me faz erguer a cabeça.

— Deka... — O sussurro doloroso é acompanhado de sangue que jorra de seu pescoço de Keita. Sua voz é como vidro quebrado agora, uma borda serrilhada, me cortando em carne viva. Ele tenta levar a mão ao meu rosto, mas ela cai, então eu a pego e a coloco em minha bochecha.

— Estou aqui, Keita. Fique comigo — digo, lágrimas escorrendo pelo meu rosto enquanto Keita tenta sorrir para mim, só que ele não consegue curvar os lábios para cima. — Aqui — digo, apressadamente puxando os cantos.

Se eu puder ajudá-lo a sorrir, então talvez tudo isso passe, e Keita fique inteiro outra vez, e isto não será real, e isto não estará acontecendo.

Mas não importa o que eu faça, seus lábios não se curvam, e agora estão ficando frios sob meu toque, sua textura como cera e sem vida como o linho de um pergaminho. O mesmo acontece com seus olhos quando os observo. A luz está sumindo deles. Uma palidez cinzenta rasteja em sua pele.

Pior ainda, o som de seu peito está diminuindo. Enquanto observo, impotente, sua respiração estremece uma, duas vezes, e assim, acabou. Keita se foi. E eu fico aqui. Incapaz de me mexer. Incapaz de fazer qualquer coisa.

Só fico sentada aqui.

Ixa anda de um lado a outro na minha frente, seu corpo maciço uma barreira entre mim e os jatu que nos rodeiam, mas eu mal noto. Britta geme ao longe, sua dor tão parecida com a minha, mas eu nem me mexo. Tudo o que sei é que Keita estava aqui, e ele era lindo e era meu, e agora se foi. Meu amigo mais querido. Meu companheiro de batalha. Uma das poucas pessoas com quem eu podia chorar e que não achava que eu era quebrada, detestável ou indigna. O garoto mais incrível que já conheci. Uma alma linda e brilhante, e agora ele se foi, ah, mães, ele se foi e eu nunca mais o verei, porque alaki não vão para o mesmo lugar que os humanos e eu nem sou alaki e nunca vou morrer e sempre estarei sozinha agora, sempre sozinha.

Olho para o corpo sem vida de Keita, tão imóvel no meu colo, e de repente, estou com raiva suficiente para derrubar os céus.

— Você disse que nunca me deixaria! — grito. — Você prometeu, você e eu, deveríamos ficar juntos!

Eu o sacudo, sacudo aquele cadáver odioso e obsceno.

— Você disse que ficaríamos juntos para sempre!

Um soluço sai do meu corpo, e enterro o rosto em minhas mãos, mas recuo quando sinto a umidade nelas. Estão vermelhas, cobertas do sangue de Keita. O sangue que foi derramado por minha causa. Porque nunca o mereci, porque matei tanta gente, fui responsável por tantas mortes, e por isso o levaram. Ah, mães, eles o levaram.

Esfrego o sangue, tentando arrancá-lo de minhas mãos, mas não funciona. Não importa o quanto eu esfregue minhas mãos contra a armadura, a mancha vermelha permanece, o ouro permanece. Está lá, brilhando em meus dedos, aquele ouro odioso, odioso.

Espera.

Cada músculo em meu corpo se contrai quando olho para baixo, ficando imóvel. Há ouro em meus dedos, ouro brilhando dentro do sangue de Keita. O mesmo sangue que agora está rastejando sobre ele, se misturando com o calor emanando de seu corpo. Keita está quente, escaldante. Fervendo. Assim como toda a sala.

— O que está acontecendo? — pergunta Britta, desorientada.

Ela está coberta por uma fina camada de suor… e ouro. Vem de Li, que está em seu colo, coberto dele — assim como Acalan, Kweku e Lamin. Fico confusa. Estão entrando no sono dourado, mas isso não faz sentido. Eles são humanos. São mortais. Olhei dentro de Keita e vi mortalidade. Foi tudo o que vi quando olhei dentro dele.

É possível que eu tenha parado de procurar cedo demais?

A pergunta me faz parar, até que uma voz soa em resposta à pergunta de Britta.

— É Deka, sabe. Foi ela que fez isso.

Olho para cima e encontro o ancião Kadiri ainda de pé no meio da sala, o sangue de Keita em suas garras, aquele terrível brilho fanático em seus olhos.

Pior, ele não está sozinho. Um exército inteiro de jatu e uivantes mortais está atrás dele, espadas em punho, kaduths pulsando violentamente em seus peitorais. Minha cabeça lateja um pouco em resposta, mas o suor continua descendo pela minha testa. A temperatura de Keita está subindo a cada segundo, só que eu não tenho mais tempo para perguntar o motivo — não com os jatu e os Renegados aqui, a intenção letal nítida em suas posições de batalha, suas espadas erguidas e suas garras afiadas prontas. Sei o que eles querem, o motivo de estarem aqui: nos matar para garantir que nunca deixemos este templo disfarçado de câmara.

O ancião Kadiri ergue as garras, as pontas ainda pingando o sangue de Keita. Ele acena para um jatu próximo, que rapidamente se aproxima e se ajoelha na frente dele.

— Observe atentamente, Deka — diz ele, juntando as garras odiosas. — É hora de você entender. Sempre foi você, assim como Idugu disse. Sempre você. Você é o angoro, o trono dourado, a fonte do poder. As Douradas a enviaram aqui, de coleira como um animal, para que você matasse Idugu, mas Ele, em Sua sabedoria, interrompeu o poder delas. Deu a você sua liberdade. Olhe com atenção, Deka. Suas supostas mães queriam usá-la para arquitetar a morte, mas usaremos seu poder para gerar vida. Ofereço este sacrifício em seu nome, Deka.

Ele esfaqueia seu compatriota direto na garganta.

Meu corpo congela, e assisto, atordoada, enquanto o sangue jorra — aquele vermelho abominável e familiar —, só que, enquanto olho, ele rapidamente muda para um brilho dourado, a mesma coisa que está acontecendo com Keita e Li e os outros garotos. Mas ao contrário de antes, não posso ficar parada assistindo. Não posso deixar outro jatu se tornar condicionalmente imortal, como meus amigos.

Eu me forço a levantar as minhas mãos. Não importa o que esteja acontecendo ao meu redor, não posso deixar esse jatu, o ancião Kadiri ou qualquer outra pessoa aqui ganhar poder suficiente para ferir meus amigos, as pessoas que amo.

— Abaixe-se — digo, adicionando o máximo de poder que posso no comando.

Nem um único jatu se move.

O único movimento que sinto é o que vem do meu colo. Keita está se mexendo, mas essa é a pior coisa que pode acontecer, porque ele está acordando aqui — em uma sala cheia de jatu que não são afetados por meus comandos.

O ancião Kadiri sorri beatificamente.

— Você deveria saber que não adianta usar sua voz, Nuru. Estamos protegidos pela marca de Idugu. — Ele toca o kaduth no peitoral do jatu ressuscitado. — Essa sua habilidade particular não tem poder aqui, e logo, todos os seus amigos estarão mortos e enterrados. Você não terá mais distrações para tirá-la do caminho que foi traçado para você.

— Não se eu tiver algo a dizer sobre isso, seu babaca sorrateiro. — Britta está se levantando agora, instinto assassino em seus olhos.

O ancião Kadiri mal olha para ela.

— E o que você vai fazer, alaki? — zomba ele, pouco impressionado.

— Isto.

Britta gesticula, e o chão cede, enviando o ancião Kadiri pelos ares. Ele gira rapidamente, pousando de pé, mas alguns jatu caem contra a parede, mortos com o impacto. Outros quebram os braços e as pernas. Eu apenas observo, sombria. Isso é exatamente o que eles merecem.

— Acabem com ela! Acabem com ela agora! — Um dos jatu se enfurece atrás dele. Um comandante.

Os jatu e uivantes mortais que ainda conseguem se mexer correm em direção a Britta, mas ela gesticula de novo. Desta vez, no entanto, o chão mal se move. Frustrada, ela torna a tentar. Nada.

Corro até ela, em pânico. Esqueci que ela não descansou o suficiente depois de sua última demonstração de poder.

O comandante que falou antes percebe.

— Ela está ficando sem energia, matem-na! — grita.

Assentindo, o Renegado mais próximo corre para ela. Apenas para explodir em um pilar de chamas.

Enquanto me viro, atordoada, algo estranho acontece: Keita se levanta, as chamas brilhando em seus olhos, tão quentes quanto as que agora engolfam os jatu ao meu redor. É quase como se ele tivesse se tornado Alagba, o espírito que supostamente pune os maus no Além. Quanto mais jatu queimam, mais chamas surgem sob a pele de Keita, só que não o queimam. A pele dele não está descascando e enrugando, e não há aquele cheiro horrível que acompanha uma imolação. Ele está bem — mais do que bem, na verdade.

Ele está cheio de poder.

— Keita? — sussurro, incapaz de acreditar no que estou vendo.

Não entendo como tudo isso é possível. Um momento atrás, ele estava morto, mas agora está vivo e é capaz de controlar o fogo? O que está acontecendo? Algo está acontecendo, mas ainda não entendo.

Não sou a única que está atordoada.

— O que significa isso? — ruge o ancião Kadiri. — O que está acontecendo?

— Um presente divino — responde Keita, sua voz quase tão encorpada como a de Idugu agora. — Mas você tem que ser abençoado por uma deusa para recebê-lo. Você queria que Deka queimasse no fogo. Queria que todos nós perecêssemos. Agora é sua vez.

Ele gesticula. Desta vez, todos os jatu e Renegados na câmara explodem em chamas, todos gritando enquanto seus corpos borbulham e queimam dentro das armaduras. O cheiro de carne queimada se espalha, aquele velho horror familiar, mas não estou assustada, nem me incomodo. Eles tentaram tirar Keita de mim. Tentaram levar todos os meus amigos também, as pessoas que são minha única família de verdade agora. Isso é retribuição. Isso é o que eles merecem.

Um nariz frio me cheira. *Deka?*

Olho para Ixa. É hora de sair daqui. Vamos pegar os outros.

Deka, concorda Ixa, se apressando.

Britta está carregando Li quando eu a alcanço. Ela parece pálida, cansada. Ela deve estar exausta de usar seu dom.

— Você está bem? — pergunto, mas ela só tem olhos para Li.

— Ele ainda não acordou do sono dourado — diz ela, em pânico. — Por que ele não acordou do sono dourado, Deka?

— Me deixe ver. — Fico ao lado dela e volto ao estado de combate enquanto olho para Li. Minhas sobrancelhas imediatamente se erguem quando vejo o que está acontecendo dentro de seu corpo. Sua essência está mudando, fios de ouro envolvendo-o, lentamente se tornando um. Então foi isso que perdi quando olhei para Keita, o que não vi porque não olhei o suficiente.

— Ele vai acordar em breve — digo a Britta enquanto olho para o outro lado do corredor, onde os outros uruni também estão no sono dourado. Eles também estão em transição, o ouro os mudando de dentro para fora. — Todos vão.

Consigo ver agora, o estado de combate me permitindo entender com uma certeza tranquilizadora.

Mas quando me viro, minha visão de volta ao normal, percebo algo curioso. Um dos jatu carbonizados está rastejando em minha direção, seu corpo tostado raspando no chão. Por dentro, sua alma está passando de dourada para um branco fosco, mas a forma está mudando, tornando-se cada vez maior, uma figura muito familiar. Um uivante mortal Renegado.

Então é assim que acontece.

— Eles estão se transformando em uivantes mortais — digo para meus amigos, mas ninguém me ouve. Todos estão preocupados com seu parceiro, Belcalis com Acalan e Adwapa com Kweku. Apenas Lamin está sozinho no chão, já que Asha voltou para as montanhas.

Me viro para Ixa. *Pegue Lamin*, eu digo, calma.

Não importa se esses jatu se tornarem uivantes mortais; eles não vão ressuscitar aqui. Se o que vi no kaduth for verdade, os uivantes mortais Renegados nascem nas profundezas da terra em algum lugar — provavelmente nas montanhas, já que são remotas o suficiente para que ninguém os veja se erguendo da terra. Esses uivantes mortais não serão um problema por algum tempo, o que é bom: tenho uma última coisa a fazer.

Vou até o final do corredor, onde há um último Renegado que não está em chamas: o ancião Kadiri, seu corpo encolhido atrás de um dos braseiros como o covarde que ele é. Keita o deixou vivo só para mim, que querido. Vou ter que dar a ele um beijo mais tarde em agradecimento.

Quando o ancião Kadiri olha para mim, minhas atikas já estão em mãos. Ele deve ter percebido a determinação em meus olhos, porque balança a cabeça freneticamente, com os olhos arregalados.

— Deka — implora —, pense no que você está fazendo. Se você me matar, meus exércitos nunca descansarão. Eles estão se reunindo nas

N'Oyos agora mesmo, e se não tiverem notícias minhas em dois dias, eles…

Minhas lâminas se movem, e a cabeça dele cai no chão em um jato de sangue.

Eu sorrio, maliciosa.

— Reviva agora — zombo, satisfeita. Então me abaixo e arranco o peitoral de seu torso, estremecendo quando o kaduth brilha maldosamente nele.

Um calor abrasador preenche o ar atrás de mim. Eu me viro e vejo Keita se aproximando, aquelas chamas agora voltando para sua pele e desaparecendo aos poucos.

— Keita! — Minhas atikas e o peitoral caem no chão enquanto eu corro e o abraço. Não me importo que seu corpo ainda esteja escaldante, não me importo que uma sinfonia de carnificina esteja ao nosso redor, corpos carbonizados no chão. Tudo o que me importa é que ele esteja aqui, que esteja vivo. — Keita! Keita! — suspiro, beijando-o até que ele mal tenha fôlego. — Você está vivo!

Ele olha para seu corpo, confuso.

— Parece que estou.

— E você é um verdadeiro jatu! Mais do que isso, você é imortal agora!

Bem, um quase imortal. Mas não importa, ele e os outros uruni agora têm a mesma expectativa de vida das alaki. Minha mente não consegue aceitar como ganharam tal dom. Aceitar o que Idugu e o ancião Kadiri disseram: que eu sou o angoro, o próprio poder que as Douradas supostamente me enviaram aqui para buscar. Não sei nem o que fazer com essa alegação. Apesar de tudo, de todas as maravilhas que já vi, é uma sensação… ímpar.

— Outra surpresa. — Keita parece só um pouco desconfortável com isso. Ele olha para a carnificina. Alguns dos cadáveres jatu estão se mexendo, as marcas reveladoras do sono dourado aparecendo neles. Os Renegados, é óbvio, estão parados. Eles não revivem, assim como uivantes mortais normais. — Precisamos ir. Já passou bem do amanhecer.

Eu assinto.

— E o ancião Kadiri disse que tinham exércitos indo para Abeya agora. — O pensamento me sacode, um lembrete: não importa o que eu pense das Douradas, não posso abandonar o povo de Abeya. As pessoas lá podem estar em alerta para ameaças dos jatu, mas não estão preparadas para todos os exércitos de Idugu de uma vez.

Eu pego a mão de Keita.

— Vamos — grito, pegando minhas atikas e o peitoral e, em seguida, puxando-o. — Ele disse que estariam lá em dois dias.

Enquanto corremos em direção à porta, me viro uma última vez para as estátuas dos Idugu, seus rostos imóveis sob os véus dourados. Eles gastaram todas as suas energias abrindo as portas para os jatu e agora estão em sono profundo. Se as coisas acontecerem do jeito que eu estou planejando, eles nunca mais acordarão.

— Voltarei por vocês. — Cuspo no chão para marcar minha promessa.

E então saio da sala.

Saímos e encontramos Katya e Nimita paradas no corredor, tensas. Ouvimos passos vindos das escadas, comandos ecoando. Tem mais jatu lá fora. Centenas mais, se suas vozes são um indício.

— Deka! — arqueja Katya, aliviada por me ver. — Estamos cercados! Nós fizemos uma barricada no corredor lá embaixo, mas...

O golpe revelador de um aríete completa sua frase.

Enquanto grunho, irritada, uma cabeça escamosa toca meus dedos. Quando olho para baixo, Ixa, ainda em sua forma massiva e verdadeira, está me encarando com foco intenso. *Eu...*, ele diz simplesmente.

Franzo a testa. *Você?*, pergunto, confusa, mas Ixa não responde.

Em vez disso, ele vai até a extremidade do corredor e começa a resmungar. Eu encaro, perplexa, até que vejo músculos crescendo e espinhos aparecendo em sua coluna e em sua testa. Ele está se transformando novamente, mas algo está diferente desta vez. Ele não está se transformando em uma nova criatura; é só seu corpo que cresce — ficando cada vez maior. É quase como se ele estivesse entrando na adolescência, suas feições se tornando mais esculpidas e definidas, suas pernas e peito tão maciços que se chocam contra a parede.

Quando não há espaço suficiente para crescer, sua parte de trás começa a se esticar, movendo-se em nossa direção.

Empurro os outros atrás de mim, alarmada.

— Todo mundo, para as paredes!

Ixa, você deve parar agora, acrescento silenciosamente, mas ele continua crescendo e crescendo.

— Ixa? — chamo, em pânico.

Ele geme baixinho, mas não responde. É como se não pudesse mais controlar esse crescimento rápido, só que não há espaço suficiente para ele crescer. As paredes ao nosso redor são feitas de n'gor, a rocha mais dura de Otera. Levaremos horas para quebrá-las, e então...

— Ixa — sussurro, horrorizada. — Ixa, você tem que parar agora, você tem que...

— Deixa comigo. — Britta coloca Li no chão gentilmente, então caminha em direção à parede.

Ela pressiona a palma da mão ali, concentrada. Em pouco tempo, minhas veias estão formigando enquanto seu poder surge mais uma vez, só que, ao contrário de antes, é calmo e controlado. Britta inspira uma vez, expira e depois empurra. A parede explode para fora.

Ixa passa direto por ela, seu tamanho alcançando, e rapidamente ultrapassando, o de um mamute, uma daquelas criaturas cinzentas colossais com presas. Somente quando as asas longas e emplumadas se desenrolam de seus ombros é que seu crescimento enfim se torna mais lento até parar.

O ar do início da tarde sopra quando ele olha para nós, satisfeito, mas cansado. Ele fez a transição completa e se parece ainda mais com um drakos do mar agora, uma coroa de espinhos projetando-se orgulhosamente de sua testa e descendo pela coluna, cada perna grande o suficiente para fazer um cavalo parecer um pônei, garras do tamanho de martelos. Eu sempre soube que Ixa ficaria grande um dia, mas ele é uma fera do tamanho de uma montanha agora.

Montar, Deka?, pergunta ele, ansioso. *Montar Ixa?*

Concordo, me virando para os outros.

— Subam, depressa!

Meus amigos montam depressa, e então Ixa se lança no ar. Um bater de suas asas e já estamos sobrevoando o Grande Templo, deixando aquele lugar repulsivo e todos os seus horrores para trás. Os jatu lá embaixo nos encaram, brandem suas armas, mas nós os ignoramos: estamos indo para o nosso destino final, Abeya. Mas primeiro, temos que fazer uma parada rápida.

32

◈◈◈

As outras carroças já chegaram ao acampamento do exército alaki quando descemos, Ixa logo se encolhendo de volta ao seu antigo tamanho de touro. Como esperávamos, o n'goma nem nos tocou quando saímos voando — o kaduth nos impediu de queimar, assim como fez com todos os outros que o usaram. Em segundos, somos cercados, as alaki do acampamento em alerta, por conta das furiosas batalhas que devem ter travado na noite passada. Incêndios ainda ardem nas paredes, acompanhados pelos gritos distantes dos jatu tentando apagar as chamas. Hemaira viu sua cota de derramamento de sangue na noite passada, mas suas muralhas, como sempre, permanecem de pé.

— Honrada Nuru. — As palavras ecoam pelo acampamento, se espalhando do exército alaki para a multidão de mulheres, crianças e chegando até mesmo aos poucos homens que se amontoam na parte de trás, todos tentando se recuperar da fuga apressada da cidade.

Enquanto assinto em saudação a todas as pessoas que agora respeitosamente se ajoelham diante de mim, reconheço uma forma escura e musculosa que abre caminho entre elas.

— Deka, Keita, vocês estão bem? — pergunta Asha. Mehrut, Gazal e Jeneba atrás dela.

Não há sinal de Melanis, não que eu esperasse por isso. A essa altura, a Primogênita alada já partiu há muito tempo, voltando para relatar cada detalhe da minha suposta traição às mães, embora, suponho, elas já tenham visto tudo através dos olhos dela.

Eu assinto, cansada.

— Só vim entregar uma mensagem. Os exércitos de Idugu estão atacando Abeya. Precisamos que todas as pessoas aptas e dispostas no acampamento retornem à montanha.

— Eu vou com você — diz ela imediatamente.

Assinto e gesticulo cansada para os outros, que estão todos sentados ao lado de Ixa, exaustos.

— Você deveria ir até a sua irmã. Lamin acabou de acordar do sono dourado. Todos os uruni acordaram.

— O quê? — arqueja Asha.

Enquanto ela corre para a irmã, com Mehrut a seguindo, a multidão de repente se separa, revelando uma Primogênita séria que rapidamente reconheço como a General Bussaba, a comandante do cerco contra as muralhas de Hemaira. Eu lutei ao lado dela várias vezes naqueles primeiros meses após ter sido designada para a muralha. Ela é uma mulher alta e severa das províncias do leste, com pele marrom e cabelos pretos esvoaçantes que saem do topo de seu capacete em uma longa trança. As piscadelas e contrações rápidas que afligem não tiram nada de sua autoridade, nem seu agradável rosto em forma de lua e grandes covinhas.

Ela se ajoelha de uma vez na minha frente, seus olhos se arregalando um pouco quando avaliam meu estado desgrenhado.

— Honrada Nuru, parece que você passou por uma grande provação. Posso te oferecer comida e descanso? — Sua cabeça contraída deu duas leves sacudidas.

Nego.

— Não. Parei apenas para dar um aviso: os exércitos dos Idugu estão indo para Abeya, se já não estiverem lá. O ancião Kadiri falou dois dias, mas não tenho certeza da veracidade de suas palavras. Pegue todas as pessoas dispostas que puder encontrar. Devemos defender nossa casa.

A general absorve isso com a mesma calma eficiência com que faz todo o resto.

— E o cerco?

Olho para Hemaira, aquelas muralhas cinzentas familiares que uma vez guardaram tanto encanto para mim.

— Temos nossas irmãs e todos aqueles que desejavam fugir. Hemaira não tem nada para nós agora. O cerco pode acabar.

A General Bussaba se ajoelha.

— Será como você deseja, honrada Nuru. — Ela se vira para um ajudante próximo, sua cabeça estremecendo mais uma vez. — Chame as comandantes. Levantaremos acampamento agora mesmo. — Dito isso, ela gesticula para mim. — Honrada Nuru.

Eu inclino minha cabeça.

— General.

Agora, me dirijo para onde a multidão está, de onde as karmokos, Rustam, Rian e Lorde e Lady Kamanda se aproximam rápido, a cadeira dourada do Lorde Kamanda descolando-se tão facilmente sobre a poeira e o cascalho do acampamento quanto sobre os elegantes ladrilhos de sua propriedade. Rian corre para Katya, sua forma imensa abraçando a menor no momento em que se encontram.

— Deka — cumprimenta Karmoko Thandiwe, inclinando a cabeça levemente quando me alcança. — Nossas espadas são suas, se desejar. Vamos viajar para Abeya com você.

A magnitude da oferta aquece meu coração além da medida, mas eu suspiro e balanço a cabeça. Levando em conta a recepção que espero receber na cidade das deusas, provavelmente não é uma boa ideia levar nenhum dos meus aliados humanos para perto das mães.

— Gostaria de aceitar essa gentileza, mas temo não poder, em sã consciência, permitir que você viaje comigo. Especialmente você. — Olho para Karmoko Huon, que pestaneja.

— Você sabia — diz ela baixinho.

Faço que sim, lembrando de minha primeira aula com ela, do jeito que ela lidou com aquele jatu corpulento com tanta facilidade, apesar de seu corpo delicado. Acho que eu sabia na época. Acho que sempre soube.

— Sim — digo por fim.

— Eu sou mulher — responde, sua boca apertada.

Inclino minha cabeça outra vez.

— Nunca duvidei disso.

Ela suspira.

— Achei que Abeya era um paraíso para pessoas como eu.

— Assim como eu, um dia. — Um dia, eu pensei que Abeya abraçaria alegremente Karmoko Huon, a mulher que escolheu se aceitar como era por dentro, que lutou para reivindicar sua feminilidade neste mundo, em vez do corpo que o destino lhe deu ao nascer. Agora, porém, não tenho tanta certeza. — Acho que, por enquanto — continuo diplomaticamente —, é melhor que você encontre seu próprio caminho.

— Nunca ouvi maior besteira — Karmoko Calderis bufa, incrédula. — "Seu próprio caminho", que bobagem.

Karmoko Thandiwe, felizmente, é muito mais amistose conforme dá um passo à frente.

— O que você não está nos contando, Deka? Eu entenderia por que você não gostaria que Huon fosse, mas eu? Calderis?

Mordo meu lábio, então suspiro e decido dizer a verdade:

— Temo que se vocês forem e se tornarem adoradores das mães, nós podemos acabar lutando um dia.

— Ah — responde Karmoko Thandiwe. — Bem, essa é uma razão muito boa.

— Além disso — digo, acenando para Lady Kamanda. — Sua parceira dará à luz a qualquer momento. — Olhei para Lady Kamanda enquanto estava em estado de combate. Essas crianças estão prontas para sair.

— Mais gêmeos! — declara a nobre, parecendo tão encantada que finjo espanto com a notícia. — Uma das alaki me contou... uma mulher muito sensível. Nós viajaremos para a minha residência de verão em Kambiada para o parto. — Ela sorri com carinho para Lorde Kamanda e então se vira para Karmoko Thandiwe, quase hesitante agora. — Você virá, não é, Thandiwe?

— Sim — responde elu. — Eu pertenço a você, você sabe disso.

Lady Kamanda sorri.

Sorrio também, feliz por ver um par tão profundamente apaixonado.

— Seus amigos são bem-vindos para vir comigo se quiserem — acrescenta ela, acenando para Rian e Katya, que balançam a cabeça.

— Eu vou com Deka — diz Katya em seu ronco de uivante mortal, sinalizando suas palavras usando a linguagem de batalha também.

Rian coloca a mão na dela.

— Aonde quer que ela vá, eu vou — diz ele baixinho.

Eu assinto, ainda mais calor preenchendo meu coração. Tirando nossos uruni, acho que nunca conheci um homem tão leal e sincero quanto Rian, e acho que nunca conhecerei. O romance dele e de Katya é realmente tudo o que ela disse ser.

Olho para os karmokos e Lady e Lorde Kamanda enquanto me ajoelho.

— Meus mais profundos agradecimentos por tudo que vocês me ensinaram e toda a ajuda que me deram. Que a sorte os acompanhe.

Três pares de mãos batem em meus ombros: os karmokos, sorrindo para mim.

— E a você também, Deka de Irfut — diz Karmoko Thandiwe baixinho.

— Nós nos encontraremos novamente.

— Disso, não tenho dúvidas — diz Karmoko Huon, balançando a cabeça.

E é isso.

Em segundos, meus amigos e eu estamos subindo nas costas de Ixa, e então estamos no ar, deixando as muralhas de Hemaira para trás pelo que espero ser a última vez.

Os últimos raios de sol estão morrendo no céu noturno quando Ixa enfim pousa na beira de um pequeno oásis no deserto, a exaustão estremecendo seus músculos. Ele voou o tempo todo sob o sol escaldante do deserto, e está mais cansado e ressecado do que nunca. Enquanto ele mergulha no centro do oásis, o restante de nós rápida e metodicamente se prepara para acampar durante a noite. Todos sabemos, sem ter que perguntar, que Ixa atingiu seu limite e não poderá nos carregar por algumas horas. É hora de comer e tomar banho; de nos recuperarmos. Esta é uma das coisas mais importantes que nossos karmokos nos ensinaram: devemos nos certificar de levar todo o tempo que tivermos para nos revigorar.

A vida de uma alaki — de qualquer guerreiro, na verdade — pode ser brutal e curta. Então temos que saborear momentos onde for possível, encontrar a felicidade nas coisas pequenas e simples. Não podemos acelerar a viagem por mais que desejemos desesperadamente: tentei o dia todo abrir uma porta, sem o menor sinal de sucesso, o que significa que faltam pelo menos dois dias para chegarmos a Abeya. Chegaremos logo depois do exército dos Idugu, e isso supondo que ainda sejamos bem-vindos na cidade. Considerando tudo o que aconteceu, podemos muito bem não ser.

Estranho como, menos de um mês atrás, eu não poderia imaginar uma coisa assim.

Enquanto Adwapa e Asha adentram a escuridão para caçar nosso jantar, Britta e eu, de comum acordo, nos dirigimos silenciosamente para a extremidade mais distante do poço para nos lavar. Não há sabão, baldes, nada além de areia e água, mas é mais que suficiente para nós duas. É mais do que esperávamos, para ser sincera, tendo em conta a natureza apressada de nossa jornada.

Nos lavamos em silêncio, apenas o estranho canto ou chilrear dos pássaros pontuando a quietude ao nosso redor. Tanta coisa aconteceu nas últimas horas, nos últimos dias, que acho que estamos sem palavras agora.

Em algum ponto entre esfregar o cabelo uma da outra, Britta para, coloca a cabeça entre as mãos e começa a soluçar. Eu a abraço, e então começo a chorar também. Por minutos intermináveis, ficamos ali, chorando, liberando todo o medo e frustração dos últimos dias.

Quando as lágrimas enfim cessam, nos levantamos, nos vestimos e voltamos em silêncio para a fogueira crepitante que os outros construíram. Keita acena enquanto passa por nós, a caminho de tomar banho agora que estamos fora do poço. Atrás dele, os outros já estão na metade do par de gazelas roliças que Adwapa e Asha pegaram. Ixa está roendo um osso inteiro da perna e nem levanta os olhos quando nos aproximamos. Apenas Lamin e Belcalis têm a decência de parecerem envergonhados, os outros estão muito ocupados se empanturrando para se importarem de ter começado sem a gente. Kweku, Asha e Li estão arrancando pedaços suculentos da carne, e Adwapa está alimentando Mehrut com pedacinhos com as pontas dos dedos, fazendo pequenos ruídos felizes sobre "engordá-la".

— Seus grandes glutões gulosos, vocês não podiam nem esperar por nós, podiam? — Britta aponta um dedo acusador para nossos amigos.

Li apenas sorri.

— Bem, acabei de voltar do Além, literalmente. E me deixe dizer, cruzar o véu de volta deixa um homem muito faminto. — Ele tira uma perna do assado e a morde avidamente, saboreando a carne suculenta.

Britta caminha até ele, então pausa, seu corpo inteiro de repente estremecendo de emoção.

Li fica tenso, imediatamente cauteloso.

— O que foi? Por que você está me olhando assim? — Ele se vira para mim. — Por que ela está me olhando assim?

— Seu tolo, pensei que você tinha morrido. — Ela dá um tapa no ombro dele. — Eu pensei que você tinha morrido, eu pensei que você tinha morrido! — Ela continua batendo nele.

Ele tenta escapar de suas mãos.

— Bem, eu... AI!... Eu morri... AI! E agora estou vivo... AI!... e ao que tudo indica imortal como vocês, e... — Ele nunca termina a frase, porque Britta se lança para ele, beijando-o tão profundamente que ele não poderia falar mesmo se quisesse.

Acalan solta um suspiro sofrido.

— E assim, outra refeição perfeitamente boa é arruinada.

Belcalis lhe dá uma cotovelada.

— Silêncio, seu invejoso.

— Invejoso de quê? — Acalan resmunga.

— De todo o amor no ar — diz Adwapa, dando outro beijo em Mehrut enquanto Britta e Li enfim se separam.

Britta logo recomeça a soluçar. Li a abraça, a ergue em seus braços e pressiona sua testa na dela. Sua voz é baixa agora, suave e calma.

— Ei, ainda estou aqui, olhe para mim, Britta, ainda estou aqui. — Ele se vira para nós. — Desculpe — diz ele, se levantando. E logo a leva para a outra extremidade do oásis.

— Isso foi muito romântico — diz Lamin, sorrindo. — Alegrou meu coração.

Adwapa, agora acariciando o cabelo de Mehrut com o queixo, olha para o restante de nós.

— Alguma outra demonstração de sentimentos improvisada? Por favor, me avisem para que eu possa sair agora.

Kweku fica boquiaberto com tamanha hipocrisia.

— Mehrut está literalmente sentada no seu colo. Você acabou de beijar ela!

— Bem, temos permissão — funga Adwapa. — Somos amantes há muito perdidas. Não somos, meu amor? — Ela beija as orelhas de Mehrut, que ri.

Kweku revira os olhos.

— Vocês duas não deveriam estar tomando banho?

— O mesmo vale para você, seu fedorento, você está mais fedido que o interior de um...

Kweku ergue um dedo, sério.

— Não. Hoje não, Adwapa. Nada de insultos depois do que acabei de passar. Acabei de voltar dos mortos. Isso deve me dar pelo menos um dia de folga de seus abusos.

— Mas eu estava chegando à parte boa — Adwapa faz beicinho. — Eu até pensei em um novo xingamento.

— Diga seu novo xingamento. — Mehrut ri.

— Por que não vão todos tomar banho? — diz Belcalis. Então ela diz diretamente para Adwapa: — Tem uma parte do poço de água bastante isolada.

Mehrut sorri para Adwapa.

— Você e eu podemos ir lá, passar um tempo juntas.

Adwapa assente e o par sai, Belcalis, Kweku e Acalan atrás delas, possivelmente para encontrar seus próprios lugares tranquilos no poço.

Keita volta momentos depois que eles saem, seu rosto ainda brilhando com a umidade do banho, que duvido que tenha durado cinco minutos. Tendo sido um soldado durante a maior parte de sua vida, Keita é extremamente rápido em comer, tomar banho, adormecer... em todas as necessidades, na verdade.

Ele me puxa para baixo, para que me sente ao seu lado, então olha para Lamin e Asha.

— Não vão tomar banho?

Lamin dá de ombros.

— Vou esperar até que todos terminem.

— Eu também — acrescenta Asha.

Eu assinto, me viro para Keita e entrelaço meus dedos nos dele. Apoio a cabeça em seu ombro.

— Como você está se sentindo?

Ele dá de ombros.

— Vivo. Isso é bom o suficiente, não é?

Há um tom em sua voz. Tanta coisa não dita. Tantas, muitas coisas. Fico quieta, sem saber o que dizer.

Asha e Lamin se entreolham, mensagens silenciosas passando entre seus olhos. Ambos se levantam rapidamente.

— Vou encontrar um pouco de quietude — diz Lamin.

Ele caminha até outra parte do oásis, Asha também.

Agora, somos apenas Keita e eu. Um canto de sua boca se curva em um sorriso irônico quando ele olha para mim e diz:

— Isso foi legal da parte deles.

Eu concordo.

— Acho que todo mundo precisa de um pouco de silêncio agora. — Então busco seus olhos. — Como você está realmente se sentindo?

Keita levanta um dedo e uma chama aparece acima da ponta. Ele a faz dançar de dedo em dedo, seus olhos fixos nela para que não encontrem os meus. Ele dá de ombros.

— Não tenho certeza. Tanta coisa aconteceu... Eu fui assassinado, sou imortal agora. Bem, condicionalmente imortal. Quem sabe qual será a minha morte final. Sinceramente, fico esperando sentir algo, qualquer coisa: pânico, preocupação, medo... Mas eu me sinto normal, e isso me assusta. Eu deveria sentir algo mais profundo, não deveria, Deka?

Eu franzo a testa para ele.

— Você deveria sentir algo mais?

Ele dá de ombros novamente.

— A maioria das pessoas sente, eu acho. A maioria das pessoas provavelmente sentiria.

— Você não é a maioria das pessoas.

— Não. Eu sou um monstro — diz Keita baixinho.

Meu coração dá um pulo.

— Keita, você...

Ele levanta a mão, me interrompendo.

— Não estou falando do fogo, Deka. Quero dizer, todas as matanças, todas as coisas que fiz. Sei que você não vê, mas sou sim. Por isso não sinto. Eu tento tanto, mas simplesmente não consigo. Há algo de monstruoso nisso, não há? Às vezes parece que tudo não é real, e eu estou meio que flutuando...

Lágrimas enchem meus olhos. Essas palavras. O que ele está dizendo, há tanta dor, tanto horror escondido nelas. E pior, parece que ele ainda não está no momento de poder lidar com isso. Então está se separando.

Coloco meus braços ao redor dele, enterro minha cabeça em seu peito para tentar ancorá-lo a mim.

— Você não é um monstro, Keita. Você é apenas um garoto que eles transformaram em assassino. Você é o que eles fizeram de você. Assim como fizeram comigo. Se você é um monstro, então eu também sou.

Keita apenas me encara. Enfim, depois de alguns momentos, ele assente.

— De qualquer forma, pelo menos agora sei por que continuei tendo pesadelos sobre queimar.

Uma mudança de assunto. Mas sei que não devo pressioná-lo agora. Então coloco meu dedo através da chama que ele ainda está passando pelas pontas dos dedos, dando um pulo quando queima. Olho para ele, curiosa.

— Dói?

Ele balança a cabeça.

— Apenas parece estranho. Como um formigamento, quase.

Eu sorrio.

— Conheço essa sensação. — Olho para ele de novo, séria agora. — Keita, quando vi você deitado lá, eu quase…

Ele pousa a mão nos meus lábios. Meneia a cabeça.

— Já acabou. Estou seguro. Estamos a salvo.

— Mas estamos mesmo? — As palavras saem de mim, e continuam vindo. — Você quase morreu por minha causa. Porque minha mera existência coloca sua vida em risco. Quero dizer, você poderia ter voltado para casa em Gar Fatu, ir para qualquer lugar e envelhecer e morrer, e agora você é…

— Imortal. Como você — Keita me lembra.

Eu o olho.

— Fui eu quem fez isso com você, não foi? — Outro sussurro baixo. Outra confissão hesitante.

Keita aquiesce.

— Sim, Deka.

As palavras ficam pesadas como uma montanha em meus ombros.

— Os jatu no Oyomosin e no beco, fui eu também? — Outra pergunta, outra resposta que não fui capaz de admitir para mim mesma.

Então deixo Keita fazer isso.

— Sim — responde ele.

— Como você tem certeza?

— Porque quando eu morri, seu rosto foi a última coisa que vi, e quando fui chamado de volta do Além, foi a sua voz me chamando, me dizendo para usar o fogo. — Ele puxa meu queixo para cima, olha no fundo de meus olhos. — Talvez essa seja a outra razão pela qual eu não me sinto mal com isso, porque foi você. Sempre foi você.

Eu assinto, nem mesmo sabendo como responder. Ainda assim, me forço a juntar as palavras que tenho temido, as palavras que não quis dizer todo esse tempo.

— Você acha que eu sou uma deusa, Keita? — sussurro.

Keita balança a cabeça.

— Não.

Eu solto o ar.

— Mas acho que você pode se tornar uma. — Qualquer sensação de alívio que eu tenha se estilhaça.

Com as mãos trêmulas, mostro o pedaço do meu manto no qual limpei o sangue de Idugu.

— Eu peguei um pouco do sangue de Idugu — explico.

— Você pode sondá-lo para obter respostas enquanto cavalgamos amanhã. Por enquanto, precisamos nos concentrar no que é urgente. Comer. Nos alimenta. — Ele gesticula para a comida.

Eu assinto e com relutância mordo um suculento pedaço de algo que Asha pegou, assado, a gordura da fruta do deserto como cinzas na minha boca. Meu apetite se foi, e a comida fica no meu estômago como um pedaço de carvão. Preciso me segurar não chorar. Então percebo Keita me encarando.

— O que foi?

— Livre-arbítrio — diz ele finalmente.

Quando eu o encaro, ele explica:

— Antes, eu não tinha escolhas. Eu só tinha caminhos a seguir. Eles foram prescritos, e eram estreitos. Mesmo vingar minha família, esse era um caminho, era o que se esperava. Então te conheci. Tudo o que fiz desde então, fiz por vontade própria. Você não é responsável por minhas ações, Deka, assim como eu não sou responsável pelas suas. Quando ouvi você chamando, eu poderia ter escolhido não voltar. Mas voltei. Livre-arbítrio. Estou aqui porque quero, Deka, e amo você porque quero. Ninguém está me forçando; é escolha minha.

Essa declaração é quase mais do que meu coração pode suportar. Ninguém nunca explicou tão eloquentemente, e pensar que veio de Keita, o garoto que só fala quando acha necessário... Luto contra as lágrimas. Aperto a mão dele.

— Eu também te amo.

É a declaração de amor mais importante que já fiz, já que em dois dias estaremos de volta a Abeya, onde terei que enfrentar as mães e também afastar o exército dos Idugu. E é uma que espero que seja suficiente para dar forças a Keita se tudo der errado e o pior acontecer.

33

◈◈◈

Quando toco o tecido contendo o sangue dos Idugu na manhã seguinte, consigo mergulhar em suas memórias em instantes. Eu sou Okot, a contraparte de Anok. Um dos Idugu.

E agora vejo as fissuras em nossa afinidade.

Elas começam devagar, como são essas coisas. Uma palavra aqui, um lampejo de emoção ali, uma tempestade de raios em um dia calmo. Antes, eu entendia Anok perfeitamente. Ela era eu e eu era ela. Minha equivalente. Minha igual perfeita. Mas milênios se passaram desde que Anok e eu éramos um. Agora, somos duas entidades diferentes, apenas um tanto conectadas, nossa afinidade — a corda que nos prende — esfiapada nas pontas. Anok e Okot. Dois em vez de um. Masculino e feminino em vez de um coletivo.

Antes de nos dividirmos, não tínhamos nomes. Não precisávamos deles. Nós só éramos. Então nos tornamos dois, e aqueles designados como homens receberam nomes que começavam com a mesma letra de nossas irmãs. Exceto eu. Em vez disso, decidi por um nome que fosse semelhante em som, ritmo e significado ao de Anok. Para mostrar que sempre seríamos um. Anok e Okot. Dois lados de uma escuridão.

Mas cada vez mais, ela tem escondido coisas de mim. Vejo em vislumbres. Verde, cinza, branco. Decepção, malícia, desconforto. Cores que antes não existiam em nós. Agora, estão dentro de mim e estão dentro dela. Estão dentro de todos nós, exceto…

— Criação... — sibila Hyobe, sua angústia chocalhando através de nossa afinidade. — Você não sente, Okot?

Olho para dentro e é então que percebo: minha essência — nossa essência — está se misturando com a de outro, de um humano. Anok e eu estamos dando à luz. Já demos à luz multidões. E, no entanto, não estou presente. Nunca fui perguntado.

RaiVA VermELHA, LaRANJa. O céu treme com o poder das minhas emoções. Vulcões explodem, enevoando o ar com cinzas e fúria.

— Anok! — rujo. — O que você está fazendo?

Me arremesso em direção ao véu, que não cede. Não abre ao meu comando.

Só quando Etzli aparece do outro lado da divisão celeste, com os olhos desdenhosos, começo a entender o motivo. Ela está fluindo para lá agora, cintilando na forma de luz solar e matéria que ela e o restante escolheram quando decidiram se tornar visíveis para a humanidade.

— O véu não vai mais se abrir para você — diz ela com uma calma definitiva.

— O que você quer dizer, Etzli? — Etal, seu equivalente, rosna, causando um terremoto que divide uma selva próxima em duas.

Ele bate contra o véu, que facilmente o faz ricochetear de volta, as nebulosas ali segurando firmes contra sua força. Quando ele tenta outra vez, o resultado é o mesmo. Um horror preto-esverdeado surge dentro de mim. Etal está preso aqui. Todos nós estamos.

— Justiça — responde Etzli, uma palavra repetida por nossas irmãs, que aparecem ao lado dela. — Fomos enviadas para trazer paz aos humanos, mas vocês a destruíram. Vocês colocaram exércitos uns contra os outros, transformaram famílias em inimigos.

Imagens passam pela corda: exércitos de humanos se chocando. Milhares de corpos espalhados pelo chão.

— Tudo em um esforço de levá-los a uma compreensão mais elevada! — sibila Etal.

— É assim que você chama, Etal? — pergunta Beda, suas asas batendo suaves. — Deixe-me perguntar uma coisa: você gostou do que você fez com os humanos? Das guerras que causou?

Etal faz uma pausa, e então vejo os flashes. Vermelho verde branco: raiva, engano, malícia, uma após a outra. Emoções que ele não pode esconder agora que estou prestando atenção na corda.

— E você, Hyobe? — pergunta Anok.

Os mesmos flashes. A mesma raiva, malícia, incômodo; tudo anteriormente escondido de mim. Parece que o hábito humano do engano infectou nosso coletivo.

Me viro para meus irmãos, a traição espalhando uma brancura gelada através de mim.

— É verdade? Você tem forçado os humanos a entrar em guerras? Vocês os colocam uns contra os outros? É assim que chamam, não é, a tendência humana de brincar com peças em movimento em tábuas de madeira?

O silêncio floresce, cristal afiado nas bordas. Um iceberg tomando forma.

Não preciso olhar para as emoções dos meus irmãos; o silêncio é mais do que suficiente. Eles estão fazendo o que nossas equivalentes acusam, estão brincando com vidas humanas para sua própria diversão.

Azuis, profundos e implacáveis, para marcar minha tristeza. Eu me volto para nossas irmãs.

— Soltem-me — peço. — Não causei guerras, apenas busquei o avanço da humanidade.

— Mas você é homem. — O desdém escorre da voz de Hui Li. — A própria designação que escolheu o condena à agressão, à dominação, ao engano. Não podemos arriscar que você seja vítima de seus impulsos mais básicos.

A fúria borbulha em mim, um vermelho brilhante e avassalador. É exatamente o que dizemos dos humanos. Mas não sou humano, e mesmo que fosse, minha fisiologia por si só não me condenaria às coisas das quais Hui Li me acusa.

Eu bato no véu.

— Você não pode me manter aqui!

Sei que cometi um erro assim que faço isso. Os olhos de Etzli são preenchidos por determinação. Sua decisão se infiltra em nossa corda.

— Devemos — decide.

— Para o seu próprio bem e o bem da humanidade — Hui Li e Beda concordam.

— Anok? — Me viro para ela, minha equivalente. A outra metade de mim. Aquela que entende todas as minhas intenções.

Ela flui para a frente e para, roxos e azuis desolados colorindo suas emoções. Tristeza. Arrependimento. Minha tristeza cresce bordas duras. Relâmpagos, queimando um lago às cinzas.

Ela está me abandonando. Minha própria equivalente está me abandonando.

— Anok! — rujo, alcançando-a através do nosso vínculo. — Eu exijo que você me liberte, Anok!

Quando ela permanece imóvel, convoco um redemoinho de cores de dentro de mim. Uma explosão de luz, calor, escuridão sem fim. Todas facetas que englobam o brilho de seu nome, o verdadeiro, que ela escondeu sob as letras que os humanos agora pronunciam. A única coisa que me dá o poder de forçá-la a agir, assim como ela pode me forçar.

Ao meu lado, os outros designados como homens estão fazendo o mesmo, invocando os nomes mais profundos de suas equivalentes, as verdadeiras identidades que teceram quando se ligaram a seus novos recipientes de matéria e luz solar. Os recipientes que permitem que elas sejam vistas pelos mortais.

Mas nenhum dos nomes funciona. Nenhuma das cores. Nenhuma das emoções.

Nossas equivalentes aos poucos se afastam do véu, e quando olho para nossa afinidade, foi cortada do lado dela, restando apenas o menor indício de uma conexão. O horror me inunda em um branco sem fim. Nós somos o cosmos. Nossa espécie não pode existir separada uma da outra. Mesmo nossa divisão em pares nos tornou mais fracos, mais frágeis.

— Anok! Anok! — chamo, mas é uma tarefa infrutífera.

Ela se foi.

A desolação me deixa preto com confusão e raiva. Anok mentiu. Ela mentiu para mim. Ela nunca me disse o verdadeiro nome que escolheu. Exceto que... fiz o mesmo com ela. A tristeza afunda azuis gelados e roxos arrepiantes em meu ser. Tempestades de inverno açoitam as costas dos mares. É isso que significa ser cortado? Ser dividido em dois, cada entidade se protegendo? Eu era mesmo algo do qual Anok precisava se proteger? Ela era mesmo algo do qual eu precisava me separar?

Eu olho para o Singular, aquele que nunca se dividiu. Esteve aqui esse tempo todo, observando. Em silêncio, pensando. Nunca tendo sido cortado, nunca tendo sequer considerado isso sem sequer conseguir entender a complexidade de nossas emoções agora, assim como não podemos mais compreender verdadeiramente as do Singular.

— Como? — pergunto. — Como elas ganharam poder suficiente para fazer isso?

O Singular flui mais perto, olhando para mim sem emoções. Ao contrário do resto de nós, elu nunca escolheu um nome, nunca escolheu nada que os separasse de nós. Do resto do cosmos.

Adoração, explica elu nos sussurros arrepiantes dos espaços mais profundos e escuros. *Seus outros eus, elas descobriram o poder da adoração humana.*

— Você pode nos ajudar? — pergunto. — Você pode nos libertar?

Não... Permaneceremos neutros, como prometemos. Como é o nosso propósito. Tudo o que podemos fazer é manter o equilíbrio, agora que vocês se separaram.

Azul roxo preto. Desespero, tristeza, desesperança. Minhas emoções estão cheias deles agora. O Singular se envolve confortavelmente em torno de mim, sua vastidão abrangendo a minha. Eu me tornei tão pequeno ao longo dos milênios. Muito menos do que eu era. Elu me acaricia, irradiando amarelos quentes e laranjas de conforto. A presença parece tão familiar. Há tanta segurança em seu ser.

Não se desespere, Okot, diz elu. *Podemos oferecer uma pequena ajuda para desequilibrar a balança.*

Por que você nos ajudaria?, pergunto. Não é de sue natureza interferir com o resto de nós.

A essência do Singular ondula. *Agora que vocês se separaram*, elu responde, *devemos manter o equilíbrio a todo custo.*

— O que você pode fazer?

Podemos mostrar como obter adoração além do véu...

Eu acordo e percebo que estou em um colo macio, o sol baixo no céu e o vento quente da noite fluindo sobre minhas vestes. Quando me levanto, confusa, os outros estão amontoados em grupinhos nas costas de Ixa, Keita sentado na cabeça do meu companheiro, falando com Rian. Apenas Britta nota que estou acordada. Mas também, eu estive deitada no colo dela esse tempo todo.

— E então? — pergunta ela, impaciente. — O que você viu?

Eu me forço a me sentar, a tentar organizar meus pensamentos. Eu vi tantas coisas enquanto fluía pela mente de Okot, muitas delas confirmando o que eu já sabia. Mas a confirmação mais importante veio dos flashes que vi na corda: todos aqueles exércitos lutando, aqueles cadáveres espalhados pelos campos. As mães estavam absolutamente corretas na decisão de trancar Idugu atrás do véu. Uma vez que os deuses masculinos começaram a criar guerras infundadas para sua própria diversão, matando milhões por esporte, eles não mereciam mais liberdade — embora o pobre Okot devesse ser exceção. Ele estava lá, um espectador inocente dominado pelos atos de seus irmãos.

Não que ele seja inocente agora.

Foi a sua presença que eu senti em Zhúshān, se deleitando no sacrifício daquelas pobres garotas, foi a sua voz que ouvi naquele beco logo após a morte de meu pai. Mesmo quando Idugu falou comigo, a voz dele estava acima de todas. O Cruel, ele se autodenominava. Qualquer pena que eu possa ter sentido não pode suportar todas as atrocidades que ele sem dúvida cometeu nos milênios desde que foi preso.

Agora também entendo o que Mãos Brancas quis dizer quando me pediu para verificar os nomes das coisas. Nomes divinos são poderosos — coisas que podem compelir os próprios deuses. É uma pena que eu não saiba quais são os nomes verdadeiros das Douradas ou de Idugu, muito menos tenha a capacidade de usá-los. O que, é óbvio, levanta a questão de como Mãos Brancas conseguiu me alertar a respeito, já que sua memória continua falhando.

Eu me viro para Britta e tomo um gole do odre que ela me entrega.

— Vou explicar tudo quando pousarmos — digo, cansada. Considerando os movimentos pesados de Ixa, isso deve acontecer a qualquer momento. — Houve alguma visita de Mãos Brancas enquanto eu estava dormindo? — pergunto. Não é típico da astuta Primogênita ficar longe por tanto tempo, principalmente não em um momento tão importante.

Fico aliviada quando Britta balança a cabeça.

— Não. Nem um pio.

— Nada de notícias é uma boa notícia — digo. Mãos Brancas nos informaria imediatamente se os exércitos de Idugu já estivessem atacando Abeya. Disso não tenho dúvida.

Como ela ainda não avisou, ainda temos tempo.

Ixa ronca, uma indicação de que está prestes a pousar, então me seguro firme, olhando para o meu redor com fascínio. Esta é uma rota diferente de todas as que fizemos antes. Quando estávamos em campanha, havia apenas areia, dunas e dunas de areia rolando ao longe. Agora, o sol brilha alaranjado sobre imensos bosques de baobás, listras roxas e douradas pintando o céu que escurece rapidamente.

Assim que Ixa pousa, Keita pula dele e se aproxima às pressas.

— Você está bem, Deka? — pergunta, seus músculos retesados.

Só sua postura me diz tudo o que preciso saber.

Sempre que Keita sente as coisas de maneira muito profunda, ele as enterra dentro de si para que suas emoções não transbordem. Ele deve estar muito preocupado, o que significa que todos devem estar muito tensos, não apenas com a possibilidade dos exércitos de Idugu atacarem Abeya, mas também com a nossa recepção lá. Mas depois de tudo o que vi, não estou mais tão preocupada. A pergunta que acho que devemos fazer é: queremos continuar com as mães? Depois de todas as suas manipulações e mentiras, tenho quase certeza que não, mas ainda não tenho todas as respostas. Ainda não entendo aquelas figuras que Anok viu caindo no poço quando olhei suas memórias, ainda não entendo o que elas têm a ver com o cataclismo sobre o qual Mãos Brancas me contou. Talvez eu descubra mergulhando nas memórias de Idugu de novo, mas tendo em vista o tempo que levei desta vez — um dia inteiro, quase —, não tenho certeza se deveria arriscar agora.

Apoio minha testa na de Keita e assinto.

— Eu estou bem — digo, abraçando-o.

Nós nos afastamos enquanto os outros desmontam, então Ixa começa a mudar, só que agora, em vez de sua forma habitual de gatinho ou do tamanho de um touro, ele é tão grande quanto um dos leopardos com chifres e manchas azuis que se esgueiram nas selvas à noite, todo elegância e poder. Listras douradas interrompem o azul sólido da pele escamada de Ixa, e mais marcas douradas decoram o espaço ao redor de seus olhos. Ainda mais redemoinhos de ouro nos espinhos que irrompem em linha reta da cabeça à cauda.

Eu fico boquiaberta, impressionada. *Ixa!*, eu digo, me aproximando correndo. *Você está lindo!*

Quando ele coloca as patas no meu peito para lamber meu rosto com uma língua grosseiramente áspera, cambaleio por causa de seu peso. Ele está enorme agora, mas ainda pensa que é um bebê. *Ixa lindo*, ele concorda, até seus pensamentos parecendo cansados.

Sim, você é, eu respondo, beijando suas orelhas. *Você é a coisa mais linda que já vi. Mas acho que não conseguirei mais te carregar por aí.*

Ele assente, colocando as patas de volta no chão. *Ixa não quer ser carregado. Ixa cansado agora. Ixa dorme*, diz ele, afastando-se. Ele se joga contra o tronco de um baobá enorme, e então roncos suaves se infiltram no ar.

Quando volto minha atenção para os outros, eles estão se reunindo ao meu redor, emoções diferentes em seus olhos: curiosidade, ansiedade... medo.

— Vamos — digo, avançando. — Tenho muito para contar.

Conduzo os outros até o maior baobá, cujas folhas esparsas não conseguem bloquear o sol poente. Baobás como estes são pontos de encontro não por sua sombra, mas por seu enraizamento. Cada um tem milênios de idade, e sentar-se embaixo dele é como estar na presença de uma avó que vê e testemunha tudo. Keita se senta ao lado do tronco cinza-prateado e dá um tapinha no espaço ao seu lado. Eu me acomodo ali, descansando a cabeça em seus ombros. O mero toque de sua pele me traz conforto. O mesmo acontece quando estou com Britta. Ela também está ao meu lado, batendo o pé com impaciência, mas tiro mais um momento para tentar colocar em palavras o que experimentei.

— Alaki e jatu, todos eles vêm das Douradas e de Idugu — começo depois da minha pausa. — As Douradas são nossas mães, é verdade, mas Idugu são nossos pais. Eles tiveram uma parte igual na nossa criação.

O silêncio toma conta da escuridão, pontuado apenas pelo chilrear de sapos e grilos. Embora esperássemos que esse fosse o caso, a notícia é tão devastadora para os outros quanto foi para mim. Acalan é o primeiro a falar.

— Então as mães realmente mentiram sobre tudo — constata ele baixinho, a sensação de traição estampada em seu rosto.

Eu faço que sim.

— Parece que eles compartilham uma afinidade, um vínculo um pouco como o que une os indolos, embora agora esteja prestes a partir. Idugu pretende fazer isso.

Belcalis franze a testa.

— Mas isso não significa que eles se matariam junto com as mães? — pergunta. — Eles são como indolos, certo? — Quando assinto, ela explica aos outros: — Se você matar uma parte do indolo, mata a outra. Então, se as Douradas e Idugu estão amarrados, matar um faria o mesmo com o outro.

— Idugu têm um plano para isso: eu. — Quando os outros franzem a testa, confusos, eu explico: — Eles me disseram que eu sou o angoro, a fonte de energia de que as Douradas falavam.

— Espere, o quê? — Britta parece atordoada. — O que você quer dizer, você é o angoro?

Eu continuo falando:

— Idugu disse que as mães me enviaram para matá-los, que havia algo no colar ansetha que me obrigaria, e é por isso que os Idugu sempre tinham kaduths em todos os lugares. Os kaduths bloqueavam o poder das mães e me permitiram ter liberdade de pensamento e vontade, e foi assim que consegui resistir ao seu condicionamento. Disseram também que foram as mães que isolaram Hemaira. O n'goma não existe. Era o poder delas nos queimando o tempo todo.

A essa altura, o silêncio é absoluto, todos digerindo o que eu disse.

Finalmente, Acalan fala:

— Por que? — pergunta ele, confuso. — Por que elas fariam isso?

— Não é óbvio? — responde Belcalis. — Controle. Desde que chegaram a Otera, as deusas nos controlam. Primeiro, as mães decidiram que, já que escolheram ser mulheres, iriam elevar as mulheres. Depois foi Idugu, fazendo o mesmo com os homens e indo ainda mais longe: matando nossa espécie e oprimindo todas as outras. É quase como se esperassem que fôssemos atores perpétuos em um baile de máscaras: interpretamos os papéis que nos são designados, e fazemos isso perfeitamente, ou somos punidos. Nossas vidas inteiras são apenas diversão para eles, comida literal para seu entretenimento.

Eu assinto, concordando com tudo o que ela disse. Então me inquieto.

— Tem outra coisa.

— O quê? — Asha suspira.

— Havia um quinto deus, um que não se dividiu em dois como o resto, que permaneceu separado. Os outros deuses o chamavam de o Singular.

Todos se endireitam com esta notícia.

— Ele ainda está aqui? — pergunta Li, sua expressão ansiosa.

— Elu — corrijo. — Elu é mais como uma presença do que uma entidade em si. — Dou de ombros. — E não sei. Tudo o que sei é que elu era neutre e sentia que sua tarefa era manter o equilíbrio do mundo, então permaneceu lá, atrás do véu.

— Então elu é aliade. — Li parece aliviado com isso.

Eu dou de ombros outra vez.

— Não sei. Elu parecia um pouco acima de tudo, na verdade. Como se elu se preocupasse apenas com o equilíbrio.

— Mas todos somos parte do mundo — diz Britta. — Isso tem que significar alguma coisa. Tem que significar.

Eu dou de ombros mais uma vez.

— Não sei. Eu ainda não entendo muito sobre elu. Mas o que sei é por que os deuses estão lutando pelo poder. As mães privaram os Idugu disso quando os baniu para além do véu, então Idugu por sua vez criaram Oyomo para se alimentar de adoração, mas como esse não era um nome verdadeiro, eles não ganharam tanto poder quanto precisavam.

Olho para os outros, tentando impressioná-los com a importância do que estou prestes a dizer.

— Para os deuses, nomes verdadeiros são tudo. Você pode até comandá-los se souber seus nomes.

— Os Idugus sabem os verdadeiros nomes das Douradas? — pergunta Belcalis.

Balanço a cabeça.

— Não, nenhum lado sabe o do outro.

— Mas você pode ver memória deles — diz Britta ansiosamente. — Você poderia encontrar seus nomes.

Eu balanço a cabeça.

— Mesmo se eu pudesse, seus nomes não são palavras. São cores, emoções... até mesmo nuvens. Um humano não pode nem esperar pronunciá-los.

— Mas você não é humana, Deka — diz Britta, franzindo a testa. — E você também não é alaki, embora gostemos de fingir que é.

— Você está mais perto deles do que de nós — acrescenta Belcalis. — Você transformou os jatu em imortais, pelo amor do Infinito. Do que mais você é capaz?

Matar os deuses... O pensamento envia um arrepio de medo por mim.

— Acho que a pergunta mais importante é: para onde vamos a partir daqui? — pergunta Lamin baixinho.

— Estamos a menos de um dia de distância de Abeya. Temos que ter um plano — acrescenta Kweku.

Eu penso nisso.

— Antes de eu sair, Anok se certificou de que eu soubesse sobre o icor no colar ansetha para que eu pudesse ver suas memórias. Acho que ela queria que eu visse tudo isso, queria que eu embarcasse nessa jornada. É a mesma coisa com Okot, o equivalente masculino de Anok, eram deles as memórias que vi. Apesar de sua raiva, ele também queria que eu entendesse de onde ele estava vindo.

— Não posso deixar de me perguntar se isso é porque ambos querem um compromisso. Uma reconciliação. Talvez seja a única coisa que possamos fazer, ajudar os dois lados a se unirem novamente.

— Ou ajudar um lado a matar o outro. — As palavras de Keita são como uma lança no coração, um lembrete do que Mãos Brancas disse: *Quando os deuses dançam, a humanidade treme*. E se as Douradas e Idugu não puderem resolver suas diferenças, eles dançarão tanto que podem destruir toda Otera em sua fúria.

— Pode ser que seja assim — digo enfim, as palavras enviando uma onda de horror pelo meu corpo —, mas o que sei é que as mães provavelmente já sabem tudo o que descobrimos. Elas podem estar nos observando agora mesmo. — Eu as vi fazer isso inúmeras vezes antes, espiar a distância para ver o que os outros estão fazendo. É preciso uma grande quantidade de seu poder, e é por isso que elas não o fazem com frequência, mas o farão se estiverem preocupadas o suficiente. — Voto para falarmos com elas, tentar encontrar uma solução.

— E você acha que elas vão ouvir?

Eu dou de ombros, incapaz de responder a Britta. Quem sabe o que as mães vão fazer.

Conhecemos seus segredos agora, sabemos que não são tão poderosas quanto afirmam. Ninguém gosta de ser exposto assim, especialmente deuses. Ainda por cima eu não estou mais usando o colar ansetha que elas utilizavam para me controlar. Ainda está escondido sob minhas vestes, mas não consigo colocá-lo. Não consigo usá-lo com orgulho no pescoço, como fiz um dia.

Depois de tudo que aprendi, nunca mais darei às mães o controle sobre mim. Mas isso não significa que nunca mais vou viver em paz com elas. Eu poderia até ser capaz de permanecer ao lado delas, se elas ainda pretenderem construir uma Otera melhor, é óbvio. Mas se não...

As próximas horas me dirão qual será o meu caminho, de qualquer forma. Só espero que meus amigos e eu possamos sobreviver.

Eu olho para eles enquanto me levanto, não querendo mais continuar essa conversa.

— Eu vou tentar praticar a abertura de portas — anuncio.

Quem sabe eu até consiga abrir uma antes de chegarmos às mães amanhã.

34

◈◈◈

As Montanhas N'Oyo aparecem no horizonte no dia seguinte, seus picos arborizados erguendo-se ao longe, o Templo das Douradas é uma minúscula partícula de ouro no centro. Eu o vejo do meu lugar atrás da cabeça de Ixa, mas pela primeira vez desde o dia em que fui levada para lá em pedaços há quase seis meses, a visão não enche meu coração de alegria. Em vez disso, estou cheia de dúvidas e preocupações. O que Idugu está fazendo? Já está invadindo os templos de Abeya? E as mães, como elas reagirão quando eu estiver diante delas outra vez? Vão me enrolar? Me dar boas-vindas? Fazer mais promessas? Um pequeno fio de esperança brilha em minha mente, e eu puxo o colar ansetha, seu volume frio e pesado como sempre na minha mão. O frio de seu poder é sutil enquanto me invade. Porém, já posso sentir meus pensamentos ficando sobrecarregados, assim como meu corpo. Sua presença é um lembrete: minhas esperanças com as mães são as mesmas de uma criança que anseia ser tranquilizada por seus pais. Essa é a verdade.

Britta olha para ele, nervosa.

— Por que você está brincando com essa coisa?

Eu o olho.

— Eu fico pensando, por que as mães mentiriam? Se eu realmente sou o angoro, a matadora de deuses, eles não iriam querer me dizer a verdade, pelo menos parte dela, para que pudessem me usar contra Idugu? Quero dizer, eu as amava, teria feito qualquer coisa por elas, então qual é o motivo?

Belcalis responde minha pergunta com outra.

— Você já se perguntou por que Melanis é a única alaki, além de nós, a ter seus dons de volta?

— Não. — Dou de ombros. — Todas vão recuperá-los cedo ou tarde. — Pelo menos, foi o que as mães me disseram.

— Mas por que Melanis é a primeira? — diz, incisiva. — Por que não Mãos Brancas, por exemplo? Ela é a alaki mais velha.

Sei pela expressão de Belcalis que ela está tentando chamar minha atenção para algo. Mas estou muito cansada, muito ansiosa para fazer jogos de adivinhação. Suspiro.

— Por que você simplesmente não diz o que...

Paro quando o fragmento de uma memória flutua por minha mente. No primeiro momento em que toquei Melanis, tive a sensação mais estranha. Era como um raio percorrendo meu corpo. Não acredito que quase esqueci.

— Eu a toquei — digo, espantada. — Eu a toquei quando ela ainda estava se curando.

Meus pensamentos estão agitados agora, as peças enfim se encaixando. Achei que a sensação que me sacudiu naquele momento era resultado da minha entrada nas memórias de Melanis, mas e se não fosse essa a causa? E se fosse mesmo meu poder chamando o dela? O poder que Idugu disse que eu tenho.

Sempre foi você, foi o que o ancião Kadiri e Keita disseram.

Era isso o que eles queriam dizer?

— Desde que entrou em contato com o kaduth em Oyomosin, você está mudando — afirma Belcalis. — Você ressuscitou esses novos jatu. Você está mais rápida, mais forte. Você até usou portas um pouquinho...

— Mas não consegui fazer de novo — digo amargamente, pensando na noite passada e nesta manhã, quando tentei, mais uma vez sem sucesso, replicar o que fiz no Grande Templo e em Warthu Bera.

— E você está ficando cada vez mais forte, principalmente depois que tirou o colar ansetha.

— Espere — arfa Britta, seus olhos se arregalando ao perceber. — Nós também! Antes de você tirar o ansetha, eu mal conseguia moldar uma pedrinha. Depois que você tirou…

— Você criou os abrigos como se não fosse nada! — exclamo, lembrando.

— E transformei meu corpo inteiro em ouro e o usei como escudo quando estávamos em Warthu Bera — acrescenta Belcalis. Então ela pensa. — Espere, me deixe ver uma coisa. — Ela tira a adaga do cabo e corta a palma da mão. — Olha — diz, ofegante.

O sangue está rastejando pela mão, como antes, mas seu movimento é mais lento agora, trabalhoso. Hesita um pouco antes de atingir seu pulso.

Tremendo, eu rapidamente envolvo o colar ansetha em seu embrulho, como fiz todo esse tempo, para que não toque minha pele.

— De novo — incentivo.

Belcalis assente, aperta a mão para que o sangue possa fluir e ergue o braço. O sangue imediatamente se move, deslizando rapidamente pelo braço até o ombro e endurecendo. Assim que desembrulho o colar ansetha e pressiono meu dedo nele, no entanto, o sangue vacila outra vez.

— Espere, me deixe tentar — diz Britta, tirando uma pedrinha de suas vestes.

Quando estou tocando o colar ansetha, ela mal consegue moldá-lo, mas depois que tiro meus dedos, uma adaga de pedra brilhante e afiada se forma em suas mãos.

Ela suspira.

— É você — diz. — É você que está nos fazendo ficar mais fortes. Você é quem está nos dando nossos poderes, não elas.

— É por isso que mentiram para você — diz Belcalis incisivamente. — Porque você é quem tem o poder.

Ela ergue a mão, inala, e o sangue recua para a palma da mão, sua ferida cicatrizando como se nunca tivesse existido. Eu nem preciso olhar usando o estado de combate para saber que ela tem controle total de sua habilidade.

Olho para o colar ansetha como se fosse uma cobra esperando para atacar. E de certa forma, é. As mães ficaram tão satisfeitas quando me deram de presente, tão orgulhosas quando eu o usei como se fosse a própria coroa de Otera. E todo esse tempo, elas estavam usando isso para me separar de minhas próprias habilidades, para esconder o que realmente sou.

Eu sou a Nuru, a única filha nascida de todas as quatro... era o que as mães sempre me diziam. Mas pensando agora, até isso pode ter sido uma mentira. Eu não queria aceitar a visão que Idugu me mostrou — todo aquele ouro caindo do céu — para ser sincera, eu nem mesmo entendia o que estava vendo. Ainda assim, tenho que tentar. Tenho que chegar à verdade real sobre quem e o que eu sou. Enquanto penso nisso, outra lembrança chega: o Singular olhando sem emoção para Okot. Não consigo me lembrar como era o quinto deus oterano, nem consigo entender sua existência, mas lembro de uma coisa: elu se sentia seguro. De alguma forma familiar, mesmo apesar de sua existência ser distante da minha.

Guardo esse sentimento. Não sei a verdade das afirmações de Idugu sobre o que eu sou. Nem sei o que vai acontecer quando chegarmos às mães. Mas sei disto: se algo der errado hoje, há uma última divindade escondida em algum lugar de Otera. Um ser que pode balançar o equilíbrio. O Singular. E se tudo desmoronar e todo o império queimar, esperamos que elu veja o que está acontecendo e aja para restaurar o equilíbrio de Otera.

35

◈◈◈

A sensação de algo está errado aparece assim que chegamos ao sopé das N'Oyos. Keita e eu estamos sentados na parte de trás do rabo de Ixa, abraçados, quando sinto: a força repentina no ar, o peso desajeitado que reconheço de imediato. Idugu. De alguma forma, eles estão aqui, os quatro pairando invisivelmente sobre a montanha, uma presença oleosa e escura no ar do fim de tarde. Mas como? Achei que ainda estivessem aprisionados em seu templo, aleijados pelo ouro que prendia seus corpos por tanto tempo. Obviamente não é verdade, porque o poder deles está de repente presente de forma esmagadora, uma feiura contaminando o próprio ar que respiro. Emoções irradiam dele: ódio, raiva, inveja. Os Idugu estão prontos para atacar suas equivalentes. A batalha que eu temia já chegou.

Eu me arranco dos braços de Keita em pânico, tentando entender como tudo isso é possível, mas quando faço isso, meus olhos se prendem em algo horrível: um enorme buraco no rio de vidro ao redor das montanhas. Desde que as mães criaram o Florescer, o rio é seu limite, um sinal visível de quão longe seu poder chegou. Mas uma grande parte dele foi estilhaçada, fragmentos de obsidiana se espalhando pelo espaço onde pontas irregulares de preto costumavam ondular pelas areias.

— Não... — sussurro, horrorizada.

— O que foi, Deka? — Keita pergunta, alarmado com minha agitação repentina.

— O Idugu! Eles estão aqui!

— O quê? Como?

— Não sei!

Enquanto digo isso, memórias surgem em um lampejo: a gigantesca mão dourada de Idugu me alcançando no templo; a presença de Okot sempre que eu estava perto de seus adoradores. Praguejo baixinho, me repreendendo por minha estupidez. Tola Deka, supondo que Idugu estivesse preso pelo véu de ouro que o cobria. Ele estava livre todo esse tempo, desacorrentado no momento em que libertei as Douradas de suas prisões, porque nunca foi o ouro que o obrigou a permanecer no lugar, e sim sua ligação com as mães. E eu o libertei, assim como libertei as mães. Como ele deve ter rido quando presumi que não podia sair do templo.

— Desça — grito para Ixa.

Meu enorme companheiro obedece rapidamente, pousando na areia com um baque gigantesco. Todos se assustam e olham em volta, alarmados. O rio de vidro realmente foi quebrado.

— Parece que um exército passou — diz Lamin, semicerrando os olhos, enquanto se junta a Keita e a mim na beira do rio. Ele é um rastreador habilidoso, o melhor do nosso grupo. Ele se ajoelha para poder examinar a devastação na escuridão que chega com rapidez. — Deve ter usado balistas para abrir caminho. Está se movendo rápido. A julgar pelo ritmo, os soldados devem estar nas montanhas agora.

Britta ergue a cabeça, franzindo a testa.

— Isso não faz sentido. Se há um exército invadindo, por que os alarmes não estão soando?

Semicerro os olhos, ela está certa. Não há movimento na copa das árvores da selva, nenhum barulho. Se um exército estivesse se aproximando, as criaturas estariam em alvoroço, pássaros batendo asas, lêmures e leopardos correndo em busca de segurança. E, no entanto, o Templo das Douradas parece sereno: sem tambores, sem luzes. É estranho... as mães construíram mil sistemas de alerta e alarmes quando remodelaram as N'Oyos, mas não consigo sentir nenhum. É como se algo tivesse abafado toda a montanha. Espere… meus olhos se estreitam quando vejo a neblina flutuando ao redor dos picos das N'Oyo. Um olho menos treinado acharia que é apenas a brisa da noite, mas eu sei a verdade.

— É Idugu! — A resposta me atinge rápido. — Ele deve estar escondendo a subida do exército!

Então é por isso que ele poupou tanto de seu poder antes, usando apenas o suficiente para falar comigo e abrir as portas de seu templo. Ele não era consideravelmente mais fraco que as deusas; estava apenas ganhando tempo. É necessária uma imensa quantidade de energia para encobrir uma montanha inteira. Fazer passar exércitos de homens sem alertar as alaki ou acordar as deusas não é pouca coisa. Sem dúvida, ele está planejando isso com muito cuidado há algum tempo.

Rapidamente me forço ao estado de combate profundo, concentrando meus sentidos em superar o silêncio — além da ilusão que Idugu criou —, até que enfim ouço: o eco distante de passos. Mas não é no topo da montanha, como eu esperava, e sim no sopé das colinas. O exército de Idugu não fez progresso real montanha acima ainda. E também não parece querer fazer isso. Esses passos não são a marcha uniforme de um exército a caminho de seu destino. São mais hesitantes. Buscam.

O que eles estão fazendo?

Não tenho tempo para pensar nisso. Corro para Ixa.

— Temos que ir — digo, acenando para os outros.

Ixa assente. *Deka, monta*, ele concorda, ajoelhando-se para que possamos subir em suas costas.

— O que vocês estão esperando? — pergunto quando os outros demoram. — Subam!

Há uma corrida exacerbada enquanto todos montam em Ixa. Corro para me sentar atrás do espinho no centro de sua cabeça.

— Todos prontos?

— Sim — Britta responde apressadamente.

Eu me viro para Ixa. *Vamos lá.*

Uma coluna de poeira sobe quando Ixa se lança no ar e começa a voar. Bastam algumas batidas de suas asas e o exército no sopé das colinas aparece. Um latejar silencioso começa na base do meu crânio quando conto oh homens, milhares e milhares de verdadeiros jatu e uivantes mortais Renegados naquela armadura distinta, os kaduth estampados em suas couraças para impedir que meu poder os alcance. O grande número deles faz minha respiração ficar presa e meus olhos se arregalarem. De onde vieram todos esses verdadeiros jatu? Idugu deve tê-los reunido dos exércitos que levantaram em Otera, mantendo-os escondidos para este dia.

Me obrigo a engolir a secura que de repente invadiu a minha boca enquanto rapidamente estimo o número de soldados, de armamento ou de qualquer outra coisa que possa me fornecer uma visão maior da estratégia de ataque de Idugu, na verdade. Um exército deste tamanho significa apenas uma coisa: aniquilação completa e total. Mas não para as mães. Puro terror cresce dentro de mim conforme compreendo: os Idugu não podem matar as mães sem se matar, mas ele pode matar todos os seus filhos. Eles podem matar todos que dão às deusas a adoração que elas exigem. Ele não precisa levantar um dedo contra as mães; pode simplesmente matá-las de fome até que elas se submetam. Encaro o exército, minha mente acelerada, coração batendo forte, até que de repente percebo algo estranho. Na borda da montanha, um contingente de uivantes mortais Renegados está agrupado em torno de um buraco gigantesco.

A visão me parece tão familiar que demoro alguns segundos até perceber o que eles estão fazendo: puxando outro de sua espécie da encosta da montanha. Pelo menos é o que a enorme forma roxa embutida na terra parece.

— O QUE AQUELES UIVANTES MORTAIS ESTÃO FAZENDO?

Keita tem que gritar para ser ouvido acima do vento, que bate com violência em nossos rostos enquanto Ixa voa montanha acima.

Semicerro mais os olhos, tentando garantir que estou vendo certo.

— ESTÃO PUXANDO OUTROS RENEGADOS DA MONTANHA!

Mas por quê? Eles estão tentando chegar a Abeya pelo subsolo? Esse buraco é o jeito deles de entrar na montanha sem alertar as mães de suas presenças? De alguma forma, não parece certo. Algo está me incomodando, algo que eu preciso lembrar. Tento semicerrar os olhos para os uivantes mortais de novo, mas gritos soam, seguidos por batidas frenéticas. Os comandantes jatu nos localizaram, estão virando as balistas em nossa direção.

Cuidado, Ixa!, grito quando uma rocha voa em nossa direção.

Ixa imediatamente voa para a lateral, seu corpo desviando do ataque, apesar de seu tamanho enorme. Ele dispara e tece o ar, indo mais alto na montanha, até logo estarmos fora do alcance dos projéteis. A essa altura, seus movimentos estão ficando mais pesados, sua respiração cada vez mais arrastada. Ele está voando o dia todo e está quase no limite.

Quase lá, Ixa, eu o encorajo. *Você consegue.*

Deka, ele responde cansado, lutando para seguir em frente.

Os guardas no perímetro parecem chocados quando Ixa cai na área de pouso logo depois do lago, exausto demais para continuar. A neblina é ainda mais espessa aqui, então não fico surpresa que eles não o tenham visto. Está se enrolando em mim agora, entorpecendo meus sentidos. Só o Infinito sabe o que está fazendo com os outros. O que está fazendo com as mães.

E se estiver enfraquecendo seus sentidos, fazendo-as dormir para que não percebam o que está acontecendo ao seu redor? Eu desmonto apressadamente, minha expressão sombria.

— Preparem-se para a batalha! — ordeno. — Os jatu estão subindo a montanha, e estão trazendo uivantes mortais masculinos.

— Mas... — Uma guarda fica boquiaberta.

— Preparem-se para a batalha. Sua Nuru ordena! AGORA!

Os guardas imediatamente se afastam.

— SOEM OS ALARMES — avisa ela. — ESTAMOS SOB ATAQUE! SOEM OS ALARMES!

Quando os guardas começam a correr de um lado para o outro, eu me viro para Ixa, que está respirando de maneira tão pesada que seus lados quase estremecem. *Tudo bem, Ixa?*, pergunto.

Ele consegue assentir.

Mude para a forma de gatinho e se esconda até recuperar a força. Você consegue?

Ele assente de novo, já encolhendo. Assim que ele sai para se esconder na folhagem, corro atrás dos meus amigos, que estão nas margens do lago, onde a ponte de água está se formando, suas tábuas e grades já tomando forma. Corro em direção a ela, ansiosa para seguir. Mas então ela desmorona. Chocada, paro e então me aproximo da água. Nada. A superfície da água nem se mexe.

Sinto um calafrio. *A ponte de água se forma apenas para aqueles leais às deusas.*

Britta se vira para mim, assentindo.

— Vou tentar — diz ela. Ela fica diante da água.

A ponte começa a ser construída, mas depois desmorona com a mesma rapidez. É quase como se não tivesse certeza, como se tivesse mudado de ideia no último momento.

— Deixe que eu tente — diz Adwapa, avançando.

Ela marcha na frente da ponte. Nada. A ponte nem tenta subir.

O silêncio é tão tenso agora que não podemos nem olhar nos olhos uns dos outros.

— A ponte não está subindo — sussurra Britta, horrorizada. — Por que a ponte não está subindo?

— Você sabe o motivo. — Os olhos de Belcalis passam rapidamente pelo resto do grupo. — Todos nós sabemos o motivo.

Porque nós as questionamos…

A essa altura, estou ciente dos guardas olhando, ciente de que todos ao nosso redor estão observando. Desafiadoramente, me viro para os outros.

— Eu não sei nada. Só sei que tenho que chegar às mães.

Com ponte ou sem, devo encontrar meu caminho…

Uma ondulação se forma no centro do lago e eu arfo. *O Ababa!* Eu tinha esquecido que estava lá, vagando silenciosamente pelas profundezas. Toco a água no padrão que vi Anok fazer, o alívio tomando conta de mim quando uma onda de resposta viaja pela água. Olho para a ondulação, uma suspeita repentina me percorrendo. Poderia ser para isso que Anok me mostrou como convocar o Ababa, para início de conversa? Ela esperava pelo que está acontecendo agora? Afasto o pensamento enquanto um estrondo baixo reverbera no ar, escamas cinza--ferro separando a água, uma enorme cabeça reptiliana emergindo das profundezas.

O Ababa. Está vindo.

— Pelas bolas de Baba Dorie, o que em nome de toda a criação é isto? — arfa Li.

— O Ababa — respondo, sorrindo quando a criatura gigantesca apoia a cabeça na margem. Eu me aproximo, acariciando a ponta de uma narina monstruosa. — Olá — digo em saudação.

O Ababa bufa, me cobrindo com uma lufada de ar quente e úmido que cheira vagamente a peixe.

— Eu tenho um favor para pedir.

Outra lufada de ar quente. Parece que o Ababa está ouvindo.

— Você pode levar a mim e meus amigos para o outro lado? — Gesticulo para os outros.

Olhos amarelos reptilianos piscam, um consentimento lento.

Eu me viro para os outros.

— Subam.

Todos se movem em direção à criatura, exceto Britta, que está pálida.

— Não. Não. Este é o meu limite.

Eu franzo a testa.

— Não entendo. Você estava no Ixa agora mesmo.

— Exatamente. Eu estava no Ixa. Eu te amo, Deka, mas me recuso. Eu já estive no alto do céu, o que, a propósito, não é natural. Não é natural. E agora você quer que eu monte essa coisa com uma mandíbula dez vezes maior que o tamanho do meu corpo inteiro, com a qual nunca falei. E todos sabem o que acontece com as pessoas que caem neste lago; aquelas para as quais a ponte de água não se molda. Não, não posso. Eu me recuso.

— Britta — começo, mas Li se aproxima dela, estendendo a mão.

— Estou com você — diz ele em tom baixo e suave. — Eu não vou deixar nada acontecer com você. E nem a Deka, você sabe disso.

Uma sensação estranha toma conta de mim quando Britta olha para a mão de Li e depois para ele. Quando ela a aceita, eu enfim percebo o que estou sentindo: tristeza. Eu não sou mais a primeira e única de Britta.

Por tanto tempo, foi só eu para ela. E Keita, óbvio. Agora, há também Li.

Eu posso ver em seus olhos quando ela o olha.

— Promete?

Li assente.

— Prometo.

Britta permite que ele a puxe para a frente.

Enquanto eles caminham juntos para o Ababa, Keita fica na minha frente.

— Depressa, Deka — diz ele. — Temos que acordar as mães.

Quaisquer que sejam nossos sentimentos sobre elas, não podemos permitir que durmam enquanto os Idugu destroem sua casa e todos nela.

— Estou indo — digo. Subimos juntos nas costas do Ababa, e um estrondo baixo ecoa pelo ar quando o colossal réptil se afasta da costa.

— Ai, minha barriga — diz Britta, segurando o abdômen enquanto o Ababa começa a nadar. — É um momento ruim para mencionar que estou menstruada de novo? — Quando Belcalis se vira para ela, indignada, ela dá de ombros. — O quê? Não é culpa minha se é regular!

Eu balanço a cabeça, um pouco da tensão se dissipando, mas não o suficiente para fazer diferença. Meus pensamentos estão me bombardeando com força total agora que o Ababa desliza na água. Tudo o que estamos enfrentando está aqui de uma vez.

Idugu está aqui com seu exército, mas as mães podem estar adormecidas demais para perceber. E embora estejamos tentando garantir que elas sejam acordadas, a ponte de água não subiu. Não nos reconheceu como leais às mães. Tudo porque questionamos; perguntamos mais sobre as mães do que elas queriam que soubéssemos. E agora, estamos a caminho de acordá-las, mesmo que elas não fiquem felizes por sermos nós quem vai fazer isso. Que sou eu quem vai fazer isso.

Apenas esse pensamento me enche de pavor. Mas não tenho escolha. Sou apenas uma garota. Não posso enfrentar os Idugu. Não posso proteger toda Abeya com apenas meus amigos ao meu lado.

O Ababa nos leva para o outro lado do lago em questão de minutos. O tempo todo, os tambores estão soando, e mais e mais alaki estão aparecendo. Todas correndo para os postos de batalha, como foram treinadas para fazer.

Assim que chegamos em segurança, eu deslizo do nariz do Ababa, então olho para ele.

— Obrigada por nos ajudar.

Ele funga outra respiração quente e úmida, depois desliza de volta para a água, desaparecendo com pouco mais de uma ondulação na superfície. Me viro para os outros, a tensão pulsando em mim enquanto ordeno:

— Keita, Adwapa e Asha, informem às generais do que está acontecendo, depois as levem para a Câmara das Deusas.

O trio assente. Keita aperta minha mão antes de ir.

— Tome cuidado, Deka.

— Sempre — respondo, beijando sua bochecha.

E então ele se vai.

Eu me viro para os outros.

— Belcalis, você e os garotos acordem todo mundo.

Eles correm depressa para realizar sua tarefa.

Britta, Katya e as outras uivantes mortais são as únicas que restam agora, e me dirijo a elas.

— Britta, você e o restante, cuidem da segurança dos humanos e das crianças. Não quero que eles sejam esquecidos no caos.

Britta faz que sim.

— Tudo bem, vamos garantir isso. — Então ela para. — Você ficará segura, Deka? Você não tem que ir sozinha.

Eu assinto.

— Não estou sozinha. Leve meu coração com você — digo, um lembrete.

Ela assente.

— Você faça o mesmo — sussurra, apertando minha mão.

E então ela se vai.

O pátio central do templo é uma massa de som e pânico quando entro — alaki correndo de um lado a outro, equus se equipando com suas assegai, aquelas longas lanças que eles e os jatu preferem usar na batalha. Até as uivantes mortais estão se blindando, cobrindo rapidamente as partes mais delicadas de seus corpos em armaduras infernais, sangradas por suas irmãs alaki. Os tambores soam ainda mais altos agora, cada padrão de batidas é um comando indicando aos soldados onde eles precisam se posicionar. Todos os outros, principalmente os civis humanos, estão correndo para os abrigos que preparamos em caso de ataque. Alguns estão espalhados pelas montanhas, e alguns estão ainda mais longe, no deserto que cerca as N'Oyos. Mãos Brancas sempre se certificou de termos um segundo plano de contingência para o caso de Abeya cair.

Duas formas brancas familiares galopam na minha direção, seus corpos brilhando na escuridão: Braima e Masaima, com assegai e escudo em mãos.

— Nuru, dizem que os verdadeiros jatu estão atacando — anuncia Masaima.

Seu irmão concorda, a mecha preta em seu topete balançando com ênfase.

— Muitos soldados vieram para cá.

— Eu sei — digo a eles. — Vou acordar as mães.

— A senhora foi fazer o mesmo — diz Masaima, referindo-se a Mãos Brancas, que também já foi conhecida como a Senhora dos Equus. Ela tem o hábito de mudar seu nome a cada era em que vive. — Talvez você a alcance no corredor.

— Isso é bom. — Assinto para ambos. — Que a sorte os favoreça no campo de batalha.

— O mesmo para você — desejam eles.

E então eles correm para se juntar ao restante de seus companheiros. Eu sigo em frente, meu coração martelando no peito. Há tanta coisa acontecendo, tanta coisa que precisa ser feita. Mas e se as mães me mantiverem do lado de fora? As portas de seus aposentos só se abrem para aqueles de quem gostam. E se decidirem, como fizeram com a ponte de água, que meu questionamento me tornou desleal? Olho para o meu bolso, onde guardei o colar ansetha, embrulhado com segurança em um pano. Por um momento, considero colocá-lo de volta. Talvez fosse melhor se eu o usasse, mostrasse minha fé e subserviência. Mas não, balanço a cabeça, afastando o pensamento de autotraição. Não posso agir como se estivesse de volta a Irfut, implorando aos anciões da aldeia que me vejam como um ser humano; que não me machuquem só porque sou diferente. Se as Douradas são mesmo minhas mães, elas vão me aceitar, não importa o que aconteça.

Minha mente é um turbilhão de emoções e medos e leva alguns momentos antes que eu me dê conta do cheiro no corredor. De início, é sutil, tão leve que estou quase na Câmara das Deusas antes de perceber a doçura doentia mascarando o peso da podridão. Meus passos ficam lentos. Que é esse cheiro? Há algo nele... Enquanto eu giro, procurando pela fonte, de repente reparo que o corredor está de alguma forma vazio. Lá fora havia um zumbido de movimento, mas aqui há apenas a escuridão, a quietude e o odor. Onde está Mãos Brancas? Onde estão todos os guardas, todas as uivantes mortais que costumam guardar esta parte do templo? É como se a mesma escuridão que cobre o ar lá fora tivesse caído sobre o corredor.

Um som arrastado emerge de um canto distante, e me viro em direção a ele.

— Mãos Brancas, é você?

Um grito ensurdecedor é meu único aviso antes que um uivante mortal gigantesco corra na minha direção. Eu rapidamente me esquivo para o lado, notando as veias douradas pulsando na pele roxa intensa. É um Renegado. E já está aqui, no meio do Templo das Douradas. *Como?*

Ele corre para mim de novo, garras brilhando. Há uma expressão em seus olhos, um desatino mal reprimido.

Apressadamente, dou um pulo para o lado, deslizando uma das minhas adagas. Com um uivante mortal deste tamanho, é melhor chegar perto, esfaquear entre as costelas até o coração. E mesmo assim... Franzo minhas sobrancelhas enquanto me esquivo mais uma vez, evitando mais um ataque desajeitado. Os movimentos do uivante mortal são estranhos, desajeitados, como se ainda não tivesse controle de seus próprios membros. É quase como uma criança tropeçando nas próprias pernas. Será que acabou de renascer? Parece que sim. Parece que este uivante mortal acabou de sair de um daqueles ovos de onde eles emergem nos lagos de reprodução. Ou melhor, dos buracos no chão dos quais uivantes mortais masculinos ressuscitam.

Onde estão seus companheiros? Ele faz parte de algum tipo de equipe adiantada? Mas não, eu não sinto nenhum outro no corredor, e este uivante mortal está muito desorientado para ser parte de algo tão preciso.

Quando ele me ataca outra vez, eu facilmente o viro de costas usando seu próprio peso e impulso contra ele. Então pulo em sua barriga, as atikas em direção a sua jugular, apenas para recuar de imediato quando sinto um movimento estranho em sua lateral.

— O que em nome de...

Olho para baixo e o choque rouba o resto das minhas palavras.

Há uma massa preta familiar se contorcendo na lateral do uivante mortal: um único devorador de sangue preto, suas pétalas tecidas com ouro. Volto a olhar para o uivante mortal, seus olhos perturbados encontrando os meus.

— Imperador Gezo?

Uma série de sons sibilantes emergem da boca dele. Quanto mais escuto, mais eles se transformam em palavras; uma voz aristocrática familiar.

— ...devo... antes... eles... devoradores...

— O quê? — pergunto, me erguendo. — Você precisa desacelerar.

— O mal... devo deter... o mal.

— Não consigo te entender.

Eu me ajoelho mais perto dele, e logo dou um pulo para trás quando garras afiadas tentam me cortar.

— Eu não vou ficar parado! — ruge o ex-imperador, pulando em mim. — Não vou ficar sentado enquanto eles consomem todas as crianças, filha das Caídas!

Enquanto olho, ainda sem compreender, o imperador tenta me cortar outra vez, seus movimentos ainda mais erráticos.

— Imperador Gezo! — arfo, tentando fazê-lo parar de atacar. Ele já estava perdendo a cabeça em vida, mas agora que ressuscitou, parece ter perdido todo o poder de raciocínio.

Minhas palavras não o atingem. Ele torna a atacar, mas então, para minha surpresa, perde o interesse no meio do caminho.

— Preciso detê-los — ele murmura, seus olhos se voltando para a porta no final do corredor: a Câmara das Deusas.

Não tento detê-lo enquanto ele se afasta. Um pensamento após o outro invade minha mente. O fato de que ele agora é um uivante mortal não é surpreendente; já sei que existem uivantes mortais masculinos, e o imperador parecia à beira da morte na última vez que o vi. Mas há algo mais, um pensamento que me preocupa, me incentivando a lembrar. Eu tento, mas é difícil com esse cheiro, esse cheiro horrível, atrapalhando meus pensamentos. O imperador Gezo está na porta da câmara agora, e ele a agarra desajeitadamente, não acostumado a manobrar fechaduras com suas garras. Ele deve ter morrido recentemente, talvez até hoje mais cedo. O que explicaria por que está tão desorientado, tão desequilibrado. Me aproximo, dando um pulo para trás quando ele tenta desferir alguns golpes em mim.

Por fim, ele para de tentar me atacar, e deslizo sob seus braços colossais para puxar a porta, que é extremamente pesada. As mães não querem visitas, parece. Ou talvez seja a mim que elas não querem. Mesmo assim, preciso falar com elas, despertá-las de seu sono.

Com isso em mente, convoco todas as minhas forças e abro a porta. Então entro na Câmara das Deusas.

E vejo o pesadelo diante de mim.

36

◈◈◈

A primeira coisa que vejo quando entro na câmara são os uivantes mortais, todos roxos, todos caídos no chão diante dos tronos das mães, seus corpos cobertos de videiras. De longe, quase dá para achar que estão dormindo, exceto pelos grunhidos que emitem. Gritos de dor e desconforto. E seus olhos se contraem inquietos por trás das pálpebras fechadas, uma resposta às videiras rastejando sobre eles, flores devoradoras de sangue já brotando aos montes. Suas pequenas raízes afiadas cavam a carne indefesa dos uivantes mortais, suas pétalas carnudas pulsam e se agitam enquanto se empanturram de mais e mais sangue azul-escuro. Feridas cinzentas espalhadas sobre a carne de suas vítimas, cada uma pútrida e cheia de pus.

Um tinido alto começa em meus ouvidos, seguido por uma sensação horrível de leveza. Tudo parece estranho; removido agora: os gemidos dos uivantes mortais, as contorções das devoradoras de sangue, o cheiro... O odor terrível e adocicado grudado no imperador Gezo cobre quase cada centímetro da câmara, e eu entendo a sua origem: é liberado pelas videiras enquanto comem e comem e comem, um sedativo para acalmar suas vítimas apavoradas. Quanto mais se empanturram, mais o ouro brilha em seus corpos verdes escorregadios. Mais e mais flores devoradoras de sangue brotam, cada uma em forma de estrela, preta com veios dourados. Com o olhar, sigo seu caminho emaranhado, subindo e subindo as escadas até a plataforma, onde as deusas estão adormecidas. Todas, exceto uma.

Etzli.

Ela está curvada para a frente em seu trono como um sapo, se inclinando sobre o uivante mortal em seu colo: uma criaturinha roxa com penas de ouro esbranquiçado com devoradoras de sangue brotando em seu corpo. Eu arfo, o horror tomando conta de mim, enquanto observo. Os grandes olhos pretos do uivante mortal estão arregalados de agonia e medo, e feridas cinzentas marcam sua pele, florescendo em todos os lugares onde as devoradoras de sangue brotam. As videiras se enrolam em todo o seu corpo, conectando-o a Etzli. Videiras divinas malignas espalhando o odor horrível e pesado enquanto devoram e devoram.

Fico ali parada, minha mente ainda sem vontade de compreender o que está vendo até que, de repente, um rugido soa ao meu lado.

— Demônio! — grita o imperador Gezo.

Ele corre para Etzli, mas ela gesticula languidamente. Videiras brotam do chão e se enrolam ao redor dele, e então flores devoradoras de sangue começam a florescer, suas raízes espinhosas cravando-se em sua pele. Quase que imediatamente o ex-imperador é fixado no lugar, seu corpo firmemente preso pelas videiras que agora se contorcem ao seu redor. O cheiro de podridão floresce, aumentando o buquê já nocivo.

Parece que se passam séculos antes de Etzli se endireitar para me olhar, mas quando ela o faz, o movimento é lento e sinuoso.

— Deka… — diz ela daquele jeito letárgico, a surpresa colorindo suas feições. Nuvens de trovoada envolvem sua cabeça, um sinal de seu desagrado. — Como você abriu a porta? Estava trancada.

— Não sei — respondo, minha voz estranhamente distante, até mesmo para meus próprios ouvidos. — Eu só abri. — Meus pensamentos estão dispersos, coisas efêmeras agora. Me esforço para entendê-los, mas o sangue está subindo tão rápido para minha cabeça que acho que vou desmaiar. — O que está acontecendo? — Me sinto quase como uma criança confusa quando aponto. — O que você está fazendo com esse uivante mortal?

Etzli franze o cenho, a expressão humana estranha em seu rosto desumano. Seus olhos brancos capturam os meus.

— Você não deveria ver isto. Eu ordeno que você não veja isto.

As palavras reverberam em meu crânio, um imperativo que penetra tão fundo, que até meu coração retumba a instrução: Não veja, não veja... A escuridão ao meu redor desaparece; as videiras se desintegram. Tudo o que resta é a Câmara das Deusas como sempre aparece aos olhos mortais: completamente branca, o teto refletindo o céu. A visão revigoraria a minha alma, se o céu refletido no teto hoje não fosse ameaçador. Escuro — sem nenhum indício de estrelas. É assim por um motivo, mas eu me esqueci. *Pense, Deka, pense.* Agarro meus pensamentos, mas eles continuam voando, pequenas borboletas que nunca consigo capturar. Minha cabeça lateja. É quase como se houvesse algum tipo de barreira, um pano, amortecendo meu cérebro.

Mas vim aqui com um propósito, me lembro, balançando a cabeça em um esforço para me concentrar. Tenho notícias importantes que devo contar às mães. Olho de novo para a plataforma apenas e encontro Etzli me encarando com uma expressão estranha. Por que ela está me encarando assim?

— Por favor, me ajude! — grita uma jovem voz masculina.

E o pano que abafa meu cérebro se dissipa, me colocando de volta naquele quarto escuro, Etzli acordada no trono, sufocando o uivante mortal em seu colo com as videiras. Lágrimas fluem dos olhos do uivante mortal, desespero e medo brilhando neles. Ele parece muito jovem, muito, muito jovem. Devia ter a minha idade quando ressuscitou.

Como ele chegou até aqui? O pensamento surge quase distante, sem dúvida uma reação ao horror que sinto. Uivantes mortais masculinos ressuscitam nas profundezas da terra, não é? A lembrança me faz recordar daquele jatu, aquele que ainda não consigo decifrar. Eu a afasto.

— Por favor! — grita o uivante mortal. — Me ajude!

As palavras me tiram do meu choque. Corro em direção a ele, mãos estendidas.

— Mãe Etzli, pare!

Mas os lábios de Etzli se curvam em um sorriso de desgosto quando ela olha para o uivante mortal.

— Silêncio — ordena, tocando os lábios dele.

O garoto — porque é isso que ele é, um garoto — emite um som horrível de asfixia em resposta, então sua boca se abre mais do que deveria ser possível. Um pequeno devorador de sangue dourado desliza para fora, a flor desabrochando brilhantes pétalas douradas. Raízes douradas se espalharam pelo rosto dele, a planta se empanturra deixando a podridão por onde passa, há uma sanguessuga inchada dentro dele. Em segundos, seu corpo ficou cinza com o ataque, então ele se foi, dissolvido em lama avermelhada diante dos meus olhos.

Tudo acontece tão rápido que nem tenho a chance de me mexer. De salvá-lo. Eu nem tenho a chance de compreender o que está acontecendo. Caio no chão da plataforma, meus pés de repente sem força para me manter de pé. Mesmo depois de tudo o que aprendi sobre as mães, tudo o que passei, ainda não consigo entender isso — não consigo nem começar a entender.

— Por quê? — sussurro, a tristeza e o horror tornam falar uma tarefa quase impossível. — Por que você fez isso?

Ninguém merece uma morte assim... ninguém. Nem mesmo os jatu.

— Porque temos que nos alimentar, temos que ganhar poder — responde Etzli, despreocupada. — É para isso que serve o tipo deles. É para isso que tudo serve. Para nos alimentar e dar poder.

Ela gesticula, e todas as videiras na sala começam a vibrar, pétalas e caules fazendo uma música estranha e farfalhante. O horror me estremece enquanto observo suas flores em forma de estrela, aquelas pétalas pretas estalando famintas. As mesmas pétalas cobrem toda a montanha. Em cada esquina, em cada parede... em todos os lugares a que alguém vai há uma devoradora de sangue. Há sempre uma devoradora de sangue. E Etzli as usa para alimentar a si e às outras deusas...

A compreensão me estilhaça.

Não é de se espantar que Etzli não pareça preocupada com o fato de estarmos sob ataque. Não é de se espantar que nenhum dos alarmes naturais da montanha tivesse disparado quando o exército de Idugu passou. Etzli quer que o exército venha. Ela quer que os verdadeiros jatu abram caminho através das selvas, onde hordas de videiras devoradoras de sangue esperam, antecipando sua próxima refeição. E se é o que ela deseja, isso significa que todas as mães desejam. Olho de uma deusa adormecida para a outra, enojada. Elas estão conectadas, quatro vontades entrelaçadas em uma. O que significa que tudo o que está acontecendo aqui é da vontade delas. Um arrepio me percorre quando percebo o quão horrível é a situação: tudo isso foi planejado.

Quando as mães me enviaram para encontrar o suposto angoro, o que elas realmente enviaram foi uma isca, uma que elas sabiam que os Idugu não seriam capazes de resistir. As deusas sabiam que os Idugu pensariam que elas estavam enfraquecidas; sabiam que seus equivalentes tentariam me seduzir ou até mesmo me sequestrar e que eu resistiria o quanto pudesse. Durante todo esse tempo em que estive brincando de esconde-esconde com Idugu, as mães estavam esperando por isto: o momento em que os deuses deixariam a cautela de lado e enviariam seu exército de filhos para cá. O momento em que chegariam milhares de jatu verdadeiros, gado para as mães abaterem.

Mães.

A ironia da palavra me atravessa. As Douradas não merecem ser chamadas de mães; não merecem ser chamadas de nada. Elas não se importam se estão matando os filhos de seus equivalentes, os filhos que elas mesmas deram à luz daquelas piscinas douradas. Tudo o que importa é que recuperem o poder há tanto tempo perdido. Que permaneçam ascendentes, como têm estado desde que as libertei.

Meu corpo inteiro está tremendo agora.

— Você disse que vocês vieram para nos libertar, para nos levar a uma forma superior de existência — sussurro, minha voz tão quebrada quanto me sinto.

— E faremos isso depois de derrotarmos nossos equivalentes. Mas, para isso, devemos nos alimentar. Devemos recuperar nossos poderes.

Etzli pronuncia essa mentira sem nem pestanejar. Sem nem mesmo uma contração. Mas também, ela realmente acredita nisso, não é? Como toda pessoa que sucumbiu ao desequilíbrio, ela acredita em sua definição de realidade, e sua realidade exige mais adoração, mais sacrifício, assim como a de Idugu.

Os deuses são todos falsos, cada um deles. Eu entendo o que Sayuri quis dizer agora.

Fico parada, olhando para ela.

— Então as outras mães, elas sabem? — pergunto.

Preciso da confirmação, preciso saber se as outras Douradas foram vítimas da irracionalidade que infecta Etzli.

Para meu horror, ela assente.

— Elas estão se preparando para este dia desde que acordamos — diz ela amigavelmente, como se nem ao menos se importasse que eu entenda o que está acontecendo.

Um instinto profundo me diz que é porque ela tem um plano de como lidar comigo, mas estou tão presa nas coisas horríveis que ela está dizendo, que nem sei mais o que fazer.

Etzli continua sem hesitar.

— Mas elas acham essa parte da nossa alimentação desagradável. As outras sempre foram melindrosas. Elas parecem esquecer que a morte e a vida são um círculo, inextricavelmente entrelaçadas. É por isso que fiz com que dormissem até que eu lhes fornecesse poder suficiente. Este é o nosso pacto: eu alimento; elas absorvem, um arranjo muito agradável.

Eu alimento; elas absorvem. As palavras penetram em mim, colorindo tudo de um branco terrível e fervente. Óbvio, as outras deusas sabem o que Etzli está fazendo, aprovaram suas ações. Eu era apenas um peão — uma pequena peça móvel em um jogo elaborado e repugnante entre os deuses.

Olho ao redor da sala: todos aqueles uivantes mortais cobertos de videiras e podridão. Posso ver alguns corpos derretendo nas laterais, da mesma forma que o garoto que Etzli matou. É isso que elas têm feito todo esse tempo para manter seu poder crescendo? Devorando uivantes mortais masculinos atrás das portas desta câmara? O que mais elas estão devorando e não sabemos? De repente, todas aquelas histórias que ouvi sobre as Douradas devorando crianças vêm à tona e, pela primeira vez, não duvido. Não duvido que essas deusas — esses demônios — comeriam crianças se pudessem.

Encaro as Douradas, suas formas maciças tão distantes e frias. No entanto, a cobertura de ouro pulsa ao redor delas. O ouro que conecta todas da mesma forma que as videiras conectam Etzli às vítimas. Às vítimas delas. Náusea sobe para minha garganta, misturando-se com o latejar no meu crânio. Ah, Infinitos, eu me sinto doente. Parece que tudo que já comi vai explodir de dentro de mim.

Etzli se levanta, desliza escada abaixo, uma expressão brilhando em seus olhos, uma que não consigo identificar.

— Você não deveria ser capaz de penetrar em nosso manto. Nós o envolvemos em todo este salão, e ainda assim você conseguiu rompê-lo. Conseguiu trazer essa abominação com você.

Ela faz um gesto lânguido para onde o imperador Gezo está, e outro grupo de devoradoras de sangue floresce sobre ele, enfiando suas raízes profundamente em seu corpo. O ex-imperador solta um grito de dor enquanto as videiras deslizam e pulsam como sanguessugas. Em instantes, ele está derretendo também, sua carne e ossos se desintegrando em nada, deixando uma massa de videiras se contorcendo no chão.

Eu apenas encaro, imóvel. Já nem sei mais o que fazer, nem sei como me sentir. O imperador Gezo já foi meu inimigo; o homem responsável por grande parte da minha dor. No entanto, de repente ele é menos que poeira no chão, um mero fio que as videiras estão lambendo.

Videiras criadas pela criatura demoníaca que uma vez considerei uma das minhas mães.

Olho para Etzli.

— Você não tinha que matá-lo. Não assim — digo.

— Ele sempre esteve marcado para morrer, Deka, você sabe disso.

Com a devoradora de sangue em sua lateral. A marca do desprazer de Etzli, sua fome... Há quanto tempo ela estava se alimentando dele enquanto eu observava, sem saber? Há quanto tempo ela o estava saboreando, do jeito que Mãos Brancas saboreia seu vinho de palma?

— Existem maneiras mais misericordiosas de matar — respondo.

Mas nem sei por que estou me dando ao trabalho. A criatura diante de mim não é o que eu pensava. Não é uma deusa; é um demônio das profundezas mais escuras do Além, e tem a coragem de se chamar de uma de minhas mães. Eu tento me virar, tento me mover, mas meus pés não me deixam. Devo estar em choque. Essa é a única explicação para eu ainda estar aqui, minha mente paralisada em descrença.

Etzli flutua de seu assento e me circula. Mesmo que seu corpo flutue no ar como um raio de sol, todo instinto me diz que ela não é um ser de luz e ar, mas sim uma predadora perseguindo sua presa. Os pelinhos de minha pele se arrepiam conforme ela se aproxima. Ela parece notar, porque sorri.

— Há considerações mais importantes no momento, Deka. Você foi capaz de ignorar meu comando, ignorá-lo. Como isso é possível?

Os gritos daquele jovem uivante mortal. Foi o que me acordou, me trouxe de volta à realidade. Mas não digo isso a Etzli. Em vez disso, torno a olhar para ela, mas desta vez de esguelha. Eu não posso olhar em seus olhos outra vez, não posso permitir que ela me prenda em outra ilusão.

— Quantas vezes você já me deu um comando antes? — Eu sei que deve ter sido pelo menos uma ou duas vezes.

Um ombro fino e iluminado sobe negligentemente.

— Não muitas — responde Etzli. Então pensa: — Deve ser porque você tirou sua coleira, criança travessa.

Coleira. A palavra me atravessa. Não *colar*, não *presente. Coleira.* Assim como o animal que elas pensam que sou.

— Não importa — diz Etzli, de repente parecendo determinada. — Vamos amarrá-la mais firme desta vez.

Ela se aproxima de mim, sua boca começando a formar palavras — mais comandos para me prender, sem dúvida; para me transformar em seu instrumento irracional mais uma vez. Mas não vou permitir. Agora não. Nunca mais.

Eu me movo tão rápido que minha atika desliza perfeitamente pelas costelas de Etzli antes mesmo que ela note. É pouco mais que uma pequena faca de cozinha, em comparação com o enorme tamanho da deusa, mas é o suficiente. Etzli grita enquanto um branco cintilante jorra, seu icor me cobrindo. Atrás dela, as outras deusas tremem em seus tronos, ondas de dor passando por elas também.

— O que você fez, Deka? — grita, mas eu mal a ouço. Um relâmpago está sacudindo meu corpo. E então estou em outro lugar.

Estou brilhando.

Estamos brilhando, nossas cores brilhando tanto que eclipsamos nosso coletivo — o que resta dele. Faz tempo desde que as que se designavam mulheres se foram, entregaram-se ao mundo mortal. E os que se designaram homens não estão muito melhor. Verde e branco fluem através deles: inveja e ódio. Emoções mortais. Emoções humanas. Emoções de que nunca fomos capazes. E isso não é tudo. Algo mais surgiu dentro de nossos irmãos agora — uma cor nova e preocupante. Ele se estilhaça e racha, um branco enjoativo e gritante que flui e reflui em grandes ondas.

Insanidade... Ela infectou nosso coletivo.

Desconforto desliza púrpura através de nós enquanto contemplamos nossos erros. Cometemos muitos nos últimos tempos. Permitir aos outros em nosso coletivo sua obsessão pela humanidade, esse foi o primeiro e maior de nossos erros. Eles buscaram moldar os humanos à nossa semelhança. Buscaram guiá-los para uma existência superior. Em vez disso, aconteceu o contrário. Os humanos não se tornaram como nós; nós nos tornamos como eles. Por enquanto, nossos irmãos, como eles se chamam, existem apenas em Otera, o império de quatro continentes conectados. Nós, remanescentes do nosso coletivo, protegemos o restante dos humanos do mundo, os mantivemos seguros e escondidos de nossos irmãos. Assim como nos escondemos atrás de um véu que nós mesmas criamos — um diferente daquele que separa nossos irmãos —, também escondemos o resto do mundo dos olhos deles. Mas, cedo ou tarde, os outros voltarão sua atenção para lá. Eles continuarão por Otera, aquela insanidade branca se estilhaçando cada vez mais até que eles destruam todo o mundo humano.

Suspiramos, uma expressão muito humana que aprendemos a usar recentemente. Ondas de verdes e dourados suaves flutuam através de nós. Um arco-íris reluz em um oceano azul brilhante, golfinhos dançando em um alegre baile de máscaras.

Do outro lado do véu, Okot se orienta para mais perto, suas feições pensativas, embora erráticas. Ele se torna cada vez mais humano a cada milênio. Aquele branco horrível brilha dentro dele, mas ele, mais do que os outros homens designados, o mantém sob controle.

— Você parece preocupado, Singular — opina ele.

Esse é o nome que eles nos deram. E bem assim, outro tentáculo de desconforto desliza. Antes, não havia uso de nomes. Éramos todos e éramos um. Agora devemos ser designados, devemos nos marcar para mostrar que estamos separados.

Seu conflito com as mulheres designadas destruirá este mundo. Nós vimos isso, os fios do destino se reunindo no cosmos.

Okot assente, outro de seus maneirismos humanos.

— Também concluímos isso. Há algo crescendo dentro de mim. Algo estranho.

Insanidade... Quando sussurramos a palavra, Okot suspira, os azuis e brancos mal-humorados de uma onda oceânica. Aceitação. Resignação.

— Nós sabemos — diz ele. — Sentimos isso em nós mesmos e nos outros. Cresce como uma doença. Não vamos aguentar por muito mais tempo.

Azuis e laranja de incerteza brotam, depois murcham dentro de nós. O arco-íris morre uma morte rápida e despercebida.

Despercebida por todos, isto é, exceto por Okot. Ele se aproxima.

— Você não tem certeza de como proceder contra nós. Uma emoção decididamente humana, Singular.

Prometemos permanecer neutros.

— Você prometeu manter o equilíbrio. Isso significa manter os humanos em segurança. Goste ou não, eles são os mais numerosos dos seres inteligentes neste mundo; um mal necessário.

Nós nos permitimos outro suspiro. Tantos votos. Tantas promessas. Mas são eles que nos dão forma. Afinal, o propósito é o que nos define... *Não temos certeza de como conseguir um sem o outro*, dizemos por fim.

— Por que não conseguir ambos? — Okot se aproxima. — Você é mais poderoso do que todos nós juntos agora. Envie-nos uma solução. Envie-nos um intermediário.

Você quer dizer nos separar como vocês fizeram? Uma montanha se divide em resposta ao desgosto que sentimos por essa ideia.

— Não, Singular — diz Okot, olhando para nós com aqueles olhos brancos irritantes. — Quero dizer, caia em Otera, e quando estiver lá, acabe com nossas vidas. Essa é a única maneira de evitar que as videiras que você vê se aglutinem. Somos uma praga neste mundo, e você deve nos destruir antes que o destruamos.

◈

Uma gota de ouro solitária caindo… caindo… Mas não está caindo dos olhos das deusas; está caindo do céu. Caindo do cosmos.

Caia em Otera, e quando estiver lá, acabe com nossas vidas. Você deve nos destruir, Singular.

Eu arfo, acordando.

37

◈◈◈

Etzli está puxando a atika para fora de seu corpo quando eu volto à plena consciência. Há uma rachadura no chão onde a deusa caiu, e há tanto icor jorrando agora que sua pele está ficando prateada. O mesmo acontece com todas as outras deusas, prata tingindo o ouro que as cobre. Elas ainda dormem profundamente, mas não tenho dúvida de que podem sentir a dor de Etzli, seu medo. Ela tenta se mexer, mas seu corpo se debate, como um peixe encalhado nas margens do rio. Olho para minha atika, para o icor que ainda a mancha enquanto está caída no chão. Toda essa destruição causada por uma pequena espada.

Somente deuses podem ferir os deuses. As palavras ressoam na minha cabeça. E agora sei que há verdade nelas, porque vi aquela gota dourada caindo, ouvi as palavras, a ordem, que formaram meu ser. O comando que sem dúvida foi reprimido todo esse tempo pelas mães.

Você deve nos destruir.

Agora, sei a verdade do que sou. Eu sou o Singular. Ou pelo menos, parte de mim é. Tem que haver um motivo de eu não ter compreendido o que sou, um motivo de eu nem sequer saber da existência dos deuses, e considerando o que aprendi sobre as Douradas e os Idugu, sei que deve ser porque há partes de mim que estão trancadas tão profundamente que não consigo acessá-las. Por enquanto, tudo o que sei é o seguinte: não sou filha de Etzli ou de nenhuma das Douradas, aliás. Eu sou um ser totalmente separado. Aquela que tem o poder de matar todos eles. E Etzli sabe disso.

Eu vejo a expressão em seu rosto, uma que nunca vi antes. É medo, um medo profundo e avassalador.

E é tudo por minha causa.

Todo esse tempo, ela e as outras estiveram me controlando. Me usando como se eu fosse um animal de estimação. No entanto, elas sabiam que eu tinha poder, que eu era uma criatura que temiam.

A raiva explode no meu ser.

— Você mentiu — digo, pegando minha atika e apontando-a novamente. — Todo esse tempo, você mentiu para mim.

Corro em direção a ela, mas agora, Etzli recuperou a compostura. Ela gesticula, e videiras estalam em minha direção, todas sibilando e guinchando, aquelas pétalas carnudas pulsando com horríveis veios dourados. Saio do caminho, deslizando simultaneamente minha outra atika, então começo a golpeá-las, determinada. Preciso destruir essas videiras — erradicá-las antes que machuquem mais alguém.

Gritos desumanos soam enquanto corto as videiras de novo e de novo. Logo são acompanhados por gritos de dor. Medo. Para minha surpresa, vêm de Etzli: toda vez que apunhalo as videiras, ela recua como se ela mesma estivesse sendo esfaqueada.

A compreensão me faz arregalar os olhos: essas videiras são uma parte dela, uma extensão de seu ser.

— O que você está fazendo, Deka? — grita. — Você está nos machucando, suas próprias mães!

— Vocês não são minhas mães! — grito, cortando violentamente outra videira. — Nunca mais se chamem assim! Eu vi a verdade! Eu escolhi cair de trás do véu; escolhi te parar! E vou!

Etzli balança a cabeça freneticamente.

— O que você viu é uma ilusão. — Seus olhos estão nos meus, o branco piscando ali. — Eu ordeno que você acredite em mim; esqueça tudo o que você viu. Me dê seu poder!

Fecho os olhos rapidamente, tentando evitar que o comando os atinja, mas acaba que não são o alvo de Etzli desta vez. O colar ansetha, que ainda está no meu bolso, se contorce violentamente, apertando como uma cobra ao redor da minha barriga enquanto seus elos formam raízes que perfuram pontos incandescentes de dor na minha pele. Me apresso para arrancá-lo, mas ele cava ainda mais fundo em mim, começando uma contorção horrivelmente familiar. As estrelas do colar estão brotando como devoradoras de sangue em miniatura. São extensões de Etzli, assim como as videiras se contorcendo pela câmara, e estão se alimentando de mim da mesma forma que as outras estão se alimentando dos uivantes mortais.

O colar se contrai cada vez mais, as flores cavando cada vez mais fundo, até que, enfim, algo se rompe dentro de mim e meus joelhos cedem. Caio no chão, manchas pretas embaçando minha visão. Há tanta dor... tanta, tanta dor. É como se o ar se tornasse tão denso que não consigo respirar. Arfares irregulares irrompem de meus lábios, assim como suspiros fraturados. Pontinhos de agonia explodem onde as devoradoras de sangue se enraizaram em meu corpo. E elas cavam, cavam, mudando algo dentro de mim, algo que nunca pensei que estivesse presente. Posso sentir agora, um tipo de poder no fundo do meu estômago, e as devoradoras de sangue estão fervilhando em direção a ele.

Etzli cambaleia de volta ao trono, a ferida em seu sua lateral aumentando rápido, embora a prata ainda cubra sua pele. Sua voz soa triunfal quando ela fala:

— Você achou que não tomaríamos precauções para essa eventualidade? Nós conhecemos você, Deka. Nós sempre a conhecemos, mesmo antes de você assumir esta forma. Você não passa de um instrumento, uma fonte de alimento para nos nutrir e um recipiente para usar como desejamos. É por isso que fomos tão cuidadosas em cultivá-la. — Etzli ri, um som maldosamente humano. — A Nuru. — Ela ri. — Foi tão fácil você acreditar nas nossas mentiras. Você sabe o que a palavra significa na primeira língua humana? "Peão", é isso que significa.

Estou com tanta dor agora que mal percebo a crueldade de suas palavras, mas de alguma forma, não me surpreende. As últimas semanas têm me preparado para isso, para a traição que estou vivenciando agora.

Sons de sucção se elevam no ar, as devoradoras de sangue do colar fazendo de meu corpo um banquete.

— Sim, isso, peão — cantarola Etzli. — Alimente-nos, nos dê seu poder.

Ela gesticula e algo se agita dentro do meu estômago, uma nova devoradora de sangue tomando forma. Ela se eriça enquanto se move, as raízes cravando em meu peito, na minha garganta. Todas as minhas vias aéreas estão bloqueadas agora e minha respiração, irregular. Foi isso que aquele garoto uivante mortal sentiu quando morreu? Esse medo, essa dor? O desespero me domina. Assim como a ironia: as mães deveriam ser nossas salvadoras, nossas protetoras, mas são piores que Oyomo, ainda piores que os Idugu que criaram sua mitologia. Elas me chamavam de filha, mas todo esse tempo, me viam como um peão, estavam se alimentando de mim, drenando minhas forças. Todo esse tempo, as Douradas têm me usado de todas as maneiras possíveis.

Uma lágrima escorre pelo canto do meu olho. Fui tão burra. Por que não enxerguei as Douradas pelo que eram quando criaram selvas inteiras de videiras sanguinárias para matar seus inimigos, um lago inteiro de monstros para destruí-los? Por que não suspeitei quando me enviaram várias vezes para destruir seus inimigos enquanto elas permaneciam aqui, no conforto de seu templo? O tempo todo em que as amei, as adorei, elas foram falsas (monstros, assim como o imperador Gezo avisou) e nunca percebi. Nunca sequer considerei. Achei que tinha aprendido com meus erros com o imperador Gezo, mas não aprendi nada. Agora as Douradas vão me destruir aqui, na mesma câmara onde um dia as libertei. Eu vou morrer, e elas vão matar milhares mais depois. Talvez até milhões.

Vi nos olhos de Etzli — a insanidade, a vingança. Assim que ela acabar comigo, vai atrás dos meus amigos, de todas as pessoas que amo. Ela vai matá-los com o mesmo prazer que matou aquele pobre jatu.

NÃÃÃÃÃO! Grito silenciosamente. Me recuso a morrer aqui assim. Me recuso a deixar Etzli se safar com o que fez, com o que vai fazer.

DEKA! A porta se estilhaça quando Ixa colide contra a câmara, Keita e Britta em suas costas, os outros logo atrás deles.

— Deka, o que aconteceu? — Britta arfa, saltando dele e correndo até mim.

Uma parede de videiras cai, escorregadia como uma massa de serpentes enquanto se apertam ao redor dela e dos outros.

— O que é isto? — Keita luta contra suas novas restrições, furioso. — Mãe Etzli, o que você está fazendo?

Ele inspira, e o sangue formiga sob minha pele quando o sinto tentando invocar suas chamas. Elas morrem antes de atingir a superfície de sua pele, deixando apenas brilhos vermelhos.

— Por que não posso usar meu fogo? — Ele luta para me encarar, mas as videiras rastejando sobre seu corpo o mantêm no lugar.

— Como se eu fosse permitir que você usasse tal obscenidade na minha presença — caçoa Etzli. — Uma zombaria aos dons que demos apenas às nossas filhas. — Ela se vira para mim. — E você, nossa filha infiel e tola, ousou dar isso aos nossos filhos também!

— Eu não sou sua filha! — devolvo.

Ela me dá um olhar de tanto ódio que as videiras em meu corpo cavam ainda mais fundo, raízes brotando, podridão cinzenta crescendo. Eu grito, a dor ardendo branca sobre mim.

— Por favor, está doendo, está doendo!

Deka!, Ixa grita, explodindo em um tamanho maior enquanto arranca as videiras que o cobrem.

Mais delas se curvam em sua direção enquanto ele corre na minha direção, mas Ixa se esquiva, desliza até parar na minha frente.

— O colar — grunho, lágrimas caindo dos meus olhos. — Você tem que arrancá-lo de mim.

Para meu alívio, Ixa não hesita. *Deka*, ele diz, e então morde minha barriga e puxa.

Uma dor incandescente explode em meu cérebro, e grito quando Ixa puxa com ainda mais força as raízes enquanto as devoradoras de sangue lutam contra seus esforços. Como antes, Etzli grita, seu corpo doendo pelo dano que Ixa está causando ao colar. É exatamente como eu suspeitava; o colar é uma extensão dela também, uma extensão de todas as Douradas.

— Pare! — ruge ela, desesperada. Gesticula, e uma massa de suas videiras desliza ao redor do pescoço de Ixa, puxando com tanta força que seu pescoço chacoalha.

Mesmo assim, ele não cede. Em vez disso, cava, puxando com mais força, e as videiras gritam enquanto se contorcem para fora da minha pele, de meus ossos.

— Ixa! — arfo, manchas douradas de sangue em minhas lágrimas agora, mas ele puxa uma última vez, usando toda a sua força.

O colar é arrancado do meu corpo, pedaços da minha carne indo com ele. O colar imediatamente desliza, uma serpente tentando se retorcer de volta para mim, mas rolo para longe, o poder retornando ao meu corpo rapidamente. Um poder que respiro quase inconscientemente, desesperada para me livrar do colar repugnante. Quando ele se volta para mim, se aproximando cada vez mais, chamas explodem de repente, todas as videiras da sala estouram por causa dos poderes de Keita que também retornaram. Enquanto ele e os outros se libertam, eu rápida e dolorosamente me forço a ficar de pé, a me virar para o colar em chamas ainda deslizando com determinação em minha direção. Assim que ele se ergue, pronto para me enredar outra vez, piso com força, o alívio toma conta de mim quando as pequenas flores nele explodem em gotinhas de sangue dourado esbranquiçado.

Enquanto Etzli grita de dor, caindo do trono, meus amigos correm até mim, os olhos arregalados de choque e preocupação. Keita olha preocupado para a deusa. Ela está apenas sentada lá, seus olhos parecendo atordoados e distantes. Mas não fico aliviada com o silêncio repentino dela — na verdade, isso me preocupa ainda mais que suas ações. Porque se ela está em silêncio, está tramando algo, fazendo algo horrível que eu ainda não consigo ver.

Keita força seus olhos para longe dela.

— É exatamente como temíamos, não é? — pergunta ele.

— Pior — respondo. — Elas estão devorando uivantes mortais masculinos e sabe-se lá o que mais para ganhar poder. Elas querem que o exército de Idugu venha para que possam devorá-lo, para recuperar o poder total. É por isso que as outras ainda estão dormindo. Estão esperando serem alimentadas.

Os olhos de Keita se arregalam. Em seguida, se estreitam de determinação. Keita é confiável, sempre observando as coisas com calma.

— Qual é o plano?

— Evitar que elas recuperem o poder total. Destruí-las. — Olho de Keita para Britta, sorrindo tristemente. — Nós que estamos mortos, correto?

Britta imita meu sorriso.

— Podemos muito bem estar daqui a pouco, mas estou sempre aqui com você, Deka — diz ela, apertando minha mão.

— Eu também — concorda Keita, me abraçando.

Ao nosso redor, os outros assentem. Belcalis, Li, Acalan, as gêmeas, que se reuniram, junto a Mehrut, Lamin, Kweku e Rian. Toda a minha família, meu lar. Porque todos eles sabem, como eu, que esses podem ser nossos últimos momentos juntos — que todos nós podemos morrer aqui, nesta câmara, ou pior, ficar presos como Melanis, sofrendo pelo resto da eternidade em um poço em algum lugar —, mas mesmo assim, eles estão preparados para isso. Prontos para morrer ou viver comigo, não importando as consequências.

E é exatamente por isso que devo protegê-los.

Sorrio para meus amigos. Uma expressão agridoce mostrando meu amor, minha gratidão.

— Libertem os uivantes mortais das videiras de Etzli — ordeno pelo que pode muito bem ser a última vez. — Vou lutar contra deusas.

38

◈◈◈

Quando subo as escadas em direção à plataforma, Etzli ainda está prateada e pálida. Bebeu tanto poder de mim, e ainda está enfraquecida. Assim como as outras deusas, quando olho em sua direção. Suas estátuas também estão cobertas pelo brilho prateado. Parece que o que acontece com uma realmente acontece com as outras. Não posso deixar de imaginar até onde isso se estende. Se eu matar Etzli, isso significa que as outras deusas morrerão? Todas elas? Olho para Anok, que tem sido como uma avó para mim, uma amiga querida, até. Foi ela quem me colocou nesse caminho, me mostrou a verdade escondida no colar ansetha, mesmo sabendo que certamente terminaria assim. E Beda... tão gentil, é quase inconcebível que tivesse ela se juntado a Etzli em sua insanidade. Posso realmente matar as duas?

Quanto mais me aproximo do trono de Etzli, mais minha dúvida aumenta. Se eu matar as Douradas e Idugu também morrer, o que acontecerá com Otera? Visões de terremotos, vulcões, mil pragas passam pela minha mente, mas eu as afasto para longe. As consequências de eu ficar parada seriam muito piores. Se eu não matar os deuses agora, eles vão acabar com todo o império em sua busca pelo poder. Eu já vi até onde as Douradas e os Idugu vão em seu jogo de dominação. Quem sabe o que farão se forem deixados livres para atacar os cidadãos inocentes de Otera.

Preciso falar com Etzli agora, ter a conversa que eu deveria ter tido meses atrás — a conversa que determinará como procederei a seguir contra as criaturas que um dia declararam ser minha família.

Quando chego ao seu trono, a deusa está curvada, sua postura rígida de dor. Cortar o colar ansetha de mim deve ter feito algo com ela, algo profundo e visceral que aumentou a dor que ela sentiu quando eu a atingi. Não posso deixar de me perguntar se esta é a primeira vez que ela foi fisicamente ferida por alguém. Faz sentido. Apesar de todos aqueles anos aprisionadas, os jatu nunca conseguiram ferir as deusas. Somente deuses podem ferir deuses, o que pode explicar por que Etzli agarra a lateral do corpo como um animal ferido, sua expressão venenosa quando paro na frente dela.

— Deka — sussurra —, você se atreve a...

— Você mentiu para mim — digo, interrompendo-a no meio da frase. — Você mentiu para todos. Todo esse tempo, você disse que era benevolente, melhor que Oyomo. E, no entanto, aqui estava você, devorando seus próprios filhos!

Aponto para o chão, onde as cinzas daquelas videiras permanecem nos formatos distintos de uivantes mortais. Meus amigos libertaram os uivantes mortais restantes. Agora, eles os levarão para os equus, que os conduzirão aos santuários fora da montanha. Mas Etzli não disse nada sobre isso. O fato de que ela não tentou detê-los, de que ela não se mexeu nem falou nada até agora, quando estou diante dela, me preocupa. É quase certo que Etzli está planejando algo. Devo permanecer alerta, devo esperar até que ela revele o que é.

A mandíbula da deusa se tensiona, sua expressão muito humana.

— A energia deles contém icor — explica ela. — É a fonte de alimento mais potente.

Ela diz as palavras com tanta naturalidade. Como se eu fosse uma idiota por não ser capaz de entender uma coisa assim. Minhas sobrancelhas se juntam.

— Você não vê problema nisso? Matar seus próprios filhos?

— Eles teriam nos dado essa energia através da adoração cedo ou tarde. Eu apenas acelerei o processo.

— Eles teriam, mesmo? — Olho para Etzli, permitindo que o desgosto apareça em meu rosto, mesmo enquanto mantenho meus olhos cuidadosamente voltados para todos os lugares, menos para o olhar dela.

Irritada, ela tenta um argumento diferente.

— Todos os mortais morrem. É um fato de sua existência. Morrer por nossa causa lhes dá um propósito maior do que jamais teriam. Nós somos suas deusas. Você, de todas as pessoas, deveria entender isso, Deka.

A repugnância toma conta de mim, um sentimento ardente e feio.

— A única coisa que entendo é que vocês são monstros — declaro baixinho. — E estou aqui para acabar com vocês.

Empunho minhas atikas, prestes a atacar, mas um tornado branco invade a sala. Melanis, suas asas já prontas.

— Estou aqui, Mãe Divina — diz ela sem fôlego, como se Etzli tivesse acabado de chamar. — As outras também estão a caminho.

Etzli sorri, satisfeita. Então era isso que fazia enquanto estava sentada aqui em silêncio. Chamava reforços. Ela assente para Melanis, sua expressão solene.

— A Nuru se rebelou contra nós, filha. Ela está planejando nos substituir como suas deusas. Mate ela. Mate a traidora Deka.

Um sorriso piedoso se espalha nos lábios de Melanis.

— Será minha mais profunda honra.

A Primogênita avança sobre mim tão rapidamente que minha cabeça bate nos degraus e vejo estrelas. Escapo por pouco do alcance da ponta de sua asa afiada, que ela lança na minha direção poucos segundos depois, mas ela atinge a borda da minha armadura, rasgando-a como papel. Alarmada, eu rolo para longe, então pulo de volta para a posição vertical, todos os meus sentidos em alerta. Mal consigo enfrentar Melanis sozinha. Se mais Primogênitas aparecerem, será o meu fim.

Melanis parece quase impressionada com minha velocidade.

— Você ficou muito mais rápida nos últimos dias, Nuru — diz ela, batendo as asas em direção ao teto. Então mergulha até mim outra vez, suas asas arqueadas.

Consigo bloquear suas pontas com minhas atikas, mas isso só dá a ela a abertura da qual precisa. Usando as mãos, ela desembainha sua espada e apunhala a lateral do meu corpo, torcendo a lâmina para que a dor ricocheteie em meus nervos. Dou um pulo para me afastar, corro para o outro lado da sala, mas Melanis me segue rapidamente.

Enquanto corro, tento argumentar com ela.

— Você não deveria fazer isso, Melanis — arfo, evitando seus golpes. — As mães mentiram para você; mentiram para todos nós. Elas não são nossas únicas progenitoras; existem outros deuses também, os Idugu, seus equivalentes masculinos. As Douradas têm nos manipulado todo esse tempo enquanto lutam contra eles pelo poder. Até mesmo esta batalha, elas estão usando para se alimentar do exército jatu. Para comê-los usando devoradoras de sangue.

— Maravilhoso! — celebra Melanis. — Estou ainda mais impressionada com nossas mães.

Ela mergulha, as asas batendo em minha direção, e eu as bloqueio com uma atika, em seguida, seguro sua espada com a outra. Estou me acostumando com o estilo de luta dela agora. Avançar e atacar com a asa, avançar e atacar com a espada. Com facilidade, me agacho e me afasto, ambas as minhas espadas se movendo tão rápido que são um borrão de vento e aço. O tempo todo, eu falo com ela.

— Elas estão devorando os próprios filhos, Melanis! Você não vê nada de errado nisso?

— Só os homens. — Melanis dá de ombros. — O que é mais do que posso dizer sobre seus outros deuses, que atacam as de nossa espécie.

Tropeço para trás, de olhos arregalados.

— Você sabe sobre Idugu? — Achei que a essa altura ela já tivesse perdido essas memórias.

Melanis tenta me atingir com uma asa.

— Mãe Etzli graciosamente me devolveu minhas lembranças. Eu sei tudo sobre os Idugu, as razões pelas quais nossos irmãos se rebelaram.

— E tudo bem pra você? Com as mães mentindo para nós, nos atacando? Caçando inocentes? — Olho em seus olhos, esperando ver qualquer tipo de emoção ou compaixão neles.

Ela esteve em Oyomosin todos esses anos, morrendo e revivendo naquelas chamas. Certamente ela pode ter empatia por quem é manipulado, abusado... Uma emoção surge nos olhos de Melanis, e me inclino para mais perto e arregalo os olhos quando vejo o que há lá. Não há compaixão em seu olhar, como eu esperava; em vez disso, há algo mais, algo profundo, escuro e alegre.

— Você ainda não entendeu, Nuru Deka? — despeja ela. — Eu não me importo com os nossos irmãos. Eles são menos que gado. Eles estão abaixo de nós. Procuro um mundo e apenas um mundo: um retorno aos tempos em que nossas mães e nossas irmãs governavam. Um mundo onde os humanos e os homens retornem ao seu devido lugar, sob nossos calcanhares.

As asas de Melanis se levantam outra vez enquanto ela zomba de mim.

— Qualquer outro mundo é inaceitável, honrada Nuru.

Melanis mergulha, mas estou preparada desta vez. Minha espada se ergue no momento em que sua asa mais próxima bate para baixo, e eu corto suas juntas, partindo-a ao meio. Ela cai, gritando, vento e rajadas de sangue espirrando enquanto ela se contorce. Seus movimentos são tão extremos agora que quase não vejo os outros correndo de volta para a câmara, após ter levado os uivantes mortais feridos para um local seguro.

Os olhos de Britta se arregalam quando vislumbram Melanis, mas ela corre na minha direção, cuidadosamente evitando o alcance das asas da Primogênita.

— Tiramos os uivantes mortais daqui. Eles estão fugindo da montanha agora.

Eu assinto, então aponto para Melanis, cuja asa já começou a brotar um novo osso.

— Mantenha-a ocupada — digo, agarrando as minhas atikas. — Tenho outra tarefa.

Avanço na direção de Etzli, que permaneceu sentada em seu trono, me observando. Ela não se move quando me aproximo dela, nem mesmo ergue um dedo, e agora, a cautela toma conta de mim. Por que ela não está se movendo? Foi assim das outras vezes que a ataquei. Ela nunca se afastou de seu trono, se é que se moveu. Eu franzo a testa, nervosa. Se eu represento mesmo uma ameaça para Etzli, por que ela simplesmente não desapareceu desta câmara e levou suas irmãs para um local mais seguro? Por que ela não fugiu? Agora que penso nisso, deve ter acontecido a mesma coisa quando os jatu aprisionaram ela e suas irmãs. As Douradas não fugiram, mesmo quando poderiam ter feito isso facilmente.

Isso desperta outras lembranças... a neblina que cobria o corredor, a surpresa de Etzli quando abri a porta. *Você não deveria ser capaz de penetrar em nosso manto, ela disse. Como você abriu a porta?*

Ainda mais memórias tomam conta da minha mente — todas as vezes que as deusas trancaram as portas, barraram este corredor de seus filhos, nos dizendo que estavam descansando, que não queriam ser incomodadas. A suspeita cresce dentro de mim: e se houver algo nesta câmara que exija que as deusas permaneçam aqui? Que as enraíze tão completamente que elas não conseguem escapar nem sob ameaça?

Os Idugu devem saber disso, devem ter percebido esse padrão. Foi assim que ajudaram os jatu a aprisionar as deusas aqui… e é assim que vou prender as deusas também.

Aponto minhas atikas para Etzli.

— O que existe aqui? — pergunto a ela. — O que mantém você e as outras presas a esta câmara?

Um sorriso sinistro curva os lábios de Etzli.

— Esperta, Deka. Você sempre foi uma criança inteligente. Você é a primeira em um milênio a perceber.

Fico alarmada na hora.

— Perceber o quê?

— Isto.

Ela gesticula, e o chão desmorona sob meus pés.

39

◈◈◈

Minha luta com Melanis me preparou para surpresas, então reajo assim que o chão treme, pulando nas escadas logo abaixo da plataforma. Faço isso bem na hora: todo o chão no centro da sala está caindo, o colapso tão repentino que Asha quase cai. Britta gesticula rapidamente, estendendo uma placa de pedra debaixo de seus pés, mas, para minha surpresa, Asha ricocheteia nela, um vento repentino a impulsiona para cima. Ela salta sobre a beira do abismo, então flutua de volta para terra firme usando o mesmo vento enquanto Adwapa espera por ela, os olhos semicerrados em concentração. Os cabelos da minha nuca se arrepiam em resposta a esse novo poder inesperado que a dupla está demonstrando. Deve ser o dom divino delas, aqueles que insinuaram. E não é o único em ação. A asa boa de Melanis bate apressadamente quando o chão sob ela desmorona. Ela a usa para saltar para fora do abismo, então rapidamente cai no chão da câmara, sem fôlego pelo esforço.

Me volto para o buraco no centro da câmara, o desconforto crescendo. O poço desce até o centro da montanha, escuro e sem fim.

Mas não vazio.

Uma cacofonia de sibilos e rosnados angustiados sobe no ar, o som tão deplorável que levo apenas alguns momentos para entender o que é: os lamentos dos condenados. Olho para baixo, o horror obstruindo minha garganta quando vejo as videiras de Etzli prendendo milhares de figuras roxas distintas às paredes do abismo, devoradoras de sangue sibilantes se contorcendo sobre eles. Meu corpo está tão fraco agora que preciso me esforçar para permanecer de pé. Quantas vezes me perguntei por que nunca havia uivantes mortais masculinos, por que apenas as fêmeas emergiam dos ovos nos lagos de reprodução? Mesmo quando vi os Renegados acompanhando os jatu, me perguntei por que eram tão poucos, tão raros.

Agora sei a verdade. Uivantes mortais masculinos não são raros, eles não são uma ocorrência rara — são tão numerosos quanto as fêmeas, mas estiveram aqui o tempo todo, presos sob os pés das Douradas.

A maldade disso me despedaça. Não é de se espantar que as deusas raramente deixem esta câmara, raramente deixem seus tronos. A adoração pode alimentá-las, mas é o sofrimento que realmente lhes dá poder. O sofrimento de seus próprios filhos; aqueles que elas condenaram a uma eternidade de tormento.

Meu corpo está tremendo agora, cada centímetro de mim vibrando com fúria, horror.

Os sibilos e rosnados dos uivantes mortais estão se misturando em palavras; frases. Pedidos.

— Liberte-nos... Mate-nos...

As palavras se misturam, um furacão de dor bombardeando meus ouvidos. Como as Douradas podem suportar isso? Como conseguiram se endurecer para tanto sofrimento? Não é de se espantar que os jatu se rebelaram. Não é à toa que fizeram o que estava a seu alcance para prender as deusas. Os Idugu podem ser malignos e maliciosos, mas suas equivalentes são exatamente como eles. Piores, até.

Continuo olhando para o poço, incapaz de digerir o que estou vendo. Essas são mesmo as deusas que cultuei por tanto tempo?

Aquelas por quem lutei todo esse tempo?

Eu me viro para Etzli, que ainda está sentada ali, com uma expressão serena no rosto. Mais de suas videiras estão deslizando ao redor dela, pulsando como sanguessugas enquanto tiram sangue dos uivantes mortais no poço.

— Demônio! — A palavra explode de mim, cada respiração cheia de ódio. — Você é a mais vil dos demônios, e vou acabar com você!

Corro em direção a ela, com as atikas erguidas, mas Etzli se levanta com fluidez e me empurra para o outro lado da sala. Caio no meio do poço, a placa de pedra que Britta convoca é a única barreira que impede meu corpo de cair no abismo. O vento que Adwapa envia em minha direção amortece minha aterrissagem, então consigo saltar tão facilmente quanto uma nuvem.

— Estamos com você, Deka! — anuncia Britta.

— Obrigada! — respondo, pulando na plataforma e correndo de volta para Etzli.

Ela está de pé agora, aquelas videiras repugnantes rastejando por suas pernas como raízes e deslizando para o abismo. Pior, as outras deusas estão se mexendo ao lado dela. Não sei dizer se é porque recuperaram energia suficiente ou porque Etzli as está acordando. Não importa — de qualquer forma, tenho que detê-las, tenho que separá-las das videiras. Com isso em mente, salto em direção a Etzli, atikas em punho, mas ela pega as duas lâminas com uma mão, nem mesmo vacilando quando elas cortam sua carne. Salto para trás antes que ela possa me atingir outra vez, mas quando me viro para o próximo ataque, uma voz familiar ecoa pela câmara.

— O que significa isto? — exige Mãos Brancas, entrando.

A vitória brilha nos olhos de Etzli. Ela se vira para Mãos Brancas e sorri de forma acolhedora.

— Filha amada, a Nuru se tornou uma traidora e está nos atacando. Contenha-a.

Meu corpo inteiro paralisa, pavor pulsando através de mim. Mãos Brancas está aqui, com uma espada. Se há uma pessoa com quem não quero lutar, é ela. Ela tem sido minha mentora desde o momento em que me resgatou daquele porão — é quase uma madrinha para mim, embora distante e às vezes cruel. Não quero brigar com ela, mas qualquer hesitação de minha parte seria um erro fatal. Mãos Brancas sempre luta para matar.

Sempre.

Ao lado dela, Melanis está se levantando, cambaleando, sua asa ainda sangrando.

— Venha, irmã — diz —, eu te ajudo.

Quando a dupla caminha em direção a Etzli, ergo as mãos, as palavras saindo de mim com tanta pressa que nem tenho certeza de que fazem sentido.

— Elas estão matando os uivantes mortais masculinos, Mãos Brancas. Todo esse tempo, as mães mataram nossos irmãos exatamente como os monstros que foram acusados de serem. É por isso que os jatu se rebelaram, porque descobriram que havia uivantes mortais masculinos aqui e as deusas os estavam devorando. — Aponto para o abismo. — Olhe, veja por si mesma..

Mãos Brancas olha para baixo, franzindo a testa. Aborrecimento? Raiva? Não sei. Ela se volta para Etzli.

— São jatu ressuscitados? — pergunta casualmente.

Etzli dispensa a pergunta, despreocupada.

— Eles não importam para nós. Não como você e suas irmãs. Você jurou lealdade a nós. Você não se afastou de nós, ao contrário deles. Eles nos aprisionaram; nos enjaularam. Merecem esse destino. Agora, você é nossa filha, não é? — Há uma implicação nessa pergunta, tão sutil que tenho certeza de que sou a única que vê Mãos Brancas ficar tensa.

Etzli não percebe.

— Você é a nossa primeira. Você deve acabar com isso.

Meu coração vacila quando Mãos Brancas assente, desembainhando sua espada. Ela sobe até a plataforma, o olhar severo enquanto me observa.

— Mãos Brancas — imploro, lágrimas vindo aos meus olhos. *Por favor, por favor, por favor...*

Mas Mãos Brancas continua se aproximando, com uma expressão resignada no rosto.

— Eu devo fazer isso — diz ela, então salta para mim.

Eu me preparo, pronta para o impacto, mas então ela vira no meio do caminho, voltando-se para Etzli.

— Eles eram nossos irmãos! — grita, atacando a deusa assustada.

— Como se atreve! — Melanis corre em direção a ela, mas Mãos Brancas revida tão rapidamente que estripa a outra Primogênita antes que ela possa erguer sua espada.

— Se ponha no seu lugar! — grita Mãos Brancas antes de voltar sua atenção para Etzli. Um alívio grato explode em mim quando ela atinge a deusa repetidas vezes.

— O que você está fazendo? — A deusa se enfurece, se erguendo. — Como você se atreve a me atacar?

Mãos Brancas não reconhece essa repreensão e continua a golpeá-la. Ela olha para mim.

— Você está esperando um convite, Deka? Acabe com ela!

Eu corro para a frente, atacando Etzli do outro lado, mas a deusa nos afasta facilmente. A essa altura, ela absorveu tanto poder que seus movimentos nem se parecem mais com os de um humano. Múltiplos braços repelem nossas espadas; a pele engrossa em uma dureza metálica, então aquece como fogo. Apesar de tudo, Mãos Brancas e eu continuamos o ataque. Quando uma de nós erra, a outra assume, investindo e cortando. Nosso alvo são as videiras de Etzli, tentando separá-las dela, mas é um esforço inútil.

— Ajudem elas! — grita uma voz distante.

Belcalis.

Ela entra no combate também, seu corpo inteiro dourado enquanto corta Etzli com suas adagas. A deusa grita de ódio, sua raiva se multiplicando ainda mais quando as chamas assam suas videiras, cortesia de Keita. Ela cria mais e mais videiras, todas saindo dela, deslizando sobre os uivantes mortais no abismo como serpentes pretas frondosas para aumentar seu poder até que esteja lutando melhor a cada segundo que passa. Mesmo assim, resistimos: toda vez que ela joga um de nós em direção ao abismo, Britta está lá, criando superfícies para nos pegar, enquanto Adwapa e Asha nos ajudam a pousar suavemente usando o vento.

Somos todos nós contra Etzli, mas a deusa apenas devora mais e mais uivantes mortais até que enfim eu sinto; a significativa reunião de poder enquanto as outras deusas se agitam. Anok já está se espreguiçando, seus ombros esticando enquanto o corpo muda de dourado para sua cor escura de sempre. Ergo o olhar, meu coração doendo. Se Anok se juntar à luta, não há como vencermos. Mas não temos escolha agora. Ela está se levantando, já acordada.

Anok olha para nossa batalha, nuvens de tempestade se acumulando em sua testa conforme absorve o caos. Então ela gesticula, e uma parede de vidro transparente se ergue do chão, separando Mãos Brancas e eu de Etzli.

— Qual o significado disto? — pergunta Anok calmamente, olhando para Etzli.

— Nossas filhas se rebelaram — responde Etzli, enfurecida. — Elas querem nos impedir de consumir o exército dos Idugu e ganhar poder.

Com suas palavras, a fúria explode em mim, e toda a minha raiva e frustração vêm à tona.

— Eu não sou sua filha! — grito. — Eu nunca fui, e você sabe disso!

Olhos da escuridão insondável da terra profunda se voltam para mim.

— Então você sabe a verdade — diz Anok baixinho.

— Sei de tudo! — Me enfureço. — Sei que de alguma forma sou descendente do Singular, que vocês estão devorando seus próprios filhos. Eu sei que vocês são monstros, assim como Idugu! Que todas vocês estão corrompidas!

Anok assente solenemente.

— Então você sabe o suficiente para nos destruir. — Dito isso, ela se volta para Etzli. — Irmã.

Etzli sorri.

— Sim?

Anok responde agarrando-a pelo pescoço e prendendo-a no chão. Enquanto eu assisto, chocada, ela gesticula para mim.

— Ande, Deka — diz ela apressadamente. — Segurarei as outras por tempo suficiente para você escapar da montanha!

Fico boquiaberta.

— Não entendo...

— A insanidade que nos consome acabará por destruir este mundo — declara Anok. — Encontre o resto do seu poder e use-o para acabar conosco. Sua mãe mortal saberá o caminho.

— Minha mãe? — Achei que meu pai estivesse delirando quando disse que minha mãe está viva, que ela falou para ele me encontrar. As últimas visões de um moribundo.

Anok não parece pensar assim porque diz:

— Você já sabe onde encontrá-la.

Gar Nasim... As últimas palavras do meu pai aparecem em minha mente.

— Lembre-se, Deka, você é a chave, e logo seu poder despertará outros, o bastante para nos enfrentar. Destrua-nos, criança! — grita Anok. — Liberte-nos! Liberte este mundo de nós.

Etzli luta contra a irmã.

— Isso é uma tolice, Anok. Me solte!

Mas a deusa mais escura se mantém firme.

— Vai! — ruge para mim. — Fuja!

Eu giro em direção ao outro lado da sala.

— Ixa, transforme-se!

Deka!, Ixa concorda.

Enquanto corro pelo abismo usando a ponte que Britta rapidamente cria para mim, os gritos dos uivantes mortais atingem meus ouvidos, todos tão cheios de dor e angústia que minha alma dói. Meus passos vacilam. Mesmo se escaparmos, esses uivantes mortais ainda estarão presos aqui, seus corpos servirão como um banquete para as deusas usarem como quiserem. Eles permanecerão aqui por uma eternidade, presos neste ciclo interminável de sofrimento. Não posso permitir que isso aconteça. Não posso permitir que esses uivantes mortais sofram mais tormento enquanto as deusas ficam cada vez maiores e mais poderosas.

Seu poder despertará outros... As palavras de Anok ecoam na minha cabeça, me lembrando que não sou totalmente impotente.

Não posso libertar os uivantes mortais do poço sozinha, mas posso despertar os dons daqueles que podem. Me volto para Mãos Brancas, que está correndo atrás de mim. Quantas vezes ouvi falar de seu poder, da devastação que ela causou quando estava em seu auge?

— Mãos Brancas, qual era o seu dom divino? — faço uma pergunta que também é um acordo.

Só posso liberar o poder de Mãos Brancas se ela concordar por vontade própria. Livre-arbítrio, assim como Keita me disse.

A Primogênita parece entender, porque remove suas manoplas de osso enquanto avança. Debaixo das luvas, suas mãos não parecem nada extraordinárias, possuem o mesmo tom marrom-escuro que o restante de seu corpo, e são pequenas, quase atarracadas agora que suas garras foram removidas. Ainda assim, sei que elas contêm poder, o tipo de poder que um dia nivelou cidades.

— Cinzas — diz Mãos Brancas enfim, estendendo as mãos para mim. — Um dia tive o poder de transformar tudo em cinzas.

— E você vai tê-lo novamente. — Coloco minhas mãos nas dela e entro fundo no estado de combate, exalando quando sinto a habilidade escondida no fundo de seus ossos. A habilidade que espero em breve trazer de volta à vida.

Inspiro, me concentrando, e em instantes é como se estivesse afundando nela. Suas mãos já estão brilhando mais do que o resto, sua habilidade se erguendo para encontrar a minha. Envio poder através de meus dedos, arcos de luz estelar se retorcendo e girando em torno de Mãos Brancas, calor crescendo de dentro de mim. Isso é o que significa despertar o poder; esta é a sensação de ajudar um dom divino a se erguer mais uma vez.

Eu nem sequer recuo quando percebo feridas se abrindo na ponta dos meus dedos, a pele empolando e depois se abrindo em resposta ao poder que usei. Tudo o que sinto é alegria. As palmas de Mãos Brancas estão brilhando agora, o poder concentrado na ponta de seus dedos.

Sorrio, aliviada: consegui, dei vida ao seu dom mais uma vez.

Quando tenho certeza de que seu dom está totalmente despertado, eu me afasto, me viro para o abismo.

— As videiras — digo, apontando. — Você pode destruí-las?

Mãos Brancas assente, e então se ajoelha ao lado do poço e coloca a mão em uma videira devoradora de sangue. Suas mãos parecem piscar quando o poder emerge delas. Seu dom tomando forma.

— Obedeça ao meu comando — sussurra. — Torne-se cinzas.

Quase imediatamente, a videira se desintegra, mas não é a única. Enquanto observo, atônita, as cinzas de Mãos Brancas viajam de videira em videira até que todas as devoradoras de sangue no poço tenham se transformando em cinzas e sendo sopradas para longe.

— O que você está fazendo? — Etzli se enfurece da plataforma, tentando se livrar de Anok. — Você não pode fazer isso! Não! Não!

Mas é tarde demais. As videiras estão todas morrendo agora, cada uma delas ficando cinza, o que significa que só resta uma coisa a fazer. Monto em Ixa e me viro para os outros, ignorando o sangue escorrendo da ponta dos meus dedos. As feridas que se abriram quando despertei o poder de Mãos Brancas ainda não cicatrizaram, mas eu não esperava que isso acontecesse. O colar ansetha deslocou algo dentro de mim, um poder que eu nem sabia que tinha. E agora, devo lidar com as consequências. Posso ser imortal, mas talvez este corpo não seja.

Isso se ele de fato for meu verdadeiro corpo. Depois de tudo que vivi, não posso descartar a possibilidade de que este corpo não seja meu, mas isso é uma preocupação para depois.

Respiro para afastar a dor enquanto falo com os outros.

— Temos que destruir o templo. Temos que derrubá-lo, para que elas nunca mais o usem para se alimentar.

— Como? — pergunta Britta, olhando ao redor. — As mães...

— Não as chame assim — digo, balançando a cabeça. — Elas não são mais nossas mães.

Ela absorve essa afirmação, então concorda.

— As Douradas ergueram o templo da própria terra. Como vamos destruí-lo?

Levo meros segundos para formular uma resposta.

— Vou compartilhar meu poder com você, te deixarei mais forte. Você faz o resto. Não podemos deixar esses uivantes mortais aqui para sofrer. Não podemos deixar ninguém aqui para sofrer.

Keita assente, seus olhos já se enchendo de chamas.

— Eu vou queimar este lugar — diz ele. Ele se vira para Adwapa e Asha. — Vocês podem propagar minhas chamas?

Elas assentem.

Britta olha ao redor novamente, pensando.

— Talvez eu possa desmoronar o templo — diz ela. — Me certificar de que não seja erguido outra vez.

— Faça isso — digo, estendendo minhas mãos.

Assim que Britta, Keita, Belcalis e as gêmeas colocam as mãos em mim, eu afundo no estado de combate, invocando meu poder novamente. Aquele mesmo calor sobe, faiscando e acumulando-se contra o deles. Chamando o poder que está escondido dentro deles e amplificando-o ao seu potencial máximo.

— Deka, sua mão! — arfa Britta quando mais feridas se formam, mas eu balanço a cabeça.

— Não importa — digo. — Só mais um pouquinho.

Eu sopro e sopro o poder dentro deles até que, enfim, sinto. O potencial que existe. A capacidade de destruição. Eu o sopro, me glorificando quando se torna uma luz branca obliterante.

Dou um passo para trás.

— Vocês estão prontos agora — digo, então vou até Ixa.

Enquanto Ixa se lança no ar, carregando-nos nas costas, Keita gesticula, e um pilar de chamas penetra no abismo, queimando os uivantes mortais ali. O vento de Adwapa o guia, a força tão poderosa que lança a chama contra as paredes do abismo, transformando tudo em cinzas, assim como Mãos Brancas fez com as videiras. Os gritos dos uivantes mortais aumentam, mas pela primeira vez não são gritos de dor, são suspiros de gratidão — de alívio.

— Obrigado — ouço um uivante mortal dizer enquanto a chama o queima. Ele sorri conforme seu corpo se transforma em cinzas.

Eu assisto, lágrimas escorrendo pelo meu rosto. Tristeza, raiva — mil emoções quebradas. Todo o amor e esperança que um dia senti pelas Douradas, pelas Primogênitas. Toda a esperança que eu sentia por fazer de Otera um lugar melhor, um lugar onde todos fossem iguais. Quando o corpo de Britta vibra ao meu lado, a terra estremecendo em resposta, continuo observando, entorpecida. O poder se acumula, a terra balança e se contorce, e então o chão se move como uma onda, espatifando a Câmara das Deusas, enviando Melanis gritando para o abismo lá embaixo. Pedaços do teto estão chovendo sobre nós, suas maravilhas perdidas para sempre, mas não me importo com elas enquanto disparamos para o céu, onde a neblina começou a se dissipar sob a luz das estrelas da manhã.

Abeya está deserta abaixo de nós, as crianças e os humanos fugiram há muito tempo, a maioria das alaki e dos equus logo atrás. As únicas pessoas que permanecem são os filhos mais leais das mães, aqueles que tentaram responder ao chamado de Etzli. Eles nos observam com olhar assassino, mas estamos longe demais para que nos alcancem.

Quanto aos Idugu e seus exércitos, eles desapareceram há muito tempo, recuaram para seu templo, para onde sem dúvida fugiram no minuto em que esfaqueei Etzli e, consequentemente, esfaqueei todos eles. Mas voltarão em breve. Disso tenho certeza. Os deuses de Otera não terminarão sua guerra até que um grupo tenha a supremacia e o outro seja reduzido a pó, mesmo que tenham que destruir todo o império.

Mas eu não vou deixar.

A determinação surge através de mim, cor cinza como aço em sua resolução. Não vou mais ficar sentar assistindo aos deuses acabarem com Otera. Não vou mais deixá-los brincar com os mortais como se fôssemos peças de madeira em um jogo de tabuleiro cósmico.

Anok disse que eu tinha o poder de matar os deuses, e sei que é verdade. Em algum lugar bem no fundo de mim está a centelha do Singular, e vou procurá-la, descobrir o suficiente sobre ela para me tornar inteira outra vez; para proteger as pessoas que amo, assim como os impotentes, os fracos. Os deuses não mais colocarão Otera sob seus pés. Não vou mais ficar em segundo plano, contente em ser apenas uma emissária — um peão. Chegou a hora de cumprir meu propósito. Chegou a hora de eu matar os deuses.

E vou suportar o que for preciso para garantir que isso aconteça.

Mais tarde, enquanto sobrevoamos o deserto, na primeira etapa do que certamente será uma viagem de meses até Gar Nasim, agora que não temos mais acesso às portas, apoio minha cabeça no ombro de Keita. Os roncos aumentam ao nosso redor, todos os outros estão tão exaustos pelos acontecimentos do dia que não conseguem mais ficar acordados. Apenas Mãos Brancas, Britta, Keita e eu ainda estamos em alerta, nossos olhos examinando o horizonte em busca de ameaças. O Templo das Douradas ficou para trás, mas quem sabe o que vem pela frente? Quem sabe que terrores, que maravilhas, esta nova jornada trará? A única certeza que tenho é que, em algum lugar no final, minha mãe está me aguardando com respostas. Mal posso esperar para encontrá-la; mal posso esperar para vê-la outra vez.

Keita segura meu queixo.

— Você está bem, Deka? Como estão suas mãos?

Dou de ombros, olhando para a ponta dos dedos, as feridas lá espelhadas pelas que agora pontilham os meus braços. Não se curaram, ainda que tenhamos fugido horas atrás, e não espero que se curem tão cedo.

A preocupação floresce nos olhos de Keita.

— Elas não estão melhorando?

Meneio a cabeça, já sabendo o motivo. Quando o colar ansetha cavou suas raízes no meu corpo, mudou algo dentro de mim, algo importante. E então agravei essa perda dando poder demais às outras.

Ao torná-las mais fortes, me tornei mais fraca. Muito, muito mais fraca. Mas valeu a pena libertar os Renegados e derrubar aquele templo detestável.

Mãos Brancas se aproxima.

— Me deixe ver — exige, estendendo as mãos, que estão cobertas pelas manoplas.

Eu mostro a ela, não completamente surpresa quando ela suspira em sinal de intensa resignação.

— É de se esperar — diz ela. — O núcleo é divino, mas este recipiente ainda não é.

— O que isso quer dizer? — pergunta Britta.

— O corpo de Deka está se decompondo — explica Mãos Brancas. — A tensão de nos dar todo esse poder; provavelmente foi demais. É ainda mais imperativo que ela se reconecte à sua parte divina.

Britta franze a testa para ela.

— Ainda não entendo o que você está dizendo.

— É simples — explica Mãos Brancas. — Para que Deka cumpra a sua tarefa e evite que o seu corpo se desintegre, ela precisa se reconectar com sua divindade. Em outras palavras, precisa se tornar uma deusa. — Ela me lança um olhar significativo. — A mais nova deusa de Otera.

Me deixo cair ao lado de Keita, suas palavras tirando o que resta da minha força. O peso delas me pressiona e a pressão se torna cada vez mais insistente conforme Ixa enfim aterrissa em um pequeno oásis à beira do deserto e desmontamos.

Eu preciso me tornar uma deusa. O pensamento faz minha mente ficar pesada. Como exatamente alguém faz isso? E se eu conseguir, precisarei de adoração, como as Douradas e os Idugu, ou me tornarei um ser remoto e alienígena como o Singular?

Enquanto caminho até a água, imersa em pensamentos, duas sombras deslizam atrás de mim: Britta e Keita.

— Uma deusa? — resmunga Britta, balançando a cabeça. — Nunca é fácil, não é, Deka?

— Não, não é — concordo.

— Mas é por isso que você tem a gente — diz Keita, me envolvendo em seus braços e, em seguida, apoiando a cabeça na minha.

Eu sorrio agradecida quando Britta se junta também, me abraçando.

— Aconteça o que acontecer, estamos aqui por você, Deka, sempre.

— Em qualquer momento, neste mundo e no próximo, estamos aqui por você — acrescenta Keita.

— Sempre — Britta sussurra.

Sempre...

A palavra me atravessa, me acalmando, afastando minhas perguntas, minhas preocupações. Sei que o futuro virá mais rápido do que imagino, e que será preenchido com uma nova tarefa: recuperar minha divindade, usá-la para lutar contra os deuses. Mas mesmo que eu esteja com medo, não estou assustada. Porque tenho meus amigos, todos eles poderosos além da imaginação agora. Quando eu vacilar, eles estarão lá para me apoiar e me guiar. Quando eu tropeçar, eles estarão lá para dar o próximo passo.

E mesmo que não estejam, eu tenho a mim mesma.

Se tem uma coisa que os últimos meses me ensinaram é que sou mais capaz do que jamais soube; que sou mais do que apenas a garota quieta e ingênua que eu era em Irfut, tolamente esperando que os outros me aceitassem quando eu não conseguia me aceitar. Conquistei exércitos, lutei contra deuses... sei que posso fazer o que quiser. E o que desejo agora é me tornar uma deusa, a nova deusa de Otera. Não... afasto o pensamento. Eu quero mais do que apenas isso, mais do que apenas uma existência predatória dependente de adoração e sacrifício.

O que eu realmente quero é ser uma lâmina — a lâmina que derruba todos os deuses. As Douradas, os Idugu — todos os seres que desejam reivindicar o povo de Otera. Quando olho para a lua prateada, as palavras que Mãos Brancas disse não muito tempo atrás ecoam em minha mente: *Nomes são o que dão poder às coisas*... Se for verdade, já tenho um novo nome para mim, um novo título: a Angoro, matadora de deuses.

As Douradas e os Idugu deveriam descansar agora para reunir todas as forças que puderem para os próximos dias. Porque eu sou Deka, a Angoro. E vou acabar com os deuses.

AGRADECIMENTOS

Em primeiro lugar, eu gostaria de agradecer à minha destemida editora, Kelsey Horton. Muito obrigada por acreditar nesta história e por me permitir tempo e espaço para contá-la como precisava ser contada.

Ao meu crítico parceiro, PJ, obrigada por ler tantas versões deste livro e me apoiar quando eu falava sobre como eu não sabia como escrevê-lo etc. Obrigada por ouvir toda a minha bobagem e sempre ser meu maior apoiador.

A Alice S-H, obrigada por acreditar nesta série desde o início e me dizer que era uma história digna de ser contada. Eu agradeço tudo o que você fez para levar esta série para todo o mundo.

A Johnny TaraJosu, obrigada por mais uma capa incrível. Você é o deus da capa abençoando esta série.

A Ray Shappell, muito obrigada por seu trabalho nesta capa incrível. É linda e é tudo o que o meu eu de treze anos poderia ter desejado. Obrigada.

A Cait, obrigada por seus esforços contínuos e destemidos para lançar este livro e esta série no mundo. Significa tudo para mim que a série continue a ir a lugares que nunca sonhei.

Joshua R, o que posso dizer? Obrigada por lidar comigo e meus e-mails alternados com prazos extremamente curtos e os longos que divagavam e duravam dias. Obrigada por tudo o que você faz. Você é simplesmente o melhor.

A Shameiza Ally, sei que não tem sido fácil, com todos os meus prazos atrasados e tal, mas obrigada por manter as coisas em movimento, e um dia, quando eu te vir pessoalmente, te devo uma bebida.

A Kenneth Crossland, toda a minha vida eu quis ver minhas palavras na página, e você deu vida a essas palavras e as fez parecer incríveis, então obrigada, obrigada.

A Adrienne Weintraub, obrigada por colocar meu livro e eu na frente de professores e bibliotecários em todos os Estados Unidos. Significa muito que a série esteja alcançando as pessoas que precisa.

A toda a equipe de vendas: Felicia Frazier, Becky Green, Enid Chaban, Kimberly Langus, obrigada por constantemente divulgar esta série. Obrigada por tudo que fizeram; sempre fico maravilhada quando vejo para onde a série está indo.

A Colleen Fellingham e Tamar Schwartz, obrigada por seus esforços incansáveis em nome deste livro e por garantir que as palavras na página sejam incríveis e estejam à altura da série. Além disso, obrigada por me aguentar nos prazos e mudar constantemente os nomes dos personagens etc.

Para toda a equipe digital: Kate Keating, Elizabeth Ward, Jenn Inzetta, Emma Benshoff, obrigada por todos os seus esforços e obrigada por me dar dicas nas minhas redes sociais. Espero deixar vocês orgulhosos no TikTok um dia.

A Beverly, obrigada por ser uma defensora constante e por acreditar na série. Significa tudo saber que tenho seu apoio.

Para Barbara Marcus, obrigada por sua fé nos livros e por impulsionar esta série para o mundo. Quando eu era criança, sonhava em ver um livro assim por aí. E agora, está.

A Melanie, obrigada por expandir minha compreensão do que é possível. Obrigada por sempre ser uma pioneira e sempre ser o seu eu autêntico. Só por ser você, você me inspira. Há muito mais de você neste livro do que você imagina.

Este livro foi composto na tipografia Minion Pro,
em corpo 11,5/15,65, e impresso em papel off-white,
no Sistema Cameron da Divisão Gráfica
da Distribuidora Record.